HEYNE BÜCHER

SCIENCE FICTION

Herausgegeben
von Wolfgang Jeschke

Ein Verzeichnis weiterer Bände dieser Serie
finden Sie am Schluß des Bandes.

DIANE DUANE / PETER MORWOOD

DIE ROMULANER

STAR TREK
Raumschiff Enterprise

Roman

Deutsche Erstausgabe

Science Fiction

WILHELM HEYNE VERLAG
MÜNCHEN

HEYNE SCIENCE FICTION & FANTASY
Band 06/4907

Titel der amerikanischen Originalausgabe
THE ROMULAN WAY
Deutsche Übersetzung von Andreas Brandhorst

Redaktion: Rainer Michael Rahn

Printed in Germany 1992
Umschlagbild: Pocket Books / Simon & Schuster, New York
Umschlaggestaltung: Atelier Ingrid Schütz, München
Technische Betreuung: Manfred Spinola
Satz: Schaber, Satz- und Datentechnik, Wels
Druck und Bindung: Ebner Ulm

ISBN 3-453-05831-3

Für den Mitautor:
Ist es nicht *großartig*?

HINWEIS

Das folgende Dokument ist eine gedruckte Transkription des ›subjektiv-konzeptuellen geschichtswissenschaftlichen‹ Werkes *Der romulanische Weg*, Copyright © by Terise Haleakala-LoBrutto. Das Material erfuhr eine erste Veröffentlichung im *Journal des Föderationsinstituts für xenosoziologische Forschungen* (Ausgabe LXII, Nr. 88—109), doch für diese Publikation wurde es gründlich überarbeitet.

VORWORT

Über viele Dinge sind wir uns noch immer nicht im klaren, aber eins steht fest: Es gab *nie* ›Romulaner‹.

Doch hundert Jahre nach der ersten Begegnung mit ihnen nennen wir sie noch immer so. Die Rihannsu finden das ausgesprochen seltsam. Beim Volk der Zwei Welten besitzen Worte, insbesondere Namen, eine Bedeutung, die wir nicht ernst genug nehmen. Wenn wir einen Rihanha darauf ansprächen, würde er wahrscheinlich antworten, daß wir nicht den Namen verändert haben — wie es eigentlich der Fall ist —, sondern ein verzerrtes Wort-Namen-Gebilde schufen, einen *Aehallh* oder Monster-Geist, der nicht die Wirklichkeit widerspiegelt. Wie können sich die Beziehungen zwischen verschiedenen Kulturen verbessern, wenn man zu falschen Bildern spricht und sie für real hält?

Das achtjährige Leben bei den Rihannsu hat einige Geister aus mir vertrieben, aber keineswegs alle. Selbst das Denken in ihrer Sprache genügt nicht, um den Beobachter vollständig mit der komplexen, leidenschaftlichen und völlig fremdartigen Gedankenwelt vertraut zu machen. Diese prägt eine Spezies, die zunächst ständig Krieg führte, dann den Weg des Friedens beschritt und sich schließlich fürs Exil entschied, um eine bizarre Synthese aus beidem zu entwickelten. Wenn wir unsere Kinder mit den Rihannsu austauschen, in dem uralten Ritual des *Rrh-thanai,* der Geiselpflege, so kehren die Söhne und Töchter vielleicht mit einem Wissen zurück, das sowohl ihren Intellekt als auch ihre Herzen verändert hat. Dann erwartet uns ein Schock, wie alle Väter und Mütter, die feststellen, daß die Kinder nicht mehr ganz ihnen gehören. Aber wenn es uns gelingt, jenen

Schrecken zu überwinden und den Heimkehrern aufmerksam zuzuhören, so kommt es vielleicht nie wieder zum Krieg zwischen unseren Völkern.

Unterdessen dauern die Feindseligkeiten an, und dieses Buch ist ein Nebenprodukt davon. Alles begann mit dem geheimdienstlichen Auftrag, Informationen für eine Föderation zu sammeln, die sich vor einem sonderbaren Feind fürchtete und nach Waffen suchte, um sie von innen her gegen ihn zu verwenden. Was aus der Arbeit wurde — und der Person, die sie leistete —, gibt Stoff für eine Geschichte, die für einige Leser nach Zweckdienlichkeit, Opportunismus und Verrat schmekken wird. Damit meine ich insbesondere Leute, die nicht mit den Notwendigkeiten der Spionagetätigkeit in feindlichem Territorium vertraut sind. Andere glauben vielleicht, Hinweise auf das größte und gefürchtetste Berufsrisiko des Soziologen zu entdecken — die ›Verwilderung‹ des Wissenschaftlers. Diesen Vermutungen soll hier mit folgender Bemerkung vorgebeugt werden: Wer von der Prämisse ausgeht, bestimmte Einstellungen seien anderen überlegen — die neuen den alten, die vertrauten den fremden —, trifft damit ein verabscheuungswürdiges Werturteil, über das sich jeder Soziologe, der noch alle seine Sinne beisammen hat, schämen würde. Doch der oben genannte Vorgang scheint als Ausnahme von der Regel erachtet zu werden: Vom Soziologen erwartet man aus irgendeinem Grund, daß er von dem, was um ihn herum geschieht, unbeeinflußt bleibt. Der logisch Denkende sei vor derartigen Irrtümern und Trugschlüssen gewarnt.

Die vom Beobachter ermittelten Informationen werden in separaten Abschnitten dargestellt, um sie vom Wie des Datensammelns zu trennen. Wer nur an konkreten Ergebnissen interessiert ist, braucht den übrigen Sektionen des Berichts also keine Beachtung zu schenken. Aber wer auch mehr über die Hintergründe erfahren möchte, hat hier die Möglichkeit, sich mit einer acht

Jahre langen Agententätigkeit bei den Rihannsu zu befassen — wobei natürlich berücksichtigt werden muß, daß die Föderation noch nicht die Publikation des kompletten Materials autorisiert hat. Hoffentlich tragen meine Schilderungen dazu bei, daß eines Tages unsere Kinder vom Sommer auf ch'Rihan oder ch'Havran zurückkehren, um uns noch viel mehr zu erzählen, auch von den wichtigen Dingen, den Herzensangelegenheiten, die Föderation und Reich veranlassen, sich abzuwenden und zu erröten, zu behaupten, so etwas ginge sie nichts an.

In diesem Punkt haben die Regierungen recht: Es geht sie tatsächlich nichts an. Diese Sache betrifft allein das Volk. Möge schnell der Tag kommen, an dem unsere Völker eine Brücke bauen.

Terise Haleakala-LoBrutto

KAPITEL 1

Arrhae ir-Mnaeha t'Khellian gähnte und verlor den letzten Traum des Schlafs im goldbraunen Licht, das warm auf den Wangen ruhte, hell auf den Lidern. Es widerstrebte ihr, die Augen zu öffnen, und dafür gab es zwei Gründe. Sie empfand die Helligkeit als störend, und der Umstand, daß Eisn über den Fenstersims gestiegen war, konnte nur bedeuten: Sie hatte zu lange geschlafen, begann zu spät mit der Wahrnehmung ihrer Pflichten. Aber Licht und Arbeit ließen sich nicht vermeiden. Arrhae rieb die Augen, öffnete sie schließlich und setzte sich auf. Unter ihr knarrte leise die Couch.

Es kam einem freundlichen Euphemismus gleich, etwas so Hartes und Schlichtes als Couch zu bezeichnen. Doch mehr durfte sie nicht erwarten. Als Verantwortliche für die übrigen Bediensteten und Sklaven hatte sie nicht das Recht auf Luxus, der aus Kissen und weichen Bezügen bestand. Sie mußte sich mit der Steinliege begnügen, mit einer Couch aus drei Lagen Leder und Weißholz, mit ein oder zwei ausgefransten Fellen bei Fernsonnenwetter. Das war alles. Um ehrlich zu sein: Etwas anderes hätte auch nicht zu der strengen Einfachheit des Zimmers gepaßt. Es handelte sich um einen Ort, wo sie sich wusch und schlief, vorzugsweise ohne Träume.

Arrhae seufzte. Es ging ihr wesentlich besser als den anderen Dienern im Haus. Doch selbst als Oberhaupt der Bediensteten durfte sie nicht damit rechnen, daß sich das Haus der *Hfehan* ihr gegenüber Gesten leistete, die als Verwöhnung ausgelegt werden konnten. *Obgleich ein wenig mehr Bequemlichkeit sicher nicht schaden würde,* dachte Arrhae, neigte den stechenden Rücken und blickte voller Abscheu zum Erfrischer, der häufig nur kaltes Wasser anbot. Nun, wenigstens besaß sie einen. Es hing sogar ein Spiegel an der Wand, den sie mit ihren eigenen, kläglichen Ersparnissen gekauft hatte. Er stellte keinen Luxus dar, sondern eher eine Notwendigkeit: Die strikten Vorschriften im Haus Khellian verlangten von den Dienern, sich auf eine bestimmte Art und Weise zu kleiden. Wer sie beaufsichtigte, sollte ein gutes Beispiel geben.

Und der Leiterin des Haushalts gebührte es *nicht*, als letzte zum Dienst zu erscheinen. Arrhae suchte nervös nach dem Kratzstein. Die Verspätung an diesem Morgen war ihr erster nennenswerter Fehler, aber sie hatte eine Vertrauensstellung erreicht und wollte sie nicht aufs Spiel setzen, indem sie den Zorn ihres häufig schlecht gelaunten Herrn provozierte.

H'daen tr'Khellian gehörte zu den nicht mehr ganz jungen, verbitterten Prätoren, die ihren Rang geerbtem Titel und Reichtum verdankten. Er schien jedoch nicht imstande zu sein, mächtige Freunde zu gewinnen — es fiel ihm überhaupt schwer, Freundschaften zu schließen, soweit Arrhae das beurteilen konnte — und sich dadurch zusätzlichen Einfluß zu schaffen. Im Reich benutzte man verschiedene Methoden des Aufstiegs in der Hierarchie: entweder Verdienste oder… nun, ›Druck‹ lautete die höfliche Umschreibung. Aber H'daen hatte keine militärischen Ehren errungen, und ihm fehlte das Wissen über politische oder persönliche Geheimnisse, um sie dort als Hebel zu verwenden, wo alle anderen Methoden versagten. Sein Vermögen genügte, um in dem prächtigen Haus einen angemessenen Lebensstil zu gewährleisten, aber es war bei weitem nicht groß genug, um Senatsunterstützung und Schirmherrschaft zu kaufen. Man besuchte ihn häufig. Oft kamen ›Bekannte‹, die versprachen, das eine oder andere Khellian-Projekt zu fördern, aber aus irgendeinem Grund traf die in Aussicht gestellte Hilfe nie ein. Gelegentlich hörte

Arrhae Bemerkungen, die darauf hinweisen, daß H'daens Hoffnungen auch in Zukunft unerfüllt bleiben würden.

Sie stand vor der Tür des Erfrischers, mit Kratzstein und Ölflasche in der einen Hand, streckte die andere in den Sprühbereich und wartete vergeblich auf einen Wechsel der Temperatur. Das Warten hatte keinen Sinn — einmal mehr drang nur kaltes Wasser aus den Düsen. Arrhae trat in die Kammer und wusch sich möglichst schnell. Anschließend klapperten ihre Zähne, und eine fast unerträgliche Kälte bleichte ihre dunkle, olivfarbene Haut. Sie rieb sich mit dem rauhen Handtuch ab, preßte die Zähne zusammen — und bedauerte sofort, daß es dadurch im Zimmer still wurde. Jenseits der Wände, aus der Küche, zwei Flure und ein Vestibül entfernt, hörte sie einen heftigen Streit, der einem gefährlichen Höhepunkt entgegenstrebte. Arrhae streifte sich hastig die Kleidung über. Ihre Haut war noch immer feucht, und der Stoff haftete daran fest, leistete hartnäckigen Widerstand und bildete lange, tiefe Falten. Die zankenden Stimmen wurden lauter. Entsetzen keimte in ihr, als sie sich vorstellte, daß der Hausherr den *Fhaihuhhru* bemerkte und nach dem Rechten sah. Wenn er dort merkte, daß seine Verwalterin fehlte, daß sie keine Ordnung schuf und nicht einmal versucht hatte, den Streit zu verhindern ... Arrhae erzitterte innerlich. *O Elemente, seid mir gnädig!*

»Du dummer, *hlai*hirniger betrunkener Nichtsnutz!« rief jemand, zwei Flure und ein Vestibül entfernt, und das Keifen ließ die Papierflächen in den Fenstern vibrieren. Arrhae verzog das Gesicht, ballte die Fäuste, kniff die Augen zu und fluchte.

Dadurch änderte sich natürlich nichts am Streit in der Küche, aber die Blasphemie schenkte Arrhae einen Hauch Genugtuung. Als *Hru'hfe,* Oberhaupt der Bediensteten, wachte sie nicht nur über Leistungen und Tüchtigkeit, sondern auch über Anstand; ihr oblagen die kleinen und großen Dinge der Ehre, die für Sklaven und Herr der Lebensnerv des Hauses waren. Es bereitete ihr eine kurze, von Sündhaftem geprägte Freude, sich ab und zu selbst verbaler Unanständigkeit hinzugeben — derartige Flüche befreiten sie von mehr Anspannung, als es eigentlich der Fall sein sollte. Arrhae beruhigte sich, legte Kilt und Hemd ab, zog sie dann wieder an. Diesmal entstanden die Falten genau an den richtigen Stellen, und der Chiton klebte nicht mehr an ihrem Leib. Sie überprüfte ihren Zopf und nickte zufrieden — wenigstens *etwas* verhielt sich an diesem Morgen tadellos. Dann verließ sie ihr Zimmer, um sich den mehr oder weniger interessanten Herausforderungen eines neuen Tages zu stellen.

Die Auseinandersetzung eskalierte, als sie sich ihr näherte. Amüsiert verdrängte Arrhae die Besorgnis, spürte statt dessen Belustigung. Wenn tr'Khellian zugegen war, würde sie sofort für Disziplin sorgen und die Situation unter Kontrolle bringen. Wenn nicht ... Sie legte sich Worte zurecht und dachte an die richtige Mischung aus Tonfall und Gebaren, um eine möglichst große Wirkung zu erzielen. Arrhae lächelte. Und verbannte das Lächeln sofort von ihren Lippen, um niemandem ihre Heiterkeit zu verraten. »*Eneh hwai'kllwnia na imirr-hlhhse!*« rief jemand. Thues Stimme. Diese Obszönität trieb ihr das Blut in die Wangen, und von einem Augenblick zum anderen wurde sie völlig ernst. Der Zugang befand sich direkt vor ihr. Arrhae griff nach der Klinke und riß sie zur Seite.

Die Verwalterin gab der Schiebetür einen solchen Stoß, daß sie fast aus den Rollen flog und mit einem Krachen an die Sperren schmetterte. Köpfe drehten sich ruckartig, und in der plötzlichen Stille fiel ein Gegenstand zu Boden. Arrhae stand auf der Schwelle und erwiderte das allgemeine Starren.

»*Das* hat sein Vater nie gemacht«, sagte sie ruhig. »Gewiß nicht mit einem *Kllhe* — es hätte sich wohl kaum darauf eingelassen.« Mit geschmeidigen Schritten ging sie an Thue vorbei und nahm zur Kenntnis, daß ihr schmales Gesicht dunkelgrün zu glühen begann — dazu bestand auch Anlaß genug. »Heb den Kochlöffel auf, Thue«, sagte sie, ohne zurückzusehen. »Und sei froh, daß ich keinen Stallknecht beauftrage, dich damit zu verprügeln. Komm später zu mir. Ich werde dir erklären, welche Sprache man in einem großen Haus benutzt, wo Gäste oder gar der Lord dich hören könnten.« Sie spürte zornige, ängstliche Blicke auf sich ruhen, als sie durch den großen Raum wanderte.

Arrhae ließ die Bediensteten hinter sich mit offenem Mund stehen und sah sich in der mit ockerfarbenen Kacheln ausgestatteten Küche um. Das heillose Durcheinander überraschte sie kaum. Das Haus-Frühstück begann erst in einer Stunde, zum Glück: Die Kohlen lagen noch nicht unter dem Bratrost, und der Tontopf für den Geflügelbrei des Lords war weder erhitzt noch gereinigt. *Ich muß früher aufstehen. Ein solcher Morgen kann den ganzen Tag ruinieren — und noch viel mehr. Aber es ist nicht alles verloren …* »Ich habe genug«, sagte Arrhae laut und berührte die großen Fliesen, auf denen man das Fleisch schnitt. »Damit meine ich die Sache mit deiner Tochter, Thue, und deinem Sohn, HHirl. Regelt sie endlich. Sonst kümmere ich mich darum. Es wäre ihnen sicher lieber hierzubleiben, anstatt an jemanden auf der anderen Seite des Planeten verkauft zu werden. Außerdem bilden sie kein schlechtes Paar. Denkt darüber nach.«

Die Stille in der Küche schien greifbar zu werden. Arrhae spähte in den Kamin, zählte die dort zum Räuchern aufgehängten Pasteten und Fleischrollen, stellte fest, daß zwei fehlten, dachte daran, welche Frau des Küchenpersonals schwanger war — und schwieg, als sie zu dem Schluß gelangte, daß der Verlust nicht auffiel. Mit drei Fingern strich sie über die Feuerkacheln, entdeckte Ruß und wischte sich die Hand wie beiläufig am weißesten Tuch ab, das eigentlich weitaus sauberer hätte sein sollen. Der Fleck schien die Bediensteten anzuklagen, die nun vor dem großen Bratofen standen und zu fürchten schienen, an dem langen Spieß hinter ihnen aufgereiht zu werden. »Das Brot ist erst teilweise gebacken«, sagte Arrhae sanft, »das Fleisch noch nicht gebraten. Die übrigen Dinge befinden sich nach wie vor im Kühlraum, und das Frühstück muß schon in einer Stunde aufgetragen werden. Aber offenbar seid ihr mit wichtigen Angelegenheiten beschäftigt gewesen. Mit *sehr* wichtigen. Allem Anschein nach haben sie so große Bedeutung, daß ihr auf die Vorbereitungen des Morgens verzichtet und die Zeit statt dessen mit einer Diskussion verbringt. Der Lord versteht das sicher, wenn seine Mahlzeit eine halbe Stunde zu spät eintrifft. *Du* kannst es ihm erklären, Thue.«

Das erschrockene Rascheln befriedigte Arrhae — nicht um seiner selbst willen, sondern als Anzeichen der wortlosen Entschlossenheit, in Zukunft den Pflichten gerecht zu werden. Die Verwalterin unterdrückte ein neuerliches Lächeln. Sie hatte viele Rihannsu-Offiziere unter H'daens Gästen gesehen und ihre Methoden beobachtet. Einige von ihnen schrien, andere flüsterten — beide Taktiken waren recht nützlich, manchmal auch eine Mischung daraus. Sie schob den Deckel eines Topfes zurück, der zu lange gekochtes Gemüse enthielt, und ihr Schaudern war nur ein wenig übertrieben. Dann drehte sie sich um, und ihre Augen bildeten schmale Schlitze, als sie den zweiten Koch Thue und den ersten namens tr'Aimne musterte. »Wenn es euch hingegen lieber ist, nichts erklären zu müssen ... An eurer Stelle würde ich einen zweiten Topf aufsetzen und das Gemüse von gestern kochen. Es ist noch frisch genug, und ich bezweifle, ob der Lord den Unterschied bemerkt. Vorausgesetzt, ihr laßt es nicht noch einmal zu lange auf dem Feuer. Andernfalls ...« Arrhae unterbrach sich und blickte in den Geschirrwäscher. Wie durch ein Wunder war er leer — wenigstens gab es genug saubere Teller.

»Ich habe euch heute morgen gehört«, fuhr die Verwalterin fort und schloß die Klappe des Wäschers. »Jetzt hört mich an. Konzentriert euch auf die Arbeit. Die Ehre des Lords gründet sich auf seine Familie und auch auf euch. Sie stützt sich auf die großen Dingen ebenso wie auf die kleinen, im Reinigen und Kochen. Denkt immer daran. Sonst müßt ihr bald einem verarmten Lord in Iuruth dienen, der seine Mahlzeiten in einem Speisesaal einnimmt, von dessen Decke Regenwasser tropft. Und gefiele es euch, in einem Kuhstall zu schlafen?«

Es herrschte auch weiterhin Stille. Arrhae sah die Bediensteten an, ohne jemanden für einen Blickkontakt auszuwählen. Einige Sekunden später wandte sie sich um und schritt durch den großen Torbogen, der in den Wohnbereich des Hauses führte. Sie hielt sich nicht damit auf, den Flüchen und dem Lästern zu lauschen, das ihrem Abgang folgte; andere Dinge erforderten ihre Aufmerksamkeit. Zum Beispiel: Sie hätte sich längst bei H'daen melden sollen. Arrhae schritt über den zentralen Hof und betrat jenen Flügel, der tr'Khellians Privatquartier enthielt. Dabei fiel ihr auf, daß zwei Feuertöpfe im ersten Korridor ersetzt werden mußten. Außerdem: Einer der zahmen *Fvai* hatte sich offenbar zu lange im Haus aufgehalten ... Nun, Beschäftigung hielt wenigstens die Sorgen von ihr fern.

Das Vorzimmer des Lords war leer, und seine Leibdiener befanden sich woanders. Arrhae klopfte an die Tür des ersten Salons, hörte das übliche knappe *›Ie‹* und trat ein.

»Ich wünsche Ihnen einen schönen Morgen, Lord«, sagte sie.

H'daen brummte geistesabwesend und nickte — eine Reaktion, die alles und nichts bedeuten konnte. Er las die Zeichenfolgen auf dem Sichtschirm und schien seiner Umgebung überhaupt keine Beachtung zu schenken. Arrhae kam sich sofort überflüssig vor und spielte mit dem Gedanken, das Zimmer zu verlassen, doch der Lord deutete auf sie und klopfte an die Tischkante.

H'daen tr'Khellian neigte zu nervösen Zuckungen und kurzen Gesten. Diese bedeutete ›Bleib, wo du bist‹, und die Verwalterin gehorchte. Sie versuchte, entspannt zu stehen, um nicht das Gewicht vom einen Bein aufs andere verlagern zu müssen. Die Darstellungen auf dem Monitor weckten vage Neugier in ihr, aber sie hielt vergeblich nach Einzelheiten Ausschau. Zumindest drohte kein Tadel für die Verspätung. *Noch* nicht.

»Wein«, sagte H'daen, ohne vom Bildschirm aufzusehen. Der matte Glanz grub ihm Schattenschluchten ins faltige Gesicht. Arrhae kannte es zwar schon seit langer Zeit, aber jetzt bemerkte sie zum erstenmal, daß der Lord alt wirkte. Sehr alt. Er versuchte, an einer imaginären Vergangenheit festzuhalten, indem er das eisengraue Haar im fransigen Stil des Militärs trug, Stiefel und Kniehosen wählte, die mehr einer Flottenuniform ähnelten als ziviler Kleidung. Vielleicht der verlorene Traum eines Mannes, der nie Hervorragendes bei den Streitkräften des Reiches geleistet hatte und seine Hoffnungen nun von vorgerücktem Alter bedroht, wenn nicht gar zerstört fühlte. Er sah aus wie jemand, der eine entscheidende Schlacht verloren wußte, und Arrhae spürte plötzlich Mitleid.

»Willst du mich verdursten lassen?« fragte H'daen scharf. »Bring mir den verlangten Wein.«

»Sofort, Lord.« Sie eilte durch den halbdunklen, aufgeräumten Salon zum Weinschrank und holte eine Urne hervor, deren Inhalt für den Morgen gut genug war, jedoch nicht so exzellent, um den Vorwurf der Verschwendung zu rechtfertigen. Arrhae nahm den weißen Tonbecher des Lords und sah erleichtert, daß man ihn gereinigt hatte. Dann ging sie zum Tisch und begann mit der Zeremonie, obgleich H'daen sehr durstig zu sein schien. Beim Servieren dieses uralten Getränks mußte man auf ritualisierte Bewegungsmuster achten; wer sie ignorierte, beschwor damit Unheil herauf. So hieß es jedenfalls. Niemand konnte Antwort auf die Frage geben, ob solche Überlieferungen — sie stammten aus einer Vermischung von Legende und Geschichte nach der *Trennung* — etwas Wahres enthielten. Vielleicht war es besser, auf Nummer Sicher zu gehen. Vielleicht war es besser, die alten Traditionen zu ehren, wenn die neuen kaum ehrenhaft erschienen. Mit einem kurzen, sorgfältigen Ruck zog Arrhae die Urne zurück, um zu verhindern, daß Weintropfen auf ihre Hände oder das Mobiliar fielen, schob anschließend den Stöpsel in die Öffnung. Erst dann reichte sie H'daen den Becher.

Er hatte sie beobachtet und eine Taste betätigt, als sie sich ihm näherte — der Sichtschirm wurde dunkel; alle Daten verschwanden von ihm. Die Verwalterin richtete ihren Blick nicht auf den Monitor. Das wäre sehr unhöflich gewesen; darüber hinaus brauchte sie ihre ganze Konzentration, um zu verhindern, daß der Wein im Becher überschwappte.

»Du bist eine gute Frau, Arrhae«, sagte H'daen plötzlich. »Ich mag dich.«

Sie setzte das tönerne Gefäß vorsichtig ab, ohne etwas zu verschütten, wich zurück und verneigte sich — eine Geste, mit der man nach dem Servieren von Speisen und Getränken den Dank des Empfängers entgegennahm. Vielleicht galt sie H'daens Kompliment — oder auch nicht. Doppeldeutigkeit war in jedem Fall sicherer.

»Du leitest meinen Haushalt gut«, fügte der Lord nach einer Weile hinzu. »Und ich vertraue dir.«

Er berührte eine Kontrollfläche der Konsole und übersah die Sorge in Arrhaes Augen. Eine geheime Mitteilung auf dem Sichtschirm und unerwartetes Gerede von Vertrauen und Sympathie ... Unbehagen prickelte in der Verwalterin. Sie ahnte Intrigen, Einmischungen in die Angelegenheiten der Einflußreichen und Mächtigen. Ihr Instinkt warnte sie vor Gefahren und Tod. Furcht erfaßte sie.

H'daen tr'Khellian gab einen Code ein, und der Monitor erhellte sich wieder. Er las die bernsteinfarbenen Symbole im schwarzen Projektionsbereich, rückte dann ein wenig zur Seite, um Arrhae seine volle Aufmerksamkeit zu schenken. Das Lächeln des Lords verunsicherte sie, und nur mit großer Mühe gelang es ihr, ein ausdrucksloses Gesicht zu wahren. Sie offenbarte einzig und allein jene Dienstbeflissenheit, wie man sie vom Oberhaupt der Hausbediensteten erwartete. H'daens Lächeln verhieß so viele Dinge, an denen sie nicht beteiligt werden wollte.

»Vor dem Einbruch der Nacht empfängt dieses Haus wichtige Gäste. Ich muß mich um viele Dinge kümmern, bevor ich in die Rolle des Gastgebers schlüpfen kann.« Erneut schmunzelte der Lord. »Deshalb überlasse ich es dir, alles vorzubereiten. Der Besuch hat sehr große Bedeutung für mich, das Haus und auch alle, die hier wohnen. Enttäusche mich nicht, Arrhae. Enttäusche uns nicht.«

H'daen wandte sich noch einmal dem Sichtschirm zu, und die Verwalterin seufzte lautlos.

Ch'Rihan war schon immer ein gefährlicher Ort gewesen: Intrigen und Verschwörungen gehörten zum privaten und politischen Leben. Aber jetzt führte die neue, jugendliche Aggressivität in Senat und Oberkommando dazu, daß man häufiger als sonst von Selbstmord, Hinrichtungen und angeblich natürlichen Todesursachen berichtete. Niedrige oder hohe Ränge schützten niemanden mehr. Arrhae kannte H'daens Ehrgeiz. Daher wäre sie zwar entsetzt, aber nicht sonderlich überrascht gewesen, wenn er sie aufgefordert hätte, Speis und Trank eines Gastes zu vergiften …

Vermutlich zeigte sich ein Schatten von Sorge in Arrhaes Zügen, denn als sie aus ihren Überlegungen ins Hier und Jetzt zurückkehrte, richtete H'daen einen seltsamen Blick auf sie. »Äh, ja, Lord«, sagte sie mit behutsamer Unverbindlichkeit und versuchte, nicht so zu klingen, als hätte sie irgend etwas überhört.

»So laß es ein ›Ja‹ sein!« Die Schärfe kehrte in H'daens Stimme zurück. Er sprach nun in einem Tonfall, den Arrhae — und alle anderen im Haus Khellian — weitaus besser kannte als die sonderbare Freundlichkeit von vorhin. »Ich habe dir eine Anweisung erteilt und dich keineswegs gebeten, darüber nachzudenken. Du verschwendest nur meine Zeit. Geh jetzt!«

Arrhae ging.

Es waren häufig Gäste gekommen; oft fanden zu diesem Anlaß private Essen für wenige oder Banketts für viele statt. Aber diesmal reichten die Informationen kaum für ein gründliches Planen aus. Glücklicherweise hatte Arrhae vollkommen freie Hand, was das Organisieren und vor allem den Einkauf betraf. Sie schätzte die Anzahl der Besucher sowie die erforderlichen Mengen an Lebensmitteln und stellte ein Menü zusammen, das sie dem Lord zur Genehmigung vorlegte. Dann brach sie mit dem gedemütigten Chefkoch auf, um alles Notwendige zu besorgen.

Die Vorbereitungen waren anstrengend, und eine Zeitlang mußte Arrhae härter arbeiten als sonst. Aber es gab auch einige Vorteile, unter ihnen der Gleiter. H'daens Erlaubnis, sein Fahrzeug zu benutzen, wartete bereits auf die Verwalterin, als sie die Speisekammern mit einer langen Liste verließ. Tr'Aimne folgte ihr. Die Autorisierung flößte dem Chefkoch ebensoviel Respekt ein wie Strenge und scharfe Worte. H'daen tr'Khellian war bei den übrigen Bediensteten nicht sehr beliebt; sie fürchteten die Launenhaftigkeit und den Jähzorn des Hausherrn.

Arrhae überprüfte die Genehmigungsunterlagen mehrmals, bevor sie sich näher an den Gleiter heranwagte. Sie wußte natürlich, wie man ihn steuerte — wer nicht? —, aber angesichts der gegenwärtigen Stimmung bei den Polizisten der Innenstadt wollte sie lieber selbst einen Fehler in den Autorisierungspapieren finden, als ihn von den Beamten der Verkehrskontrolle entdecken zu lassen. Sie kannte die Gerüchte — man erzählte überall davon —, bewahrte sich jedoch ein gesundes Maß an Skepsis, wenn Diener hoher Häuser über sonderbare Vorgänge im Oberkommando berichteten. Es bestand immer die Möglichkeit, daß Lhaesl tr'Khev nur versuchte, sie zu beeindrucken.

Arrhae lächelte, als sie sich daran erinnerte und gleichzeitig die Statussektionen in der Dokumentation kontrollierte. Lhaesl war ein attraktiver junger Mann. Vorausgesetzt, man mochte Naivität und Unerfahrenheit. Er trachtete sehr danach, erwachsen zu wirken, doch seine Versuche scheiterten immer wieder — weil er noch zu jung war. Bei ihrer letzten Begegnung hatte er sich bemüht, wie eine halbwegs vernünftige Person zu reden, brachte ihr Bier und einen Teller mit Süßfleisch, das lästige klebrige Spuren an Arrhaes Fingern zurückließ. Sie fand keinen Gefallen an dem bitteren Bier, das ihr rauh in der Kehle brannte, aber nur direkte Brutalität konnte Lhaesl zu der Erkenntnis veranlassen, daß man seine Aufmerksamkeiten ablehnte. Mitgefühl hinderte Arrhae an einem derartigen Verhalten. Sie faßte sich in Geduld, trank ab und zu einen Schluck, hustete diskret, knabberte am Süßfleisch und beschränkte sich darauf, eine gute Zuhörerin zu sein, wie sie es bei H'daen gelernt hatte. Natürlich redete der junge Mann nur dummes Zeug. Er schwafelte von Raumschiffen und Geheimnissen, streute hier und dort wichtige Namen ein, die Arrhae zum erstenmal hörte und ihr daher überhaupt nichts bedeuteten.

Aber von den Gerüchten einmal abgesehen: Irgend etwas ging in i'Ramnau vor. In den vergangenen Monaten war Arrhae zweimal in der Stadt gewesen, nicht für unmittelbare Einkäufe, sondern um Waren auszuwählen, die später geliefert werden sollten. Aus diesem

Grund benutzte sie die *Yhfi-ss'ue*, die nicht sehr beliebten öffentlichen Transportröhren. Sie rochen immer muffig, als sei eine gründliche Reinigung längst überfällig. Manchmal, wenn Eisn heiß und nah am Sommerhimmel brannte, wünschte sich Arrhae, die Hygienegruppen zu leiten und in den Einsatz zu führen. Doch das nur nebenbei. Sie erinnerte sich deutlich an den Unterschied der beiden Reisen zur Innenstadt. Die erste war wie alle anderen, langweilig, unbequem und völlig ereignislos. Doch die zweite ...

Vor ihrem inneren Auge sah sie drei Röhrenwagen, die plötzlich anhielten. Polizisten und Soldaten kamen mit schußbereiten Waffen herein und weckten Furcht in Arrhae. Bisher kannte sie das Rihannsu-Militär nur in Gestalt von relativ hochrangigen Offizieren, die sich als Gäste im Haus Khellian einfanden und von ihr bewirten ließen. Als sie in die Mündung eines Blasters starrte, begriff sie, daß nicht alle Soldaten Offiziere waren und nicht alle Offiziere vornehm. Die Verwalterin schauderte innerlich, als sie sich vorstellte, von solchen uniformierten Rohlingen in einem privaten Gleiter ohne vollständige Genehmigungsunterlagen angetroffen zu werden.

Sie schob die Papiere zusammen und verstaute sie in der Tasche ihres Reisemantels, sah dann den Koch tr'Aimne an. »Nun, worauf wartest du noch?« fragte sie und ahmte einen besonders schlecht gelaunten H'daen tr'Khellian nach. »Steig ein!«

Arrhae wartete nicht auf ihn, kletterte durch die Einstiegsluke, nahm im Pilotensitz Platz und ging in Gedanken die Startphase durch, während sie es sich bequem machte. Einmal gelernt, nie vergessen. Als tr'Aimne neben ihr mit betonter Umständlichkeit die Sicherheitsgurte anlegte, gaben die Finger der Verwalterin bereits den Autorisierungscode ein. Auf der Instrumententafel leuchteten Dutzende von Anzeigen unter Tasten und Sensorfeldern — in diesem Fahrzeug fehlten

Verbalmodule für die Ausführung gesprochener Anweisungen. H'daens Gleiter mochte wie neu aussehen und luxuriös ausgestattet sein, aber seine Technik wies darauf hin, daß er schon veraltet war. *Es spielt keine Rolle,* dachte Arrhae. *Heute gehört er mir.*

Sie aktivierte das Triebwerk und spürte einen kurzen Ruck, als das Antigravfeld den Schweber vom Landegerüst hob. Das Ende der Rampe glitt beiseite. Es erklang nicht das Blöken von Warnsirenen, sondern ein würdevolles Läuten. H'daen war ein Mann mit Geschmack — das glaubte er jedenfalls. Aus dem Augenwinkel beobachtete Arrhae, wie tr'Aimne die Gurte straffer zog; seine Lippen bewegten sich lautlos. »Setz dich in den Fond, wenn du möchtest«, sagte sie. »Dann brauchst du nicht nach draußen zu sehen.«

Der Koch gab keine Antwort, richtete nicht einmal den Blick auf sie, doch er schloß seine Hände so fest um die Armlehnen, daß die Knöchel weiß hervortraten. Dunkle, bronzefarbene und grüne Flecken entstanden auf tr'Aimnes Wangen. Arrhae zuckte mit den Achseln, überließ ihn der beginnenden Panik und steuerte den Gleiter ins Freie.

Sie flog den Schweber nicht einmal so schnell, wie es ihr möglich gewesen wäre, aber tr'Aimnes Gesichtsfarbe veränderte sich erneut, wies auf noch mehr Furcht hin. »Tut mir leid«, sagte sie. Jetzt konnte sie die Flugparameter nicht mehr verändern: Das Zentralsystem hatte die Kontrolle übernommen, und ohne triftigen Grund ließ es keine Geschwindigkeitsmodifikationen zu. »Es dauert nicht lange«, murmelte die Verwalterin, aber auch diesmal blieb tr'Aimne still. Er war ganz und gar darauf konzentriert, sich an den Gurten und Greifbügeln festzuhalten. Arrhae hob erneut die Schultern, und ihre Hände ruhten auch weiterhin an den Tasten, für den Fall, daß eine manuelle Steuerung notwendig wurde. Das zentrale Leitsystem zeichnete sich durch hohe Zuverlässigkeit aus, aber manchmal kam es zu einer

Überlastung seiner Kapazität, und heute war ein Feiertag …

Aus diesem Grund widerstand Arrhae der Versuchung, den Kurs selbst zu bestimmen, überließ den Gleiter statt dessen der Verkehrskontrolle von i'Ramnau. Es geschah immer wieder, daß irgend jemand vergaß, den Flugplan anzugeben, und in den hohen Luftkorridoren über der Stadt war es in der letzten Zeit zu einigen schweren Unfällen gekommen. Einem von ihnen verdankte Arrhae die Beförderung zur *Hru'hfe s'Khellian,* und sie wollte es niemandem ermöglichen, auf die gleiche Weise in *ihre* Fußstapfen zu treten.

Der Schweber brachte sie viel schneller als Yhfi-ss'ue nach i'Ramnau, und das betrübte Arrhae. Sie freute sich wie nur selten zuvor, seit sie für das Haus Khellian arbeitete. Antigravgeneratoren und Triebwerke von Gleitern der Varrhan-Klasse waren wesentlich leistungsfähiger, als es zunächst den Anschein hatte; es handelte sich weniger um *Fahr-* als vielmehr um *Flug*zeuge. Beim Landeanflug schaltete die Verwalterin auf manuellen Betrieb um, steuerte den Schweber mit Begeisterung und großem Geschick. Als sie aufsetzten, beugte sich tr'Aimne sofort nach draußen und würgte. Arrhae löste ihre Sicherheitsgurte, zog die Listen aus der Tasche und gab vor, nichts zu bemerken.

Schließlich strich der Chefkoch seine Kleidung glatt, richtete sich auf und atmete tief durch.

»Geht es dir jetzt besser?«

»Ich … ja, *Hru'hfe.* Ich glaube schon.« Tr'Aimne keuchte noch einmal und spuckte. Der Speichel traf den Boden neben Arrhaes Fuß — nahe genug, um sie zu beleidigen, ohne ihr einen Grund zu geben, ihn zur Rechenschaft zu ziehen.

Da haben wir's, fuhr es Arrhae durch den Sinn. *Er hat es persönlich genommen.* Gerade heute lag ihr nichts an einem Streit mit dem Chefkoch. Sie blickte auf die Spucke hinab, lange genug, um tr'Aimne stumm mitzuteilen, daß sie den Sinn der Geste verstanden hatte. Dann musterte sie ihn und deutete ein ironisches Lächeln an. »Wenn es meine Absicht gewesen wäre, daß dir schlecht wird, hätte ich mir mehr Mühe gegeben. Dann könntest du jetzt nicht mehr stehen. Komm, Chefkoch. Verzeih mir meinen Eifer. Ich fliege einfach zu gern.«

Tr'Aimne nickte knapp. Gemeinsam griffen sie nach den Netztaschen für die wenigen Dinge, die sie einkaufen wollten, machten sich anschließend auf den Weg zum Markt. Arrhae ging mit langen Schritten — sie waren bereits recht spät dran.

Die Verwalterin bedauerte es, sich ausgerechnet an diesem Tag beeilen zu müssen: *Eitreih'hveinn,* eins der neun wichtigsten religiösen Feste im Rihannsu-Jahr. Die Bauernfeier mochte sie besonders gern, doch heute fehlte ihr die Zeit, daran teilzunehmen. Wenigstens einen Vorteil konnte sie genießen: Bestimmt war das Angebot an frischen landwirtschaftlichen Produkten besonders umfangreich.

Zu ihrem Verdruß weigerte sich tr'Aimne auch weiterhin, Gefallen an der Einkaufstour zu finden. Der Anblick so herrlicher Nahrungsmittel hätte eigentlich jeden Koch entzücken müssen, aber er schlurfte stumm und mißmutig hinter Arrhae, wie ein nasser Mantel, der über den Boden strich. *Vielleicht ist ihm noch immer schlecht,* dachte die Verwalterin und ging etwas langsamer. Aber dadurch änderte sich nichts. Tr'Aimne blieb die Unhöflichkeit selbst, als er mit Händlern und Bauern sprach; seine Stimmung verbesserte sich erst, als sie in die Nähe der exklusiven und teuren Geschäfte des Stadtzentrums gelangten. Zu jenem Zeitpunkt hatten sie schon die meisten benötigten Waren erworben, in der einen oder anderen Form, und jetzt suchten sie nach den luxuriösen Dingen, für die H'daen tr'Khellians Empfänge bekannt waren.

Seltene Delikatessen, erlesene Weine, Duftblumen für die Tische und den Speisesaal. Ein Teil davon ließ sich leicht finden — es bereitete Arrhae Freude zu wählen, ohne dabei auf den Preis achten zu müssen; es genügte, das khellianische Haussiegel auf die Quittungen zu drücken —, doch beim Rest ergaben sich Schwierigkeiten. In ein oder zwei Fällen stieß die Verwalterin gar auf unlösbare Probleme.

»Was soll das heißen, nicht mehr am Lager? Sie hatten immer *Hlai'vanu* — warum sollte das heute anders sein?«

Der Ladeninhaber entschuldigte sich mit vielen Worten und Gesten, brachte damit allerdings kein Fleisch in die leeren Kühlschalen und richtete auch nichts gegen Arrhaes Ärger aus. Sie hatte dem Hausherrn H'daen versprochen, die traditionellen Feiertagsspeisen zu servieren, und dieser bukolische Idiot behauptete nun, es gäbe nicht ein Gramm Wild*hlai* in der Stadt. Sie zweifelte kaum daran, daß er die Wahrheit sagte: An diesem besonderen Tag konnte das Fleisch nur hier gekauft werden. Einzig und allein Händler, die von den Priestern eine Erlaubnis bekamen und sich in jedem Jahr strengen Prüfungen unterziehen mußten, durften während des *Eitreih'hveinn*-Fests Wildbret feilbieten, um Zucht und Züchter zu ehren, und dieser Mann besaß die einzige klerikale Lizenz in i'Ramnau.

»Na schön.« Arrhae entspannte sich und bereute es, ihren Ärger so deutlich gezeigt zu haben. Tr'Aimne würde bestimmt den übrigen Bediensteten des Hauses Khellian davon erzählen. »Dann also einfaches *Hlai'hwy*-Filet.« Sie beugte sich vor, und ihre Lippen deuteten ein neutrales Lächeln an, das nicht beruhigend wirken sollte. »Aber schneiden Sie es gut und sauber. Wenn einer von Lord tr'Khellians Gästen auf Schuppen beißt, so wird Ihr Ruf darunter leiden.«

Schade, daß sich H'daens Anwesen nicht in der Nähe einer großen Stadt befindet. Diese hier ist eigentlich nur ein erbärmliches Provinznest. Aber ein Landsitz gilt als vornehm, und … Arrhae verdrängte diese Überlegungen; es lohnte sich nicht, solchen Gedanken nachzuhängen. H'daen wohnte auf dem Land, und damit mußte sie sich abfinden. *Aber warum ausgerechnet hier?* beharrte die Stimme hinter ihrer Stirn. *Hier geschieht nie etwas ...*

Das Geräusch begann als dumpfes Brummen jenseits der Hörschwelle; Arrhae fühlte es als Vibration in Knochen und Zähnen. Dort verharrte es lange genug, um vom Unterbewußtsein wahrgenommen zu werden, wie das Summen von Computern oder das leise Rauschen eines eingeschalteten Bildschirms. Doch einige Sekunden später kletterte es auf der Frequenzleiter nach oben und verwandelte sich in ein atonales Kreischen, das überall am Himmel widerzuhallen schien: Ein suborbitales Shuttle des Militärs fiel senkrecht aus den faserigen Wolken herab.

Nie? Nun, fast *nie,* dachte Arrhae. Das Shuttle änderte den Kurs, flog in einem weiten Bogen und geriet außer Sicht — vermutlich näherte es sich der Flottenbasis auf halbem Wege zwischen i'Ramnau und H'daens Anwesen. Die grollenden Echos des Triebwerksdonnerns flüsterten und raunten noch eine Zeitlang zwischen den Gebäuden der Stadt. Als sie schließlich verklangen, hatte Arrhae die letzten Einkäufe erledigt und wandte sich mit einigen subtilen Drohungen an die betreffenden Händler, um sicherzustellen, daß sie rechtzeitig lieferten. Im Anschluß daran kehrte sie in Begleitung des Chefkochs zum Gleiterparkplatz zurück. *Ein weiterer Abend, ein weiteres Essen. Wahrscheinlich versucht H'daen wieder, eine Übereinkunft zu erzielen, die seine Besucher schon nach kurzer Zeit vergessen. Wen empfängt er heute?*

Nun, was soll's? Wenigstens steht ein voller Magen in Aussicht ...

Arrhae hatte dem Hausherrn schon vor einer ganzen Weile gemeldet, es sei alles bereit, aber H'daen tr'Khellian sah sich nun zum zehntenmal im Speisesaal um und nickte seiner *Hru'hfe* anerkennend zu. Die Verwalterin verneigte sich — erneut — und versuchte einmal mehr, dankbar zu wirken und ihre Langeweile zu verbergen. H'daens Besucher verspäteten sich und hielten es offenbar nicht für nötig, den Gastgeber mit einer Kom-Nachricht auf den Grund hinzuweisen. Die Verspätung allein war ungewöhnlich genug, aber daß sich auch eine derartige Unhöflichkeit hinzugesellte ... Arrhae spürte den wachsenden Ärger H'daens. Seine anfängliche Begeisterung über die tadellosen Vorbereitungen ließ immer mehr nach und fand nur noch Ausdruck in einem gelegentlichen Wink. Arrhae rechnete bald mit der Anweisung, alles abzuräumen und die Speisen in die Küche zurückzubringen. Sie gab dem Hausherrn noch fünf Minuten, bevor er ihr einen entsprechenden Befehl erteilte ...

Doch dann läutete die Türglocke, laut genug, um im ganzen Haus gehört zu werden. Arrhae wußte nicht, wer sich zuerst oder schneller bewegte, H'daen oder sie selbst. Nach den ersten drei Schritten erinnerte sich tr'Khellian an seine Würde und überließ es der Verwalterin, die Gäste — wenn es wirklich Gäste waren — zu empfangen. Er ging in sein Arbeitszimmer, um sich dort einen ebenso raschen wie verdienten Drink zu genehmigen.

Es standen tatsächlich die schon seit einer Stunde erwarteten Besucher vor der Tür: ein Mann und eine Frau, beide Flottenoffiziere, gekleidet in scharlachrote und schwarze Uniformen. Arrhae blickte an ihnen vorbei in die Dunkelheit und sah, daß ein großer Gleiter auf dem Parkplatz der Villa stand. Aus irgendeinem Grund war sie sicher, daß jemand darin saß. Die Adjutanten der Offiziere, ihr Pilot, ein Wächter, oder ... Arrhae hielt die Neugier im Zaum, bevor sie ihr nachgeben konnte; der Schweber ging sie nichts an.

»Llhei u'Rekkhai«, sagte sie betont freundlich und begann mit dem Begrüßungsritual. »Aefvadh; rheh-Hwael l'oennuoira.« Sie wich beiseite, um die Gäste eintreten zu lassen, führte sie zur Waschschüssel und den weißen Tüchern, damit sie sich nach der ›anstrengenden Reise‹ erfrischen konnten. Sie hatte natürlich nur in dem kurzen Weg vom militärischen Gleiter zum Eingang des Gebäudes bestanden, und die Erfrischung bestand darin, die Fingerkuppen ins Wasser zu tauchen und damit das Gesicht zu betupfen. Aber es handelte sich um ein Höflichkeitsritual Besuchern gegenüber.

»Sthea'hwill au-khia oal'lhlih mnei i H'daen hru'fihrh Khellian ...?« fragte die Frau.

Wen soll ich ihm ankündigen? dachte Arrhae. *Ich habe noch keine Namen gehört!* »Nahi 'lai, llhei?«

Einer der Offiziere zögerte und hielt noch immer ein weiches Handtuch. Seine Finger schlossen sich fester darum, als er den fragenden Tonfall der Verwalterin hörte, und er warf der zweiten uniformierten Gestalt einen kurzen Blick zu.

»U'rreki tae'hna«, sagte die Frau geistesabwesend und wie gleichgültig. »Hfivann h'rau.«

»Hra'vae?« erwiderte der Mann langsam. Wachsamkeit und Argwohn erklangen in seiner Stimme, und das überraschte Arrhae. Dann drehte sich der Offizier ganz um und musterte sie aus kalten, durchdringend starrenden Augen, deren Blick bis in ihr Innerstes zu reichen schien. »Hsei vah'udt?« zischte er.

»Arrhae i-Mnaeha t'Khellian, daise hru'hfe, Rekk ...«

»Rhe've ...?« Der Mann wirkte nicht überzeugt. »Khru va ...«

»Oh, Subcommander, das genügt ...« Die Frau sprach weniger förmlich, aber ihre Worte vermittelten eine Warnung. »Sie erfüllt nur ihre Pflicht, wie wir alle. Und zwar sehr gut.« Die Rihannsu streckte ihre Finger erneut ins Duftwasser, trocknete sie dann ab und schnupperte daran. »Ja, wirklich gut. Sag H'daen, daß Commander t'Radaik und Subcommander tr'Annhwi eingetroffen sind.«

»Sofort, Madam, Sir. Hier im Vorzimmer stehen Getränke und erste Speisen für Sie bereit.« Arrhae öffnete die Tür zum Flur. »Außerdem kümmern sich Diener um Sie.« *Und wehe, wenn sie ihre Aufgaben nicht auf angemessene Weise wahrnehmen,* fügte sie in Gedanken hinzu. Diese beiden Gäste H'daens waren keine trägen Schreibtischkommandanten. Der Mann namens tr'Annhwi schien in eine Aura aus heißem, hochmütigem Zorn gehüllt zu sein, doch die ruhige, beherrschte Autorität Commander t'Radaiks empfand Arrhae als noch beeindruckender. Ihre Worte und Bewegungen verrieten große Zuversicht in die Macht ihres Rangs, was darauf hindeutete, daß sie mehr war, als es zunächst den Anschein hatte. Arrhae verbeugte sich, führte die beiden Offiziere in den Flur und stellte fest, daß dort mindestens drei Bedienstete mit Tabletts, Bechern und Krügen warteten. Dann schloß sie die Tür wieder und seufzte erleichtert.

Während der nächsten Stunde bekam sie mehrmals Gelegenheit, den nur matt erhellten Speisesaal zu betreten, in dem H'daen und seine Besucher mit leisen Stimmen wichtige Dinge erörterten. Wie jede gute Dienerin zeichnete sich Arrhae durch die Fähigkeit selektiver Taubheit aus: Und selbst wenn sie hätte lauschen wollen: Dafür blieb ihr nur wenig Zeit. Die von der Einkaufstour verursachte zusätzliche Arbeit bedeutete, daß alles andere vernachlässigt worden war: die Inspektion der Gästezimmer, eine Überprüfung der Haushaltsbücher und so weiter. Darüber hinaus hörte sie, wie ihr Magen immer lauter knurrte ...

Der Abstecher in die Küche brachte ihr einen finsteren Blick von tr'Aimne ein, aber auch Fleisch, Brot sowie einen Krug Bier — sie gab Wasser hinzu, und daraufhin wurde es einigermaßen genießbar. Nach einer kurzen Demutsgeste begann Arrhae mit der Mahlzeit. Sie spürte das Ausmaß ihres Appetits erst, als sie den Geschmack des gebackenen *Hlai* kostete. Hungrig schob sie sich die Bissen in den Mund.

Es dauerte nicht lange, bis ein leerer Teller vor ihr stand: Trotz der eleganten Präsentation fand kein Bankett mit vielen Gängen im Speisesaal statt, und Arrhae mußte sich mit kaum mehr als den Überbleibseln begnügen. Aber im Vergleich zum gewöhnlichen Essen war es ein Festschmaus, wenn nicht in der Quantität, so zumindest in Hinsicht auf die Qualität. Nur wenige Rihannsu hatten materiellen Reichtum erworben; der eigenen Ehre und der des Hauses kam eine wesentlich größere Bedeutung zu als Geld und Kostbarkeiten. Arrhae aß nun von der Verkörperung eines solchen immateriellen Werts: Der Teller vor ihr gehörte zu einem Service, das H'daens Ahnen vor neun Generationen aus den Resten ihrer Kriegsschwalbe hergestellt hatten — das Schiff landete nach einem Warpunfall auf ch'Rihan, und es grenzte an ein Wunder, daß jemand an Bord mit dem Leben davongekommen war. Es wurde außer Dienst gestellt und verschrottet, doch das aus Rumpfteilen angefertigte Geschirr erinnerte noch heute an den Nutzen jenes Raumers. Arrhae erkannte darin eine gewisse Ironie, die ihr gefiel.

Sie überlegte gerade, ob sie noch einmal die Küche aufsuchen und dort nach Resten der Mahlzeit suchen sollte, als die Rufglocke erklang, laut genug, um sie zusammenzucken zu lassen. Das sonst leise Läuten ertönte nun als ohrenbetäubendes Getöse, wie der Alarm an Bord eines Kriegsschiffes, und Arrhae wußte, daß H'daen so etwas normalerweise nicht toleriert hätte. *Wer, wie und warum?* dachte die Verwalterin, als sie aufsprang, sich den Mund abwischte und die Kleidung glättete.

Kurze Zeit später bekam sie Antwort auf ihre Fragen.

Commander t'Radaik trat ihr am oberen Ende der Treppe entgegen. Die Frau wirkte nun nicht mehr gutmütig und zurückhaltend, sondern offenbarte ihr wahres Wesen und bestätigte damit Arrhaes Vermutungen: Ihr Rang und Status schienen weitaus höher zu sein, als man aufgrund der Uniformabzeichen annehmen konnte. Vor zwei Jahren hatte Arrhae bei einem von H'daens Gästen einen ähnlichen Eindruck gewonnen: Der Mann stellte sich zunächst als Senior-Zenturio vor, doch später gab er seinen wahren Rang mit *Khre'Riov* an. Er arbeitete für den Geheimdienst des Reiches und verhaftete Vaebn tr'Lhoell, einen anderen Gast, warf ihm Spionage und Verrat vor. Arrhae und die übrigen Bediensteten wurden vernommen und gefragt, ob sie irgend etwas Verdächtiges bemerkt hatten. Die Verwalterin verdankte tr'Lhoell ihre gegenwärtige Stellung im Haus Khellian, und deshalb fürchtete sie, der Komplizenschaft bei eventuell von ihm begangenen Verbrechen bezichtigt zu werden.

T'Radaik sah ebenfalls aus, als hätte sie sich eine Maske vom Gesicht gezogen, und Arrhae dachte entsetzt an das seltsame Angebot H'daens, sie ins Vertrauen zu ziehen. Erneut griffen die kalten Klauen der Furcht nach ihrem Herzen, und sie sammelte ihre ganze Willenskraft, um alles aus dem Gesicht fernzuhalten, das als Schuld ausgelegt werden mochte.

Doch die Züge der Commander zeigten in erster Linie Introspektion. Sie war tief in Gedanken versunken, und zuerst bemerkte sie die fünf Stufen unter ihr stehende Arrhae gar nicht. Dann fokussierte t'Radaik den Blick auf sie, wobei ihre Augen so kühl glänzten wie die Linsen von Überwachungskameras. Das Funkeln der Pupillen brannte sich ins Hirn der Verwalterin, sondierte dort, erfaßte Geheimnisse und mißbilligte sie alle. »*Hru'hfe*«, sagte sie ernst. »Welches Gästezimmer in diesem Haus kann von außen verriegelt werden?«

Arrhae zögerte und fragte sich, wozu ein derartiger Raum benötigt wurde. Sie fühlte die Notwendigkeit, gründlich über ihre Antwort nachzudenken — und kam sich deshalb töricht vor. Commander t'Radaik beobachtete sie ungeduldig. »Verlier keine Zeit. Beeil dich. H'daen scheint dich für recht intelligent zu halten ...«

»Ich bitte um Verzeihung, Sir«, erwiderte Arrhae verlegen. »Aber in diesem Haus ist es nie notwendig geworden, Gästezimmer von außen zu verschließen. Die Vorratskammern hingegen ...«

»Führ mich zu ihnen.«

»Ich ... gewiß. Wie Sie wünschen, Madam, Sir.«

Das Lager war eindeutig ein Lager; selbst mit viel Phantasie ließ es sich nicht anders definieren. Von einem Gästequartier erwartete man ganz etwas anderes, und auch die Zuordnung zum *Wohn*bereich mußte fragwürdig bleiben. Aber der Raum gefiel t'Radaik. Sie prüfte die vergitterten Fenster, die Dicke der Tür, stellte fest, wie gut sie sich an die Pfosten fügte, betrachtete das große Schloß und nickte zufrieden. »Sorg dafür, daß diese Kammer gesäubert, geheizt und mit Möbeln ausgestattet wird«, sagte sie, drückte die Tür zu, hörte das dumpfe Pochen und lächelte kurz.

Arrhae versuchte, die Frau nicht anzustarren, gelangte dann zu dem Schluß, daß es schlimmer war, die Neugier völlig zu unterdrücken. »Wenn die Commander erlaubt ... Welchem Zweck dient das alles? Man könnte meinen, die Vorratskammer soll in ...« — die Erkenntnis traf sie wie ein Schlag, und sie bedauerte zutiefst, nicht geschwiegen zu haben —, »... eine Zelle verwandelt werden.«

»*Hru'hfe* Arrhae t'Khellian.« Commander t'Radaik sprach sanft und sah Arrhae nicht an, aber sie strahlte die eisige Kälte eines Offiziers aus, der sich einen bestimmten Namen und das betreffende Gesicht fest ins Gedächtnis einprägte. »Frag nicht, wenn du keine Lügen hören willst.« Sie warf der Verwalterin einen kurzen Blick zu. »H'daen hält viel von deiner Intelligenz. Und er glaubt auch, daß man dir vertrauen kann. Stell ihn mit deinem Verhalten nicht als Lügner dar. Die Angelegenheiten in diesem Haus gehen keinen Bediensteten etwas an, auch niemanden, der Vertrauen verdient. Wenn du das Leben liebst, so behalte deine Fragen für dich.«

T'Radaik zog einen Kommunikator vom Gürtel und formulierte einige Worte. Sie bildeten keinen verständlichen Satz und stellten vermutlich einen codierten Befehl dar, aber durch die Bewegung der Frau glitt der Halbmantel ihrer Uniform beiseite. Darunter sah die verblüffte Arrhae einen vollständigen Ausrüstungsharnisch. Im Halfter steckte ein Strahler, und daran leuchteten rote Bereitschaftsdioden — wie die zornigen Augen eines gefährlichen Tiers.

Arrhae folgte der Frau und gab dabei keinen Ton von sich. Sie wahrte einen sicheren, respektvollen Abstand, um nicht noch mehr Aufmerksamkeit zu erregen. T'Radaiks gelegentliche Fragen beantwortete sie mit knapper Einsilbigkeit, ohne eigene Meinungen hinzuzufügen; stumm verfluchte sie sich dafür, daß sie zuvor nicht den Mund gehalten hatte. T'Radaik kam nicht noch einmal auf übertriebene Neugier zu sprechen und gab sich damit zufrieden, Arrhae der Furcht vor den möglichen Konsequenzen ihres Fehlers zu überlassen. Aber vielleicht war sie erneut in Gedanken versunken und befaßte sich mit viel wichtigeren Dingen. *Hoffentlich,* fuhr es Arrhae durch den Sinn und schickte ein lautloses Gebet zu den Mächten und Elementen. *Hoffentlich hat sie den Zwischenfall vergessen.* Aber sie wagte nicht, daran zu glauben, zumindest *noch* nicht.

Subcommander tr'Annhwi wartete vor der offenen Haustür. Draußen herrschte die Finsternis der Nacht. Sie waren hier so weit von i'Ramnau entfernt, daß die Lichter der Stadt nur ein vages Glühen am Horizont bildeten. Manchmal, wenn sie alle Arbeiten des Tages erledigt hatte, wanderte Arrhae in einer klaren Nacht vor dem Gebäude auf und ab, sah zu den Myriaden Sternen hinauf und dachte an persönliche Dinge. Aber heute gab sie sich keiner solchen Muße hin. Allein Ariennye mochte wissen, was diese besondere Nacht bereithielt und was mit jemandem geschah, der ohne die Genehmigung der beiden Offiziere Aufschluß gewinnen wollte. Mit gezogenen Blastern schritten sie an der Verwalterin vorbei. Die geladenen Akkumulatoren der Waffen sangen eine Unheilsmelodie in Arrhaes Ohren, jagten ihr einen kalten Schauer über den Rücken und verscheuchten die Reste der Neugier aus ihrem Bewußtsein. Sie fühlte sich überflüssig, stand in einem hellen Flur und blickte in schwarze Dunkelheit. Das Unbehagen in ihr nahm zu, und langsam wich sie zurück.

»H'ta-fvau!« sagte tr'Annhwi scharf. Er drehte sich nicht um, und der Lauf seines Strahlers deutete weiterhin nach vorn, aber Arrhae wußte, daß sich der Blaster auf sie richten würde, wenn sie nicht sofort gehorchte. Sie lächelte schief und näherte sich wieder der Tür.

H'daen kam aus dem Speisesaal, mit Weintropfen an Lippen und Kinn. Arrhae sah zu ihm und bemerkte das leichte Zittern seiner Hände. Sie fragte sich nach dem Grund für die Nervosität des Hausherrn und entschied dann, daß sie gar nicht Bescheid wissen wollte. Draußen war es jetzt nicht mehr still: Stiefel knirschten über den Boden, und Arrhae erinnerte sich an ihre Vermutung, daß der Militärgleiter nicht nur die beiden Gäste H'daens gebracht hatte. Sie schien recht zu behalten. *Aber aus welchem Grund sind die anderen Personen hier? Und warum geben sie sich erst jetzt zu erkennen?* Rasch verdrängte sie auch diese Fragen aus sich. Es existierten zu viele Parallelen zwischen tr'Lhoells Verhaftung und den jetzigen Vorgängen. Arrhaes damalige Furcht schlief noch immer in ihr, und nun erwachte sie aus dem Schlummer, nagte an ihrer inneren Stabilität.

Das Metall von Waffen und Helmen glitzerte, als sechs Soldaten in den vorderen Flur von H'daen tr'Khellians Haus marschierten, doch es war nicht ihr Anblick, der Arrhae veranlaßte, nach Luft zu schnappen. Die Uniformierten eskortierten jemanden, einen Mann, der den Kopf von einer Seite zur anderen drehte und sich umsah; er schnitt eine Grimasse, und Ärger blitzte in seinen Augen, ohne über seine Besorgnis hinwegzutäuschen. Zivile Kleidung unterschied ihn von den Begleitern, aber nicht nur deshalb fiel er sofort auf.

Er war kein Rihannsu, sondern ein Terraner.

Wenn Arrhae starrte, so mußte ihr Starren noch viel offensichtlicher sein als das der übrigen Bediensteten. Die meisten von ihnen sahen nun zum erstenmal jemanden von der Erde. Sie hatten von den Menschen gehört, ja, vielleicht auch den einen oder anderen Verwandten bei Raumgefechten mit Schiffen der Föderation verloren. Aber nie zuvor waren sie einem Terraner von Angesicht zu Angesicht gegenübergestanden. Man führte ihn in den Flur, und dort verharrte er, musterte die Soldaten verächtlich und richtete seinen Blick dann auf die anderen Anwesenden: H'daen, der sich blaue Weinflecken vom Kinn wischte; die Hausdiener, die ihre Arbeit im Speisesaal unterbrochen hatten und den Fremden groß anstarrten; Arrhae.

Sie zuckte zusammen, als sie die volle Aufmerksamkeit des Menschen auf sich ruhen spürte. Die Augen der Rihannsu waren dunkel, doch die Pupillen dieses Mannes glänzten in einem hellen Blau. Arrhaes Reaktion veranlaßte den Menschen, sie noch genauer zu beobachten. Im Hintergrund hörte sie Commander t'Radaiks Stimme: »... ein sehr wichtiger Gast des Reiches. Er soll gut behandelt werden, bis die Zeit kommt, mit ihm abzurechnen.«

Der Mann hob die Hände, obwohl ihn alle ganz deutlich sehen konnten, vollführte damit eine Geste, die auf Unruhe hinzudeuten schien. Aber dieser Eindruck täuschte. Es handelte sich um ein geheimes Zeichen, mit dem sich Starfleet-Offiziere einander zu erkennen gaben, wenn keine direkteren Identifizierungsmethoden zur Verfügung standen. Man verwendete es zum Beispiel dann, wenn die betreffenden Personen getarnt in feindlichem Territorium agierten.

Wie in diesem Fall.

Einige Sekunden lang stand Arrhae völlig still und

zuckte nicht einmal mit den Wimpern, aus Furcht, sich zu verraten. Es war lange her, seit sie zum letztenmal ein vertrautes Gesicht gesehen hatte, so lange, daß sie sich kaum mehr an ihre wahre Identität und den Auftrag erinnerte. Jetzt fiel ihr wieder alles ein. Ihre Hände entwickelten ein gespenstisches Eigenleben und begannen mit der üblichen Antwortgeste, doch dann ließ sie die Arme wieder sinken und erbebte am ganzen Leib. Sie argwöhnte plötzlich eine Falle. *Ist Commander t'Radaik gekommen, um mich zu entlarven?* Arrhae zog die Hände zurück, zitterte noch einmal und sah H'daen an.

»Die Commander hat mich gebeten, eine Vorratskammer als sicheres Gästequartier vorzubereiten«, hörte sie ihre eigene Stimme, so ruhig, als geschähe es jeden Tag, daß Soldaten Gefangene ins Haus brachten. »Mit Ihrer Erlaubnis kümmere ich mich sofort darum.«

H'daen hörte gar nicht richtig zu und winkte sie fort. Er hing an t'Radaiks Lippen und hoffte endlich auf eine Chance für sein Haus — und auch für sich selbst —, Bedeutung zu erlangen. »Wer ist das?« vernahm Arrhae seine Frage. Sie ging weiter, drehte sich nicht um, horchte nur.

»*Ich* kann Ihnen sagen, wer ich bin, Sir«, erwiderte der Terraner zornig. Bei diesen Worten brach Arrhae der kalte Schweiß aus. Er sprach Föderationsstandard, und sie trug keinen Translator, aber trotzdem *verstand* sie ihn — obwohl ihr das eigentlich gar nicht seltsam erscheinen sollte. Die Verwalterin geriet allmählich aus der Fassung; mit gleichmäßigen Schritten setzte sie den Weg fort, um außer Sicht zu sein, wenn sie endgültig die Beherrschung verlor.

»Ich bin Dr. Leonard H. McCoy«, sagte der Mann, und bei den Elementen: Arrhae erkannte einen irdischen Akzent, vermutlich aus dem Süden von EnnAy, Florida oder Georgia. Sie blieb nicht stehen und hütete sich davor, auf eine Sprache zu reagieren, die sie seit acht Jahren nicht mehr gehört hatte, die nicht einmal in ihren Träumen flüsterte. »Ich bekleide den Rang eines Commanders bei Starfleet und genieße die Rechte eines Bürgers der Vereinten Föderation der Planeten. Meine Verschleppung hierher grenzt an eine verdammte Kriegserklärung!«

KAPITEL 2

VERGANGENHEITEN

»Ich bin Vulkanier, für den Frieden geboren«, hatte S'task vor langer Zeit zu den Wesen gesagt, in deren Gefangenschaft er geraten war und die ihn nach Namen sowie Rang fragten. Seit damals haben ihn viele Vulkanier zitiert, ohne auf den Gegensatz zwischen S'tasks Worten und seinem Verhalten während der Flucht zu achten — und ohne das Wortspiel in bezug auf den Namen des Dichters zu berücksichtigen. Aber vielleicht wissen sie gut über diese beiden Aspekte Bescheid. Die Vulkanier sind nicht verschwiegen, wie oft behauptet wird, sondern zurückhaltend. Ihr reiches Gedankenleben erfordert eine Privatsphäre, die den Argwohn von weniger telepathisch begabten Völkern erregt, und ihr Altruismus beruht auf dem festesten aller Fundamente: Notwendigkeit. Die oben genannte Erklärung verkündet nicht nur eine Absicht, sondern beschreibt etwas, das fürs Überleben der Spezies und Individuen erforderlich wurde.

Es war nicht immer so. Inzwischen liegen so viele Berichte, Untersuchungen und Analysen in Hinsicht auf die Präreformationsgesellschaft Vulkans vor, daß es nicht nötig und vielleicht sogar sinnlos ist, noch mehr darüber zu schreiben. Die Vorstellungen von wilder, barbarischer Pracht auf einer Wüstenwelt, von einer stolzen, vitalen Kultur mit bizarren und geheimnisvollen Zeremonien, von Wundern und Schrecken, die auf den unkontrollierten Einsatz mentaler Macht zurückgehen, von Blutopfern, großen Schlachten, einzelnen Kämpfen und Duellen, bei denen ganze Königreiche auf dem Spiel stehen, von ungezähmten Leidenschaften und tragischer Liebe, die der Seelenblockade zum Opfer fällt, von Clan-Rivalitäten und übersteigertem Ehrgeiz ... All dies hat längst einen festen Platz im Bewußtsein der Massenkultur gefunden, ebenso wie die halbmythischen Zehn Lordschaften der andorianischen Thaha-Dynastie und die Cowboys und Indianer des Wilden Westens auf der Erde. In diesem Zusammenhang ist die historische Realität Vulkans vermutlich kaum anders beschaffen. Wir müssen zwischen zwei verschiedenen Formen von Geschichte unterscheiden, zwischen dem, ›was wirklich geschah‹, und jener Geschichte, ›die Historiker für wahrscheinlich halten‹.

Wir wissen, daß auf Vulkan vor der Reformation ein ökonomischer, politischer und möglicherweise auch moralischer Zusammenbruch drohte. Drei Generationen später hatte sich der Planet vollkommen davon erholt und einen so stabilen Frieden entwickelt, wie ihn nur wenige andere Völker kennenlernten. Es muß also etwas passiert sein, für das historische Erklärungen allein nicht ausreichen. Wir kennen Beispiele für Welten — zum Beispiel Duiya oder Lahain —, auf denen sich die Gewalt nie in einem vergleichbaren Maß ausbreitete oder von Anfang an auf ein Minimum beschränkt blieb. In solchen Fällen fällt es leicht zu verstehen, daß jemand wie Surak innerhalb kurzer Zeit großen Einfluß ausüben konnten. Was Vulkan betrifft: Wenn wir nichts von der Wahrheit wüßten, wären wir vielleicht versucht, die Geschichte des Planeten für eine phantasievolle Fiktion zu halten. Aber es gab Surak und die Reformation, und wir kennen das Resultat. Was geschah damals?

Einige Autoren haben sich mit dem Lebenslauf des Mannes befaßt — eines Mannes, der unerschütterlichen Pazifismus, Anteilnahme und Verständnis zu ehernen Prinzipien erhob, der sich für seine Überzeugungen opferte und einen schrecklichen Tod starb, als er Feinden Frieden anbot — und darin Gemeinsamkeiten mit bestimmten Situationen auf anderen Welten gefunden, wo Gefahren von außen den Hoffnungslosen eine neue Chance boten. Die Vulkanier weigern sich hartnäckig, entsprechende Fragen zu beantworten. Sie ziehen es vor, allein die Fakten zu präsentieren: Surak lehrte Frieden und starb dafür; Hunderte und Tausende von Vulkaniern folgten seinem Beispiel, bis der ganze Planet unbeherrschter Leidenschaft abschwor und sich statt dessen auf etwas besann, das englische Experten für Vulkan (und auch die Vulkanier selbst) als ›Logik‹ bezeichnen, obwohl es eigentlich ›Realitätswahrheit‹ heißen müßte. Hirad und andere Kommentatoren weisen jedoch darauf hin, daß ›Realitätswahrheit‹ vor der Reformation auch eine Präsenz Gottes meinte, die in den realen Dingen der Welt Ausdruck fand und somit auch in der Tätigkeit des logischen denkenden Verstands. Die einzige vulkanische Reaktion darauf besteht aus einer recht trockenen Bemerkung T'Leias: Sie sagte, daß beide Definitionen der ›Realitätswahrheit‹ Irrtümer einschließen, die ebenfalls sehr real sind — und auch Personen, die ihnen erliegen.

In einem weiteren Punkt lehnen Vulkanier häufig Kommentare ab. Es geht dabei um den ruhigen, stolzen Mann, der von sich behauptete, für den Frieden geboren zu sein: Er wandte sich schließlich von seinem Lehrer Surak ab und verließ jene Welt, die sich gegen den Krieg entschieden hatte. Er war es, der achtzigtausend Vulkanier in die interstellare Nacht führte, auf der Suche nach einer neuen Heimat, um dort das eigene Friedenskonzept zu verwirklichen. Hier kehrte sich ein uns wohlbekannter Vorgang um: Nicht das Neue brach auf, um woanders Wurzeln zu schlagen, sondern das Alte. Es wurde keineswegs vertrieben, wählte aus freiem Willen das Exil. Die Achtzigtausend und S'task waren die ersten Rihannsu.

Weniger als achtzehntausend von ihnen landeten schließlich auf ch'Rihan. Erst zweitausend Jahre nach dem Neubeginn erfanden sie noch einmal die Raumfahrttechnik und brachen mit ihren Schiffen auf, um die gerade entstehende Föderation und ihre Feinde in Unruhe zu versetzen. Während dieser beiden Jahrtausende war ihr Stolz harten Belastungen ausgesetzt, aber er überlebte. Seit der ersten Begegnung mit den Nachkommen der Auswanderer blicken die Vulkanier ruhig in ihre Richtung, und manche Leute finden ihre Gelassenheit sehr interessant. Vielleicht hatte T'thusaih recht. Vielleicht fehlt beiden Völkern etwas; vielleicht können sie erst dann ihre Wunden heilen, wenn sie wieder zueinanderfinden. Aber die Vulkanier schweigen sich darüber aus, und die Rihannsu lächeln nur verächtlich, während sie ihre Schwerter schärfen.

Manche Historiker vertreten die Ansicht, die Trennung des vulkanischen Volkes in Vulkanier und Romulaner sei nicht aufgrund von Einflüssen innerhalb der planetaren Gesellschaft entstanden, sondern vielmehr das Ergebnis von Xenophobie nach dem ersten Kontakt mit einer fremden intelligenten Spezies. Dabei handelt es sich um eine der Theorien, die es verdienen, von beiden Seiten betrachtet zu werden. Warum sollten Vulkanier auf andere vernunftbegabte Wesen mit ausgeprägten xenophobischen Tendenzen reagieren? Immerhin gehört Vulkan zu den zwanzig Prozent der bekannten Welten, auf denen sich mehr als nur eine intelligente Lebensform entwickelt hat. Prähistorische Kontakte mit den Sehlats und dem Intellekt des tiefen Sandes hätten eigentlich ausreichen müssen, um die Vulkanier auf den Schock nonhominider Intelligenz vorzubereiten.

Ihre Technik, die elegante und effiziente Kombination aus physischen und nichtphysischen Wissenschaften, rückte den Sternenflug bereits in greifbare Nähe. Zu Suraks Lebzeiten lag die erste Landung auf dem Nachbarplaneten Vulkans schon einige Jahrhunderte zurück, und der Transport von Rohstoffen, die man auf den anderen Innenwelten der Sonne 40 Eridani abgebaut hatte, war zwar nicht alltäglich, aber auch nicht ungewöhnlich. Die Gedanken der Vulkanier glitten ins All, als Philosophen und Techniker die wahrscheinliche Existenz von anderen intelligenten Lebensformen auf fernen Planeten postulierten. Die vulkanische Science Fiction jener Epoche, angesiedelt zwischen den beiden populärsten Literaturgattungen, dem epischen Gedicht und dem Serien-Syllogismus, gehört zu den besten galaktischen Werken ihrer Art, und sie stimulierte das Interesse an den Sternen. Als man auf der Erde die Pyramiden baute, begannen in allen wichtigen vulkanischen Staaten Forschungsprojekte mit dem Ziel, die erforderlichen physikalischen und PSI-Technologien zu entwickeln, um Generationsschiffe zu den nächsten Sternen zu schicken, sechzehn und dreißig Lichtjahre entfernt. Wenn man die Sache aus dieser Perspektive sieht, kann man wohl kaum von Xenophobie sprechen.

Aber es gibt verschiedene Arten von Xenophobie. Vulkanische Historiker gestehen natürlich nie Scham oder Verlegenheit ein, doch ihre relative Zurückhaltung in Hinblick auf die Zeit vor der Vereinigung des Planeten gibt einen klaren Hinweis auf ihre Einstellungen. In der uralten vulkanischen Gesellschaft kam die tägliche Existenz angesichts der schrecklichen Wüstenökologie einem ständigen Überlebenskampf gleich: Unter diesen Umständen fürchtete man nicht den Fremden, der plötzlich aus dem Nichts kam, sondern den Nachbarn, einen natürlichen Rivalen, der ebenfalls nach Wasser, Nahrung und Unterkunft strebte. Nachbar und Feind stellten zwei identische Begriffe dar.

Die Gastfreundschaft der Vulkanier war (und ist) legendär, aber die vulkanische Feindschaft gegenüber benachbarten Stämmen, Staaten und Nationen nahm epische Formen an. Zeit und Technik ließen die Kriege bis zu einem wahrhaft erstaunlichen Ausmaß eskalieren. Zwischen dem Beginn der irdischen Bronzezeit bei Çatal Hüyük*, etwa um 10 000 v. Chr., und dem Kampf der Spartaner bei den Thermopylen gab es nur eine zehn Standardjahre lange Periode, während der auf zehn Prozent des vulkanischen Territoriums *kein* Krieg stattfand. Ohne Surak wäre der Planet heute sicher nur noch ein Gürtel aus radioaktiven Asteroiden in der zweiten Umlaufbahn von 40 Eri. Selbst mit ihm kam die Welt nicht ohne Schaden davon.

Um der anderen Seite des Xenophobie-Arguments gerecht zu werden, soll hier folgendes nicht unerwähnt bleiben: Die Vulkanier erwartete ein anderes Universum, als sie zunächst glaubten. Ein plötzliches Fanal am Himmel, da'Nikhirch oder Feuerauge genannt, weckte in vielen Vulkaniern noch größeres Interesse am interstellaren Weltraum, und einige behaupteten später, es hätte Suraks Geburt angekündigt; aber es sollte auch viel Leid für den Planeten zur Folge haben. Es gibt bis heute keinen konkreten Beweis dafür, daß eine Sonnenbombe Sigma-1014 Orionis zur Nova werden ließ, aber die Zerstörung der Zentralwelt des Inshai-Paktes diente zweifellos dem Expansionsdrang der alten Handelsrivalen, den ›blockfreien‹ Welten der südlichen Orion-Ansammlung.

Nach der Zerstörung des Macht- und Koordinierungszentrums der Inshai begann eine Schreckensherrschaft im betreffenden Sektor. Kriege sowie ökonomischer und sozio-ethischer Kollaps dezimierten planetare

* Çatal Hüyük: ein vorgeschichtlicher Ruinenhügel in der Türkei, 52 km südöstlich von Konya. Britische Ausgrabungen, die dort von 1961—1965 stattfanden, erbrachten zwölf Schichten einer neolithischen Großsiedlung, vergleichbar mit Jericho. — *Anmerkung des Übersetzers*

Bevölkerungen durch Hungerkatastrophen und Seuchen, während die dezentralisierten interstellaren Gesellschaften ihre Flotten mit ›Planetenknackern‹ ausrüsteten, um Handelsrouten und Rohstoffquellen kämpften. Sie erpreßten ganze Welten und zerstörten jene, die sich ihnen nicht unterwerfen wollten. In dem Machtvakuum konnten die übriggebliebenen Pakt-Welten ihren Einfluß und technischen Entwicklungsstand, den sie in erster Linie Inshai verdankten, nicht beibehalten. Auch sie griffen zu den Mitteln von Erpressung und Eroberung, um zu überleben. Ehemals friedliche Welten wie Etosha und entvölkerte Planeten wie Duthul wurden zu Stützpunkten der Gesellschaften und Gilden, die im Lauf der Jahrhunderte zu den orionischen Piraten degenerierten. Vulkan blickte in die Dunkelheit, wo sich jene gefährlichen Nachbarn rührten, ohne zu ahnen, bereits ihre Aufmerksamkeit erregt zu haben. Als Surak geboren wurde, erstrahlte das Licht des Feuerauges am vulkanischen Himmel, doch die ersten elektromagnetischen Signale Vulkans erreichten Etosha gleichzeitig und blieben nicht unbemerkt.

Der erste Kontakt mit den orionischen Piraten erfolgte fünfundvierzig Jahre später und hätte selbst einen Terraner überrascht, der an Ungeheuer mit Facettenaugen glaubte, denen es darum ging, Frauen zu entführen und sich die Erde zu unterwerfen. Bei den Vulkaniern gab es keine derartigen Legenden: Sie waren bereit, Fremden Gastfreundschaft anzubieten und sie freundlich zu empfangen, dabei jedoch eine Position der Stärke zu wahren. Sie ahnten nicht, daß ihre Stärken in einem Bereich lagen, der den Duthulhiv-Piraten überhaupt nichts bedeutete.

Die List der Angreifer hatte schon bei vielen anderen Welten zum Erfolg geführt. Monatelang beobachteten sie Vulkan, überwachten Kom-Sendungen, lernten die Sprache und schätzten die Marktfähigkeit der planetaren Ressourcen ein. Anschließend leiteten sie den Kontakt ein, mit konventionellen Funksignalen, die einige Lichtwochen außerhalb des Sonnensystems gesendet wurden. Die Piraten benutzten eine einfache Folge aus ternären Impulsen, um Atomsymbole und dergleichen zu übermitteln. Ihren eigenen Aufzeichnungen auf End-Etosha ist zu entnehmen, daß niemand den Code schneller entschlüsselte als die Vulkanier. »Man hätte meinen können, daß sie darauf gewartet haben«, soll ein Piratenwissenschaftler gesagt haben. Unmittelbar darauf begann man mit dem Austausch von Mitteilungen.

Als eine Kommunikationsbasis existierte, boten die Fremden friedlichen Handel und kulturelle Beziehungen an. Hunderte von Räten auf dem Planeten diskutierten monatelang über die ersten Nachrichten. Man unterbrach mehrere Kriege oder verzichtete auf neue Kriegserklärungen, um militärischen Kommandeuren und Staatsoberhäuptern Gelegenheit zu geben, in die jeweiligen Hauptstädte zurückzukehren und an den Debatten teilzunehmen. Schließlich entschied man auf Vulkan, die Besucher geeint zu empfangen. Die einzelnen Regierungen rangen sich zu der Erkenntnis durch, daß sie noch stärker waren, wenn sich alle Nationen zusammenschlossen. Natürlich sollte damit auch verhindert werden, daß niemand einen Vorteil auf Kosten der anderen gewann, doch darüber sprach man nicht.

Das Datum für die erste direkte Begegnung wurde festgelegt: neunter Irhheen 139 954, Alte Zeitrechnung Vulkans. Das terranische Äquivalent lautet: 18. bis 19. Januar 22 v. Chr. Am vereinbarten Landeplatz bei Shi'Kahr — damals das kleine Dorf eines traditionell neutralen Clans — fanden sich fünfhundertdreiundzwanzig vulkanische Würdenträger ein: Clan- und Stammesoberhäupter, Priesterinnen und Geistliche, Geschäftsleute, Wissenschaftler und Philosophen. Sie alle trugen prächtige Gewänder, um die Fremden höflich und ehrenvoll zu begrüßen. Doch als das Shuttle landete, blitzten Phaserstrahlen und betäubten jene Personen, die als Geiseln dienen oder als Sklaven verkauft werden sollten. Partikelwaffen töteten alle, die Widerstand leisteten oder zu fliehen versuchten.

Durch Zufall war Surak nicht zugegen: Eine Panne mit dem Airwagen hielt ihn in ta'Valsh auf. Als ihn die Nachrichten erreichten, bot er sofort an, zu den Fremden zu gehen und ›Friedensverhandlungen‹ mit ihnen zu führen. Doch die verschiedenen Regierungen waren nicht bereit, ihm dabei Unterstützung zu gewähren: Die eine Hälfte beklagte den Tod oder die Entführung ihrer Oberhäupter; die andere gab sich dem Zorn über Lösegeldforderungen der Piraten hin.

Krieg brach aus: *Ahkh*, ›der‹ Krieg, wie ihn die Vulkanier nannten — eine Bezeichnung, die alle anderen Kriege auf die Bedeutung von Stammesfehden reduzierte. Es wurde kein Geld bezahlt: Wenn man auf die Forderungen der Fremden eingegangen wäre, hätte sich der ganze Planet in ein Armenhaus verwandelt. Außerdem wußten die Vulkanier aus eigener, bitterer Erfahrung, daß man den Erpresser nicht loswurde, indem man auf seine Forderung einging. Ihre Raumschiffe waren nach wie vor unbewaffnet — viele Historiker wundern sich noch immer darüber, warum die vulkanischen Kriege nicht auch ins All getragen wurden —, aber das änderte sich bald, und manche Waffensysteme konnten unmöglich von den Sensoren eines Feinds erfaßt werden. Die besten PSI-Talente des Planeten brachen auf, entschlossene Adepten, in der Kunst des geistigen Unterminierens bewandert. Sie überzeugten die Duthulhiv-Piraten davon, daß Waffen nicht alles waren. An Bord ihrer Kreuzer rissen die Fremden Energiekanonen aus ihren Sockeln; Piloten programmierten in aller Seelenruhe fatale Kollisionskurse und achteten nicht auf die entsetzten Schreie ihrer Gefährten. Vulkan sendete die Bilder der Zerstörung nach Etosha, um dort keinen Zweifel daran zu lassen, wer das Chaos herbeigeführt hatte. Die Botschaft war ganz klar: *Wenn ihr uns zu töten versucht, so erwartet euch das Verderben.*

Der Kontakt mit den Piraten war die erste und schwierigste Probe für den vulkanischen Pazifismus. S'task stellte sich der Herausforderung auf eine ganz andere Weise als sein Lehrer — zu jenem Zeitpunkt wichen ihre Meinungen bereits stark voneinander ab. S'task gehörte zu dem Begrüßungskomitee in Shi'Kahr und wurde ebenfalls als Geisel genommen. Er organisierte eine Rebellion, die vielen Piraten das Leben kostete. Er brach seinem Folterer das Genick, zerstörte die Datenbanken des Schiffes, setzte die Mitgefangenen auf Vulkan ab und ließ den Kreuzer anschließend mit hoher Geschwindigkeit ins Mutterschiff der Piraten rasen — der Zusammenprall brachte Tausende von Duthulhiv und fast auch ihn selbst um. Nur sein bemerkenswertes Kalkül rettete ihn: Einige Wochen später, nach einer langen Suche, fand man ihn in einer Rettungskapsel im L5-Orbit. Er war halb verdurstet, klammerte sich mit reinem Zorn am Leben fest. Man brachte ihn heim, und Surak eilte sofort zu seinem Krankenbett — um ihn zu tadeln. Mit den Worten »Ich habe meinen besten Schüler an den Wahnsinn verloren« begann die Trennung.

Kein Autor berichtet uns von den schmerzvollen Gesprächen, die Surak und S'task führten. Von Zeitgenossen wissen wir nur, daß sie Tage dauerten. Der Lehrer trachtete danach, seinen Schüler zur Vernunft zu bringen, und dabei mußte er feststellen, daß der Schüler eigene Argumente gefunden hatte, die er nicht aufgeben wollte. Friede, so meinte S'task, sei der falsche Weg ins Universum, das nun auf Vulkan wartete. Um nicht den barbarischen Völkern im All zum Opfer zu fallen, war eine Demonstration von Macht notwendig — und auch Gewaltanwendung, wenn sich das nicht vermeiden ließ. Während der nächsten Monate legte S'task in den Informationsnetzen und ›Gedankenbäumen‹ seine Ansichten dar, und sie riefen ein großes Echo hervor. Suraks Lehren hatten wesentlich mehr Anhänger, aber Majorität allein hat auf Vulkan nie eine bedeutende Rolle gespielt. Deshalb überraschte es niemanden, als gegen Ende des Jahres 139 955 Tumulte begannen. Kleine Städte wurden geplündert oder niedergebrannt. Surak kam fast bei den Unruhen in Nekhie ums Leben, als er versuchte, mit Leuten zu verhandeln, die den Frieden ablehnten.

S'task zog sich zurück und suchte nach Lösungen. Er liebte seinen Lehrer, obwohl er inzwischen seine Philosophie verabscheute. Eine Fortsetzung ihres Disputs, so begriff er, zerstörte alle Chancen Vulkans, als geeinte Entität jenen Mächten gegenüberzutreten, die den Planeten beobachteten. (Die vermutete Observation fand Ende 139 954 eine Bestätigung, als ein weiteres Schiff von Etosha eintraf und sich vor Entdeckung sicher wähnte. Die Trockenheit der Wüste hat das Wrack über Jahrtausende hinweg gut erhalten: Es liegt noch immer außerhalb von Te'Rikh; Wächter der vulkanischen Parkverwaltung halten es sehr sorgfältig von Sand frei.)

S'task sah sich mit einem sehr schwierigen Problem konfrontiert, und er war kein Narr: Er glaubte sich im Recht und wußte, daß Surak ebenso empfand. Irgendwann würde sich eine Seite durchsetzen, aber auf tragische Weise, nicht mit einem Triumph. Eine der beiden Anschauungen errang früher oder später den Sieg über die andere, doch der Preis dafür bestand aus Jahrhunderten des Blutvergießens, aus einer Welt, die nie völlig eins sein konnte. S'task sah die Gefahr, daß sich das alte Muster wiederholte; seine Vision von einem stolzen, starken Planeten unter vielen anderen würde zu einem weiteren Etwas werden, um das man Krieg führte. Er stellte sich vor, wie das Ziel in Vergessenheit geriet, verdrängt vom Groll, über Hunderte von Jahren hinweg gesät. Allein aus diesem Grund lehnte es S'task ab, vollkommen konsequent zu sein und einen Bürgerkrieg zu riskieren. Aber auch eine andere Frage beschäftigte ihn, und sie zeichnete sich durch eine ethische Natur aus: Als Suraks Schüler wußte er, daß keine Sache — ganz gleich wie gut und erstrebenswert — auf der Grundlage eines negativen Anfangs Früchte trug. »Die Struktur der Raum-Zeit«, hatte Surak bei ihrem ersten Treffen betont, »gibt den Mitteln Priorität, nicht dem Zweck. Nur ein makelloser Beginn ermöglicht auch einen einwandfreien Erfolg.« Diesen Grundsatz nahm sich S'task zu Herzen.

Er schlug einen sauberen Anfang vor, und seine Anregungen erzielten enorme Wirkungen in den Gedankenbäumen und Informationsnetzen. Wenn die Welt nicht funktionierte, so sollten jene Vulkanier, die mit ihr unzufrieden waren, eine neue schaffen. Man nehme die von den Fremden gebrachte Technik, entwickle sie mit der vulkanischen Wissenschaft weiter und suche nach einem anderen Planeten, um dort das Erhaltenswerte zu bewahren und Neues wachsen zu lassen. S'task stellte eine zweite Heimat in Aussicht, die wahre, *bessere* Welt Vulkan.

Fünfzig Jahre lang dauerten die Diskussion, während man interstellare Raumschiffe baute, neuerliche Piratenangriffe abwehrte und die ersten Radiosignale von weiter entfernt lebenden Völkern empfing. Nach und nach versammelten sich die Achtzigtausend um S'task, und am 12. Ahhahr 140 005 verließ das erste Schiff den Orbit, die *Reas Helm*. Es glitt ins große Schweigen, das zweitausend Jahre lang nicht gebrochen werden sollte. Als die *Helm* den Subantrieb aktivierte, schickte sie eine letzte Botschaft, die viel Verwirrung stiftete. Es handelte sich um einen einzelnen Vers in der *Stehet*-Art.

Wie bei allen Formen der vulkanischen Poesie ist die Übersetzung nicht absolut korrekt, doch in diesem Fall fanden weitaus mehr Übertragungen in andere Sprachen statt als zum Beispiel in bezug auf T'sahens *Kritik*. Am Bedeutungsinhalt besteht also kaum ein Zweifel:

Inthronisiere die Vergangenheit;
auf diese Weise finden dich Feuer
und altes Blut wieder:
Besser Herzen brechen
als Welten.

Es war das Letzte Lied, S'tasks Abschied von Vulkan, und auch sein letztes Gedicht. Nachher zerriß er die Saiten seiner *Ryill* und schuf bis zu seinem Tode kein anderes Lied. Manche Vulkanier sehen darin einen größeren Verlust als in dem Aufbruch der Achtzigtausend oder dem vielfachen Tod, als sie zweitausend Jahre später zu den Räten der Welten zurückkehrten.

In ihrer Abwesenheit, unter Suraks Anleitung, wurde Vulkan eins. Man hat viel über diese seltsame Ironie des Schicksals geschrieben: Von den Piraten ging eine Gefahr aus, die Vulkan zu vernichten drohte, aber gleichzeitig waren sie das Instrument der Einigung und verwandelten einen Planeten, der bis dahin *nur* den Krieg gekannt hatte, in ein Musterbeispiel des Friedens. Es heißt, das Böse triumphiert häufig übers Gute — es sei denn, das Gute ist sehr, sehr vorsichtig. Nun, das stimmt. Aber es sollte hinzugefügt werden: Das Gute erhält oft Hilfe, die auf den ersten Blick betrachtet böse zu sein scheint, und »selbst Gottes Feinde gehören zu seiner Schöpfung«. Surak setzte sich für eine Idee ein — und opferte sich schließlich dafür —, deren Zeit gekommen war. Eine Idee, deren Verwirklichung Neid und Sehnsucht zu anderen Welten trug. Doch die Schattenseite dieser Vision, die unvollständige, gescheiterte Seite, blieb Teil seiner Gedanken. Nach Suraks Tod fand man folgenden Vers bei seinen Schriften:

Entthrone die Vergangenheit;
auf diese Weise kommen neue Tage,
wenn auch leeren Herzens:
O die lange Stille,
mein Sohn!

KAPITEL 3

Selten zuvor hatte sich Leonard McCoy in einer komfortableren Kabine aufgehalten. Dieses Schiff war ein ziviler Liner, für den nicht die Starfleet-Vorschriften galten, und als Ehrengast — als Passagier der Ersten Klasse — genoß er vollen Luxus. Er vermutete, in den vergangenen drei Wochen ein halbes Kilo zugenommen zu haben. Das Leben an Bord der USS *Enterprise* mochte nicht so bequem sein, aber es hielt einen wenigstens in Form. Nun, nach diesem besonderen Auftrag kehrte er zu Jim Kirk zurück, um wieder ›durch Galaxien zu hüpfen‹, wie es jemand genannt hatte. McCoy lächelte schief. Die *Wega* flog mit Warp 3 durch den Subraum, und eine derartige Geschwindigkeit genügte sicher nicht, um die nächste Galaxis zu erreichen. *Wir hüpfen* an Sonnensystemen *vorbei ...,* dachte der Arzt.

Er schob den Sessel vom Schreibtisch und der auf komparative Xenobiologie programmierten Datentafel zurück, gähnte, hob die Hand zum Mund und beobachtete, wie die abgerufenen Informationen vom Bildschirm verschwanden — der Drucker gab sie als Hardcopies aus. *Dies ist kaum weniger als ein Urlaub,* fuhr es McCoy durch den Sinn. Die orbitale Forschungsstation von Zeta Reticuli brauchte nicht unbedingt *ihn* für eine Inspektion — jeder Senior-Mediziner von der Starfleet-Akademie hätte genügt. Aber man wollte dort den berühmten Dr. McCoy von der berühmten *Enterprise,* und Command gab grünes Licht.

Deshalb war er hier: Leonard H. McCoy, ein fünfzigjähriger medizinischer Wunderknabe, der in der Ersten Klasse eines Luxusliners reiste und an einem Vortrag arbeitete, den man bald von ihm erwartete. Er bekam kaum Bewegung, litt an Langeweile und wünschte sich an einen anderen Ort. Man konnte auch zuviel Ruhe bekommen ...

Elektronische Komponenten zirpten leise, als sie die Datenübertragung beendeten. Ein Folienbündel rutschte ins Ausgabefach des Druckers, und McCoy dachte dabei an ein Huhn, das nur widerstrebend ein Ei legte. Er griff danach, blätterte und hielt nach Tippfehlern Ausschau, in der Hoffnung, sich mit Korrekturen die Zeit zu vertreiben. Natürlich fand er keine — darin bestand ja gerade der Sinn einer Textbearbeitung am Bildschirm. Aber er verlor nie die Hoffnung und erinnerte sich an den Defekt in den Prozessoren der *Enterprise*-Krankenstation: Dadurch war jedes fünfte Wort im monatlichen Gesundheitsbericht Jim Kirks mit einer zufälligen Auswahl der schlimmsten Obszönitäten in sieben Föderationssprachen überdruckt worden. Jim hatte gelacht, und selbst Spock reagierte, indem er eine Braue wölbte. Aber McCoy spürte nur tiefe Verlegenheit, entschuldigte sich mehrmals und beschloß, in Zukunft besser aufzupassen. Deshalb seine Sorgfalt bei der Vorbereitung dieses Manuskripts. Nach der Ansprache vor den Medizinern der Zeti Reticuli-Station sollte seine Rede in der August-Ausgabe einer Fachzeitschrift erscheinen, deren Redaktion Fehler bestimmt nicht lustig fand. Er ließ die geprüften Folien sinken und blickte nachdenklich darauf hinab. *Es wiederholt sich immer wieder. Vier Entwürfe, jeder von ihnen bestens in Ordnung — aber trotzdem frage ich mich, ob ich irgend etwas übersehen habe. Nun, vielleicht beruhigt mich der fünf ...*

Plötzlich hob sich ihm das Deck entgegen, und die *Wega* erzitterte so heftig wie ein vom Hund geschüttelter Knochen.

Das ist unmöglich, ertönte eine rationale Stimme inmitten seiner Gedanken. *Nein,* widersprach eine andere, als der Magen weitere Daten übermittelte. Irgend etwas hatte das künstliche Gravitationsfeld des Liners gestört, ihn und vermutlich alle anderen an Bord mit einem Phasenwechsel überrascht, der von Null-G bis zu 4 G reichte, bevor sich die normale Schwerkraft stabilisierte. Der Vorgang dauerte nur eine halbe Sekunde. McCoy dachte an die möglichen Ursachen: entweder eine Kollision oder …

Alarmsirenen heulten, als das Schiff den Warptransfer beendete und ins normale Raum-Zeit-Gefüge zurückfiel.

Jemand hatte auf die *Wega* gefeuert!

»Na bitte«, murmelte der Arzt. Seltsamerweise ließ der Angriff fast so etwas wie Erleichterung in ihm entstehen. Vielleicht wurde die Reise doch noch interessant …

McCoy betätigte zwei Tasten. Eine aktivierte die Sie-sind-hier-Sternenkarte an der rückwärtigen Kabinenwand; die zweite schob Abdeckflächen von den Klarstahlfenstern der Backbordseite. Während des Warpfluges hatte er sie geschlossen gehalten. Niemand — abgesehen von Spock, der die Ausnahme für so viele Regeln bildete — fand Gefallen daran, in den Subraum zu starren. Die Schirmsegmente glitten beiseite, und McCoy blickte in die interstellare Leere, obgleich er eigentlich nicht erwarten durfte, irgend etwas zu sehen.

Doch diesmal *sah* er etwas.

Ein oder zwei Sekunden lang bot sich ihm nur samtene Schwärze dar, durchsetzt von den Lichtpunkten ferner Sterne. Die Bewegung kam aus dem Nichts, ein vibrierendes Wallen, das die Sterne flackern ließ und sie dann verschlang. Ein Raumschiff materialisierte, hing weniger als fünfhundert Meter entfernt im All. Viel zu nahe … Doch das kümmerte den Captain jenes Schiffes sicher nicht, wenn McCoy die Silhouette richtig deutete.

Klingonen standen kaum in dem Ruf, die Verkehrsvorschriften der Föderation zu achten.

Zum Glück — *Glück?* — handelte es sich nicht um die ebenso vertraute wie gefürchtete Geierform eines

Schlachtkreuzers der *Akif-* oder *K't'inga*-Klasse. Dieser Raumer war kleiner und schnittiger, eine *K'hanakh*-Fregatte mit genug Feuerkraft, um irgendein Ziel in eine Elektronenwolke zu verwandeln. Aber bei allen Heiligen — warum trieb sich ein klingonisches Schiff so tief im Föderationsraum herum? Andererseits ... *Wir sind der romulanischen Neutralen Zone recht nahe, und die Romulaner benutzen häufig klingonische Raumer.* Ein romulanischer Kreuzer wäre McCoy *viel* lieber gewesen.

Das Kriegsschiff schien seinen Wünschen entsprechen zu wollen, drehte sich langsam mit Hilfe der Manövriertriebwerke und schwebte der *Wega* entgegen. Die Konturen lösten sich wieder auf. Aber bevor sie verschwanden, sah Leonard die Insignien an der Unterseite — eine abstrakte Darstellung, die einen Raubvogel mit ausgebreiteten Schwingen zeigte. Dann schien sich hinter dem Fenster nur noch leerer Weltraum zu erstrekken. McCoy blickte auch weiterhin in den Kosmos, obwohl es überhaupt nichts mehr zu sehen gab, drehte sich dann um und griff nach den Folien. *Tarnvorrichtung,* überlegte er. *Alles klar. Tja, das wär's dann wohl. Ich verabscheue es ohnehin, Reden zu halten.*

Er streifte sich die Jacke über und lief los — die automatische Tür öffnete sich gerade noch rechtzeitig vor ihm. Leonard kannte die innere Struktur der *Wega* nicht besonders gut, aber er wollte zur Brücke, und zwar so schnell wie möglich. Chaos wogte in den Korridoren. Überall eilten panikerfüllte Passagiere umher, die nicht wußten, was geschehen war. Wahrscheinlich hätten sie noch wesentlich mehr Furcht empfunden, wenn ihnen die Wahrheit bekannt gewesen wäre. Es gelang ihm, einen vorbeihastenden Steward des Liners festzuhalten — einen Sulamiden —, und kummervoll beobachtete er die blaugrünen Flecken an den Tentakeln. Dieser Sulamid war so entsetzt, daß er seine guten Manieren vergaß und die über Emotionen Auskunft gebende Pigmentierung nicht mehr kontrollieren konnte.

»Sir, Sir, Weg fortsetzen, Eile wichtig/bedeutend jetzt«, brachte er hervor und versuchte, sich aus dem Griff des Arztes zu befreien.

»Einen Augenblick, Mister«, erwiderte McCoy und ließ den Steward nicht los. »Bringen Sie mich zur Brükke. Ich muß mit dem Captain reden.«

»Verboten die ganze Zeit über Passagiere im Kontrollraum, doppelt verboten diesiges Mal absolut.«

Ich hätte lieber darauf verzichtet, aber... Leonard holte eine flache Brieftasche hervor, klappte sie auf und präsentierte den fünf nächsten Pupillenstielen des Sulamiden seinen Starfleet-Ausweis. »Ich bin Passagier, ja — aber kein Zivilist.« Er versuchte, das ungeduldige Knurren aus seiner Stimme zu verbannen und benutzte kurze Wortfolgen, damit ihn der Steward besser verstand. »Autoritätsvorrang: Offizier, Status, Kenntnisse ähnlicher Situationen aktuell. Bitte *sofortiger* Kontakt Brücke/Captain!«

Der Sulamid starrte mit allen acht Augen, zuerst auf die ID-Karte und dann in McCoys Gesicht. »Kenntnisse ähnlicher Situation anwendbar jetzt?« fragte er hoffnungsvoll.

Da hast du leider recht, Bursche. »Wissen ja. Trotzdem Präsenz lebend/gesund. Bestätigung Überleben Situationen vergleichbare, ja? Bitte Kommunikation mit Captain, dringend.«

Es raschelte, und drei Greiftentakel zuckten nervös. Schließlich rang sich der Sulamid zu einer Entscheidung durch und neigte zwei Pseudopodienspitzen zu Boden. McCoy kannte die Körpersprache dieser Nonhominiden gut genug, um die Geste als Äquivalent eines verzweifelten Schulterzuckens zu erkennen. Starfleet oder nicht Starfleet — ganz offensichtlich rechnete der Steward mit Schwierigkeiten vom Captain. »Sir zur Brücke folgen mir«, sagte er und stürmte davon, ohne eine Antwort abzuwarten.

»Zum Teufel mit der üblichen Prozedur! Senden Sie einen Subraum-Notruf auf allen Frequenzen, bevor unsere KomSignale gestört werden ...«

»... vollkommen manövrierunfähig! Das Impulstriebwerk? Wollen Sie mich auf den Arm nehmen? Ich habe gesagt, daß wir *vollkommen* manövrierunfähig sind, oder ...?«

»Wir haben uns eindeutig identifiziert! Die Angreifer wußten also, daß die *Wega* kein militärisches Schiff ist!«

»Und genau *deshalb* haben sie uns angegriffen! Wenn wir ein Starfleet-Kreuzer wären, hätten sie es bestimmt nicht gewagt ...«

»Wer sind sie überhaupt ...?«

McCoy und der ängstliche Sulamid betraten eine Brücke, auf der ziemliches Durcheinander herrschte, und einige Sekunden lang blieben sie unbemerkt. Dann drehte jemand mit den Streifen des Ersten Offiziers und einem langen Schnurrbart seinen Sessel, um auf die Tasten einer Konsole zu hämmern. Er sah etwas Unerwartetes und blinzelte verblüfft. »Was zum ...! Sie! Wer sind Sie, zum Teufel? Nein, antworten Sie nicht — verschwinden Sie aus dem Kontrollraum, Mister! *Auf der Stelle!*«

»Ich kenne die Identität der Angreifer«, sagte McCoy unbeeindruckt. »Ich habe sie gesehen und ...«

»Captain Reaves!« rief jemand vom Kommunikationspult. »Es sind orionische Piraten, Sir! Ich habe ein ID-Signal empfangen, bevor sie die Kom-Abschirmung wiederherstellten ...«

»Visueller Kontakt?« Der Captain des Liners *Wega* wandte sich halb um, warf McCoy einen finsteren Blick zu und schenkte den beiden Eindringlingen dann keine Beachtung mehr, weil wichtigere Dinge seine Aufmerksamkeit erforderten.

Aber McCoy ließ sich nicht so einfach ignorieren. »Sie können das Schiff nicht orten, Captain«, sagte er und kam einer Antwort des zuständigen Brückenoffiziers zuvor. »Es ist getarnt.« Er nutzte die plötzliche Stille, um ruhiger hinzuzufügen: »Es war reines Glück, daß ich genau zum richtigen Zeitpunkt aus dem Kabinenfenster sah, Captain Reaves. Ich habe beobachtet, wie der Raumer den Warptransfer unterbrach und die Tarnvorrichtung aktivierte. Bestimmt hat er inzwischen die Phaserkanonen auf uns gerichtet und ...« Leonard unterbrach sich, als er den Gesichtsausdruck des Kommandanten bemerkte. »Sie glauben mir nicht.«

»Mister, ich ...«

»Doktor, Captain. Der Medizin.«

»Na schön, Doktor. Sie haben *gesehen*, wie die Angreifer aus dem Subraum kamen, und anschließend *sahen* sie, wie sich das Schiff tarnte. Wenn Sie Mediziner sind ...« — Reaves' Tonfall deutete darauf hin, daß er daran zweifelte —, »dann dürfte Ihnen klar sein, wie so etwas klingt.«

»Hier.« Zum zweitenmal innerhalb von fünf Minuten holte McCoy seinen Starfleet-Ausweise hervor und hielt ihn vor die Augen des Captains. »Ich bin Doktor *und* Commander. Ich weiß, wovon ich rede. Es spielt überhaupt keine Rolle, ob das ID-Signal die Fremden als Orioner, Gorn oder meine alte Tante Matilda identifiziert! Direkt vor unserer Haustür befindet sich eine von Klingonen gebaute romulanische Kriegsschwalbe, und deshalb sollten Sie mir besser zuhören. Wenn der Gegner die normalen Frequenzen blockiert, so versuchen Sie es mit einem gebündelten Tachyonenstrahl ...«

»Sie scheinen recht einfallsreich zu sein, Doktor.« Reaves starrte auf zwei Bildschirme, fluchte und wandte sich von ihnen ab. »Wissen Sie *wirklich*, wovon Sie reden?«

McCoy schnaufte leise. »Ihr Kom-Offizier hat inzwischen begriffen, was ich meine, oder? Bitte unterbrechen Sie mich nicht noch einmal und ...«

»Terranischer Starliner *Wega:* Wir haben Sie im Fokus unserer Phaser. Versuchen Sie nicht, sich mit Deflektoren zu schützen. Bereiten Sie sich darauf vor, ein Enterkommando zu empfangen.«

Die neue Unterbrechung ging nicht auf den Captain oder ein Besatzungsmitglied zurück. Es war eine krächzende, fast unverständliche Stimme, die aus den Lautsprechern der automatischen Translatoren drang, verzerrt von den energetischen Emissionen einer aktivierten Tarnvorrichtung. Schockiertes Schweigen folgte den Worten. Die Brückenoffiziere sahen sich bestürzt an, richteten dann hilflose Blicke auf McCoy und Reaves.

Der junge Mann an den Kontrollen der externen Scanner hob nicht den Kopf und betätigte einige Tasten. »Visueller Kontakt, Sir.« Eine Sekunde später schnappte er hörbar nach Luft, als ein Bild auf dem Wandschirm entstand.

Zuerst waren die Konturen verschwommen, aber sie wurden rasch deutlicher. Das Kriegsschiff tarnte sich nun nicht mehr, und Leonard sah den drohenden roten Glanz von geladenen Phaserkanonen. *Die Warnung ist also kein Bluff.* McCoy nickte langsam. Romulaner und Klingonen blufften nicht, wenn ihnen überlegene Feuerkraft zur Verfügung stand.

»O Gott«, hauchte jemand. Vier schimmernde Energiesäulen formten sich auf der Brücke, und die aus den übrigen Sektionen des Schiffes eintreffenden Meldungen bestätigten, daß überall an Bord solche Transferfelder entstanden. Die Säulen funkelten und gleißten, gebaren Menschen.

Nein — Romulaner.

Die uniformierten Soldaten hielten gefährlich aussehende Intervaller in den Händen; nur der Offizier trug keinen Helm, und die Mündung seines Phasers deutete zu Boden. Mit einem kühlen, neutralen Gesichtsausdruck, wie ihn McCoy von Vulkaniern her kannte, sah er sich auf der Brücke um, musterte den Mann im Kommandosessel und lächelte. »Ich bin Subcommander tr'Annhwi, Befehlshaber des Reichskreuzers *Rächer.*« Er sprach gutes Föderationsstandard, wenn auch mit einem ausgeprägten Akzent. »Alle Personen an Bord dieses Schiffes sind meine Gefangenen.«

»Reaves, J. Michael, Captain des zivilen Starliners *Wega,* Heimathafen Sigma Pavonis IV.« Seine Stimme klang ruhig, doch die Finger schlossen sich fester um die Armlehnen des Sessels. »Ist zwischen Föderation und Reich offiziell der Krieg erklärt worden, Subcommander? Wenn das nicht der Fall sein sollte, so verlange ich eine Erklärung dafür, was Sie an Bord meines Schiffes zu suchen haben.«

»Ich halte Ihre Selbstbeherrschung für anerkennenswert, Captain h'Reeviss. Ein sehr kluges Verhalten unter den gegenwärtigen Umständen. Ich möchte den Dienstplan der Crew sowie die Fracht- und Passagierlisten sehen.«

»Zur Hölle mit dir, verdammter Pirat!« Reaves war erst halb aufgestanden, als ein Phaserstrahl dicht vor ihm übers Deck kochte.

»Vorsichtig, Captain. Setzen Sie sich.« In Subcommander tr'Annhwis Tonfall erklang noch immer kühle Erheiterung, doch er lächelte nicht mehr, und der Ärger in seinen zusammengekniffenen Augen vertrieb jede Ähnlichkeit mit einem logisch-rationalen Vulkanier. »Wenn Sie mich noch einmal beleidigen, werden Sie erschossen. Wenn Sie mich angreifen, werden Sie erschossen. Wenn Sie sich nicht an meine Anweisungen halten, werden Sie erschossen. Ist das klar, h'Reeviss, J. Maik'ell?« Der Captain gab keine Antwort, aber tr'Annhwi nickte trotzdem. »Gut. Projizieren Sie die Informationen auf diesen Bildschirm. Meine Unterzenturio kümmert sich um den Rest.«

McCoy blieb still und beobachtete, wie Datenkolonnen unter tr'Annhwis interessiertem Blick über den Monitor wanderten. Der Arzt drehte einen leeren Sessel um, nahm darin mit der Gelassenheit eines Mannes Platz, der sich seinem Schicksal fügte. *So müssen sich im zwanzigsten Jahrhundert Patienten gefühlt haben, wenn sie erfuhren, an Krebs zu leiden. Inzwischen ist es uns gelungen, jene Krankheit zu besiegen, aber das Empfinden existiert nach wie vor.*

»Diese Namen — beziehen Sie sich auf Besatzungsmitglieder oder Passagiere?« fragte tr'Annhwi. Er bekam erst Antwort, als er nach dem Auslöser seines Phasers tastete, und sie stammte nicht etwa von Captain Reaves, sondern von einem der Junior-Offiziere.

»Die Informationen werden in der von Ihnen bestimmten Reihenfolge präsentiert, Subcommander. Crew, Fracht und zum Schluß die Passagiere.« Der junge Mann schaffte es, in der kurzen Erklärung subtile Verachtung zum Ausdruck zu bringen, aber tr'Annhwi hörte sie nicht.

»In Ordnung«, sagte er. »Fahren Sie auf meinen Befehl hin fort. *Erein t'Hwaehrai, h'tah-fveinn lh'hde hnhaudr tlhei.* Beginnen Sie jetzt.« Jeweils nach einigen Sekunden brummte der Subcommander ein knappes ›Halt‹ und wartete, während die Unterzenturio Tasten drückte und einige Passagen markierte. »Die Genauigkeit der Angaben wird natürlich überprüft«, sagte tr'Annhwi über die Schulter hinweg. »Keine Kommentare, Captain?«

»Die Daten sind exakt«, entgegnete Reaves verdrießlich.

»Wie Sie meinen.« Der Subcommander klopfte auf den dunkel gewordenen Bildschirm. »Fertig? Dann lassen Sie alles ausdrucken.« Die Unterzenturio bedachte ihn mit einem fragenden Blick. *»Lloann'na ta'khoi; t'Hwaehrai haudet s'tivh qiunn aedn'voi.«*

»Ie, erei'Riov.«

Ein Drucker summte in der Stille, und kurz darauf griff Unterzenturio t'Hwaehrai nach einigen Folien. Sie blätterte darin und vergewisserte sich, daß tr'Annhwis Anmerkungen zu den Aufstellungen gehörten, bevor sie ihm die Unterlagen reichte.

»Eine interessante Mischung, nicht wahr?« Es hätte harmlos geklungen, aber die Tatsache, daß er diese Worte auf Föderationsstandard formulierte, verlieh ihnen eine besondere Bedeutung. »Mal sehen. Frachtkammer *A*. Alkoholische Getränke, hundertsiebenundfünfzig Hektoliter.« Er klopfte nachdenklich mit einem Datenstift an die Zähne, überlegte, schrieb ein Zeichen auf die Seite und las weiter. »Textilien: Seide, Wolle, synthetische Materialien. Proteine: Grundnahrungsmittel, erlesene Spezialitäten und Gourmet-Delikatessen, in Stasiseinheiten untergebracht. Salz und Gewürze, insgesamt dreiundsechzig Kilo.

Kammer *B*. Pharmazeutische Artikel.« Wieder eine Markierung, diesmal eine andere — der Stift bewegte sich nicht so wie vorher. »Gesteinsproben, anderthalb Tonnen. Getreide und Phosphate, zweitausendvierhunderteinundvierzig Tonnen. Maschinenteile.« Erneut schrieb tr'Annhwi etwas, und dabei lächelte er grimmig. »Maschinenteile — natürlich.«

McCoy entspannte sich ein wenig und glaubte allmählich, daß keine ernste Gefahr drohte.

»Und schließlich Frachtkammer *C*. Kunstgegenstände. Zwanzig Gemälde. Drei Skulpturen. Eine mit Helm ausgestattete Göttinnenbüste, aus Marmor, griechische Epoche Terras; ein Konglomerat geschliffener Kristalle, die Gedanken symbolisieren, Hamalket, zweite T'r'lkt-Ära; ein unvollständiges Porträt, angefertigt aus mehreren Substanzen, Deirr-Moderne; Post, tausendachthundert Briefe und Päckchen; Industriealkohol, siebenhundertfünfundneunzig Hektoliter.«

Tr'Annhwi lächelte nach wie vor, als er spöttisch auf die Frachtliste klopfte und Reaves ansah. »Rauschmittel *und* Drogen. Solche Güter sind verboten, Captain. Sie müssen dafür mit Strafe rechnen.«

Reaves sprang zornig auf, aber die Läufe von zwei Intervallergewehren berührten ihn an den Schultern und zwangen ihn, reglos stehenzubleiben. Tr'Annhwi beobachtete die Wut im Gesicht des Terraners und schmunzelte zufrieden. »Offenbar haben Sie meine Hinweise vergessen, Captain. Erinnern Sie sich daran, wenn Sie nicht sterben wollen. Was die ›Maschinenteile‹ betrifft … Selbst bei den Klingonen wird diese Bezeichnung nicht mehr verwendet, um über Waffen hinwegzutäuschen. Übrigens: Was auch immer man in Starfleet von uns denkt — das Reich hält den unerlaubten Transport von Waffen für illegal und teilt damit die Ansicht aller zivilisierten Personen. Noch eine Strafe für Sie.«

»Dieses Schiff transportiert keine illegalen Waren«, sagte Reaves. Er sprach so langsam, als bemühte er sich, einem intelligenten Zweijährigen etwas zu erklären. »Es befinden sich keine Drogen an Bord, nur die von der neuen Zeta Reticuli-Forschungsstation angeforderten Arzneien. Der Alkohol wurde vom Malory-Lynne-Stephens-Bergbaukomplex auf Sisyphus geordert. Darüber hinaus haben wir keine versteckten Waffen oder dergleichen geladen, Subcommander tr'Annhwi. Sehen Sie sich meinetwegen in den Frachtkammern um.«

»Oh, das hatte ich ohnehin vor, Captain. Aber besten Dank für Ihre Erlaubnis. Von den vier Schiffen, die wir heute durchsucht haben, ist dies das interessanteste.«

»*Was?*«

»Die Ehre mag Ihnen einzigartig erscheinen, aber Sie sind nicht der wichtigste Grund für meinen Abstecher ins Raumgebiet der Föderation. Obgleich der Liner dazu werden könnte. Wer weiß? Nachdem ich die Passagierlisten gelesen habe …«

»Es sind mehr als viertausend Passagiere an Bord, Subcommander. Ich nehme an, Sie haben viel Zeit.«

»Genug, um bestimmte Namen zu finden. Anschließend überlegen wir, ob noch mehr Zeit notwendig ist — vielleicht für die Vernichtung Ihres Schiffes. Zeigen Sie mir die Rubriken K, M und S.«

Endlich, dachte McCoy. Trotz der Erleichterung begann er zu schwitzen. *Der Bursche hat lange genug ge-*

braucht. Ich habe schon gefürchtet, daß alles umsonst gewesen ist.

Die Brückenoffiziere spürten, wie eine sonderbare Anspannung entstand, deren Ursache ihnen verborgen blieb. Sie beobachteten Subcommander tr'Annhwi, als er stumm die drei genannten Sektionen in den Passagierlisten las und dabei kaum zu atmen schien. Dann überflog er die ganze Aufstellung, die insgesamt viertausendzweihundertdreiundsiebzig Namen enthielt.

»Was bedeutet dieses Fragesymbol?« erkundigte er sich nach einer Weile.

»Es gilt den fehlenden Passagieren«, erwiderte der Junior-Offizier, der zuvor mit gut verhüllter Verachtung geantwortet hatte. Als tr'Annhwi verwundert die Brauen hob, erläuterte er: »Damit sind Personen gemeint, die den Flug im voraus gebucht haben, jedoch nicht an Bord kamen.«

»Ah.« Große Genugtuung erklang in der Stimme des Subcommanders, als seien ihm plötzlich viele Dinge klargeworden. »Und insgesamt sind es nur einundzwanzig.« Er griff nach der Folie, die Unterzenturio t'Hwaehrai vorbereitet hatte, strich mit dem Zeigefinger über die Namen. »Brickner, G.; Bryant, E.; B'tey'nn; Farey, K.; Farey, N.; Ferguson, B.; Friedman, D.; Gamble, C.; Gamble, D.; H'rewiss ... Alle hier genannten Personen wurden erwartet, trafen jedoch nicht ein?«

»Ja.«

»Hm. H'rewiss, ja; Johnson, T.; Kh'Avn-Araht; King, T.; Meacham, B.; Meier, W. *und* Meier, W ... Faszinierend. Sadek; Sepulveda, R.; Siegel, K.; Talv'Lin; T'Pehr.« Der Romulaner schob das Blatt zu den anderen und brummte voller Abscheu. »Ich verstehe, warum Vulkanier und ein Tellarit an Bord eines terranischen Schiffes reisen, Captain. Aber einige der anderen sind nicht einmal *humanoid*.« Er blickte kurz zum Sulamid-Steward.

»Darum geht es hier nicht, Subcommander«, sagte

Reaves und starrte tr'Annhwi an. »Kommen Sie zur Sache.«

Kurze Stille folgte, und dann hob der Romulaner die Schultern. Offenbar verstand er die Reaktion des Captains nicht und wollte keine Zeit damit verschwenden, sie zu ergründen. »Na gut. Wie Sie meinen. Sie haben recht: Darum geht es hier nicht.«

Er wandte sich wieder an t'Hwaehrai, die am Computerterminal saß. »Beginnen wir mit der Arbeit. Captain, vielleicht sind Sie ebenfalls der Meinung, daß einige höchst interessante Entdeckungen möglich sind, wenn man die Daten dieser Passagiere mit dem jeweiligen Einschiffungshafen und der Fracht korreliert.«

Reaves blinzelte und wußte zunächst nicht, worauf tr'Annhwi hinauswollte. Dann dämmerte ihm die Erkenntnis, und er sah von t'Hwaehrai, deren Finger erneut über die Tasten huschten, zu dem zufriedenen Lächeln des Subcommanders. »Ganz gleich, was Sie denken«, sagte er. »Sie irren sich.«

»Tatsächlich? Vielleicht. Aber vielleicht auch nicht.«

»Ta'hrenn, erei'Riov!« Unterzenturio t'Hwaehrai strahlte. *»Eh't ierra-tai rh'oiin hviur ihhaeth.«*

»Hnafirh 'rau.« Tr'Annhwi beugte sich vor und las die Zeichenfolgen auf dem Schirm. Sein Lächeln wuchs in die Breite. *»Ie. Au'e rha. Khnai'ra rhissiuy, Erein.* Genau damit habe ich gerechnet, Captain, trotz Ihrer Einwände. Behaupten Sie noch immer, daß niemand in diesem Schiff die Passagiere Sadek, T'Pehr, Kh'Avn-Araht und die beiden zufälligerweise identischen Meiers gesehen hat?«

»Natürlich. Sie kennen die Liste. Die genannten Personen befanden sich nicht an Bord, als wir starteten.«

»Aber in jedem Einschiffungshafen nahmen Sie Fracht auf, stimmt's?«

»Ja.«

»Und die Druck-Temperatur-Schwerkraft-Parameter im Starliner betreffen auch die Frachtkammern?«

»Ja ...«

»Wenn die ›fehlenden Passagiere‹ darüber Bescheid wüßten ... Sie könnten sich dort verstecken, nicht wahr?«

»Nein!«

»Sie scheinen sehr sicher zu sein, Captain h'Reeviss. Wenn Sie so überzeugt sind, haben Sie vermutlich nichts dagegen, die Außenschotten der Kammern fünfzehn Minuten lang zu öffnen.«

»Kommt überhaupt nicht in Frage!« Reaves schlug mit der geballten Faust auf die Armlehne des Kommandosessels; die wachsamen romulanischen Soldaten in seiner Nähe richteten ihre Waffen auf ihn. »Vielleicht ist Ihnen nicht klar, daß mich der Vertrag verpflichtet, die Fracht unbeschädigt und in einwandfreiem Zustand abzuliefern«, sagte er und zwang sich dazu, ruhiger zu sprechen.

»Captain, vielleicht ist *Ihnen* nicht klar, daß Ihnen gar keine andere Wahl bleibt. Wenn Sie sich weigern, die Schotten zu öffnen ... Mein Waffenoffizier in der *Rächer* ist sehr geschickt. Ich gebe Ihnen fünf Standardminuten, um eine Entscheidung zu treffen.« Tr'Annhwi blickte zum Wandschirm, der das Kriegsschiff zeigte, zog einen Kommunikator vom Gürtel und hob ihn zum Mund. »Ra'kholh, *hwaveyiir 'rhae: Aihr erei'Riov tr'Annhwi.*«

»Ra'kholh, *erei'Riov. Enarrain tr'Hheinia hrrau Oira. Aeuthn qiu oaii mnek'nra?*«

McCoy hörte zu und schwitzte stärker. Reaves ahnte vielleicht etwas, aber sonst wußte niemand auf der Brücke von dem kleinen Translator, der am Brachialnerv in Leonards Unterarm ruhte. Eines stand fest: Selbst der Captain wußte nicht, wie gut das winzige Gerät funktionierte. Nach dem Levaeri V-Zwischenfall waren die intradermalen Übersetzungsmodule Starfleets mit zusätzlichen Details der romulanischen Sprache programmiert worden, darunter sogar mit Begriffen aus dem damals gebräuchlichen militärischen Jargon. Hier wurde kein Slang benutzt, weder auf der einen noch auf der anderen Seite. Der Brückenzenturio kleidete selbst sein »Alles in Ordnung?« in ein förmliches verbales Gewand. Leonard nahm an, daß Subcommander tr'Annhwi nichts von lockeren Umgangsformen hielt — und er meinte seine Drohungen immer ernst.

*»Ie, ie. Oiuu'n mnekha. Vaed'rae, Enarrain: Rhi siuren dha, iehyyak 'haerh s'*Wega *rhudhe dvaer. Ssuejd'ifv?«*

Nur die Frachtkammern? McCoy schauderte innerlich und wischte sich die schweißfeuchten Hände an der Hose ab. Ganz gleich, wie gut der romulanische Kanonier sein mochte: Die Entfernung zwischen den beiden Schiffen war viel zu gering, um die Phaserkanonen mit der erforderlichen Präzision einzusetzen. Der Abstand von nur fünfhundert Metern führte wahrscheinlich dazu, daß die *Wega* wie eine Nußschale aufplatzte; der Schaden beschränkte sich bestimmt nicht nur auf einige Löcher in den Außenschotten der Frachtsektion.

Trotzdem darfst du nicht voreilig handeln, dachte der Arzt. *Warte auf die richtige Gelegenheit. Und gib dem Burschen eine Chance zu kneifen.*

»Ie, ssuaj'ha', erei'Riov. Hn'haerth dvahr. Ra'kholh *'khoi.«* Die Fregatte drehte sich ein wenig und brachte die Hauptphaser in Position. Dann verschwand sie in statischem Flackern vom Schirm, als jemand im Kontrollraum des Kriegsschiffes ein Prioritätssignal sendete. Die Darstellung im großen Projektionsfeld an der Wand veränderte sich und bot nun einen beunruhigenden Anblick: die *Wega* aus der Perspektive romulanischer Zielanpeilungscomputer, ein Rasterschema, an dem drei orangefarbene Diamanten gleißten — der Phaserfokus.

»Fünf Minuten von jetzt an, Captain«, sagte tr'Annhwi und deutete auf die eingeblendete Zeitangabe. Zwar waren es romulanische Symbole, aber niemand zweifelte an ihrer Bedeutung. Die Zeit verstrich …

»Subcommander...!« Verzweiflung vibrierte in Reaves' Stimme. Der Captain wandte sich an seine Crew. »Nummer Eins, aktivieren Sie volle Mobilität für die Überwachungskameras in den Frachträumen. Schalten Sie dort das Licht ein und sorgen Sie dafür, daß die Bilder auf den Wandschirm übertragen werden. Visuelle Kontrolle — und *beeilen* Sie sich, um Himmels willen!«

In den Ladekammern von Föderationsschiffen waren optische Sensoren auf Schienen installiert, und das galt auch für die *Wega*. Sie übermittelten so hochauflösende Bilder, daß man in Raum *A* die Etiketten der dicken, mit saurianischem Brandy gefüllten Flaschen oder den Hinweis ›Hier oben‹ an den Arzneikisten lesen konnte. Es mußte sofort zu erkennen sein, ob etwas fehlte — oder ob sich jemand versteckte.

»Sehen Sie nur, Subcommander! Jetzt haben Sie den Beweis: Niemand verbirgt sich in den Laderäumen!«

Tr'Annhwi warf einen gelangweilten Blick auf den Schirm. »Noch drei Minuten«, sagte er und wollte sich abwenden. Einen Sekundenbruchteil später erstarrte er und sah genauer hin. »Da! Etwas hat sich bewegt!«

»Das bilden Sie sich nur...«, begann Reaves und schwieg abrupt, als der Subcommander seinen Phaser auf ihn richtete.

»Halten Sie den Mund, oder ich brenne Ihnen ein Loch in den Kopf, damit er Gesellschaft hat«, fauchte der Romulaner. Die linke Hand hob den noch immer aktivierten Kommunikator. *»Ie'yyak-Hnah!«*

Das Bild auf dem Wandschirm wechselte erneut, zeigte eine taktische Graphik der *Wega*. Blaue Linien tasteten nach dem stählernen Leib des Starliners und symbolisierten Phaserstrahlen.

Gleichzeitig knirschte und knackte es im Rumpf des Schiffes, als sich destruktive Energie hineinfraß. Die *Wega* bewegte sich in drei Richtungen, schleuderte Besatzungsmitglieder und Eindringlinge an Wände oder auf den bebenden Boden. Funken stoben aus den Brückenkonsolen, und dichte Qualmwolken wallten. Auf einigen Monitoren leuchtete der warnende Hinweis LECKS IN DER AUSSENHÜLLE, aber niemand schenkte ihm Beachtung …

Leonard McCoy stand mühsam auf und hustete sich den Gestank verschmorter Isolierungen aus den Lungen. Er hatte mehrere blaue Flecken davongetragen, und der Rücken schmerzte noch immer von dem Aufprall; es entsetzte ihn, daß die Romulaner tatsächlich bereit gewesen waren, das Feuer auf den Starliner zu eröffnen. Falls das Kriegsschiff eines interstellaren Staates den unbewaffneten zivilen Raumer eines anderen unter Beschuß nahm, wurde aus der Piraterie praktisch Krieg. *Und ich stecke mitten drin,* dachte der Arzt.

Die Pumpen der Klimaanlage saugten den Qualm fort, und Leonard sah tr'Annhwi auf Händen und Knien, bemerkte auch den Gesichtsausdruck des Subcommanders — eine seltsame Mischung aus Zorn und Schrecken, wie sie McCoy noch nie zuvor beobachtet hatte. Schrecken angesichts der Konsequenzen einer durch Panik übereilten Aktion und der anderen Folgen, die sich daraus ergeben mochten; Wut darüber, in eine solche Situation geraten zu sein. Schlimmer noch: Die schnellste und wirkungsvollste Methode, seinen Fehler zu vertuschen, bestand für tr'Annhwi darin, die *Wega* vollständig zu vernichten und in eine radioaktive Staubwolke zu verwandeln. Er mochte nicht ganz so erbarmungslos sein, aber die übertriebene Reaktion und seine Miene gaben deutlich zu verstehen, daß er gefährlicher war, als es der kaltblütigste, tüchtigste Starfleet-Captain jemals sein konnte. Der Subcommander hatte bereits bewiesen, daß er zum Handeln neigte, ohne vorher nachzudenken. Möglicherweise veranlaßte ihn Furcht, diese Verhaltensweise zu wiederholen. *Dann droht uns allen der Tod,* fuhr es McCoy durch den Sinn.

Er mußte den Romulaner irgendwie ablenken.

Leonard erhob sich als erster auf der Brücke, strich

die zerknitterte, fleckige Jacke glatt und gab sich so würdevoll wie möglich, obgleich mehrere Intervaller auf ihn zielten. »Subcommander tr'Annhwi, ich stehe auf Ihrer Liste. Ich bin Dr. McCoy — von der *Enterprise.*«

Ihm war nicht mehr nur mulmig zumute — in seiner Magengrube schienen drei schwere Kreuzer Manöver durchzuführen. Interessiert sah er die Veränderungen in tr'Annhwis Gesicht. Zuerst glaubte der Subcommander kein Wort; dann wollte er zwar glauben, wagte es jedoch nicht. Schließlich entschied er sich zu einer Überprüfung.

Sie dauerte nicht lange, und glücklicherweise verursachte sie keine Schmerzen. Die Brückenkonsolen der *Wega* funktionierten nicht mehr, aber mit den Computern der *Rächer* war alles in bester Ordnung. Nicht durch Zufall enthielten sie Daten über drei gesuchte Starfleet-Offiziere, und innerhalb weniger Sekunden stellten sie 3-D-Bilder zur Verfügung. Sie wurden in den Kontrollraum des Liners gebeamt, materialisierten in buntem Funkeln, begleitet von einem Dossier mit kantigen Rihanha-Buchstaben.

Tr'Annhwi betrachtete die Hologramme, starrte zu McCoy und las in dem Dossier. Leonard wußte bereits, daß Romulaner die Stirn runzelten, wenn sie konzentriert überlegten. Wäre ihm das nicht bekannt gewesen — ein Blick in das Gesicht des Subcommanders hätte genügt, um ihm diese Erkenntnis zu vermitteln. Die Falten über tr'Annhwis Brauen reichten tief genug, um sein Hirn zu gefährden.

Die zweidimensionalen Bilder in den Unterlagen erschienen zunächst nicht vertraut, und hinzu kam, daß McCoy sie falsch herum sah. *Woher ...*, fragte er sich, doch dann erkannte er die Einzelheiten im Hintergrund und verstand. Die Aufnahmen stammten von dem Monitorsystem des — bisher — einzigen romulanischen Schiffes, das er jemals betreten hatte, und selbst jener Raumer war ein von Klingonen gebauter D7-Schlachtkreuzer der *Akif*-Klasse gewesen. *Ihr* Schiff, kommandiert von Aels Nichte, die *Klaue.* »Sie ist Ihre *Nichte?*« McCoy erinnerte sich an seine eigenen Worte, an ihren ungläubigen Klang. Man stellte sich den Feind immer ohne Familie vor, ohne Brüder und Schwestern, Väter und Töchter. Das hielt ihn auf Distanz und machte es leichter, gegen ihn zu kämpfen.

Doch ganz plötzlich hatte sich McCoy einem Feind gegenübergesehen, der nicht nur Kommandant einer Kriegsschwalbe war, sondern auch Tante — und Mutter. *Eine Mutter, die ihren eigenen Sohn umbrachte, im Namen von Ehre und Gerechtigkeit. Die Romulaner bezeichnen so etwas als* Mhnei'sahe. *Ich nenne es Mord. Und ich habe nichts dagegen unternommen. Ja, ich wußte, was sie plante, aber ich gab mich unwissend und lehnte es ab, das Offensichtliche zu sehen. Nachher nahm ich ihren Dank entgegen und schwieg.*

»Er ist es«, knurrte tr'Annhwi, und es klang fast enttäuscht. Bedauerte er, nicht sofort unmittelbare Gewalt angewendet zu haben, um sein Ziel zu erreichen? Er winkte zwei Soldaten zu, die sofort ihre Intervaller hoben, sie McCoy an Brust und Rücken stießen.

Er blickte verächtlich auf die Waffen hinab — es hatte jetzt keinen Sinn mehr, sich zu fürchten oder Furcht zu zeigen — und sah dann zum Subcommander. »Glauben Sie, ich könnte mir einen Phaser aus dem Nichts beschaffen, Sir? Oder fliehen? Dafür blieb mir Zeit genug — und doch bin ich hier.« Er schob das nächste Gewehr zur Seite und bedachte den entsprechenden Soldaten mit einem angedeuteten Lächeln. »Nimm das Ding weg, Sohn, bevor du jemanden damit verletzt. Subcommander tr'Annhwi, da Sie nun bekommen haben, was Sie wollten ...« Leonard vollführte eine umfassende Geste, die sowohl den Brückenoffizieren als auch der Crew des Starliners *Wega* galt. »Lassen Sie diese Leute frei.«

»Nein.« Der Romulaner schüttelte wie ein Terraner den Kopf. »Dr. Mak'khoi, selbst ohne Sie finde ich dieses Schiff faszinierend. Es ist eine Untersuchung wert und ...« Sein Kommunikator summte, und als er einen Kanal öffnete, erklang eine besorgte Stimme.

»Subcommander, unsere Fernbereichssensoren haben ein Föderationsschiff geortet. Identifizierung: NCC-2252, der leichte Starfleet-Kreuzer *Valiant*. Er nähert sich mit Warp sieben. Wenn Sie gestatten — ich schlage vor, daß wir sofort ...«

Tr'annhwi fauchte etwas, und der romulanische Offizier verstummte. »Eine genaue Untersuchung, ja«, brummte er. »Aber nicht hier.« Er gab Zenturio tr'Hheinha mehrere Anweisungen und sprach so schnell, daß McCoys Translator nicht alle Worte übersetzen konnte. Doch die Befehle ›Vorbereitung auf Hochgeschwindigkeitsschleppen‹ und ›Gefechtsstationen besetzen‹ verstand er ganz deutlich.

»Wir befinden uns hier in der Nähe eines verkehrsreichen Transferkorridors, Captain.« Tr'Annhwi drehte sich zu Reaves um und sprach wieder Föderationsstandard — mit sichtlichem Stolz. »Die *Rächer* hat drei andere Schiffe aufgebracht, aber bei Ihrem verloren wir mehr Zeit als vorgesehen.« Er lächelte — das dünne, zuversichtliche Lächeln eines Mannes, der alle Trümpfe besaß. »Dadurch steht uns nun eine Begegnung mit dem lokalen Patrouillenkreuzer Starfleets bevor. Normalerweise hätten wir noch einige Stunden, doch unsere früheren Aktivitäten sorgten vermutlich für einen sektorweiten Alarm. Deshalb steuern wir jetzt einen freundlicheren Quadranten an. Mit Ihnen und Ihrem Schiff als unsere Gäste.«

»Das lasse ich nicht zu ...«

»Tatsächlich nicht?« Diesmal verzichtete tr'Annhwi darauf, Reaves mit dem Phaser zu bedrohen — die Situation war eindeutig und ließ keine Zweifel zu.

Der Captain zupfte unsicher an seinem Uniformpulli, um die Hände zu beschäftigen; es ging ihm gar nicht darum, den krausen Stoff zu glätten. Seine Finger wollten sich dem schmunzelnden Gesicht des Romulaners entgegenstrecken, ihm das Lächeln entreißen und die Züge zerfetzen. Der Subcommander erkannte diesen Wunsch ebenso wie alle anderen auf der Brücke. Aber er wußte auch, daß sich Reaves beherrschen würde. Die Außenhülle des Schiffes wies bereits viele Lecks auf, und der *Wega*-Kommandant wagte es bestimmt nicht, zusätzliche Risiken einzugehen.

»Keine Sorge, Captain h'Reeviss.« Der Subcommander beruhigte den Menschen, indem er die Waffe ins Halfter steckte. Allerdings befahl er den übrigen Romulanern nicht, seinem Beispiel zu folgen. »Für Besatzung und Passagiere gibt es nichts zu befürchten. Nachdem unsere Experten auf ch'Rihan Ihr Schiff gründlich untersucht haben, wird es repariert, und anschließend können Sie zur Föderation zurückkehren.« Er wandte sich halb um und musterte jenen Mann, der noch immer von Strahlern bedroht wurde. »Mit einer Ausnahme: Der Verbrecher Mak'khoi bleibt bei uns.« Aus dem kleinen Lautsprecher des nach wie vor aktivierten Kommunikators ertönten Hinweise, die Annäherungsvektoren betrafen. Tr'Annhwi wölbte eine Braue. »Er begleitet mich nun. *Aihr erei'Riov.* Ra'kholh, *hteij 'rhae.*«

»Hteij 'rhae. Lhhwoi-sdei.«

»Hna'h ...«

Der Transporterstrahl des romulanischen Kriegsschiffes umhüllte ihn mit scharlachrotem Schimmern. Bevor McCoy ebenfalls entmaterialisierte, sah er noch tr'Annhwis Lächeln ...

... ein kaltes, grimmiges Lächeln, das den Transfer unbeeinträchtigt überstand und sogar breiter zu werden schien.

»Willkommen an Bord, Doktor.« Die Freundlichkeit war spöttisch, stammte von jemandem, der sich in einer noch besseren Position wußte als vorher. »Dies ist die *Rächer* — nicht so groß und beeindruckend wie die *Enterprise,* aber Trägerin eines würdigen Namens. Eine angemessene Bezeichnung, Dr. Mak'khoi ...« Das Lächeln des Subcommanders verflüchtigte sich nun. »Sie sollten wissen, daß ich nahe Verwandte an Bord der *Reas Helm* und *Kampfkönigin* hatte, die von der *Enterprise* zerstört wurden. Es wäre mir eine *Mhnei'sahe*-Freude, Todesrache an Ihnen zu nehmen. Schafft ihn fort, damit ich seinen Anblick nicht länger ertragen muß.«

McCoy wußte, daß es keinen Sinn hatte, dem Romulaner zu widersprechen: Die *Kampfkönigin* war nicht von der *Enterprise* zerstört worden, sondern von Captain Rihauls *Inaieu*. Ganz gleich, was er auch sagte: Tr'Annhwi würde ihm ohnehin nicht glauben. Angesichts seiner recht wechselhaften Stimmung war es besser, auch weiterhin zu schweigen, um nicht den Zorn des Subcommanders herauszufordern. Zwei mit Helmen ausgerüstete Soldaten führten ihn ab, und Leonard dachte dankbar daran, daß tr'Annhwi den Befehl hatte, ihn lebend, gesund und mit heiler Haut abzuliefern. Ohne eine solche Order wäre sein Aufenthalt an Bord der *Rächer* sicher sehr unangenehm gewesen ...

Als er sich auf einer schmalen, harten Liege ausstreckte, spürte er mehrere kurze Erschütterungen: Die romulanische Fregatte ›verankerte‹ Traktorstrahlen am Rumpf der *Wega*. Kurze Zeit später kam es zu einem wesentlich stärkeren Ruck, der McCoy von seiner Koje warf — das Warpfeld des Kriegsschiffes erfaßte auch den Starliner. Leonard fluchte hingebungsvoll und rieb sich einige neue blaue Flecken. Er blieb auf dem Boden liegen, bis die *Rächer* mit dem Transit begann und unterschwellige Vibrationen die Zähne des Arztes erzittern ließen.

Sie erreichten das stellare Territorium der Rihannsu während der Bordnacht. McCoy hatte nicht geschlafen, lag mit unter dem Kopf gefalteten Händen, starrte in die Dunkelheit und gab sich wirren Gedanken hin. Plötzlich wich die Finsternis hellem Licht. Das matte Glühen des Kraftfelds im Zugang der Zelle verblaßte, und tr'Annhwi trat ein, lächelte nun wieder. McCoy konnte jenes Schmunzeln nicht mehr ausstehen.

»So, da wären wir«, sagte der Romulaner.

Einem Feind, der onkelhaft zu sein versuchte, haftete etwas Abscheuliches an. McCoy warf ihm einen wütenden Blick zu, und eine Verwünschung platzte aus ihm heraus, bevor er Gelegenheit bekam, über die möglichen Folgen für seine Gesundheit nachzudenken.

Tr'Annhwi lächelte auch weiterhin. »Oh, ich nicht, Doktor«, erwiderte er. »Das dauert noch eine Weile. Was Sie betrifft ... Vielleicht sehen Sie ihn schon sehr bald. Immerhin legt man Ihnen Kapitalverbrechen zur Last. Stehen Sie auf. Sie *möchten* doch feststellen, wohin man Sie bringt, oder?«

Das war tatsächlich der Fall. McCoy wollte *irgend etwas* anderes sehen, nicht mehr die vier Wände der Zelle, in der er die letzten drei Tage verbracht hatte. »Wie heißt unser Ziel?« fragte er und schwang die Beine über den Rand der Koje.

»Ch'Rihan«, sagte tr'Annhwi.

Er wiederholte den Namen, als sich der Planet auf dem Hauptschirm im Kontrollraum der *Rächer* drehte. Der Subcommander saß im Kommandosessel, und McCoy stand daneben, von zwei bewaffneten Wächtern flankiert. »Wir befinden uns nun in einem geostationären Parkorbit über der Stadt i'Ramnau. Dort verbringen Sie Ihre letzten Tage, bevor Sie Areinnye kennenlernen — unser Äquivalent des Teufels, zu dem Sie mich eben schicken wollten, Dr. Mak'khoi. Die Richter entscheiden, mit welchen Schmerzen der Weg dorthin für Sie gepflastert ist. Wenn man Ihre Hinrichtung bekanntgibt, wird die Föderation dem Rihannsu-Raum sowie unserem Leben und unseren Geheimnissen mit mehr Respekt begegnen.«

»Subcommander ...« Ein Offizier auf der kleinen Brücke drehte seinen Sessel und nahm ein Kom-Modul vom Ohr. »Einige Repräsentanten des Geheimdienstes der Flotte und ein Sondierungsteam sind zu uns unterwegs. Commander t'Radaik weist uns an, den Gefangenen unverzüglich für den Transfer zum Shuttle vorzubereiten. Sie werden aufgefordert, ihn zu begleiten. Ich habe Hangar Drei verständigt und ... *Bei den Elementen!*«

Das Schiff erbebte. Alarmsirenen heulten, doch ihr Kreischen verstummte wieder, als Schadensberichte eintrafen. »Externe visuelle Darstellung.« Die *Wega* schwebte in der gleichen Umlaufbahn wie das romulanische Kriegsschiff, gehüllt in einen Nebel aus verdampfter Flüssigkeit und zahllosen Briefen, der aus einem breiten Riß in ihrem Rumpf wogte und eine seltsame Polka tanzte, im Takt der Brownschen Bewegung.*

»Was ist geschehen, Captain h'Reeviss?« Tr'Annhwi machte sich keine Sorgen um die Sicherheit seiner Trophäe, doch die Vorstellung, daß Geheimdienstoffiziere dieses Durcheinander sehen konnten, stimmte ihn verlegen.

»Sie haben Löcher in mein Schiff geschossen und es durch die halbe Galaxis gezerrt — *das* ist geschehen«, erklang die heisere Stimme des Captains aus den Lautsprechern. »Es überrascht mich, daß die Alkoholtanks so lange gehalten haben ...«

»Verluste?« fragte der Subcommander. »Wurde jemand verletzt?«

»Nein. Was wir jedoch nicht Ihnen verdanken, Sie ...«

»Welche Dinge gingen über Bord? Ich sehe nur Papier und vaporisierte Flüssigkeit. Was sonst noch?«

»Einige Kunstgegenstände wurden von der explosiven Dekompression nach draußen geschleudert, und sie sind mehr wert, als Sie in ...«

»Gut. Also kein nennenswerter Schaden.« Tr'Annhwi

---

* Damit ist die Vibrationsbewegung mikroskopischer Teile in Flüssigkeiten gemeint. — *Anmerkung des Übersetzers*

verbarg seine Erleichterung nicht. »Wenn Sie mir jetzt folgen würden, Dr. Mak'khoi ...«

Die Höflichkeit des Subcommanders stand in einem auffallenden Kontrast zu dem Intervaller, den ihm ein Soldat in den Rücken rammte. McCoy setzte sich sofort in Bewegung und ging mit ebenso langen Schritten wie tr'Annhwi — das war besser, als bis nach ch'Rihan *gestoßen* zu werden.

Nach tr'Annhwis kurzer Vorstellung gab niemand einen Ton von sich, weder der Subcommander noch die kühl blickende Kommandeuse, deren ruhige Selbstsicherheit in Leonard unangenehme Erinnerungen an zwei andere romulanische Frauen weckte. Selbstverständlich schwiegen auch die sechs Soldaten, die Commander t'Radaik zur *Rächer* begleitet hatten — die ganze Zeit über beschränkten sie sich darauf, McCoy stumm anzustarren. Leonard verspürte nicht den Wunsch, mit ihnen zu reden. Vermutlich trugen sie keine Translatoren, und selbst wenn sie ihn verstanden hätten: Worüber sollte er mit den Gardisten sprechen? Nach der Landung hatte er nicht viel von ch'Rihan gesehen, und vorher... Nun, aus dem Orbit sahen alle Planeten der Klasse M mehr oder weniger gleich aus.

Stundenlang schienen sie in einem Militärgleiter zu sitzen, und McCoy wußte die Hygienezelle im Heckbereich zu schätzen. Manchmal stellte er sich einfache Fragen. *Ist es draußen Tag oder Nacht? Bekomme ich bald eine Mahlzeit? Wie mag eine romulanische Stadt beschaffen sein?* Es gelang ihm einfach nicht, sein Bewußtsein zu entleeren, es von allem Ballast zu befreien; wenn er nicht an banale Dinge dachte, kehrten die Zweifel und Ängste zurück, um ihn zu plagen. Er wußte, daß die Stille dazu dienen sollte, ihn zu zermürben, aber dieses Wissen nützte ihm nur wenig: Es fiel ihm immer schwerer, an der Zuversicht festzuhalten.

Das Zirpen eines romulanischen Kommunikators erklang so jäh und unerwartet, daß Leonard verwirrt blinzelte. Die Wächter standen auf. Zwei von ihnen öffneten die rückwärtige Luke des Gleiters und ließen herrlich frische Luft herein, während die anderen vier den Gefangenen nach draußen ›eskortierten‹: Sie packten McCoy an den Oberarmen und zogen ihn einfach mit sich.

Sie traten in die Nacht, und fremde Konstellationen leuchteten an einem klaren, wolkenlosen Himmel. Die beiden größeren Gardisten ließen den Arzt nicht los, als sie ihn zu einem niedrigen Gebäudekomplex führten, in dem hier und dort Lichter glänzten. Einige von ihnen funkelten fast grell, doch andere — nach oben strahlende Lampen — emittierten ein warmes, bernsteinfarbenes Glühen.

Vor einer kurzen Treppe lösten die Soldaten ihren Griff und schritten die Stufen in der Art eines Parademarsches empor. McCoy sah zu der offenen Tür weiter oben und lächelte kurz, obgleich sich gemischte Gefühle in ihm regten. *Prächtig,* dachte er ironisch. *Ein vertrautes, freundliches Gesicht, das mich hier willkommen heißt.*

Tr'Annhwi stand in der Tür und trug einen Gesichtsausdruck, der Milch gerinnen lassen konnte. Neben ihm erkannte der Arzt die hochgewachsene Gestalt von Commander t'Radaik. Beide waren bewaffnet, nicht mit Phasern, sondern mit sehr gefährlich wirkenden Blastern. Eine Mischung aus Ärger und Erheiterung erfaßte McCoy. *Rechnen sie* jetzt *noch mit Problemen?* überlegte er. *Himmel, nichts liegt mir ferner, als unter diesen Umständen einen Fluchtversuch zu unternehmen!*

Mehrere Personen standen im Flur, alles Rihannsu, und sie starrten ihn verblüfft an. McCoy kam sich wie ein exotisches Tier im Zoo vor und hielt es für sein Recht, die Blicke zu erwidern. Er musterte die Soldaten und Offiziere, den alten Mann mit Weinflecken am Kinn, die Bediensteten ...

Plötzlich fokussierte sich sein Interesse auf eine ganze

bestimmte Frau. Sie war ebenfalls wie eine Dienerin gekleidet, doch darüber trug sie etwas, das Leonard mit der Halbjacke einer Flottenuniform verglich. Aber etwas anderes weckte seine Aufmerksamkeit. Sie hatte sich ... *sonderbar* bewegt — anders ließ es sich nicht beschreiben —, und Hoffnung zitterte in McCoy. *Ist sie es? Bin ich hier im richtigen Haus?* Seine Hände formten eine Identifizierungsgeste, die jeder Föderationsagent sofort erkennen würde. Die Antwort darauf war so einfach und unauffällig, daß sie keine Heimlichkeit erforderte.

Doch die Frau reagierte nicht. Oh, ihre Finger krümmten sich kurz, aber mehr geschah nicht. Es handelte sich nicht um eine bewußte Geste, nur um ein nervöses Zucken. McCoy spürte, wie sich in seiner Magengrube etwas zusammenkrampfte. Das schlimmste Szenario. Das allerschlimmste. Entweder waren die Befürchtungen von Starfleet Command in Hinsicht auf diese Agentin gerechtfertigt — möglicherweise hatte sie soviel Zeit in der Tarnung verbracht, daß sie zu einer Einheimischen wurde, ihre wahre Identität und den Auftrag vergaß —, oder es lag ein schrecklicher Irrtum vor. Vielleicht befand er sich gar nicht im richtigen Haus. Vielleicht hatte ihn Wunschdenken veranlaßt, die Körpersprache falsch zu interpretierten. Vielleicht war die Frau gar keine Agentin.

Leonards Lippen teilten sich, und er sprach kühne Worte, weitaus kühnere Worte, als er zunächst beabsichtigte — weil er den Eindruck gewann, daß er durch sie gar nichts mehr verlieren konnte. *Vielleicht bin ich hier allein,* dachte er bestürzt.

Vielleicht würde er *tatsächlich* sterben.

KAPITEL 4

VOR DEM FLUG

Natürlich verabschiedet man sich nicht einfach vom Heimatplaneten, baut interstellare Raumschiffe und bricht mit ihnen auf. Doch viele Leute glauben noch immer, daß so etwas auf Vulkan während der Reformation geschah.

S'task bewies ein gutes Verständnis für die vulkanische Psychologie, als er das Konzept einer umfassenden Emigration wie beiläufig in den Informationsnetzen und Gedankenbäumen anbot, ohne ihm eine offene, direkte Willenserklärung hinzuzufügen. Später an Bord der *Reas Helm* schrieb er: »Wer eine Idee für die eigene hält, tritt konsequenter dafür ein als für fremde Anschauungen. Der gewöhnliche Bürger möchte großen Trends folgen, aber er will auf keinen Fall einen derartigen *Anschein* erwecken.«

Das Dokument — später bezeichnete man es als ›Erläuterung der Absicht zum Flug‹ — erschien in einer Zeitschrift der damals noch recht kleinen vulkanischen Akademie der Wissenschaften. Die adäquate Übersetzung in terranischen akademisch-journalistischen Stil lautet: »Eine Untersuchung der sozioökonomischen Einflüsse auf die vulkanische Raumforschung.« S'task analysierte darin die ökonomischen Trends in bezug auf die verschiedenen vulkanischen Raumfahrtprogramme im Verlauf der letzten tausend Jahre und setzte sie in einen beunruhigenden Zusammenhang mit Aggressionen, die den Planeten während bestimmter Phasen heimsuchten. Seine Theorie schilderte folgendes: Wenn die Bevölkerung in bestimmten Gebieten so sehr wuchs, daß Wasser, Nahrung und Unterkunft knapp wurden, brachen Kriege aus — benachbarte Stämme und Nationen kämpften um die Ressourcen. Die Kriege wiederum führten zu einem Entwicklungsschub bei den physikalischen und nichtphysikalischen Wissenschaften. Nach dem Ende der Konflikte fand die neue Technologie Anwendung im privaten Sektor, wodurch sich in den betreffenden planetaren Bereichen die Lebensbedingungen verbesserten, was ein neuerliches Wachstum der Bevölkerung zur Folge hatte — bis zum nächsten Höhepunkt im Zyklus.

Auf diese Weise machte S'task die vulkanische Öffentlichkeit mit einer Vorstellung vertraut, die man auf der Erde als Heinleins Gesetz kennt. In der langen Geschichte Vulkans beschäftigten sich viele Gelehrte mit dieser Idee, doch S'task trug sie ins Massenbewußtsein und erreichte damit jene kritische Anzahl von Personen, die notwendig ist, um in einer Kultur den Prozeß des Wandels einzuleiten. Wir wissen nicht, ob Absicht dahintersteckte oder nicht: S'task präsentierte sein Konzept als Ergebnis logischer Überlegungen; zum Schluß des Artikels fragte er, ob es nicht vernünftiger sei, allein die Vorteile der technologischen Weiterentwicklung zu nutzen, ohne dabei den Stimulus des Krieges zu verwenden.

Viele Leser sahen in der Publikation den Beginn einer Versöhnung zwischen S'task und Surak, aber der alte Lehrer wußte es besser. Nach der Veröffentlichung des Artikels soll er sogar geweint haben: Er begriff jetzt, daß sein Schüler ganz bewußt das von Surak so sehr geschätzte Werkzeug der Logik als Waffe gegen ihn benutzte.

Menschen fällt es manchmal schwer zu verstehen, daß die Logik als Lebensweise nicht sofort auf Vulkan dominierte, nachdem Surak seine Philosophie verkündete. Wenn man historische Maßstäbe anlegt, traten Frieden und Rationalität sehr schnell den Siegeszug an, aber es geschah nicht über Nacht. Der eingeschlagene

Weg endete häufig in Sackgassen; manche Anhänger Suraks schworen ihrem Vorbild ab oder pervertierten seine Lehren; andere wurden verfolgt. Einige Perioden zeichneten sich durch ein enormes Trägheitsmoment aus. Der Idee des logischen Lebens erging es wie vielen anderen, weniger bedeutenden populären Phänomenen. Als S'task die ›Absicht zum Flug‹ publizierte, galt die ›Realitätswahrheit‹ nur als neue Masche auf Vulkan, als ein Trend von vielen. Auch dies mag uns überraschen, und dafür gibt es einen guten Grund: Immerhin stehen wir unseren eigenen ›Maschen‹, zum Beispiel der ›wissenschaftlichen Methode‹, mit ausgeprägter Blindheit gegenüber; wir sind uns nur selten bewußt, daß jede neue Generation die Wissenschaft ihrem eigenen Zeitgeist anpaßt. Surak wußte, daß Vernunft früher oder später das Verhalten des ganzen vulkanischen Volkes bestimmen und die Irrationalität vollständig verdrängen würde. Zwar stellte die Logik ein sehr nützliches Instrument dar, aber zu jenem Zeitpunkt öffnete sie nur deshalb eine Tür zum Denken und Fühlen der Vulkanier, weil sie ganz einfach den Reiz des Neuen besaß. Und S'task zögerte nicht, daraus einen Vorteil zu ziehen.

In seinem Artikel regte er etwas Radikales an: Er schlug eine massive Emigration vor, um das Gewaltpotential des Planeten zu reduzieren. Wenn es zu einer wesentlichen Verringerung der Bevölkerung kam, so standen den Zurückbleibenden mehr Ressourcen zur Verfügung, was die Gefahr des Krieges verringerte. Er erwähnte nicht, daß philosophische Differenzen die Ursache des Problems bildeten, und es wäre auch unangemessen gewesen, in der betreffenden Zeitschrift solche Dinge anzusprechen. Seine Darlegungen klangen nach einer apriorischen Argumentation, doch sie liefen auf etwas hinaus, das viele Leute hören wollten. Auch in diesem Fall ist eine für Menschen verständliche Erklärung alles andere als einfach: Trotz ihrer kriegerischen

Geschichte fanden die Vulkanier durchaus keinen *Gefallen* an Gewalt, Krieg und Tod. Sie nahmen den Schrekken hin, wie übrigens die Bewohner vieler anderer Welten, die den Kampf nicht überwinden konnten. Das vulkanische Volk wollte einen Schlußstrich ziehen und sehnte sich nach Frieden; es begrüßte alle Möglichkeiten, die ihm eine Erfüllung dieses Wunsches in Aussicht stellten.

Wie dem auch sei: Der Artikel schuf die richtige Perspektive für den Flug. Es entstand die Idee, daß nicht nur Tausende auswandern *konnten*, sondern auch *sollten*. Es wurden keine Stimmen laut, die sich dagegen aussprachen, ganz im Gegenteil — die Reisenden fühlten sich immer mehr Druck ausgesetzt, der sie ins All trieb. Es gab etliche Gruppen, die lieber auf Vulkan geblieben wären und ihr verspätetes Mißfallen recht deutlich in den Räten von ch'Rihan und ch'Havran zum Ausdruck brachten, zum Ärger der übrigen Rihannsu. Einige dieser ›vergessenen‹ Fraktionen sind auch der Grund dafür, daß es gelegentlich verschiedene Versionen des ›romulanischen Reiches‹ gibt, die sehr unterschiedliche Standpunkte vertreten. Aber darüber später mehr.

Nun, in der vulkanischen Öffentlichkeit breitete sich die Meinung aus, daß man eine ›zweite Heimat‹ schaffen sollte, weit entfernt von den dekadenten Exzessen und dem ›Liberalismus‹ der ersten. Die offizielle Diskussion dauerte fünfzehn Jahre, und während dieser Zeit fand das Konzept immer mehr Anhänger. Allerdings erwies es sich als besonders schwierig, die Industrie zu überzeugen, und S'task mußte seine Bemühungen einige Jahre lang auf sie konzentrieren, um die angestrebten Resultate zu erzielen.

S'task wußte, daß es nicht möglich war, genug Risikokapital für den Bau von fünfzehn Generationsschiffen zu finden. Es gelang ihm, auch dieses Problem zu lösen — indem er es umging.

In den Gedankenbäumen und Informationsnetzen sprach man schon seit einer ganzen Weile darüber, wer Vulkan verlassen sollte. Bis zum Jahre 139 970 wuchs die Anzahl der *Seheik,* der ›Erklärten‹, bis auf zwölftausend. Daraufhin meinte S'task, vielleicht sollten nur diejenigen an der Reise teilnehmen, die bereit waren, das Projekt mit dem größten Teil ihres Besitzes zu unterstützen. Sein gefährlicher, aber auch sehr kluger Vorschlag fungierte als Filter, der die Neugierigen von den Entschlossenen trennte und nur Leute übrigließ, die fest an S'tasks Philosophie glaubten. Auf den eingerichteten Subskriptionskonten sammelte sich immer mehr Geld an, und in der vulkanischen Finanzwelt stieg die Besorgnis.

Als achttausend Personen Beiträge geleistet hatten — sie reichten von zehn bis hundert Prozent des jeweiligen Vermögens — und man mit dem Bau von *Reas Helm* und *Fernsucher* begann, fanden in den Bankenkonsortien Vulkans die ersten ernsthaften Gespräche über den Flug statt. Die Sorgen waren nicht ungerechtfertigt, denn die Bewegung der Reisenden entfaltete immer mehr Einfluß. Bis zum Jahre 139 980 hielt man sie nur für eine Marotte, doch bis zum Ende des Jahrzehnts erklärten sich fünf Prozent der Bevölkerung bereit, an der Reise teilzunehmen. Innerhalb von achtzehn Jahren liefen die vulkanischen Bank- und Kreditsysteme Gefahr, zwanzig bis dreißig Prozent des Gesamtkapitals zu verlieren, und das mußte katastrophale Folgen haben. Wenn das Finanz- und Arbeitskräftepotential Vulkans um mehr als achtzehn Prozent schrumpfte, so drohte eine Krise, von der sich die Wirtschaft des Planeten nie wieder erholen würde. Doch ein derartiger Verlust stand unmittelbar bevor, wenn nicht sofort etwas unternommen wurde, um der Bewegung der Reisenden Einhalt zu gebieten. Damals berichteten die Informationsnetze immer wieder über die Frage, wie man die Konstruktion von genug Raumschiffen für alle Auswanderer finanzieren konnte, und das lenkte viel Aufmerksamkeit auf die Absicht der Reisenden — was noch mehr Vulkanier veranlaßte, Zeit und Geld in ihre Sache zu investieren.

Die wichtigsten Bankkartelle berieten etwa ein Jahr lang darüber und rangen sich dann zu einer Entscheidung durch. Sie kostete Milliarden, bewahrte Vulkan jedoch vor einer fatalen Wirtschaftskrise. Außerdem ermöglichte sie es den Banken, später viel Geld zu verdienen. Sie finanzierten nicht nur den Bau der Raumschiffe, sondern auch die nötigen Forschungen und technologischen Entwicklungen. Die vulkanische Version von Heinleins Gesetz funktionierte auf eine Art und Weise, die selbst S'task erstaunte. Durch den Schiffsbau entstand eine völlig neue Technik, die sich langfristig auszahlte: Alle Patente gehörten den Kartellen. Natürlich bekamen die Banken eine gewisse Kontrolle über den Flug — und auch über die Reisenden —, indem sie die Anzahl der Schiffe beschränkten. Hinzu kam, daß die Lösung des Transportproblems der Reise als ›letzten Ausweg‹ einen Teil ihrer Attraktivität nahm — es fanden sich weniger Vulkanier bereit, Emigrationsverpflichtungen einzugehen. S'task akzeptierte das ebenso wie die Kontrolle der Banken; er hatte von ihnen bekommen, was er wollte. Auch ihn besorgten die möglichen ökonomischen Auswirkungen der Reise auf die vulkanische Wirtschaft: Er war zornig auf seine Heimatwelt, aber nicht wütend genug, um sie in ein Armenhaus zu verwandeln.

Manche Autoren haben auf einen unerwarteten und negativen Nebeneffekt einer interstellaren Kolonisierung hingewiesen, die mit Subskription begann. Viele große und kleine Vermögen, viele ›Notgroschen‹ und Ersparnisse, gingen selbst nach der Finanzierung durch die Banken in den Baufonds ein. In nicht wenigen Familien kam es zu heftigen Auseinandersetzungen darüber, und die *Trennung* gehörte zu den zentralen Themen der damaligen vulkanischen Prosaliteratur. Die Reisenden gewannen eine besondere Einstellung, basierend auf einer Armut, die viele von ihnen ertragen mußten, während sie auf den Start der Schiffe warteten. Sie hielten es für eine Sünde, mehr zu besitzen, als für die Erfüllung der täglichen Bedürfnisse erforderlich war. Sie sahen eine Notwendigkeit darin, mit anderen Auswanderern zu teilen und alle übrigen Besitztümer aufzugeben. Einige Kultursoziologen sind der Ansicht, daß dieser ›Fundationskontext‹ der Entbehrungen und Knappheit als etwas Gutes und Ehrenhaftes einen erheblichen Einfluß auf die spätere Entwicklung der Rihannsu ausübte. Wenn der Flug unter anderen Umständen begonnen hätte, so heißt es, wären die Emigranten später nicht mit Problemen des Mangels konfrontiert worden. Das sind natürlich Spekulationen; hier geht es allein um die Wirklichkeit, um die Rihannsu, wie wir sie heute kennen.

Als genug Geld zur Verfügung stand, um die Raumschiffe zu entwerfen und zu bauen, begannen Überlegungen darüber, wohin man fliegen sollte — immerhin mußte die Konstruktion der Generationsschiffe das Ziel berücksichtigen. Die Masseninterferometrie und Spektrometrie der stellaren Nachbarn war vielversprechend. Das Raumgebiet in der Nähe von 40 Eri enthielt mehrere große Sternhaufen: eine Gruppe von blauen und blauweißen Riesen der Population II, und zwei kleinere mit Sonnen der Population I, überwiegend G- und M-Exemplare, aber auch einige ›Kohlenstoffsterne‹ des Typs N, R und S. Zwanzig Sterne waren höchstens fünf Lichtjahre von Vulkan entfernt, achtzig weitere maximal fünfzehn Lichtjahre. In beiden Gruppen entdeckten die Masseninterferometer fünfundzwanzig Sonnen mit Planeten. Die an der Reise beteiligten Astronomen diskutierten lange über den optimalen Kurs und einigten sich schließlich auf einen zwölfjährigen Flug zu den nächsten aussichtsreichen Sternen. Wenn dort keine geeigneten Welten gefunden wurden, sollte eine zweite, fünfzig Jahre lange Reise zu den äußeren Sonnensystemen folgen. Die erste Sequenz enthielt fünf Kandidaten, drei von ihnen MSonnen wie 40 Eri, die beiden anderen K und G9, mehr orangefarben als gelb. Sie alle hatten Planeten, einige von ihnen ebenso groß oder auch größer als Vulkan. Das vulkanische Äquivalent von Bodes Gesetz ließ vermuten, daß es in jedem Sonnensystem mindestens eine Welt gab, die das Zentralgestirn im (für Vulkanier) richtigen Abstand umkreiste.

Darüber hinaus hatten die Astronomen Informationen aus den Computern der abgestürzten oder aufgebrachten etoshanischen Piratenschiffe — Informationen über bewohnte Planeten und ihre Koordinaten. Manche Historiker glauben, diese Daten seien den Auswanderern eine Hilfe gewesen, aber vermutlich ist das Gegenteil der Fall. Die Vulkanier mißtrauten den Angaben, da sie schon einmal von den Etoshanern belogen worden waren. Sie verwendeten die Informationen auf eine negative Weise und beschlossen, sich von allen erwähnten Sternen fernzuhalten. Die Reisenden wollten keinen Fremden begegnen und berechneten Kurse, die eine möglichst große Entfernung zu den von Etosha erforschten Raumsektoren wahrten.

Man plante die Schiffe für den vergleichsweise kurzen Einsatz als interstellare Shuttles, sah jedoch die Möglichkeit vor, sie als Generationstransporter zu verwenden, wenn die ersten beiden Flüge erfolglos blieben. Jeder Raumer sollte rund fünftausend Passagiere aufnehmen, in einer Anordnung aus sechs miteinander verbundenen Zylindern. Mit ihrer Struktur ähnelten sie jenen Schiffen, die man für einige L5-Kolonien in der Nähe Terras einsetzte. Allerdings wurde die Schwerkraft künstlich erzeugt und nicht durch Rotation. Der Schub stammte von konventionellen Ionentriebwerken, die man mit der vulkanischen Version von Bussard-

Staustrahlmodulen ausstattete — ein technischer Trick der Etoshaner, den die Konstrukteure ungeniert übernahmen. Später, während der Reise, entdeckte man die *Katapult*-Methode: PSI-Adepten beschleunigten das ganze Schiff innerhalb eines Sekundenbruchteils auf 0,99999c und ließen es dann zum nächsten Stern ›fallen‹. Das geschah nur, wenn eine akute Gefahr das Raumschiff bedrohte, denn die jähe Beschleunigung brachte meistens den Adepten um — und nur ein sprungerfahrener Psioniker konnte andere Begabte in dieser Technik unterweisen. Wie auch immer: Man wollte den Gravitationsschacht einer Sonne benutzen, um die Geschwindigkeit herabzusetzen und anschließend die Planeten anzufliegen. Wenn keine geeigneten Welten existierten, diente das Schwerkraftfeld des Sterns dazu, dem Schiff ein größeres Bewegungsmoment zu verleihen und es wieder in den interstellaren Raum zu ›schleudern‹.

Doch die Vorbereitungen betrafen nicht nur den Bau von Raumschiffen. Viele Reisende begriffen: Wenn sie eine wahrhaft neue Welt schaffen wollten, ohne die alten Fehler zu wiederholen, mußten sie einen großen Teil ihrer Kultur zurücklassen und neue Institutionen schaffen. Die Auswahl nahm fünfzehn Jahre in Anspruch, dauerte von der Publikation des Absichtsartikels S'tasks bis zum Start der *Reas Helm*. Noch heute gibt es Kontroversen in Hinsicht auf einige der damals getroffenen Entscheidungen.

Die Aufzeichnungen der Diskussionen in den Infonetzen und Gedankenbäumen füllen fast sechshundert Zimmer im Archiv auf ch'Havran und einige hundert Terabyte Speicherplatz in den Datenbänken der vulkanischen Akademie der Wissenschaften. Nahrungsmittel, Literatur, Kleidung, Waffen, Poesie, Religion, soziale Bräuche, Möbelstil, Märchen, Kunst, Wissenschaft, Philosophie — alles wurde zum Gegenstand eines fünfzehnjährigen *Rettungsboot*spiels. Nur das Beste und ideologisch Korrekte sollte mitgenommen werden. Weder Einzelpersonen noch Komitees fungierten als Richter in Geschmacksfragen. Etwa achtzigtausend Selbstsphären diskutierten in den Netzen und Gedankenbäumen, bis sie einen Konsens erzielten oder schwiegen. Letztendlich blieb die Wahl dann jedem einzelnen Reisenden überlassen. In den meisten Fällen einigten sie sich, und das mag Terraner etwas überraschen. Vielleicht waren sie gleichgesinnter, als wir heute glauben. Oder sie dachten voller Schrecken daran, daß Uneinigkeit ihre Zivilisation fast in den Untergang geführt hätte.

In einem Punkt herrschte sofort Klarheit: Die Auswanderer konnten unmöglich damit aufhören, Vulkanier zu sein, wenn sie auch weiterhin Vulkanisch sprachen. Als die Rümpfe der Schiffe entstanden, begannen einige Semantiker und Dichter — unter ihnen auch S'task — mit der Entwicklung einer neuen Sprache. Sie trennten sie nicht vollkommen vom Vulkanischen, kehrten zu den Wurzeln des alten Hochvulkanisch zurück und ›alterten‹ die Worte in eine andere Richtung. Auf diese Weise schufen sie ein Idiom, das sich ebensosehr von seinem ›reifen‹ Verwandten unterschied wie Baskisch von Spanisch und dem gemeinsamen Ursprung Latein. Die neue Sprache war weicher, enthielt weniger Frikative und mehr Aspiraten; ihre Kombinationen aus langen, vollen Vokalen und palatalen Konsonanten kamen im Vulkanischen nur sehr selten vor. Für terranische Ohren klingt dies wie eine Mischung aus Latein und Walisisch. Zuerst fiel es vulkanischen Zungen schwer, die neuen Worte zu formulieren, aber Grammatik und Syntax waren vertraut, und während der Jahre des Fluges verwendete man die neue Sprache mit immer mehr Stolz. Die Reisenden entnahmen ihr auch eine neue Bezeichnung für sich selbst, woraus gleichzeitig der Name für das Idiom wurde. Sie nannten sich nicht mehr *Seheik* — die ›Erklärten‹ —, sondern *Rihanh*. Das Adjektiv lautete *rihannsu*. Bei Studien der Rihannsu-Kultur wird die Konstruktion der Sprache häufig nicht beachtet. Sie verdient weitaus mehr Aufmerksamkeit, als hier möglich ist, denn es handelt sich um die einzige künstliche Sprache, die sich bei einer ganzen planetaren Bevölkerung durchsetzte.

Man fügte der Rihannsu-Kultur viele gute Dinge hinzu, aber sie erlitt auch Verluste. Die matriarchalische Ausprägung der Kultur blieb, obwohl sich die Macht anders verteilte als in dem System aus Stammesräten, das auf Vulkan eine viele tausend Jahre lange Tradition hatte. Einen großen Teil der Literatur verurteilten die Auswanderer als ›dekadent‹ oder ›liberal‹ und ließen ihn zurück. Die aus den etoshanischen Piratenschiffen stammende Technik schrieb man Vulkan zu. Eigentlich war es die Begegnung mit den Etoshanern, die den Ausschlag für den Beginn der Emigrationsbewegung gab, doch man brachte sie mit den Verfolgungen in Zusammenhang, die alle Reisewilligen zwangen, den Planeten zu verlassen — ›der Tropfen, der das Faß zum Überlaufen brachte‹. Wenn man sich mit diesem Aspekt der revisionistischen Geschichte beschäftigt, wird der Grund für die Xenophobie der ›Romulaner‹ verständlich. Fünfzig Rihannsu-Generationen hörten, daß alles Fremde schlecht war. Terraner behaupteten, ›in Frieden‹ zu kommen, aber man glaubte ihnen nicht; die Etoshaner hatten ebenfalls gelogen.

Natürlich steckten in erster Linie gute Absichten dahinter, als die Reisenden entschieden, ihren Kindern die Geschichte in einer anderen Form zu präsentieren, sie alle mit den gleichen Prinzipien aufwachsen zu lassen. Diese Lehren liefen auf folgendes hinaus: Fremde sind gefährlich; eure Vorfahren haben einst eine gefährliche Wahl getroffen, aber euch, die glücklichen Kinder, hat man vor all den Konsequenzen bewahrt; meidet den gleichen Fehler und warnt auch *eure* Kinder. Bis zum heutigen Tag kennen die Rihannsu zwei verschiedene Worte für Fakten: ›Wahrheit‹ und ›Erzählungswahrheit‹.

Allerdings fand auch kultureller und künstlerischer ›Schmuggel‹ statt. Nicht einmal mit den vulkanischen Mentaldisziplinen war es möglich, die Gedanken von achtzigtausend fest entschlossenen Revolutionären (oder Konterrevolutionären) zu kontrollieren. Hier und dort schlichen sich Fragmente nicht anerkannter Kultur und Wissenschaft ein. Einige von ihnen führten später zu Leid, und andere verehrte man als kostbare Schätze.

In dieser Hinsicht lud auch S'task ›Schuld‹ auf sich, aber sein Volk konnte deshalb kaum Vorwürfe gegen ihn erheben. Er liebte nicht nur die Poesie, sondern auch Schwerter; außer Frau, Tochter und dem Kleiderbündel auf seinem Rücken nahm er bei der Reise drei Schwerter des Schmieds S'harien mit.

S'harien arbeitete am Rande der Wüste, die Menschen als Vulkans Schmiede kennen, und er unterschied sich von allen anderen Vulkaniern. Er lebte einzig und allein für Metall. Alles andere interessierte ihn nicht, weder Frau noch Kinder, weder Essen noch Trinken. Für gewöhnlich war er unhöflich und schmutzig — in der vulkanischen Kultur die beiden unverzeihlichsten schlechten Angewohnheiten. Aber in seinem Fall sah man darüber hinweg, denn dieser launische, ständig griesgrämige Mann schuf einzigartige stählerne Schönheit. »Er arbeitet so damit wie ein Gott mit ›Fleisch‹«, sagte ein anderer Schmied über ihn. Könige und Stammesoberhäupter kamen oft zu ihm, um seine Schwerter zu kaufen. Er begegnete ihnen mit herablassender Verachtung, doch niemand brauste auf — immerhin war er S'harien.

Er galt als unerschütterlicher Reaktionär. Die meisten anderen vulkanischen Männer wählten aus fünf Buchstaben bestehende Namen, die mit S anfingen und auf K endeten — als Zeichen dafür, daß sie die ›Realitätswahrheit‹ und ihren wichtigsten Befürworter respektierten, aber S'harien entschied sich ganz bewußt für einen Präreformationsnamen, der noch dazu ›Blutdurchbohrer‹ bedeutete. Er liebte die alten Kriege und das ehrenvolle Blutvergießen; er haßte Surak und versprach oft, auf seinen Schatten zu spucken, wenn er ihn sehen würde. Als er an seinem hundertneunzigsten Geburtstag hörte, daß Surak in der Nähe weilte, brach er auf, um diese Absicht zu verwirklichen. Es herrschte große Überraschung, als S'harien einen Zehntag später so viele Schwerter wie möglich zurückkaufte und sie einschmolz, um der Gewalt zu entsagen. Selbst Surak versuchte, ihn daran zu hindern: S'harien-Schwerter waren so hinreißend schöne Kunstwerke, daß sie auch den Pazifisten gefielen.

Eines Abends kam es zu Aufregung, als ein Gleiter S'tasks Quartier in der Orbitalwerft ansteuerte. Ein kleiner, sehr ernst wirkender Mann trat im Druckanzug durch die Schleuse und trug ein Bündel in den Armen. Die Sicherheitswächter rissen verblüfft die Augen auf, als sie Surak erkannten. Sie führten ihn zu S'task und wollten wieder gehen, obwohl sie viel lieber geblieben wären — Lehrer und Schüler hatten sich seit mehr als sechs Standardjahren nicht mehr gesehen. Doch Surak forderte sie auf, im Zimmer zu verweilen, bevor er das mitgebrachte Bündel S'task reichte. »Ich bitte dich, gut darauf achtzugeben«, sagte er in zeremoniellem Hochvulkanisch. Die Förmlichkeit der Sprache — oder vielleicht das müde, erschöpfte Erscheinungsbild des Philosophen — verwirrte S'task sehr. Er nahm das Geschenk wortlos entgegen, und als er wieder aufsah, kehrte Surak bereits zum Gleiter zurück.

Das Bündel enthielt drei der besten S'harien-Schwerter auf dem Planeten: Zwei von ihnen hatten Königen gehört, das dritte dem Hohen Rat, der zu den erbittersten Feinden Suraks zählte. Man fand nie heraus, wie Surak in den Besitz der Klingen gelangte, aber einige vulkanische Familien erzählten (widersprüchliche) Geschichten über eine schattenhafte Gestalt, die zu jener Zeit zu ihnen gekommen war und um ihr ›Schwertleben‹ gebeten hatte. Es folgte eine Auseinandersetzung darüber, ob die Schwerter behalten werden sollten: Schließlich stammten sie von Surak, und einige zornige Reisende lehnten Geschenke von ihm ab — weil sie verpflichteten. Doch während der *Versammlung*, mehrere Tage vor dem Start der Schiffe, sprach S'task ruhige Worte zugunsten der Schwerter und löste damit die Kontroverse. Im Laufe der Zeit schätzten die Reisenden S'hariens Klingen immer mehr — als eine Gabe ihres würdigsten Widersachers und als Kunstgegenstände von einzigartiger Schönheit. Gleichzeitig sahen sie darin eine substantielle Erinnerung an den uralten Ruhm dessen, was sie auf Vulkan zurückließen.

Bei den S'hariens handelte es sich um ›Schwerter des Zwielichts‹, geschmiedet im Stil der legendären vulkanischen Reiche, hergestellt mit Methoden, die nur S'harien kannte. Aber jene Reiche existierten längst nicht mehr, und der Planet war viel friedlicher als während seiner fernen, von Eroberungen, Feldzügen und Schlachten geprägten Vergangenheit. Wenn Suraks Lehren feste Wurzeln schlugen — und daran zweifelten die Reisenden nicht —, stand Vulkan eine noch stillere und ruhigere Zukunft bevor. Sie nahmen die Schwerter mit, um sich an die alte Heimat zu erinnern, an eine vitale, zornige und wunderschöne Welt, erfüllt von blutgrüner Leidenschaft und einer Freude, die lachend den Tod verspottete. Sie nahmen die Schwerter, obgleich der Feind sie ihnen gab und S'harien die Klingen lieber zerstört hätte als sie den Rihannsu (oder sonst jemandem) zu überlassen. Die Werke des berühmten Schmieds wurden zum Symbol der *Trennung*. Das Schwert hatte Vulkan geteilt. Und das Schwert würde die beiden getrennten Teile wieder zusammenführen. Aber davon ahnte niemand etwas, als *Reas Helm* von Vulkan und

Chavis fortglitt, als sie Vulkan mit einem letzten Vers grüßte.

Vielleicht hatten die Zornigen in der *Versammlung* recht. Vielleicht binden Geschenke tatsächlich. Aber vielleicht genügt auch Blut, selbst über Jahrtausende hinweg.

KAPITEL 5

Arrhae war nie glücklicher gewesen, fortgeschickt zu werden. Ihre Gedanken rasten noch immer, als sie die Treppe so schnell hinuntereilte, wie es Anstand und Schicklichkeit zuließen. *Wie soll ich mich jetzt verhalten?* dachte sie immer wieder. Ihre Hände bebten, und sie konnte das Zittern nicht aus ihnen verbannen. Das Herz schlug ihr bis zum Hals, und einige schreckliche Sekunden lang befürchtete sie, sich hier und jetzt übergeben zu müssen.

Es gelang Arrhae, die Übelkeit zu überwinden, ohne den Magen zu entleeren. Sie lehnte sich an die Wand, preßte den Kopf an kühlen Stein und spürte, wie ein klebriger Schweißtropfen vom Haaransatz herabrann. »Ganz ruhig«, hauchte sie. »Bring dich wieder unter Kontrolle.« Dann wimmerte sie in jähem Entsetzen und hielt sich den Mund zu – sie hatte die Worte auf Föderationsstandard gesprochen.

Diesmal würgte Arrhae tatsächlich, aber den Elementen sei Dank: Sie schaffte es rechtzeitig zum Erfrischer. Eine Zeitlang saß sie dort auf dem Boden, schauderte immer wieder und fühlte sich elend, bevor sie genug Kraft fand, um die Spülung zu betätigen. *Armer tr'Aimne. Wenn er durch den Gleiterflug so sehr litt …*

Die Erinnerung an alltägliche Dinge – die nie banal gewesen waren – half ihr, sich zu beruhigen und das Chaos hinter ihrer Stirn zu ordnen. Mit kaltem Wasser wusch sie sich Gesicht und Mund, genoß dabei die Kühle und spürte, wie Rationalität zurückkehrte. Arrhae überlegte, was es nun zu tun galt. Sie dachte dabei nicht an McCoy, den Starfleet-Offizier – wenn er das war –, sondern an den Gefangenen Mak'khoi. Wo sollte sie ihn unterbringen?

Natürlich in der Vorratskammer. Aber hatte man den Raum bereits gereinigt, gelüftet und beheizt? Wahrscheinlich nicht, vermutete Arrhae. Und warum? *Weil ich,* Hru'hfe des Hauses Khellian, die Besucher wie eine dumme Küchensklavin angestarrt habe, anstatt meine Pflichten wahrzunehmen.

Ja, das klingt schon besser.

Sie schnitt eine verärgerte Grimasse. Noch vor einer halben Stunde wäre es nicht notwendig gewesen, daß sie sich auf diese Weise zur Ordnung rief — und sie hätte dabei bestimmt nicht in terranischem Anglisch gedacht! Ihre Gewöhnung an das Rihannsu-Ambiente war ruiniert, und sie gewann den Eindruck, daß sie sich bereits verraten hatte, zumindest dem Terraner gegenüber...

Nein, sein Name lautet McCoy, und er ist kein ›Terrane‹, sondern gehört zu meinem Volk...

Aber ich bin Arrhae ir-Mnaeha t'Khellian, und er ist ein Feind *meines Volkes!*

»O Feuer, Luft und Erde«, stöhnte sie leise, hockte sich erneut nieder und schlang die Arme um die Beine, denen sie nicht mehr ihr Gewicht anvertraute. Arrhae schloß die Augen und stützte den Kopf auf die Knie. Sie neigte den Oberkörper vor und zurück, vor und zurück, wußte dabei nicht einmal mehr, wie sie beten sollte. »O Gott, steh mir bei...«

Schließlich brach ein innerer Damm. Tränen strömten ihr über die Wangen, eine Flut, die Kummer, Verzweiflung und alle anderen Gefühle fortwusch. Gut. Die emotionale Leere ermöglichte es ihr wenigstens, vernünftig zu sein, bis der Schrecken zurückkehrte. Arrhae wusch das Gesicht noch einmal, glättete die Falten in ihrer Kleidung und musterte sich kritisch im metallenen Spiegel.

»Ihlla'hn, Hru'hfe«, sagte sie zum Spiegelbild. *Alles in Ordnung. Niemand merkt dir etwas an.*

Sie fand ein Ventil für die aufgestaute Nervosität, indem sie einen Reinigungstrupp für die ›Zelle‹ organisierte. Die nächste halbe Stunde machte sie sich bei den Bediensteten nicht beliebter, bestätigte jedoch ihren Ruf als gnadenlose Sklaventreiberin. Arrhae schrie nicht und schlug auch niemanden. Solche primitiven Methoden waren auch gar nicht notwendig: Ihre scharfe Zunge genügte, schnitt mit subtiler Eloquenz. Die mit Reinigungsmitteln und Putzlappen hantierenden Bediensteten verfluchten lautlos Namen und Vorfahren der *Hru'hfe,* aber gleichzeitig merkten sie sich einige der originelleren Beleidigungen, um sie später selbst zu benutzen ...

Arrhae glaubte zunächst, daß in ihren Gedanken kein Platz für private Dinge blieb, wenn sie sich ganz auf die Arbeit konzentrierte, aber sie irrte sich. Tief in ihrem Innern flüsterte ständig eine leise Stimme und verlangte nach Aufmerksamkeit. Nach einer Weile gab sie sich routinemäßigen Bewegungsmustern hin und lauschte dem Raunen des Unterbewußtseins, in der Hoffnung, daß es anschließend schwieg.

»Bitte setzen Sie sich, Lieutenant Commander Haleakala ...«

»... haben wir die Programmparameter eingegeben. Auf der vom Computer erstellten Liste stand Ihr Name ganz oben.«

Schon seit einer Stunde befand sich Terise im Hauptquartier des Starfleet-Geheimdienstes, und Commodore Perry begegnete ihr die ganze Zeit über mit ausgesuchter Höflichkeit. Der hochgewachsene Mann gab sich große Mühe, sie von ihrer viel zu offensichtlichen Nervosität zu befreien, bevor er erklärte, warum man sie aus der xenosoziologischen Sektion der *Excalibur* hierherbeordert hatte.

»Romulaner«, sagte sie. Mehr nicht. Es genügte.

Perry nickte und berührte das Datenmodul auf dem Schreibtisch. Es war mit einem Scrambler ausgestattet, und die gelb-schwarz-rote Aufschrift lautete: STRENG GEHEIM — CODEKLASSE A. Es war fast die höchste Sicherheitseinstufung in Starfleet — Terise hatte noch keine höhere kennengelernt. »Sie nennen sich *Rihannsu.* Und das ist praktisch unsere einzige zuverlässige Information. Alles andere ...« — Perry gestikulierte kurz — »... sind bestenfalls vorsichtige Spekulationen oder schlicht und einfach Vermutungen. Wir müssen mehr über sie herausfinden. Viel mehr.«

»›Den Feind verstehen.‹ Geht es Ihnen darum, Sir?« *Das ist ziemlich dreist, Terise. Willst du ihm mitteilen, daß du nichts von der Bezeichnung ›Feind‹ hältst?*

»In gewisser Weise, ja. Aber der von Ihnen verwendete, vereinfachende Ausdruck erscheint mir unangemessen.«

Autsch ... »Zur Kenntnis genommen, Sir.«

»Wir haben bereits einige Agenten im romulanischen Reich. Mehr als neunzig Prozent von ihnen sind Romulaner, und sie liefern uns in erster Linie militärische Informationen — denen eine große Bedeutung zukäme, wenn wir einen Krieg planten. Wenn wir Klingonen wären. Aber die Föderation möchte jenes Volk endlich *verstehen.*«

Perry drehte den Kopf, als Zeichenfolgen über den Bildschirm auf der einen Seite des Schreibtischs huschten. Er drückte einige Tasten und griff nach einer der Speicherscheiben neben dem Scanner. »Vaebn tr'Lhoell«, sagte der Commodore. »Er gehört zu ›unseren‹ Romulanern. Ein guter, zuverlässiger Agent. Aber die romulanischen Agenten sind zu ... romulanisch. Sie wuchsen mit kulturellen Aspekten auf, die uns ein Rätsel bleiben, die sie Außenstehenden ebensowenig erläutern können wie ein Vogel den Himmel erklären kann. Dazu ist nur jemand in der Lage, der aus unserer Zivilisation stammt, und angesichts der physiologischen Bedingungen kommen nur Terraner oder Vulkanier in Frage. Nun, die Romulaner ähneln Vulkaniern weitaus mehr als Menschen — das wissen wir bereits. Also besteht die Notwendigkeit, einige ...« Perrys Stimme verklang, als er nach den richtigen Worten suchte.

»... ›kosmetische Veränderungen‹ vorzunehmen?« fragte Terise. Eine Erkenntnis reifte plötzlich in ihr. »Deshalb steht mein Name auf der Liste.« Sie hatte nicht nur einen Namen, der ihr manchmal meterlang erschien, sondern auch dunkle Haut — das Erbe einer polynesischen Mutter und eines italienischen Vaters. Hinzu kamen ausgeprägt scharfe Gesichtszüge. Einige nicht besonders liebenswürdige Schulkameraden hatten sie deshalb ›Vulkanierin‹ genannt, und das hörte erst auf, als sie mit dem Studium an der Starfleet-Akademie begann. Dort saßen echte Vulkanier in den Vorlesesälen, zusammen mit Andorianern, Tellariten und Vertretern nonhominider Spezies. Xenopathische Tests beugten dem Spott vor. Schließlich hatte es keinen Sinn, die Besatzung eines Raumschiff aus Angehörigen von fünf oder sechs verschiedenen Völkern zu bilden, ohne dabei sicherzustellen, daß sie sich auch miteinander vertrugen.

»Genau. In Ihrem Fall sind weniger, äh, Veränderungen nötig als bei den meisten anderen Kandidaten. Die Ohren müssen natürlich neu geformt werden ...« Perry räusperte sich und empfand nun wesentlich mehr Unbehagen als die junge Frau vor ihm. Terise widerstand der Versuchung, ihm beruhigend auf die Hand zu klopfen. »Hämoplasmatische Pigmentierung, primäre kraniale Restrukturierung ... Himmel, wer hat das geschrieben? Wir reden hier von *Personen,* nicht von der Neuausstattung eines Raumschiffs!«

»Es macht mir nichts aus, Commodore. Im Ernst. Wenn ich so empfindlich wäre, hätte ich nicht einmal die Grundschule überlebt. Und noch etwas, Sir: Sie haben mindestens einen Freiwilligen.« Die Bemerkungen platzten von ganz allein aus ihr heraus, die belanglosen Worte ebenso wie jene anderen, die sie in den Tod führen mochten. Terise klappte den Mund zu, saß steif und schluckte mehrmals. Ein Klischee, sicher. Aber irgendwann hat jeder den Eindruck, daß nur bewährte Gesten und Reaktionen angebracht sind, und das war nun bei Terise der Fall.

»Ist Ihnen klar, auf was Sie sich einlassen, Miß Haleakala? Oder sollte ich Sie Miß LoBrutto nennen? Ich habe angenommen, daß Sie den zweiten Nachnamen nicht benutzen. Bitte entschuldigen Sie ...«

»Ja und nein, Commodore. Ja, ich weiß, auf was ich mich einlasse, und ich fürchte mich davor — aber Sie bieten mir eine einzigartige Chance, die kein Soziologe ignorieren kann.« Terise zögerte und fragte sich, ob sie hinzufügen sollte: *Es sei denn, ihm liegt etwas am Leben.* Aber sie verzichtete auf diesen Kommentar und lächelte schief. »Und nein: Ich benutze den zweiten Nachnamen nicht. Die erste Anrede war richtig.«

»Danke. Dafür und auch für andere Dinge. Aber ich nehme Ihr Einverständnis erst zu den Akten, nachdem ich Ihnen alle Einzelheiten geschildert habe.« Offenbar hob Terise unwillkürlich die Brauen, denn der Commodore starrte kurz auf das streng geheime Datenmodul, sah dann wieder zu der jungen Frau und schmunzelte. »Keine Sorge, Commander. Es liegt keineswegs in meiner Absicht, Ihnen etwas Vertrauliches mitzuteilen. Ich verlange nicht von Ihnen, irgendwelche Dokumente mit Blut zu unterschreiben.« Er lächelte erneut. »*Noch* nicht. Es sei denn, es ist grünes Blut.«

Terise lachte hohl, und ein schlichtes ›Ha-ha‹ hätte wesentlich echter geklungen.

»Nun ...«, murmelte Perry. »Bewahren Sie sich Ihren Sinn für Humor — Sie brauchen ihn noch.« Er schob eine Speicherscheibe in den Scanner und betätigte Tasten. Es summte leise, und Farbmuster entstanden im Projektionsfeld, als der Abtaster reagierte.

»Autorisierungscode?« fragte eine Sprachprozessorstimme.

»Perry, Stephen C., Commodore, VFP, Starfleet-Geheimdienst, CEG-0703-1960MS.«

»Akzeptiert. Datei geöffnet.«

»Gut.« Perry bemerkte Terises erstaunten Blick und nickte. »Ja, Commander, mehr ist nicht erforderlich, um an diese Informationen zu gelangen. Was die anderen Daten betrifft... Sie sind viel besser geschützt. Nun, Sie lernen jetzt in groben Zügen den Plan kennen, und ich warne Sie schon jetzt: Er wird Ihnen nicht gefallen.«

»... gefällt es dir?«

»Was?« Arrhae kehrte in den Alptraum der Realität zurück und fragte sich, wer das gesagt hatte. Die Worte stammten von der Küchenmagd S'anra, und allein die Elemente mochten wissen, wie oft sie wiederholt worden waren.

»Hier ist alles fertig, *Hru'hfe* — gefällt es dir?«

Arrhae faßte sich rasch, ließ den Blick durch die Kammer schweifen und rechnete mit ausreichend Anlaß für Kritik. Eine große Überraschung erwartete sie: Die Bediensteten hatten gute Arbeit geleistet. Der gefegte, geschrubbte und dann auch polierte Boden glänzte so hell, daß die Fliesen ihr skeptisches Spiegelbild zeigten.

»Ausgezeichnet«, sagte sie mit aufrichtiger Zufriedenheit. »Ihr seid euren Aufgaben tadellos gerecht geworden und habt damit dem Lord Ehre erwiesen. Ich verspreche als *Hru'hfe,* daß ich ihm eure Namen nennen und mich anerkennend äußern werde. S'anra, Ekkhae, Hanaj: Kümmert euch um die Möbel. Wenn ihr Hilfe braucht, so gebt den Stallknechten Bescheid. Die Farben und Muster...« Arrhae zögerte demonstrativ und entschied dann: »... überlasse ich euch.« Sie lächelte dünn — eine einfache Magd und zwei Sklaven, denen sie etwas anvertraute, das in ihren Zuständigkeitsbereich fiel. »Vielleicht muß ich später einige Dinge verändern, aber ich würde mich freuen, wenn das nicht nötig wäre.«

Sie blieb in der Vorratskammer stehen, als die Diener

an ihr vorbeischritten und sich voller Ehrfurcht verneigten, verwirrt von der Wärme in ihren Worten. Arrhae achtete nicht darauf, sah sich um und dachte daran, daß dieser Raum bald als Zelle für einen Gefangenen dienen würde. Nur mit Mühe unterdrückte sie ein Schaudern. Felle und Wandteppiche bedeckten die kahlen Mauern, verliehen dem Zimmer eine primitive Erhabenheit. Nur durch das High-Tech-Design der Leuchtkörper und thermotropischen Heizer unterschied sich dieser Ort von einem Verlies aus den T'Eleijha- oder Raben-Geschichten. Jene Märchen hatte Arrhae in ihrer freien Zeit immer gern gesehen oder gehört.

Doch für Lieutenant Commander Terise Haleakala-LoBrutto waren sie nur fremde Folklore.

Commodore Perry behielt recht: Der Plan gefiel ihr nicht, und das galt auch für seine Ausführung. Bevor sie sich freiwillig meldete, hatte Terise beschlossen, unter allen Umständen an ihrer Absicht festzuhalten. Andernfalls wäre sie jetzt bereit gewesen, sofort die Rückkehr zur *Excalibur* zu beantragen. Es spielte keine Rolle, daß die M5-Kampfausbildung kaum Spaß verhieß — wenigstens brauchte sie dabei nicht um ihr Leben zu fürchten.

Doch dieses Unternehmen brachte erhebliche Gefahren mit sich.

Der von Starfleet entwickelte Plan sah vor, daß sie die Sprache der Rihannsu lernte und sich mit allen zur Verfügung stehenden romulanischen Daten beschäftigte. Dann sollte Terise als ›Schläferin‹ bei einem romulanischen Doppelagenten untergebracht werden, um ihre Wissenslücken zu schließen und sich einzugewöhnen, bevor sie ihren Auftrag wahrnahm.

Es klang ganz einfach, aber sie wußte, daß die Realität anders aussah. Zum Beispiel: Sie mußte die Sprache innerhalb kurzer Zeit lernen, und das ließ sich nur mit Chemo-Stimulatoren bewerkstelligen. Zwar verankerten sie die Informationen fest im Gedächtnis, doch sie führten unausweichlich zu einer drei Tage andauernden, schier unerträglichen Migräne. Terise kannte die Wirkung dieses Lernverfahrens: Sie hatte es einmal vor einer wichtigen Collegeprüfung verwendet, obgleich so etwas verboten war. Nur einmal... Bei allen anderen Gelegenheiten benutzte sie Bücher und Computerdateien, wie ihre Studienkollegen, dankbar dafür, daß die dadurch verursachten Kopfschmerzen nicht den Schädel zu zerreißen drohten.

Doch als noch unangenehmer empfand sie die Aussicht, viel Zeit als Schläferin zu verbringen. Starfleets Wissen bezüglich der romulanischen Sprache beschränkte sich auf knappe militärische Mitteilungen, die Spionagesatelliten im Bereich der Neutralen Zone empfingen — diese Informationen reichten sicher nicht aus.

Terise versuchte, sich ihr Leben als Sklavin vorzustellen. Als in die Leibeigenschaft verkaufte Sklavin, die Ketten trug — »Ich glaube, inzwischen benutzt man eine Art Hundehalsband mit Namen und Adresse des Eigentümers«, hatte ihr Perry versichert, um sie zu trösten — und nur eine Stufe über den Haustieren stand, weil man Sklaven *für gewöhnlich* nichts zweimal sagen mußte...

Zugegeben: Ihr Herr war Vaebn tr'Lhoell oder ein anderer romulanischer Agent, der nur den Anschein erweckte, sie wie ein Ding zu behandeln, aber es regte sich trotzdem Unbehagen in Terise. *Und wenn etwas schiefgeht?* fuhr es ihr durch Sinn. Sie verdrängte diesen Gedanken rasch, als Perry weitere Einzelheiten nannte. Wenn tr'Lhoell zu dem Schluß gelangte, daß sie sich in jeder Hinsicht wie eine Rihannsu verhalten konnte, würde er sie an ein anderes, höheres Haus verkaufen.

Terise bekam gar keine Zeit, gründlich über die — möglicherweise fatalen — Folgen ihrer Entscheidung nachzudenken. Als sie sich in aller Form mit der Mission einverstanden erklärte, begann man sofort mit den

Vorbereitungen. Die Verantwortlichen in Starfleet schienen zu fürchten, daß Terise Haleakala ihre Meinung änderte, wenn sie genug Muße fand, um sich der Gefahren im vollen Ausmaß bewußt zu werden.

Die Geschwindigkeit, mit der sie das Romulanische in sich aufnahm, beunruhigte Terise ein wenig. Sie kannte das Risiko, das getarnte Agenten in feindlichem Territorium eingingen, und es betraf nicht nur eine mögliche Entlarvung. Manchmal war es viel gefährlicher, *nicht* entdeckt zu werden und sich zu gut an die alternative Persönlichkeit anzupassen. Man warnte davor, indem man die Geschichte eines verzweifelten Gefangenen erzählte: Er wollte aus dem Kerker entkommen, indem er sich verrückt stellte; er spielte den Wahnsinn so perfekt, daß man ihn nach der Entlassung in einem Irrenhaus unterbrachte. Während des normalen Dienstes in den Laboratorien eines Raumschiffes gab es keine solchen Risiken, doch *nichts* an diesem Einsatz war normal.

Der neue Name ersetzte schon bald den alten — weil man sie im Geheimdienstgebäude nur noch Arrhae ir-Mnaeha nannte. Terise/Arrhae kam mit den angeblich schwierigen romulanischen Namen gut zurecht, denn nur wenige von ihnen schienen mehr Silben zu haben als ihr eigener, der nun wie ein Traum nach dem Erwachen verblaßte. Und sie alle hatten eine Bedeutung, die sich ihr offenbaren würde, sobald das Sprachgerüst in ihrem Bewußtsein Gestalt annahm. Aber um die Namensbotschaften und alles andere zu verstehen, war ein Wechsel der geistigen Perspektive erforderlich, den Terise/Arrhae für unmöglich hielt.

Bis er ihr gelang.

»Madam, geehrte Herren — es ist alles bereit«, sagte Arrhae. Sie verharrte in der Tür und achtete darauf, den Gefangenen Mak'khoi — *McCoy,* berichtigten ihre Gedanken — nicht direkt anzusehen. Sie ignorierte die mentale Korrektur. Er gehörte zur Föderation und war damit ein Feind, bis sich das Gegenteil herausstellte. Ein Teil der Anspannung wich aus ihr, als sie sich ihn als abstrakte Gefahr vorstellte, wie einen giftigen *Nei'rrh,* der ein leeres Zimmer durchstreifte: Wenn sie sich leise bewegte, wenn sie ihn nicht aufscheuchte, hatte sie nichts zu befürchten. Vorausgesetzt natürlich, der betreffende *Nei'rrh* war nicht gereizt, kampflustig oder nervös.

Auf Mak'khoi trafen alle drei Beschreibungen zu. Er hatte Arrhaes Worte verstanden und erkannte auch die subtilen Bedeutungsmuster hinter ihnen: Er begriff sich als Häftling, den eine speziell hergerichtete Zelle erwartete; und er wußte auch, daß die Frau nicht auf sein Gestensignal reagieren würde. Diese Erkenntnis brannte ihm in den Augen, als er aufstand. Arrhae warf ihm einen kurzen Blick zu — es wäre unnatürlich gewesen, ihn auch weiterhin zu ignorieren. *Nein, er ist kein* Nei'rrh, dachte sie. *Eher ein* Thrai, *der sich an jedes ihm widerfahrene Unrecht erinnert, mit einer Genauigkeit, die für* Thraiin *typisch sein soll.* Sie versuchte sich vorzustellen, daß Mak'khoi jahrelang einen Groll hegte, bis er Gelegenheit zur Rache fand — wie in dem alten klingonischen Sprichwort, das man häufig voller Spott zitierte. Es fiel ihr schwer. Sie spürte eine Sanftheit in dem Mann, die den Kern seines Wesens füllte und in krassem Gegensatz zu dem Zorn stand, den er wie einen Mantel trug. Er schien die Wut für gerechtfertigt zu halten und gleichzeitig bereit zu sein, sie so rasch wie möglich abzustreifen, selbst hier, in der Gesellschaft von Feinden.

»Genießen Sie Ihren hiesigen Aufenthalt, Doktor«, sagte tr'Annhwi. »Doch wenn das Gerichtsverfahren beendet ist und die Vollstreckung des Urteils beginnt ... Denken Sie an meine Verwandten, wenn Sie voller Qual heulen.«

Arrhae hörte nicht zum erstenmal Drohungen. Manchmal, wenn Offiziere oder andere hochrangige Besucher betrunken genug waren, um sowohl die guten Manieren als auch die Vorsicht zu vergessen, forderten sie sich in H'daen tr'Khellians Speisesaal zum Duell heraus. Aber tr'Annhwis heiser hervorgestoßenen Worte galten einem hilflosen Gefangenen, und Arrhae spürte, wie sich ihre Antipathie dem Subcommander gegenüber in Abscheu verwandelte. Dafür gab es mehrere Gründe, und sein Verhalten hier im Haus ihres Herrn war nur einer davon. Arrhae ir-Mnaeha mochte zu Anfang eine Sklavin gewesen sein, aber während ihrer Arbeit bekam sie es häufig mit gebildeten, kultivierten Personen zu tun und eignete sich ihr Gebaren an. Solche Leute bedrohten keine Wehrlosen, auch wenn es sich bei ihnen um Feinde handelte; das *Mneih'sahe* verbot es. Sie behandelten alle Personen, insbesondere ihre Feinde, als Gleichgestellte, die Respekt und Ehre verdienten; das *Mneih'sahe* verlangte es.

Allerdings: Das *Mneih'sahe* schien inzwischen ein veraltetes Konzept zu sein ...

Doch Rihannsu wie H'daen und Commander t'Radaik achteten es nach wie vor. Beide musterten tr'Annhwi ernst. »Sie bleiben hier, Subcommander«, sagte t'Radaik. »Ich glaube, später sollten wir miteinander sprechen, über gewisse Dinge. Zum Beispiel über Höflichkeit, die man einst bei Flottenoffizieren für selbstverständlich hielt. Und darüber, welchen Rang jemand einnehmen sollte, dem es daran mangelt. Setzen Sie sich und warten Sie auf mich.«

Tr'Annhwi starrte seine Vorgesetzte einige Sekunden lang an und wirkte dabei wie jemand, der seinen Ohren nicht traute. Wie die meisten Angehörigen des romulanischen Militärs war er schon häufiger getadelt worden, aber nie vor Zivilisten und einem Feind ...

Ruckartig und mit offenem Mund nahm er Platz. Die zuvor schockiert aufgerissenen Augen bildeten nun schmale Schlitze, und in den Pupillen flackerte es beleidigt. T'Radaik ignorierte seine Reaktion, schenkte ihm überhaupt keine Beachtung mehr und drehte sich zu Dr. McCoy um. Sie winkte, krümmte dabei in terranischer Art die Finger und forderte ihn auf, ihr zu folgen.

»Nicht allen Rihannsu fehlen gute Manieren, Doktor«, sagte sie, sprach Standard und wählte die Worte mit großer Sorgfalt. »Nur den meisten.«

Eine gefährliche Bemerkung, die sie vor so vielen Zeugen nicht auf Romulanisch wagte. Tr'Annhwi verstand sie und hätte sie ausnutzen können — aber angesichts seiner zu Recht gerügten Unhöflichkeit wären entsprechende Vorwürfe als Rachsucht interpretiert worden.

Arrhae verstand ebenfalls, aber das gab sie natürlich nicht zu erkennen. Während t'Radaik den Subcommander zurechtwies, hielt sie den Kopf gesenkt, wie es sich gehörte. Nur einige verrufene Häuser verlangten Taubheit von ihren Bediensteten; unter normalen Umständen erwartete man von ihnen, nicht *auffällig* zu lauschen. Bei solchen Gelegenheiten wurde Arrhaes Gesicht fast so ausdruckslos wie das eines Vulkaniers, und ganz gleich, worüber man sprach: Sie reagierte nicht. Doch als sie die nächsten Worte t'Radaiks hörte, entstand ein Kloß in ihrem Hals — obgleich sie die harte Schule von der Sklavin zum Oberhaupt der Dienerschaft hinter sich hatte. Sie versuchte, die Commander zu beobachten, während der Kopf weit genug nach unten geneigt blieb, um den Schrecken in ihren Zügen zu verbergen.

»Arrhae t'Khellian ist *Hru'hfe* dieses Hauses, Dr. Mak'khoi. Sie wird sich um Sie kümmern.« T'Radaik sah H'daen an und lächelte gewinnend. »Mit der Erlaubnis des Hausherrn.«

H'daen gab seine Zustimmung auf eine Weise, die er moderneren Dingen — zum Beispiel einem schlichten *Ja* — vorzog: ein eleganter Wink, gefolgt von einer altmodischen Verbeugung. Beginnende Panik vibrierte in Arrhae, aber sie fragte sich trotzdem, warum die Commander eine Bitte formulierte, anstatt einen direkten Befehl zu geben, was richtiger gewesen wäre. McCoy sah sie an und schien nur neugierig zu sein. Dann nickte er, wanderte ohne einen weiteren Blick an ihr vorbei und zeigte das dünne Lächeln eines Gefangenen, dessen Hoffnung schwindet.

Ein Galgenlächeln, wie das von Vaebn tr'Lhoell, als man ihn fortzerrte, mit Essensresten, Wein und Blut im Gesicht und auf der Kleidung. Arrhae schauderte und wies die Bediensteten an, das Geschirr fortzutragen und im Speisesaal aufzuräumen.

Vaebn, dachte sie kummervoll. *O Vaebn, welcher Fehler unterlief dir? Und wie kann ich es vermeiden, dein Schicksal zu teilen ...?*

»Wenn für dich alles in Ordnung ist, Arrhae, so gilt das auch für mich.«

Der verbale Gruß war traditionell, nicht jedoch der Händedruck. Vaebn tr'Lhoell sah kaum wie ein typischer Romulaner aus, ähnelte mehr den Vulkaniern, die Terise kannte. Er war dünn und nur mittelgroß, etwa anderthalb Meter, wie sie selbst, strahlte jene kühle Ruhe aus, die viele Leute mit Vulkaniern in Zusammenhang brachten und die den vulkanischen Spezialisten in der Zentrale des Starfleet-Geheimdienstes fehlte. Terise hatte ihre rationale Logik gespürt, aber auch eine gewisse Anspannung in ihrer Gegenwart, insbesondere nach der hämochromatischen Behandlung und den verschiedenen Operationen. Dieser Mann, dieser Rihanha, sollte ihr Beschützer, Mentor und Lehrer sein: *O-sensei,* flüsterte der Teil ihres Bewußtseins, der ihr gelegentlich angemessene Wörter und Sätze präsentierte, meistens zu spät, um sie in einem Gespräch zu verwenden. Vaebn hatte sich viel besser unter Kontrolle als alle anderen Personen, die Terise kannte.

Das ist auch notwendig, dachte sie in einer Mischung aus Romulanisch und Föderationsstandard, die sie häufig verwirrte. *Ein Fehler, und er ist tot. Und dann sterbe ich mit ihm! Warum hilft er uns? Was veranlaßt die romulanischen Agenten, mit uns — mit dem Feind — zusammenzuarbeiten? Warum nimmt Vaebn mich in seinem Haus auf?*

Die Mission war voller Gefahren, und ihr Anfang wies deutlich genug darauf hin. Ein getarntes Scoutschiff schien eine gute Idee zu sein — Commodore Perry hielt es offenbar für einen besonderen Trumpf —, doch später erfuhr Terise, daß man sich die Tarnvorrichtung bei den Romulanern ›besorgt‹ hatte, und zwar erst vor so kurzer Zeit, daß sie an Bord von Föderationsschiffen nicht mit hundertprozentiger Zuverlässigkeit funktionierte. Der Starfleet-Geheimdienst setzte drei kleine Kreuzer für seine geheimen Zwecke ein: Prototypen mit neuer Technik, die ihre Macken hatte, was den Flug interessanter gestaltete.

Bei diesem Scoutschiff kam es typischerweise zu einem Defekt in den Schaltkreisen der Tarnvorrichtung; ebenso typisch war, daß man die Fehlfunktion zu einem sehr kritischen Zeitpunkt bemerkte. Das Tarnfeld brach für zwei Sekunden zusammen, als der Raumer in die Neutrale Zone flog, nur etwa zwanzigtausend Kilometer von dem Patrouillenkreuzer NCC-1843 *Nelson* entfernt — die längsten zwei Sekunden in Terises Leben. Da sie kein ID-Signal ausstrahlten und sich wie ein romulanisches Schiff verhielten, eröffnete man das Feuer auf sie. Reines Glück verhinderte, daß der Scout und alle Besatzungsmitglieder an Bord in den Phaserstrahlen verbrannten.

Terise sah darin ein interessantes Beispiel für die angeblich friedliche Einstellung, mit der das Föderationsmilitär den Romulanern begegnete, und sie dachte an die so oft von Perry zitierte interkulturelle Ausbildung des Starfleet-Personals. Es fiel ihr nicht schwer, sich vorzustellen, was das kriegerische Volk der Rihannsu von der Föderation und ihren Spionen hielt.

Vierzehn Standardmonate lang blieb sie ›Sklavin‹ im

Haus Lhoell. Ihr Herr unterwies seinen dümmsten Besitz in Sprache, Etikette und den Bräuchen der gehobenen Gesellschaft. Die anderen Sklaven tuschelten über eine junge Frau, die viel Zeit in den privaten Gemächern des Lords verbrachte und sie immer recht müde verließ. Terise/Arrhae achtete kaum auf den Spott. Einige ihrer ›Schulfreunde‹ waren weitaus grausamer gewesen zu einem Kind, das viel mehr unter solchen Belastungen litt als die in Starfleet gereifte Erwachsene.

Sie lernte alle Dinge, die eine geborene Rihanha wissen mußte, doch das Sprachverständnis kam auf die angekündigte Weise — ganz plötzlich. Während Vaebn mit ihr sprach, wurde Vertrautes sonderbar, um anschließend wesentlich normaler zu erscheinen als vorher. Nur die Namen veränderten sich. Besser gesagt: Sie veränderten sich nicht, sondern klangen zum erstenmal *richtig.* Daraufhin geschah alles schneller. Sie verglich den Vorgang mit einer Lawine, die über einen langen Berghang stürzte und dabei ein immer größeres Bewegungsmoment gewann.

Kurze Zeit später kaufte Vaebn tr'Lhoell eine neue Sklavin. Sie war jung und hinreißend schön. Wenige Tage nach ihrem Erscheinen — und ihrem nächtlichen Verschwinden in Vaebns Schlafzimmer — schlossen die übrigen Bediensteten Wetten darüber ab, wie lange Arrhae i-Mnaeha diese Situation hinnehmen würde. Als sie schließlich ›die Geduld verlor‹, kam es zu einer gut vorbereiteten Auseinandersetzung, von der man noch nach vielen Monaten erzählte. Arrhae hörte nichts von dem Klatsch. Bereits am Abend des nächsten Tages enthielt die lokale Computerbörse ein Verkaufsangebot mit ihrem Namen, einem 3D-Bild, den persönlichen Eigenschaften und Fähigkeiten sowie dem Preis. Es vergingen nicht einmal zwanzig Stunden, bis sie das Haus Lhoell verließ: Vaebn verkaufte sie an den ersten Interessenten, der ihm eine entsprechende Summe bot.

Damit begann die zweite Phase der Mission. Vaebn

hatte darauf hingewiesen, daß das Haus Khellian keine Verbindungen zum Geheimdienst von Starfleet oder der Föderation unterhielt, doch es stellte eine ideale Operationsbasis dar. Dennoch fragte sich Arrhae manchmal, wie tr'Lhoell den Verkauf arrangiert hatte ...

Ein einst ehrenwertes Haus, für das schwierige Zeiten angebrochen waren und dessen Verwaltung zu wünschen übrigließ — weil sich der Lord nur dumme und ungeschickte Sklaven leisten konnte, die ihre Pflichten vernachlässigten. Aber Vaebn schilderte H'daen tr'Khellian die Vorzüge seiner Bediensteten und den ›wahren‹ Grund für ihren Verkauf. Arrhae hörte, wie die Männer in H'daens Empfangszimmer lachten, während sie in demütiger Haltung kniete. Zuerst vernahm sie lautes maskulines Lachen, dann leises, nachdenkliches Kichern. H'daen verabschiedete seinen Gast, führte die Sklavin ins Arbeitszimmer, schaltete den Computer ein und zeigte ihr den Bildschirm. Das elektronische Dokument auf dem Monitor berichtete von Arrhaes offizieller Freilassung und dem Recht, ihrem Namen die Bezeichnung des Hauses hinzuzufügen.

In den folgenden Jahren, während sie für das Haus Khellian arbeitete, verdiente sie sich ihre Freiheit mindestens hundertmal. Sie kletterte auf der Bedienstetenleiter nach oben, bis nur noch die *Hru'hfe* Nnerhin tr'Hwersuil über ihr stand. Nnerhins Tod durch einen Verkehrsunfall gab jenen Platz frei, und nur Arrhae kam als Nachfolgerin in Frage. Manchmal, wenn sie in stiller Dunkelheit lag, ging ihr ein beunruhigender Gedanke durch den Kopf: *Ist auch Nnerhins Unfall arrangiert worden?*

Wenn es eine Antwort gab, so blieb sie im dunkeln.

Für jemanden, der gerade von einem vorgesetzten Offizier gerügt worden war, wirkte Subcommander tr'Annhwi erstaunlich fröhlich. Er beobachtete Arrhae, als sie die anderen Bediensteten beaufsichtigte und versuchte, sich selbst beschäftigt zu halten — um nicht nachzudenken. Sie schätzte ihn als einen leicht reizbaren, stolzen Mann ein, dessen Gemüt ständig am Rande des Zorn balancierte und der großen Wert auf Ehre legte. Jetzt wirkte er reserviert und zurückhaltend, nippte an seinem Wein und lächelte, wenn sich ihre Blicke trafen. Arrhae spürte, wie Unbehagen in ihr prickelte.

Tr'Annhwi trank den Becher aus und winkte eine Dienerin fort, die mit der Karaffe auf ihn zutrat. Er stand auf, schwankte nur ein wenig, sah Arrhae an und salutierte. »Genug Wein, *Hru'hfe*. Ich hätte beim Essen weniger trinken sollen. Dann wäre ich mit ... meinen Worten vorsichtiger gewesen.« Er zupfte an seiner Uniform und strich den Halbmantel an der Schulter glatt. »Ich werde mich entschuldigen und dieses Haus verlassen.«

Wenn ein Hnoiyika *zerknirscht aussähe, nachdem er etwas getötet hat, so hätte er jetzt große Ähnlichkeit mit dir,* dachte Arrhae.

»Du hast einen schlechten Eindruck von mir gewonnen, nicht wahr?«

»Ich ... Nein, Sir. Natürlich nicht. Ein ehrenwerter Herr hat das Recht, Wein mit Freunden zu trinken und ...«

»Das freut mich.« Das Lächeln des Subcommanders wuchs in die Breite, wurde herzlicher. »Dann *darf* ich dich besuchen?«

Diese Worte entfalteten die gleiche Wirkung auf Arrhae wie ein Kilo Eis in ihrem Magen. Sie fühlte sich plötzlich in die Ecke gedrängt. Ganz gleich, was sie jetzt sagte: Entweder widersprach sie sich selbst, oder sie beleidigte den Offizier — und *diesen* Mann wollte sie gewiß nicht beleidigen. »Sie möchten ... mich besuchen?« erwiderte sie schließlich und fragte sich, was ihn zu einer derartigen Bemerkung veranlaßt hat. *Vielleicht der Wein,* hoffte sie.

»Ja, und ich würde mich freuen, wenn du damit einverstanden wärst. Zuerst bin ich unhöflich gewesen, aber jetzt sehe ich dich mit anderen Augen.«

Welch ein Unsinn! Er spricht wie ein schlechter Schauspieler! Sie hatte gehört, wie kampferfahrene Flottenoffiziere — Krieger ohne Kultur — ihren Frauen gegenüber eine so abgedroschene, pseudoromantische Ausdrucksweise benutzten. Furcht regte sich in ihr. Zuerst Mak'khoi, der sie vor erhebliche Probleme stellte, und jetzt dies. Arrhae wußte gar nicht, was sie mehr erschreckte.

»Äh, Sir«, sagte sie und suchte nach einem unverdächtigen Ausweg. »Ich kann Ihnen nicht mein Einverständnis geben, ohne zuvor die Genehmigung meines Herrn einzuholen.«

»Dann mach dir keine Sorgen, Lady. Ich werde sofort mit H'daen tr'Khellian sprechen.«

Lady ...? dachte Arrhae verblüfft.

»Und ich bitte ihn mit geziemender Reue um Verzeihung«, sagte tr'Annhwi. Für einen Sekundenbruchteil brachte sein Lächeln Spott zum Ausdruck. Er verneigte sich mit falscher Eleganz und ließ eine verwirrte Arrhae zurück.

Oh, bei den Mächten, hoffentlich ist H'daen so zornig, wie es vorhin den Anschein hatte ... Sie blinzelte mehrmals, fühlte die neugierigen Blicke der anderen Bediensteten und sah, daß einige von ihnen ein Schmunzeln hinter vorgehaltener Hand verbargen. Arrhae starrte sie finster an. »Ich hoffe, hier ist alles sauber, wenn ich zurückkehre«, sagte sie leise. »Sonst habt ihr nichts mehr zu lachen.«

KAPITEL 6

FLUG

Als erstes Schiff verließ *Reas Helm* Vulkan, am 12. Ahhahr 140 005. Sie beschleunigte drei Monate lang, verließ das vulkanische Sonnensystem mit nichtrelativistischer Geschwindigkeit und übermittelte Vorbeiflugdaten von den anderen Planeten. Hinter ihr, zu zweit oder zu dritt, folgten die übrigen Raumschiffe, deren Namen noch heute von den Rihannsu verwendet werden, sowohl beim Militär als auch in der Handelsflotte: *Kriegsvogel, Sternenfänger, T'Hie, Wimpel, Blutschwinge, Korona, Lanze, Kragen, Sonnenherz, Schmiede, Verlorener Weg, Schwarzlicht, Feuersturm, Rache, Erinnerung* und *Schild.* Richtstrahllaser und psionische Brücken erlaubten die Kommunikation zwischen ihnen. Zuerst wahrten sie großen Abstand zueinander, um zu verhindern, daß eine kosmische Katastrophe die ganze Emigrantenflotte vernichtete, doch nach zehn Jahren gab man diese Angewohnheit auf. Die siebzehn Schiffe drangen ins interstellare All vor und fanden es außergewöhnlich ereignislos; Nähe und Gesellschaft wurden zu Notwendigkeiten.

An Bord aller Raumer kam es zu Defekten und Fehlfunktionen. Kein Wunder: Bei einem großen Teil der Technik handelte es sich um Neuentwicklungen, und man hatte sie nur jenen Tests unterzogen, die ein vorsichtiges und außerordentlich geduldiges Volk für erforderlich hielt. Während der ersten zehn Jahre starben nur wenige Auswanderer. Die meisten fielen Wartungsunfällen im Vakuum zum Opfer oder zogen sich bei Stürzen in den Hochschwerkraftbereichen — wenn die Schiffe beschleunigten — fatale Verletzungen zu. Mehrmals mußten die Reisenden mit Mißernten in den großen hydroponischen Komplexen fertig werden, doch häufig betrafen sie Pflanzen, die nicht unbedingt fürs Überleben nötig waren. Als Welkfäule das Gemüse in den Wachstumsbottichen der *Rache* und *Kragen* verrotten ließ, konnten die übrigen Schiffe einen genügend großen Produktionsüberschuß zur Verfügung stellen. (Ein amüsanter Hinweis: Die Rihannsu aus einigen Gebieten des Südkontinents, wo sich die Kolonisten der *Kragen* und *Rache* niederließen, lehnen es noch heute ab, Flachzwiebeln zu essen. Wer ihre Geschichte nicht genau kennt, mag diesen Umstand auf ›religiöse Traditionen‹ zurückführen. Aber in den Tagebucheintragungen der damaligen Zeit wird häufig das ›verdammte Kraut‹ erwähnt, das den Besatzungen von zwei Schiffen mehr als anderthalb Jahre lang als Nahrung diente.) Die Reisenden schöpften Mut: Wenn sie keine größeren Probleme lösen mußten, durften sie sich freuen. Es blieb nur zu hoffen, daß ihnen der Kosmos geeignete Planeten anbot.

Der erste Stern, den die Flotte erreichte — 88 Eri —, war damals ebenso beschaffen wie heute: Er gehört zum Typ K und hat fünfzehn Planeten, alle selbst für Vulkanier zu öde und zu heiß. Auf den sonnennächsten gibt es Seen aus flüssigem Blei. Die übrigen hatten längst ihre Atmosphären verloren, und den Emigranten fehlten Technik und Zeit für ein umfassendes Vulkanforming. Sie setzten den Flug nach 198 Eri fort, einem weiteren vielversprechenden K-Stern.

Die ersten Auswirkungen der relativistischen Reise machten sich bemerkbar — womit man natürlich gerechnet hatte. Beschleunigung, Bremsmanöver, Erforschung des Sonnensystems und Untersuchung der Planeten dauerten nach Bordzeit drei Jahre, doch auf Vulkan waren dreißig vergangen.

Die Wiederherstellung der Kommunikationsverbindung führte zu einem ausgeprägten Schock. Während die Schiffe beschleunigten — und auch bei einem Teil der Bremsphase —, ließen sich keine psionischen Kontakte herstellen. Für ein sendendes Bewußtsein auf Vulkan waren die Gedanken einer sich mit relativistischer Geschwindigkeit bewegenden Selbstsphäre unverständlich langsam. Ein Emigranten-Empfänger, der den mentalen Signalen eines Vulkaniers lauschte, hörte rasend schnelle Überlegungen, die für ihn ohne jeden Sinn blieben. Aber es ergaben sich auch Schwierigkeiten, wenn die Flotte mit einem nur geringen Teil der Lichtgeschwindigkeit flog. Einige Verbindungsgruppen, die ihre ›geistigen Frequenzen‹ aufeinander abgestimmt hatten, erlitten Verluste; manche Vulkanier interessierten sich nicht mehr für die Reisenden und hielten planetare Geschehnisse für wichtiger. Nicht ganz zu Unrecht. Suraks Lehren fanden immer mehr Anhänger. In weiten Teilen der Bevölkerung breitete sich (sorgfältig verschleierte) Unzufriedenheit darüber aus, daß man Energie an die Kommunikation mit Leuten verschwendete, die Logik, Rationalität und Pazifismus strikt ablehnten. Surak konnte vor den Räten des Planeten nicht mehr für die Emigranten eintreten. Er war tot, ermordet von der Yhri-Fraktion, mit denen er Friedensverhandlungen geführt hatte, im Namen einer Welt, die allmählich eins wurde.

Diese Nachricht schuf Betroffenheit, obwohl die Reisenden Suraks Philosophie zurückwiesen. Man trauerte in den Schiffen, und S'task verschwand für viele Tage. Während jener Zeit war eine Versammlung geplant; die anderen Räte hörten von dem profunden Kummer S'tasks und verzichteten auf die Frage, ob er an der Beratung teilzunehmen gedachte. Als sie sich im Ratssaal der *Reas Helm* einfanden, sahen sie, daß auf seinem leeren Stuhl eins der von Surak stammenden S'harien-Schwerter lag. Die Räte betrachteten es schweigend und rührten es nicht an. Als S'task etwa einen Monat später zurückkehrte, gab er keinen Kommentar ab und wählte einen anderen Sessel. Viele Jahre lang blieb die Klinge liegen. Als *Reas Helm* später ch'Rihan erreichte und neue Regierungsinstitutionen entstanden, nahm der Stuhl den Ehrenplatz ein, hinter Senatoren, Prätoren und auch dem einen oder anderen Imperator. Er erinnerte alle an das fehlende Element in der Rihannsu-Gleichung, an jene stille Kraft, die *Trennung* und Flug zur Folge hatte, die noch immer auf Vulkan wirkte, obgleich ihr Schöpfer nicht mehr lebte. Wer das Schwert auf dem Leeren Stuhl berührte, forderte seinen Tod heraus. Es war sogar gefährlich, darüber zu sprechen. Wer einen Eid darauf bezog, hielt den Schwur unter allen Umständen — oder starb, manchmal mit fremder Hilfe.

Die Auswanderer setzten ihre Reise fort und brauchten nicht an Vulkan zu denken, um zu trauern — sie fanden andere Gründe, um Tränen zu vergießen. Als sie sich dem zweiten Sonnensystem näherten, 198 Eri, kam es zu einem verheerenden Zwischenfall. Glücklicherweise hatten einige Räte verschiedene Beschleunigungsphasen für ihre Schiffe festgelegt; dadurch bildete die Flotte eine lange Kette. Psionische Kom-Kontakte ermöglichten es, die weiter hinten befindlichen Schiffe darauf hinzuweisen, ob ein Stern von geeigneten Welten umkreist wurde. Das versetzte sie in die Lage, rechtzeitig den Kurs zu ändern. Diese Taktik erinnerte an ein interstellares Bockspringen; viele andere Völker verwendeten sie vor der Entwicklung von Warptriebwerken.

Die Katastrophe wäre sicher ausgeblieben, wenn auch weiterhin eine Verbindung mit Vulkan bestanden hätte: Vulkanische Astronomen setzten nun neue Instrumente ein — Hamalki-Innovationen verstärkten ihr Leistungspotential —, und damit entdeckten sie eine enorme Gefahr in der Nähe von 198 Eri. Sieben Schiffe gerieten hinter den Ereignishorizont eines erst vor kurzer Zeit kollabierten schwarzen Lochs. Als die *Wimpel, Sternenfänger, Blutschwinge, Schmiede, Verlorener Weg,*

Lanze und *Schwarzlicht* das psionische Katapult-Manöver beendeten, fielen sie einer Singularität entgegen, einem Raumbereich, in dem das Gefüge der Zeit zerriß und die Realität zerfaserte. Selbst jene Schiffe, denen man eine Warnung übermittelte, konnten sich nicht aus dem Gravitationssog befreien, obgleich sprungerfahrene PSI-Adepten versuchten, sie aus der Gefahrenzone zu katapultieren. Die entsprechenden Besatzungen verbrachten lange Tage im Wahnsinn, bevor der Rachen des Todes sie verschlang. Bis zum heutigen Tag kennt niemand das Schicksal der betreffenden Personen. Starben sie durch die antithetische Natur des ›entarteten‹ Raums, oder platzten die Schiffe im Zerren der Gravitation auseinander? Wer an Bord der anderen Kolonistentransporter das Pech hatte, in mentaler Verbindung mit den Opfern zu stehen, erlag Psychosen und ging entweder schnell zugrunde — aus Empathie — oder langsam, in einem monate- oder gar jahrelangen Delirium.

Diese Tragödie führte zu einer erheblichen Verlangsamung der Reise, als sich die Schiffe 198 Eri näherten und dort ebenso ungeeignete Planeten fanden wie im ersten Sonnensystem. Es begann eine lange Diskussion über Art und Weise des Fluges: Sie dauerte mehrere Jahre, während die Raumschiffe in der Umlaufbahn von 198 Eri blieben und möglichst viel solare Energie speicherten. Sollten die Reisenden den Heimflug antreten? Das hatte nur wenig Sinn, meinten einige. Vielleicht wollte Vulkan sie gar nicht zurück, und außerdem waren Freunde und Verwandte entweder uralt oder längst tot — der Preis relativistischer Geschwindigkeit. Sollte ein drittes Sonnensystem angeflogen werden? Das sei unklug, meinten andere. Selbst auf den ersten Blick leer erscheinendes All enthielt tödliche Gefahren, die man erst bemerkte, wenn man bereits starb. Sollten die Schiffe dicht beisammen bleiben — wodurch das Risiko bestand, daß sie alle zerstört wurden? Oder sollten die Abstände zwischen ihnen vergrößert werden, obwohl sie dann vielleicht nicht mehr die Möglichkeit hatten, sich gegenseitig zu helfen? Sollten sie damit aufhören, Katapult-Manöver für die Beschleunigung zu nutzen, obgleich sie keinen Treibstoff verbrauchten und die Ressourcen schonten? Es ergab sich eine zusätzliche Komplikation: Die Emigranten durften nicht mehr mit — zumindest moralischer — Unterstützung von Vulkan rechnen. Sie waren inzwischen mehr als neuneinhalb Lichtjahre von ihrer Heimatwelt entfernt; unverstärkte telepathische Signale erreichten sie nicht mehr. Selbst während nichtrelativistischer Geschwindigkeiten hörten die Adepten nur noch das mentale Äquivalent des Vier-Zentimeter-Rauschens — die Geräusche von Leben in einem Universum, das leise atmete.

Dreieinhalb Jahre lang litten die Auswanderer, berieten sich und suchten nach Antworten. Sie entdeckten keine, aber reine Entschlossenheit trieb sie weiter: S'task war nicht so weit gekommen, um jetzt umzukehren. In den anderen Schiffen herrschte nach wie vor Unsicherheit, doch S'task übermittelte die Botschaft seines Rates — *Reas Helm* wollte den Flug fortsetzen. Das gab den Ausschlag; die übrigen Emigranten schlossen sich ihm an. Zuerst benutzte man die konventionellen Ionentriebwerke, später auch psionische Katapult-Beschleunigung, als unangenehme Erinnerungen verblaßten. Die Flotte steuerte 4408A/B Trianguli an, ein vielversprechend ›breites‹ Sternsystem, das mindestens zwei Sonnen aufwies.

Wir wissen natürlich, daß einer der Planeten von 4408B-Tri Iruh heißt — die Reisenden trafen die schlechteste denkbare Wahl. Wenn sie die etoshanischen Daten gründlicher geprüft hätten, wäre eine weitere Katastrophe vermeidbar gewesen, aber sie verzichteten darauf. Die Inshai hatten das Sonnensystem einst abgeriegelt, doch sie existierten nicht mehr, und ihre Warnbojen waren von etoshanischen Piraten zerstört worden, die versuchten, sich den Planeten zu unterwerfen. Die Schiffe näherten sich vorsichtig, eins nach dem anderen. Bei 4408A fanden sie Welten, deren Oberflächen aus kochender Lava oder aus flüssigem Methan bestanden; zu dem System von 4408B gehörten sechs Planeten; die Ortungsinstrumente behaupteten, einer von ihnen sei zu neunundneunzig Prozent wie Vulkan beschaffen und noch dazu reich an Metallen. Die ersten beiden Schiffe, *T'Hie* und *Korona,* schwenkten in den Parkorbit und schickten Shuttles mit dem Auftrag, weitere Daten über Klima und Biochemie zu sammeln. Die Raumfähren kehrten nicht zurück, doch als sich die Reisenden in der Umlaufbahn Sorgen zu machen begannen, war es bereits zu spät.

Die Iruhe verhielten sich in diesem Fall ebenso wie bei vielen anderen Kolonisten zuvor: Sie spürten ihre Bewußtseinssphären schon aus großer Entfernung und projizierten mentale Phantombilder, die Iruh als perfekte Welt darstellten. Welchen Sinn haben genaue Instrumentenanzeigen, wenn der interpretierende Verstand manipuliert ist? Nicht einmal Vulkanier waren imstande, sich dem Einfluß einer Spezies zu entziehen, die in psionischer Hinsicht zu den mächtigsten in der Galaxis zählte: Man bewertete ihren PSI-Quotienten später mit 160. (Als Beispiel: Die begabtesten Vulkanier haben einen PSI-Quotienten von 30, und die meisten Terraner kommen nicht über 10 hinaus.) Die Besatzungen der Shuttles dienten den Iruhe nur als appetitanregende Vorspeise und bestätigten, was ihnen in die Falle gegangen war: eine erstaunlich große Anzahl von stark motivierten, intelligenten und psychisch sehr vitalen Personen. Mit falschen ›Berichten‹ von den Fähren — sie schienen authentisch zu sein, denn die Reisenden an Bord der *Korona* und *T'Hie* fügten ihnen vertraute Gesichter und Details aus den eigenen Erinnerungen hinzu — lockten die Iruhe beide Schiffe näher, um sich anschließend an der Lebenskraft von über zwölftausend Männern, Frauen und Kindern zu laben. Dann ließen sie die Raumer mit ihrer Fracht aus geistlosen, immer noch atmenden fleischlichen Hüllen in Iruhs Methanmeere stürzen und warteten ungeduldig auf den nächsten Gang des Festschmauses, die anderen Reisenden.

Das unerwartete Schlemmen erfüllte ein ganzes Volk von Seelenfressern mit Trägheit und Lethargie — nur dieser Umstand rettete die übrigen Schiffe. Die *Sonnenherz* flog den Planeten an, und ihre Navigatoren stellten überrascht fest, daß die Ionenspuren der *T'Hie* und *Korona* bei Iruhe endeten, ohne ins All zurückzuführen. Der *Sonnenherz*-Rat traf eine sehr kluge Entscheidung: Flucht. Das Raumschiff änderte den Kurs, entfernte sich von der scheinbar paradiesischen Welt und warnte den Rest der Flotte. Die Reisenden hatten es so eilig, aus dem Sonnensystem zu entkommen, daß ihnen Navigationsfehler unterliefen: *Feuersturm* und *Rache* verloren den Kontakt zu ihren Gefährten und nahmen erst viel später die notwendigen Kurskorrekturen vor, um sie wiederzufinden. Doch die Eile war angebracht. Niemand wußte, wie lange die Gnadenfrist währte, wann die Iruhe ›erwachten‹ und den Rest der Mahlzeit bemerkten.

Die Emigranten hatten großes Glück. Nur wenige andere Spezies kamen nach einer Begegnung mit den Iruhe so leicht davon. Irgendwann fanden die Seelenfresser eine Möglichkeit, ihre Welt kreuz und quer durch den galaktischen Arm zu transferieren, und daraufhin fielen ihnen noch viel mehr Raumschiffe und Planeten zum Opfer. Erst siebzehn Jahrhunderte später, als man die Organianer um eine Intervention bat, wurde etwas gegen die Iruhe unternommen. Seltsamerweise weiß niemand, worin die Maßnahmen bestanden. Heute ist Iruh leer und ruhig; Föderationsforscher sehen sich dort um und suchen nach irgendwelchen Artefakten.

Von diesem Punkt an läßt sich der Weg, den die Auswanderer einschlugen, noch schwerer verfolgen. Die *Feuersturm* und *Rache* drifteten lange Zeit durchs interstellare All und hielten nach den anderen Schiffen Ausschau. Gelegentliche PSI-Kontakte gaben ihnen vage Richtungshinweise, und auf dieser Grundlage führten sie Kurskorrekturen durch. Unterdessen erging es den übrigen Raumern ähnlich. Viele Jahre lang wanderten sie zwischen Sternen, die entweder keine Planeten besaßen oder deren Trabanten sich nicht für vulkanisches Leben eigneten. Die Reisenden hatten vermutet, daß eine hohe Wahrscheinlichkeit dafür sprach, bewohnbare Welten zu entdecken, doch sie mußten immer neue Enttäuschungen hinnehmen. Auch in diesem Fall wäre es besser gewesen, den etoshanischen Daten größere Aufmerksamkeit zu schenken. Die Etoshaner wußten, daß es dem Eridani-Trianguli-Sektor an kolonisierbaren Planeten mangelte; auch aus diesem Grund waren sie von Vulkan überrascht gewesen.

Aber es nützte nichts, Versäumnisse zu bedauern. Während der nächsten fünfundachtzig subjektiven Jahre — im nichtrelativistischen Universum verstrichen fast vierhundertfünfzig — suchten die Reisenden verzweifelt nach irgendeiner Welt, auf der sie sich niederlassen konnten. Jetzt wurde auch in Betracht gezogen, einen Planeten zu vulkanformen, doch die meisten Sterne im Trianguli-Quadranten gehörten zur alten Population I, hatten ihre Trabanten längst verloren oder waren viel zu instabil. Ausnahmslos alle Welten boten sich als Gasriesen oder atmosphärenlose Felskugeln dar, und in diesen Fällen dauerte das Vulkanforming mindestens zwei Jahrhunderte.

Die Verzweiflung nahm zu, denn beim Bau der Schiffe war eine hundertjährige ›Lebensdauer‹ geplant worden. Niemand hatte damit gerechnet, daß die Suche nach einer neuen Heimat länger als fünfzig Jahre in Anspruch nahm, und diesem Limit hatte man die Vorräte und Ausrüstungen angepaßt. In einigen Raumern wurde die Nahrung knapp, und immer häufiger mußten defekte Bordsysteme repariert werden; bald fehlten Ersatzteile. Die *Kriegsvogel* ging durch eine Fehlfunktion ihres Triebwerks verloren: In ihr gab es keinen Adepten mehr, der sie katapultieren konnte, und sie fiel in die Sonne 114 Trianguli, als man ihr Schwerkraftfeld für die Beschleunigung ausnutzen wollte. Die *Erinnerung* versuchte dieses Manöver bei einem schwarzen Zwerg und erlitt das gleiche Schicksal. Ihr Sturz in den kleinen Röntgenstern verursachte Impulse, die noch heute auf der Erde gemessen werden.

Die restlichen Schiffe — *Reas Helm, Kragen, Sonnenherz, Rache* und *Feuersturm* — setzten den Flug mit wachsenden Problemen fort. Sonderbare Krankheiten brachen aus. Man spekulierte darüber, daß die kosmische Strahlung Bakterien und Viren mutieren ließ, die für Vulkanier normalerweise keine Gefahr darstellten. Einige Symptome des ›Raumfiebers‹ ähnelten vulkanischen Leiden wie Lungenfäule, hatten jedoch viel schlimmere Folgen. Im Verlauf der langen Reise waren Ärzte gealtert und gestorben; andere erlagen ebenfalls den neuen Krankheiten. Ihre überlebenden Kollegen konnten nicht viel gegen die Epidemien ausrichten. Bevor sie nachließen, schrumpften die Besatzungen der Raumschiffe um fünfzig bis siebzig Prozent.

Die Krankheiten verschärften ein Problem — oder ›lösten‹ es, wie manche behaupteten —, das mit dem schlechter werdenden Zustand der Schiffe selbst in Zusammenhang stand. Es gab keine PSI-Techniker mehr. Wer sich nicht für wiederholte Katapult-Manöver opferte, erlag dem Raumfieber, und es fehlten ausgebildete psionische Talente, die ihren Platz einnehmen konnten. Die alte vulkanische PSI-Ausbildung erforderte ›Zirkel‹ oder Gruppen, um Begabte in der Nutzung ihrer besonderen Kraft zu unterweisen, und die wenigen noch lebenden Adepten genügten nicht, um die notwendigen Gemeinschaften zu bilden.

Die zur Verfügung stehenden Dokumente waren nicht nur unvollständig, sondern auch zu sachlich: Wer versuchte, die Mentaldisziplinen durch das Studium von Büchern zu erlernen, brachte es höchstens zu einem guten Amateur. Nur direkte, unmittelbare Erfahrungen ermöglichten es, sich mit Telepathie, Gedankenverschmelzung und ähnlichen Künsten vertraut zu machen. Aus diesem Grund praktizierte man sie bald nicht mehr, und die Wissenschaften des Geistes gerieten zur Legende. Auf Vulkan glaubt man, daß die heutigen Rihannsu in den Mentaldisziplinen unterrichtet werden können, aber sicher verstreicht noch viel Zeit, bis ein derartiges Experiment stattfindet.

Die Krankheiten forderten überall ihren Tribut. S'tasks Frau und Kinder starben innerhalb weniger Tage, als an Bord von *Reas Helm* eine Epidemie mutagenetischer Perikarditis begann. Auch S'task rang mit dem Tod. Monatelang lag er im Krankenbett, sprach kein Wort und aß kaum etwas. Ein sehr ausgemergelter und schwacher Mann stand auf, als ihn der Erste Astronom besuchte und erklärte, es sei ein weiteres aussichtsreiches Sonnensystem gefunden worden.

Bei dem Stern handelte es sich um 128 Trianguli aus der Gruppe 123-128 Tri: ein kleines Band aus K-Sonnen, so abgelegen, daß ihnen nicht einmal die Etoshaner Beachtung geschenkt hatten. Die *Rea* mußte zehn Jahre lang beschleunigen — ihre Katapult-Adepten waren entweder an Altersschwäche oder infolge des Sprungsyndroms gestorben —, und anschließend folgten weitere zehn Jahre mit Schubumkehr, um die Geschwindigkeit für den interplanetaren Flug zu reduzieren. Der Astronom hätte keine schlechteren Nachrichten bringen können; zwanzig Jahre gingen weit über die geplante ›Lebensdauer‹ der *Reas Helm* hinaus.

»Wenn wir das Ziel erreichen, sind wir vielleicht alle tot«, sagte der Entdecker des Sonnensystems.

»Aber dann *haben* wir es wenigstens erreicht«, erwiderte S'task. Er stellte die Frage im Rat zur Diskussion, und die restlichen Emigranten der *Rea* beschlossen, diese letzte Chance zu nutzen und 128 Trianguli anzusteuern. Die Besatzungen der anderen Schiffe pflichteten der Entscheidung bei.

Man begann mit der langen Beschleunigung. Andere Autoren haben den verzweifelten Mut und die sture Determination jener Emigranten in allen Einzelheiten beschrieben — sie konzentrierten ihre ganze Willenskraft auf das Überleben in Raumschiffen, die eigentlich gar nicht mehr funktionieren sollten. Aber die Schiffe waren von Spezialisten gebaut worden, von Vulkaniern, die ihre Arbeit liebten und deshalb große Sorgfalt walten ließen. Ihr Werk blieb von Bestand. Neun Jahre nach Einleitung der Bremsphase gelangten die Raumer in Sensorreichweite der Sonne 128 Tri, und erste Ortungsdaten bestätigten die Vermutungen des Astronomen: Der Stern hatte sechs Planeten, und zwei davon bildeten ein ›Doppelplanetensystem‹ wie Terra und Luna; außerdem schienen beide Welten vulkanischen Parametern zu entsprechen.

Natürlich gab es erhebliche Unterschiede. Die Planeten wiesen wesentlich mehr Wasser auf als Vulkan, und ihr Klima war kühler. Dort erwartete die Reisenden etwas, das sie zwar aus den etoshanischen Informationen kannten, jedoch nie zuvor gesehen hatten: Meere. Einigen von ihnen bereitete die Vorstellung Unbehagen, sich auf Welten niederzulassen, wo Wasser in einem solchen Überfluß existierte. Andere argumentierten, dadurch sei eine der wichtigsten Kriegsursachen eliminiert. Als S'task diese Bemerkungen seines Volkes hörte, während er die ersten Teleskopbilder der beiden grüngoldenen Planeten betrachtete, dachte er einige Sekunden lang nach und sagte: »Wer den Krieg will, findet immer einen Anlaß, ganz gleich, wie viele Ursachen man ihm nimmt.« Er behielt recht, wie sich später herausstellte: Nach der Lösung aller dringenden Überlebensprobleme wandten sich die Rihannsu anderen Dingen zu, zum Beispiel ihrer Ehre, und jahrhundertelang kämpften sie darum. Doch bis dahin sollte noch viel Zeit vergehen. Derzeit waren sie überglücklich, gleich zwei Planeten gefunden zu haben, die ihnen als neue Heimat dienen konnten — anstelle der stählernen Welten, die immer mehr an Zuverlässigkeit einbüßten.

In dem Sonnensystem verbrachten die Emigranten ein Jahr damit, die beiden Welten genau zu untersuchen und zu überlegen, wie ihr Potential verwendet werden sollte. Der größere Planet hatte drei Ozeane und drei Kontinente, zwei davon mit langen, ›jungen‹ Bergketten. Die dritte Landmasse bestand zu neunzig Prozent aus Wüsten; nur die Küstenregionen eigneten sich für die Landwirtschaft. Auf dem zweiten Planeten — wie der irdische Mond im Schwerkraftfeld des ersten gefangen — gab es fünf Kontinente mit vielen Bergen und dichten Wäldern. Beide Welten überraschten die Reisenden mit Tausenden von Tier- und Pflanzengattungen: Die Vielfalt des vulkanischen Lebens beschränkte sich auf einige hundert Spezies, und die meisten davon gehörten zur Flora.

Die Wissenschaftler der Schiffe stellten fasziniert fest, daß sich die Lebensformen auf den zwei Welten ähnelten, in einigen Fällen so sehr, daß ein gemeinsamer Ursprung plausibel erschien. Man fragte sich, ob die Planeten irgendwann einmal von einem anderen Volk besucht beziehungsweise kolonisiert worden waren oder ob diese erstaunliche parallele Evolution ohne äußeren Einfluß stattgefunden hatte. Es wurden keine Hinweise auf die Intervention einer fremden Spezies gefunden, und bis heute sind die oben genannten Fragen unbeantwortet. Gewisse Möglichkeiten lassen sich jedoch nicht ausschließen. Das System der Sonne 128 Trianguli befindet sich auf dem ›Wanderpfad‹ eines Volkes, das Föderationsforscher unter der Bezeichnung ›Konstrukteure‹ kennen: Vor etwa zwei Millionen Jahren ›säte‹ es Kohlenstoffleben auf verschiedenen Welten, vorzugsweise in hominider Form. Tatsache ist, daß neunzig Prozent der Tiere auf den zwei Welten mit der vulkanischen Biochemie kompatibel sind, wenn auch nur aufgrund ihrer Kohlenhydrate. Linksdrehende Proteine, weit verbreitet auf allen nicht ›besäten‹ Planeten, fehlten fast völlig in den Biosystemen von ch'Rihan und ch'Havran.

Es fanden weitere Analysen statt, während die reisemüden Emigranten zu entscheiden versuchten, wer sich wo niederlassen sollte. Sie konnten sich auf keine logische Auswahlmethode einigen, da mehrere Gruppen Anspruch auf die gleichen lukrativen Gebiete erhoben. Die Bevölkerungsdichte in einzelnen Regionen durfte nicht zu groß sein, um die Ressourcen zu schonen. Nach einigen Monaten heftiger Auseinandersetzungen in den Schiffsversammlungen hatte S'task die fruchtlosen Diskussionen satt und schlug eine Lotterie vor. Zu seiner großen Überraschung war die überwiegende Mehrheit der Auswanderer damit einverstanden. Einige Besatzungen beschlossen, als geschlossene Gemeinschaften an der Lotterie teilzunehmen; andere teilten sich in Familien oder Sippen, um sicherzustellen, daß die Clanmitglieder an Bord anderer Schiffe ins gleiche Gebiet kamen.

Man nannte die beiden Planeten ch'Rihan (›von den Erklärten‹) und ch'Havran (›von den Reisenden‹). Die Lotterie führte zu einigen seltsamen Ergebnissen. Viele der ›reaktionären‹, vulkanisch orientierten Häuser ließen sich auf ch'Havran nieder, weil der Name eher an die Reise als an ihr Ende erinnerte, und ch'Rihan wurde zur Heimat der ›progressiveren‹, sezessionistischen und revolutionären Häuser. (Das Los wies S'tasks Haus ch'Rihan zu.) Dieser Umstand erregte Aufmerksamkeit, vielleicht mehr, als gerechtfertigt war, vielleicht auch nicht. Für ein Volk, das eine künstliche Sprache benutzt, spielt die Bedeutung von Worten und Namen eine große Rolle. Man erachtete die Resultate der Lotterie als gutes Omen, als Zeichen dafür, daß die Sprache dem Volk zustand und umgekehrt, daß dies der *richtige* Ort war, für den sie bestimmt waren. Welche höhere Macht die angebliche ›Bedeutung‹ nach Meinung der Rihannsu festgelegt haben soll, ist unbekannt. Während der langen Reise hatte sich die vulkanische Religion erheblich gewandelt, und die Zukunft hielt weitere Veränderungen für sie bereit.

Ein anderer interessanter Aspekt soll hier nicht verschwiegen werden: Die Gruppen der ›Unruhestifter‹ — damit sind Clane und Stämme gemeint, die man unter Druck setzte, um sie zur Auswanderung zu veranlassen — endeten fast alle auf ch'Havran, und zwar auf dem öden Ostkontinent, wo es weitaus weniger natürliche Ressourcen gab als in anderen Regionen. Manche Rihannsu- und Föderationshistoriker vermuten eine Manipulation der Lotterie. Heute haben wir nicht mehr die Möglichkeit, Aufschluß zu gewinnen: Die Computer mit den Lotteriedaten sind längst zu Staub zerfallen.

Wenn tatsächlich jemand Einfluß auf den Zufall nahm, so lud er Schuld auf sich, wie die Zukunft zeigt. Die auf dem Ostkontinent heranreifenden Kulturen — sie unterhielten kaum Kontakte mit ch'Rihan und den übrigen Gebieten von ch'Havran — waren selbst nach Rihannsu-Maßstäben wild und grausam. Jene Gruppen des Ostkontinents provozierten schließlich den ersten Krieg der Rihannsu mit der Föderation. Die aus den Nationen Kihai und LLunih stammenden Raumschiffbesatzungen verübten Greueltaten, die der Föderation über viele Jahre hinweg Propagandastoff lieferten. Diesen beiden Nationen ›verdanken‹ die Rihannsu Schrekken wie Aufgabe und ›Evakuierung‹ von Thieurrull (›Hellguard‹) sowie Gefangennahme und Folter unschuldiger Vulkanier. Senat und Prätoriat hätten solche Grausamkeiten sicher streng bestraft, wenn bekannt gewesen wäre, daß östliche Kommandanten dahintersteckten, die insgeheim von östlichen Prätoren unterstützt wurden. Nun, Strafe blieb nicht aus, aber sie kam zu spät. Wer an die Manipulation der Lotterie glaubte, sah in dieser Angelegenheit schließlich einen Beweis für die Richtigkeit von Suraks Prinzip, nach dem der Anfang ›sauber‹ sein mußte.

Die Verteilung der Besatzungsmitglieder vieler Schiffe auf zwei Planeten führte zu weiteren Besonderheiten. Die vulkanische Gesellschaft ist durch eine deutlich matriarchalische Ausprägung gekennzeichnet. Diese Tendenz fand einen starken Niederschlag auf ch'Havran und in der Nn'verian-Nation auf dem Nordkontinent von ch'Rihan. In jener Nation lebte S'task (wenn auch nicht besonders lange), und sie brachte die erste und einzige herrschende Königin der zwei Welten hervor. T'Rehu (später Vriha t'Rehu) ergriff die Macht und stellte ihren Thron in der neu erbauten Ratskammer auf, vor dem Leeren Stuhl. Sie vergoß das erste Blut in dem Saal — unglücklicherweise war es nicht das letzte — und erklärte die Herrschaft der Frauen (oder zumindest der Frau) über die Männer. Auf Vulkan hatte man es vor einigen Jahrtausenden mit dieser Regierungsform versucht und dabei nur geringen Erfolg erzielt: Für gewöhnlich brachten Frauen nicht genug Interesse für den Krieg auf, um ihre Macht über längere Zeit hinweg abzusichern. Man stürzte T'Rehu und kehrte nach dem ersten Krieg ch'Rihans zur Institution des Rates zurück. Wie dem auch sei: Von damals bis heute bekleideten Frauen siebzig Prozent aller Regierungsposten, und ihr Anteil in den Streitkräften belief sich auf sechzig Prozent.

Ein weiteres Phänomen beschäftigt noch immer viele Soziologen: Rihannsu-Frauen entwickelten Interesse am Krieg. Viele der hochrangigen Offiziere vom Ostkontinent, die an den Greueln von Hellguard teilnahmen, waren Frauen. Sowohl die Ätiologie* dieses Wandels als auch die Frage, warum eine derartige Verände-

---

* Gemeint ist die Lehre von Ursache und Wirkung — *Anmerkung des Übersetzers.*

rung so kurz nach der Reise stattfand, sind ungeklärt. Was die anderen matriarchalisch oder weiblich orientierten Spezies in der Galaxis (etwa fünfundsiebzig Prozent aller Völker) betrifft, gab es nur bei den Bhvui eine ähnliche historische Epoche, doch die Geschichte der beiden Kulturen unterscheidet sich zu sehr, um Vergleiche zu ermöglichen. Wie dem auch sei: Rihannsu-Kriegerinnen sind fast ebenso legendär geworden wie die Vulkanier der Präreformation. Man erzählt sich immer wieder von romulanischen Welten, auf denen atemberaubend schöne, verführerische Prinzessinnen regieren, mit Harems voller attraktiver Männer. In bezug auf diese ›Berichte‹ soll hier nur folgendes angemerkt werden: Wenn sie wirklich der Wahrheit entsprächen, wäre es für die Rihannsu gar nicht nötig, viele nachteilige Vereinbarungen mit den Klingonen zu treffen, um einen wirtschaftlichen Zusammenbruch des Reiches zu verhindern — der Zustrom von Touristinnen hätte ihnen sicher ausreichend Devisen eingebracht.

Aber auch zu diesen Entwicklungen kam es erst in der Zukunft. Achtzehntausend überlebende Reisende ließen sich im Verlauf von drei Jahren auf den zwei Welten nieder, und schließlich befanden sich nur noch wenige Emigranten an Bord der Raumer. Einige beschlossen, dort zu bleiben, vor allem jene, die während des Fluges an Agoraphobie zu leiden begannen; andere waren in den interstellaren Transportern geboren, wollten nichts mit Planeten und dem offenen Himmel zu tun haben. Man nannte sie später ›Schiffsclans‹, und sie lebten zufrieden in ihren stählernen Heimen, die ch'Rihan und ch'Havran in einem asynchronen Orbit umkreisten.

Die Schiffe wurden repariert und mit planetaren Ressourcen versorgt. Kolonisten kehrten zurück, um ihren Urlaub in ihnen zu verbringen, aus Neugier oder Nostalgie. Doch mit der Zeit geschah das immer seltener, als neue Generationen heranwuchsen und es kaum mehr jemanden gab, der auf Vulkan oder während der Reise in den Raumern geboren war. Der lange Flug durch die ewige Nacht wurde in Liedern besungen, aber persönliche Erfahrungen verloren an Bedeutung. Ch'Rihan und ch'Havran waren jetzt die realen Welten, nicht jene uralten aus Metall.

Zwar schrumpften die Bordclane, aber sie hielten die letzten vier Schiffe der Reise instand. Abends und morgens konnte man sie dicht über den planetaren Horizonten sehen, als helle Punkte am Firmament. Sie blieben nicht immer dort. Nach einigen hundert Jahren führten Vernachlässigung, Auseinandersetzungen in der Regierung und ökonomische Schwierigkeiten dazu, daß die ›Sterne‹ vom Himmel fielen. Daraufhin waren die zwei Welten und Eisn (›Heimsonne‹) vom Rest des Universums abgeschnitten; eine lange Isolation stand den Siedlern bevor. Der ›Fall‹ kündigte den Verlust von Wissenschaften und Technik an, der damals begann und erst nach tausend Jahren zu Ende gehen würde. Aber die Lieder der Rihannsu erinnern noch immer an die Abend- und Morgensterne, an das Flüstern des Windes in den Bäumen, an Sternenlicht, das vom Himmel herabglänzte und nicht durch die Fenster von Raumschiffen funkelte. »Ehrenhaft ist die Reise«, heißt es im Lied eines Barden, »süß das Abenteuer und die Gefahr. Aber noch süßer ist der Wein am Feuer und das Wissen, zu Hause zu sein.«

KAPITEL 7

H'daen tr'Khellian blickte aus dem Fenster des Vorzimmers, als Arrhae hereinkam. Er wandte sich nicht um, drehte nur ein wenig den Kopf und sah über die Schulter, als sie eine Geste der Ehrerbietung vollführte. Er wirkte nachdenklich und voller Unbehagen.

»Schönen Tag, *Hru'hfirh*«, sagte Arrhae wie üblich und straffte die Gestalt.

»Nach einer schlechten Nacht.« H'daen musterte sie so aufmerksam, als hielte er nach etwas Ausschau, das ihm noch vor der Frage Antwort geben konnte. Er fand nichts und zuckte mit den Achseln. »Stimmt es, was ich von dir und Maiek tr'Annhwi gehört habe?«

»Lord?« Arrhae brauchte ihre Überraschung gar nicht zu heucheln. Sie wußte, daß einer von H'daens Leibdienern mit Ekkhae befreundet war, die gestern abend zusammen mit anderen Bediensteten den Speisesaal aufgeräumt hatte. Trotzdem verblüffte es sie, daß der Klatsch so weite Kreise zog — und daß ihm jemand Beachtung schenkte.

»Der Subcommander hat mit mir gesprochen, bevor er ging, und er entschuldigte sich in aller Form für sein Verhalten. Anschließend bat er um die Erlaubnis, mein Haus noch einmal betreten zu dürfen — um dich zu besuchen. Er fügte hinzu, es sei dein Wunsch, daß er dieses Anliegen an mich heranträgt.« H'daen schritt durchs Zimmer, nahm am Schreibtisch Platz und füllte einen Becher mit Wein, anstatt sich von Arrhae bedienen zu lassen. Seit einiger Zeit trank er immer mehr — und früher am Tag; aber da Eisn noch nicht über den Horizont gestiegen war, handelte es sich eher um eine Fortsetzung des vergangenen Abends als um einen Neubeginn. Er leerte den Becher zur Hälfte und schenkte nach, drehte sich dann erneut um. Sorge zeigte sich in seinem Gesicht. »Ich hatte den Eindruck, daß du bereits die Besuche von Lhaesl tr'Khev empfängst. Habe ich mich geirrt?«

Arrhae senkte verlegen den Blick. Sie hatte Lhaesl noch nicht offiziell zurückgewiesen, und er war entweder zu verliebt oder zu dumm, um zu begreifen, daß er sie nicht interessierte. Zwar gab es nach Jahren keinen Altersunterschied zwischen ihnen, aber die metabolischen Differenzen von Rihannsu und Menschen — ganz gleich, wie gut der Terraner getarnt sein mochte — führten dazu, daß Lhaesl trotz seiner achtundzwanzig Jahre kaum mehr war als ein fünfzehnjähriger Knabe. Hübsch und nett, ja, aber ein Kind. »Tr'Khev besucht mich tatsächlich, Lord. Ich ermutige ihn nicht, aber leider habe ich es bisher versäumt, ihn auf eine angemessene Weise zu entmutigen.«

»Oh. Danke. Jetzt wird die Situation auch klar. Also habe ich die genau richtigen Worte an tr'Annhwi gerichtet.«

»Welche, Herr?«

»Ich habe ihm gesagt, daß er dich besuchen kann, daß du eine freie Frau bist, die für sich selbst entscheidet und ihm zu verstehen geben wird, ob er willkommen ist.«

Es fiel Arrhae sehr schwer, einen entsetzten Schrei zu unterdrücken. Am liebsten hätte sie laut *Du alter Narr!* gerufen. Noch vor zwei Tagen wäre es ihr nie in den Sinn gekommen, den Hausherrn zu beleidigen — aber vor zwei Tagen hatte sie sich auch nicht an ihre wahre Identität und den Auftrag erinnert. »Und wenn ich beschließe, ihn nicht willkommen zu heißen, Lord?« fragte sie vorsichtig.

»Ich würde es begrüßen, wenn du ihm mit höflicher Aufgeschlossenheit begegnest, Arrhae.«

Das würdest du also ›begrüßen‹, wie? Du hast mir gerade

einen Befehl gegeben! Warum? Sie schwieg und beobachtete H'daen.

»Das Haus Annhwi ist mächtig, reich und angesehen ...«

Das ist also der Grund.

»... und die Freundschaft des Subcommanders wäre dem Haus Khellian nützlich. Setz dich, Arrhae. Füll meinen Becher und ... auch einen für dich.«

Diese Einladung war so ungewöhnlich, daß Arrhaes Wangen zu glühen begannen. »Lord, ich bin nur eine *Hru'hfe* und ...«

Sie unterbrach sich sofort, als H'daen die Hand hob. »Ja, du bist *Hru'hfe,* und dieses Haus kann stolz auf dich sein. Du ehrst seine Gäste, und deshalb bitte ich dich, mit mir zu trinken — aus Respekt vor der Ehre, die auch mir und meinem Haus gilt. Setz dich, Arrhae. Und trink.«

Sie nahm steif Platz, und ihre Nervosität wuchs, als sie den aufmerksamen Blick des Lords spürte. Aus einem Reflex heraus kam sie seiner Aufforderung nach und erwartete etwas ebenso Bitteres wie Bier. Doch der Wein schmeckte so gut, daß sie bereitwillig schluckte — um gleich darauf eine Grimasse zu schneiden. Tränen quollen ihr in die Augen, als ihr die Flüssigkeit in der Kehle brannte, um wenige Sekunden später ein Feuer im Magen zu entzünden.

Das dünne Lächeln H'daens wirkte nur amüsiert, nicht schadenfroh oder boshaft. »Beim ersten Mal geht es allen so. Es war selbst bei mir der Fall. Versuch es noch einmal. Sicher brennt es weniger stark; vielleicht findest du sogar Gefallen daran.«

Er behielt recht. Arrhae nippte erneut an ihrem Becher, ohne sich zu verschlucken, und sie empfand die Wärme im Bauch als angenehm. Dann stellte sie das Gefäß ab, drehte es langsam und beobachtete, wie der Wein darin schimmerte. Sie hätte in diesem Moment alles betrachtet — solange sie dadurch den Blick des

Hausherrn meiden konnte. In einem verborgenen Winkel ihres Selbst raunte eine warnende Stimme: *Gib acht; vielleicht will dir H'daen mit Alkohol die Zunge lösen, damit du deine Geheimnisse preisgibst.* Das konnte sie nur mit großer Vorsicht verhindern. Sie beschloß, den *Anschein* zu erwecken, auch weiterhin Wein zu trinken, während sie in Wirklichkeit nur die Lippen damit benetzte.

Andererseits ... H'daen trank hemmungslos. Wer jemanden aushorchen wollte, mußte eine wichtige Regel beachten: Es kam darauf an, nicht selbst betrunken zu werden. Er hatte nun mit dem dritten Becher begonnen, und es spielte keine Rolle, wie gut er an den hochprozentigen Wein gewöhnt war — er wirkte auch auf ihn. Darüber hinaus benutzte er keinen anderen Krug; die Flüssigkeit stammte aus der gleichen Karaffe. Arrhae merkte, daß er mehrmals in ihre Richtung sah, aber er warf ihr keine verstohlenen Blicke zu, die sie sofort erkannt hätte. Unruhe zitterte in ihm. Vielleicht trank er in erster Linie deshalb, weil er genug Mut sammeln wollte, um eine heikle Angelegenheit zur Sprache zu bringen.

»McCoy«, sagte er schließlich und formulierte den Namen so, wie es in der Föderation üblich war.

»Er schläft noch, *Hru'hfirh*«, sagte Arrhae. »Das nehme ich jedenfalls an. Als Sie mich hierherbestellt haben, bin ich sofort gekommen, ohne vorher nach ihm zu sehen.« Sie hob den Becher zum Mund und gab vor, einmal mehr etwas von dem Wein zu trinken, obgleich er kaum ihre Lippen berührte, ›schluckte‹ sogar und seufzte genüßlich.

»Du gewöhnst dich schneller daran, als ich dachte.« H'daen wechselte das Thema, als sei er bei dem Namen erschrocken, den er eben ausgesprochen hatte. Er klang fast neidisch.

»Wenn man nur Bier kennt, Lord, ist sogar Kühlflüssigkeit schmackhaft.« Eine gefährliche Bemerkung, die auf H'daens Vorliebe für Wein anspielte und als Beleidigung interpretiert werden konnte. Aber sie ließ sich auch als Scherz auffassen, und der Hausherr wählte diese zweite Möglichkeit. Er lachte leise und ein wenig gezwungen, schien jedoch aufrichtig amüsiert zu sein.

»In der Tat — erst recht dann, wenn man das Bier nicht mit Wasser verdünnt.« Stille folgte, während er seinen Becher noch einmal füllte. »Genug davon. Terraner nennen es *Smalltalk* — wie eine Blutschwinge, die einen sterbenden *Hlai* umkreist und es zunächst nicht wagt, sich auf ihn zu stürzen. Immer am Kern der Sache vorbei.«

»Und der Kern der Sache ist Mak'khoi?«

»Ja. Ich ... ich habe dich bereits darauf hingewiesen, daß ich dir nicht nur private Worte anvertraue, sondern auch die Ehre des Hauses. Dieses Vertrauen hast du nie mißbraucht.« H'daen maß Arrhae nun mit einem unverhüllten, durchdringenden Blick und versuchte, so in ihrem Gesicht zu lesen wie auf einem Bildschirm. Sie wartete einige Sekunden lang, bevor sie demütig und in einer Geste der Dankbarkeit den Kopf senkte. »Jetzt hat man den Starfleet-Offizier meiner Obhut überantwortet, bis ihn der Senat vor Gericht stellen läßt.« H'daen schob seinen Stuhl zurück, stand auf und wanderte im Zimmer umher.

»Daß ihn der Flottengeheimdienst hier unterbringt, weist deutlich darauf hin, welches Ansehen Sie bei den hohen Rängen genießen, Lord.«

»Wenn diese Sache bei meinen ›Freunden‹ bekannt wäre«, erwiderte H'daen verbittert. »Ich halte es für wahrscheinlicher, daß man den Gefangenen nur deshalb zu mir brachte, weil ihn hier niemand erwartet. Du weißt, wie es dem Haus Khellian vor deinem Eintreffen erging. Ich bin dir großen Dank schuldig, nicht als Herr der Dienerin gegenüber, sondern als jemand, der harte Arbeit und Tüchtigkeit zu schätzen weiß.«

Zwar hatte H'daen eben behauptet, nichts von Smalltalk zu halten, aber er griff jetzt erneut darauf zurück und zögerte den Augenblick hinaus, der von ihm verlangte, ›zur Sache‹ zu kommen. Arrhae befürchtete Bemerkungen, die als Verrat gedeutet werden mußten. Wenn sich der Lord mit solchen Absichten trug, so wollte sie nichts davon hören — eher wäre sie bereit gewesen, den Dienst im Haus Khellian aufzugeben und Straßenbettlerin zu werden. Glaubte H'daen etwa, daß der Flottengeheimdienst einen so wichtigen Mann in seinem Haus unter Arrest stellte, ohne versteckte Überwachungsgeräte zu installieren?

Vielleicht wußte er um die Gefahr.

Vielleicht war dieser verachtete alte *Thrai* viel schlauer, als man gemeinhin glaubte: Er betätigte einige Tasten und gab einen ganz bestimmten Code ein. Als sich der Monitor auf dem Schreibtisch nach oben neigte, emittierte die Elektronik bereits ein weißes Rauschen, das in Arrhaes Zähnen vibrierte; bestimmte störte es den Empfang aller im Zimmer verborgenen Audio-Spione. Für den Fall, daß auch visuelle Kontrollvorrichtungen existierten ... H'daen räumte jeden Verdacht aus, indem er nach einigen Defektsondierern griff und den Bildschirm untersuchte, der ganz offensichtlich eine ›Fehlfunktion‹ aufwies. Einige Minuten später brummte er ›enttäuscht‹, setzte sich und dachte über das Problem nach. Es erschien völlig natürlich, daß er dabei mindestens zwei Finger oder gar die ganze Hand vor den Mund hielt. Erst dann sprach er wieder.

»Manche Leute auf ch'Rihan wären bereit, mehr als nur ein oder zwei Ketten Bargeld zu bezahlen, um einen Offizier des Föderationsschiffes *Enterprise* in die Hände zu bekommen«, sagte er. »Manche Leute wären dem Haus, das einen solchen Erwerb möglich macht, sehr dankbar.«

»Lord ...!« entfuhr es Arrhae schockiert. »Commander t'Radaik ...«

»Jaeih t'Radaik stammt aus einem alten und ehrenwerten Haus. Sie kennt überhaupt nicht die Bedeutung von Mühsal und Schande. Ich hingegen ...« H'daen unterbrach sich. Er brauchte den Satz auch gar nicht zu beenden.

»Ich ... ich verstehe, Lord.«

»Ja. Und du mißbilligst also meine Einstellung. Nun gut.«

»Lord ...?«

»Es wäre mir nie eingefallen, dich in Hinsicht auf diesen Plan ins Vertrauen zu ziehen, wenn ich dich für ehrlos hielte. Natürlich bist du schockiert. Aber wenn du etwas verlauten ließest, würdest du mich, dich und das Haus, dem du dienst, in Verruf bringen. Deshalb kann ich sicher sein, daß du schweigst.«

»Und wenn der Geheimdienst von dem erfährt, was Sie mir gerade gesagt haben, *Hru'hfirh?*« Arrhae begriff, daß sie eine unnötige Frage stellte, deren Antwort sie bereits kannte. H'daen gab ihr auf eine Weise recht, die sie entsetzte.

»Dann könnte er es nur von einer ganz bestimmten Person erfahren haben«, sagte H'daen mit gefährlicher Ruhe. »Und von einem anonymen Informanten würde er hören, daß die *Hru'hfe,* der ich so sehr vertraute, eine Spionin der Föderation ist, die als Komplizin mit ihrem früheren Herrn tr'Lhoell zusammenarbeitete. Wer wäre glaubwürdiger?« Plötzlich fluchte tr'Khellian, stand auf und griff nach Arrhaes Schultern — sie war so schnell bleich geworden, daß er fürchtete, sie fiele in Ohnmacht. »Bei den Mächten und Elementen! Ich habe eine sehr grausame Antwort auf deine Frage gegeben. Ich wollte dich nicht so sehr erschrecken.«

»Nein ...«, flüsterte sie und winkte den Lord fort. Sie wollte nicht berührt werden und ihn in der Nähe wissen. In jenem Sekundenbruchteil zwischen H'daens Worten und der Erkenntnis, daß er zu weit gegangen war, flutete die während der vergangenen Jahre unterdrückte Angst in ihr Bewußtsein. Sie begriff nun, daß er die Wahrheit nicht ahnte, doch die erhoffte Erleichterung blieb aus. Seine Drohung erinnerte sie an zuviel: an die paranoide Furcht der Rihannsu vor Spionage, an ihre gefährliche Situation, an das Geständnis, das man Vaebn tr'Lhoell unter der Folter abgerungen hatte, daran, was später mit ihm geschehen war. Was sie bisher für ihr Leben gehalten hatte, bildete nun einen Trümmerhaufen.

H'daen füllte ihren Becher und schob ihn über den Tisch. Arrhae trank hastig und hielt ihn in beiden Händen; trotzdem hätte sie den Wein fast verschüttet. »Das war gemein von mir, *Hru'hfe.* Bitte entschuldige.« Sie hörte seine Stimme wie aus weiter Ferne — kein *Hru'hfirh* hatte jemals eine Bedienstete um Verzeihung gebeten, ganz gleich, wie sehr er sie schätzte. Er fühlte sich schuldig, sprach falsche, unmögliche Worte, die Arrhaes Unruhe verstärkten. Sie wünschte, daß er schwieg, aber sie wußte auch, was ihn provoziert hatte. Es lag nicht am Wein.

»Sie fürchteten sich aufgrund Ihrer eigenen Offenheit, Lord«, entgegnete sie und entschied sich gegen eine Umschreibung. H'daen riß verblüfft die Augen auf — er war nicht an eine so direkte Ausdrucksweise gewöhnt — und zuckte dann mit den Schultern. Arrhae verstand seine Reaktion als Zustimmung oder zumindest als Erlaubnis, eine Erläuterung hinzuzufügen. »Deshalb haben Sie etwas gesagt, das meinem gerechten Lord andernfalls nie über die Lippen gekommen wäre. Ja, ich mißbillige Ihren Plan in Hinsicht auf Mak'khoi. Nicht nur weil ihn Commander t'Radaik Ihrer Obhut übergab, sondern weil Sie beabsichtigen, ihn zu verkaufen. Ich weiß, wie es ist, verkauft zu werden — und bei *mir* ging es nur um Arbeitsverpflichtungen. Aber der Gefangene geriete in die Gewalt von Personen, die sich darauf freuen, ihn unter großen Qualen einen *langsamen* Tod sterben zu lassen. Es wäre besser, wenn

Sie ihn selbst umbrächten, hier und jetzt. Es wäre weitaus ehrenhafter.«

»Offenbar ist meine *Hru'hfe* mehr als nur das schlichte Oberhaupt der Dienerschaft.« H'daen benutzte nun einen neutralen Tonfall, der keine Hinweise auf seine Empfindungen bot. Arrhae wartete, und tief in ihr verkrampfte sich etwas — hatte sie sich zuviel herausgenommen, zuviel gesagt? Der Lord musterte sie eine Zeitlang mit ausdruckslosem Gesicht und nickte schließlich. »Sie scheint mein Gewissen zu sein. Nun gut, Arrhae. Trag meine Schuld, wenn du willst. Aber ganz gleich, was auch passiert ... Sei dir über folgendes klar: Wenn ich — oder mein Haus — von diesem unerwarteten Geschenk profitieren kann, so müssen alle notwendigen Entscheidungen getroffen werden. Ich lasse mich dabei nicht von den moralischen Skrupeln einer Bediensteten behindern. Hast du verstanden?«

Mit dem Zeigefinger schob Arrhae den Weinbecher fort. Einige Minuten lang hatte sie als Gleichgestellte mit H'daen getrunken, doch das war nun vorbei, für immer. »Ja, Lord«, sagte sie, stand auf und verneigte sich. »Ich verstehe. Mit Ihrer Erlaubnis nehme ich nun meine Pflichten wahr.«

»Geh. Es ist bereits spät am Morgen, und du mußt dich um Mak'khoi kümmern. Ich weise dich hiermit an, ihn wie einen Gast zu behandeln. Wie könnte er unbemerkt bleiben, wenn er zu entkommen versucht? Und wohin auf ch'Rihan sollte er fliehen?« H'daen schaltete den leise zischenden Bildschirm aus, der daraufhin wieder in den Schreibtisch zurückklappte. Tr'Khellian spielte seine Rolle bis zum logischen Schluß, indem er auf den Monitor klopfte und etwas über mangelnde Wartung murmelte. Dann sah er Arrhae ernst an; in seinen Augen glühte ein Versprechen, das von einer stummen Drohung begleitet wurde.

»Denk daran«, sagte er und wandte sich ab.

Leonard McCoy war erneut eingesperrt — es überraschte ihn nicht. Derzeit galt seine einzige Besorgnis der Frau, die er gesehen hatte. Ihren Bewegungen ... Er sah noch einmal, wie sie die Hände hob, aber auf die falsche Art und Weise. Er hätte sein ...

McCoy erkannte den Kommentar, der sich hinter seiner Stirn zu formen gewann. Auf die gleiche Weise identifizierte er manchmal abgedroschene medizinische Ausdrücke wie ›die Kur beenden‹ und ›nicht zur inneren Anwendung‹. Aber in diesem besondere Fall handelte es sich nicht nur um eine Redewendung. Er hatte tatsächlich sein Leben darauf verwettet. Wenn die Informationen falsch waren, wenn er sich auf dem falschen Planeten befand, im falschen Haus ...

Dann bin ich so gut wie tot.

Die Tür öffnete sich, und sein Gefängniswärter trat ein. *Wenn man vom Teufel spricht* ... McCoy unterdrückte ein humorloses Lächeln und beobachtete die junge Romulanerin, als sie durch den kleinen Raum schritt, das Bettlaken glättete, die massiven Fensterläden erst entriegelte und dann öffnete. Sein intradermaler Translator hatte den Titel *Hru'hfe* mit ›Bedienstetenoberhaupt‹ übersetzt, und er überlegte nun: *Wenn sie jene Arbeiten, die sie normalerweise beaufsichtigt, selbst erledigt, dann genießt sie großes Vertrauen in diesem Haus. Das könnte meine Lage verschlimmern — oder sie verbessern.*

»Sie sind Arrhae«, sagte er auf Föderationsstandard.

Die Frau griff nach dem Kissen — der dicke Lederzylinder war ein Zugeständnis an die terranische Schwäche; Romulaner benutzten flache Steine —, knetete es mit völlig unnötigem Nachdruck in die richtige Form und warf Leonard dabei einen verächtlichen Blick zu, der ihn an Spock erinnerte. Er rechnete schon fast damit, daß sich eine Braue wölbte. *»Ie«*, erwiderte sie. *»Arrhae. Hru'hfe i daise hfai s'Khellian. Hwiiy na th'ann Mak'khoi.«*

»Nennt man mich wirklich so? McCoy, der Gefangene? Eine andere Anrede wäre mir lieber. Versuchen Sie es doch mit ›Doktor‹ — für meine Freunde bin ich ›Pille‹.«

»Hwiiy th'ann-a — haei'n neth ›Mak'khoi‹, neth ›D'okth'r‹, neth ›Pihl'le‹ nah'lai?«

»Nein, es spielt keine Rolle, wie Sie mich ansprechen. Aber ich lasse mir nicht gern ein Etikett anhängen, herzlichen Dank. Und versuchen Sie, sich mir auf Anglisch mitzuteilen.« Er sprach die letzten Worte wie beiläufig und wartete auf eine Reaktion. Es verblüffte ihn, daß er tatsächlich eine *hörte*.

»Wie Sie wünschen«, sagte Arrhae. Der romulanische Akzent war ziemlich stark ausgeprägt, und hinzu kam eine sonderbare Betonung, die das Verstehen erschwerte. Aber sie sprach eindeutig Föderationsstandard. McCoys Brauen kletterten nach oben. Er hatte mit verschiedenen Antworten gerechnet, aber nicht mit dieser. »Obwohl es eigentlich nicht nötig ist«, fuhr die Frau fort, wobei sich der Akzent zu verbessern schien. »Sie haben einen Transli ... einen Trans*lator* und verstehen Rihannsu. Ich bin keine Gefangene, und daher ist es nicht nötig, daß ich *Sie* verstehe, Dr. Pille.«

»Entweder Doktor oder Pille, nicht beides.«

»Wählen Sie einen Titel.«

»Titel? Na schön. Pille. Dann *klingt* es wenigstens so, als sei ein Freund im Zimmer.« *Das ist ziemlich giftig von dir, Dr. McCoy.*

»Also gut. Pille. Haben Sie heute schon die Erstmahlzeit eingenommen, Pille?«

Leonard schüttelte den Kopf. »Ebensowenig wie gestern die letzte. Seit man mich hier einsperrte, habe ich keine Menschensee ... keine Seele gesehen. Ihr Subcommander tr'Annhwi war nicht besonders versessen darauf, mir Komfort zu gestatten, und t'Radaik verschwendete keine Zeit damit, sich nach meinem Wohlergehen zu erkundigen.«

Arrhae runzelte die Stirn und holte zischend Luft.

»Tr'Annhwi ist nicht ›mein‹ Subcommander und wird es nie sein — was auch immer er denkt. Doktor, man hat Sie schon vor Beginn des Gerichtsverfahrens für schuldig befunden, aber beurteilen Sie nicht alle Rihannsu nach Ihren bisherigen Erfahrungen. Sie befinden sich hier in einem ehrenwerten Haus. Sie mögen ein Gefangener des Reiches sein, doch unter dem Dach des Hauses Khellian sind Sie Gast. Genießen Sie diesen Status, solange Sie Gelegenheit dazu haben.«

»Ihr Anglisch wird immer besser, *Hru'hfe*«, entgegnete McCoy langsam. »Seltsam: Sie haben Commander t'Radaik nicht darauf hingewiesen, daß Sie diese Sprache beherrschen ...«

Arrhae hob den Kopf, und in ihren Augen blitzte es kurz. »Ich werde es Ihnen erklären, Pille — um es Ihnen zu ersparen, darüber nachzugrübeln. Mein erster Herr lehrte mich diese Kunst, um sich die Zeit zu vertreiben, so wie man jemandem *Fvaiin*-Tricks zeigt.« Sie kehrte McCoy den Rücken zu und beschäftigte sich mit anderen Dingen, während sie hinzufügte: »Aber er war ein Spion und niederträchtiger Verräter. Vor zwei Fernsonnen ereilte ihn das verdiente Schicksal, und seitdem hatte ich weder Gelegenheit noch Grund, die Sprache des Feindes zu verwenden. Dazu besteht auch kein Anlaß. Wenn man eine Sache von einem Verräter lernt, so vielleicht auch eine andere — das könnte mein gegenwärtiger Herr glauben.« Arrhae drehte sich wieder um und starrte den Gefangenen an. »Ich rate Ihnen, niemandem etwas davon zu sagen. Andernfalls werde ich es ablehnen, in diesem Idiom mit Ihnen zu reden. Darüber hinaus benutze ich es nicht außerhalb dieses Raumes oder in der Gesellschaft anderer Personen. Haben Sie verstanden?«

»Ja.« McCoy verstand noch weitaus mehr. Er vernahm den Klang von Worten, die sich wie auswendig gelernt anhörten. Er stand auf und sah zur Tür, die Arrhae hinter sich abgeschlossen hatte. »Bringen Sie mir das Essen hierher, oder schieben Sie es unter der Tür durch?«

»Wie ich schon sagte: Sie sind Gast im Haus Khellian. Mein Herr H'daen hat das betont. Deshalb werden Sie die Nächte hier verbringen, in einem verschlossenen Zimmer. Tagsüber können Sie frei im Haus oder draußen in den Gärten umherwandern.« Arrhae blickte aus dem Fenster, richtete ihre Aufmerksamkeit dann einmal mehr auf McCoy. »Wenn Sie dieses Vertrauen mißbrauchen, bleiben Sie die ganze Zeit über eingesperrt. Wenn Sie zu fliehen versuchen, bringt man Sie in einer Arrestzelle des Militärs unter — vorausgesetzt, Sie begegnen niemandem, der Verwandte im Kampf gegen Starfleet-Schiffe verlor. In dem Fall müssen Sie damit rechnen, zu Tode gefoltert zu werden. Man würde Sie überall auf ch'Rihan erkennen.«

»Es liegt mir fern ...«

Arrhae verharrte auf dem Weg zur Tür, musterte McCoy mit einer Mischung aus Erheiterung und Ungeduld. »Möchten Sie essen oder ein Gespräch führen, Doktor? Wenn Sie sich unterhalten wollen, so bleiben Sie hier und führen einen Monolog. *Ich* habe Hunger.«

Sie nahmen die Mahlzeit schweigend ein, beobachtet von mehreren neugierigen Augenpaaren. Arrhae offenbarte tadellose Manieren und jene kühle Freundlichkeit, die sich H'daen zu eigen machte, wenn ihm eine oder mehrere Personen mißfielen. Irgendeines der aufmerksamen Augenpaare mochte dem Flottengeheimdienst Bericht erstatten, und Arrhaes Verhalten wies darauf hin, daß es ihr nicht gefiel, sich um den Gefangenen kümmern zu müssen. Nach McCoys Gesichtsausdruck zu urteilen, wußte er, was sie dachte und fühlte. Und er fand keinen Gefallen daran.

»Haben Sie einen Translator, Mak'khoi?« fragte Arrhae, als der Tisch abgeräumt wurde. Sie sprach auf Rihannsu, und ihre Worte galten in erster Linie den Ohren möglicher Spione. Der Mann nickte und schien noch immer verärgert zu sein. »Dann teile ich Ihnen hiermit folgendes mit: Lord H'daen tr'Khellian gewährt Ihnen das Recht des Gastes, sich frei in und auf seinem Anwesen zu bewegen …«

Nach dem kurzen Vortrag und der verschleierten Warnung stand Arrhae auf, drehte sich um und bemerkte drei Köpfe, die von der Küche hereinspähten. Sie zuckten sofort zurück, aber Arrhae preßte die Lippen zu einem dünnen Strich zusammen, schritt zur Tür und legte sich dabei angemessen zornige Worte zurecht. McCoy saß noch immer am Tisch und sah ihr nach. Er lächelte nicht — sie wußten beide, daß ein Lächeln angesichts seiner Lage gefährlich gewesen wäre —, aber inzwischen erinnerte sich die *Hru'hfe* wieder an das terranische Mienenspiel. Das Glitzern in den Pupillen des Mannes stand mit süffisantem Humor in Zusammenhang. Er wußte genau, was sie vorhatte, und er billigte ihre Absicht.

»Ich mache draußen im Garten einen Spaziergang«, sagte er.

Arrhae wandte sich zu ihm um, als sie seine Stimme hörte. »Lächerlich!« stieß sie verärgert hervor. Und lauter: »Sie vergeuden nur Ihre Zeit, wenn Sie Geräusche verursachen, die ich nicht verstehe, Mak'khoi. Benutzen Sie die Gestensprache.« Der Terraner schnaubte abfällig, deutete zum offenen Fenster und klopfte sich auf die Brust, ließ dann Zeige- und Mittelfinger über den Tisch wandern. »Oh, ich verstehe. Ja, gehen Sie nur. Nun, es könnten sich peinliche Verständigungsprobleme ergeben. Ich werde den Lord um ein Übersetzungsmodul bitten, Mak'khoi. Bis dahin sollten Sie sich auf einfache Bedürfnisse beschränken. *Gehen* Sie jetzt. Es wartet Arbeit auf mich …«

Ihre Pflichten unterschieden sich nicht von denen der anderen Tage, trotz des ebenso plötzlichen wie verborgenen Aufruhrs in Arrhaes Leben. Sie schuf eine Abwechslung in der allgemeinen Routine, als sie dem Küchenpersonal in aller Deutlichkeit mitteilte, wie wenig sie von Lauschern hielt. Anschließend stand ihr eine weitere Auseinandersetzung mit der Buchführung bevor: Sie rechnete die Beträge von Lieferscheinen und Quittungen zusammen, doch wie üblich stimmte die Summe nicht mit den Angaben des Haushaltscomputers überein.

Gelegentlich fragte sie sich, was McCoy mit seiner Zeit anfing. Der Versuch, zu Fuß vom Khellian-Anwesen zu fliehen, hatte überhaupt keinen Sinn — es war viel zu groß. H'daens wirtschaftliche Schwierigkeiten betrafen nur das Geld; sein wahrer Reichtum bestand aus Land, und wenn er bereit gewesen wäre, zumindest einen kleinen Teil davon an die Immobilienmakler und Erschließungsgesellschaften in i'Ramnau zu verkaufen ... Arrhae hatte ihm einmal einen entsprechenden Vorschlag unterbreitet und dadurch einen unerwartet heftigen Wutanfall ausgelöst. Der Lord regte sich fürchterlich über den Vorschlag auf, Boden, den seine Vorfahren mit ihrem Blut bezahlt hatten, für einige ›dreckige Ketten Geld zu verschachern‹. Damals geschah es zum erstenmal, daß der Lord die Beherrschung verlor und Arrhae anschrie. Seltsam, daß er aus Stolz und Ehrgefühl die Armut in potentiellem Reichtum wählte, daß ihn die ehrenvolle Armut nun veranlaßte, etwas Unehrenhaftes und Gefährliches in Erwägung zu ziehen: den ›Verkauf‹ von McCoy. Wenn er diesen Plan tatsächlich verwirklichte — der Flottengeheimdienst würde ihm den Verrat gewiß nicht verzeihen. Ganz gleich, welchen Preis H'daen für den Gefangenen erzielte ... Bestimmt blieb ihm nicht viel Zeit, um sich darüber zu freuen. Indem er Commander t'Radaiks Vertrauen mißbrauchte, unterschrieb er sein eigenes Todesurteil.

Arrhae tippte einige weitere Zahlen in den Computer und starrte auf den Schirm, ohne die dargestellten Zeichenfolgen zu sehen. Die langweilige Tätigkeit lähmte ihre Gedanken mit Benommenheit, und außerdem war sie von den Erinnerungen an die verwirrenden Ereignisse des vergangenen Tages abgelenkt. Es dauerte einige Sekunden, bevor sie begriff, was ihr der Monitor zeigte. Daraufhin lachte sie laut.

Der Chefkoch tr'Aimne — er schritt mit einem Korb voller Fleischrollen zum Kühlraum — blieb im Eingang des Büros stehen und sah sie so verdutzt an, als zweifle er an ihrem Verstand. »Ich habe es geschafft«, sagte Arrhae und versuchte, vernünftig zu klingen. Sie kicherte noch einmal. »Seit fünf Tagen plage ich mich mit dieser Areinnye-verdammten Tastatur herum, und endlich stimmen die Ergebnisse überein!«

Tr'Aimne starrte auch weiterhin, und Arrhae vermutete, daß ihr schrilles Lachen kaum etwas mit der erfolgreichen Buchführung zu tun hatte, eher auf innere Anspannung zurückging. Sie faßte sich wieder und verdrängte diese Erkenntnis. *Das Oberhaupt der Bediensteten ist immer ruhig und beherrscht ...*

»Gut gemacht, *Hru'hfe*«, sagte tr'Aimne tonlos. Offenbar hatte er ihr noch immer nicht den Gleiterflug nach i'Ramnau verziehen; und er freute sich bestimmt nicht, wenn *sie* einen Erfolg erzielte. Sein unverhohlener Spott half Arrhae wenigstens, ihre Hysterie unter Kontrolle zu bringen.

»Danke, Chefkoch«, sagte sie ebenso monoton. »Dein Lob stimmt mich *so* glücklich. Verschwende jetzt keine Zeit mehr und bring das Fleisch in den Kühlraum.« Tr'Aimne schnitt eine finstere Miene, als der Status quo plötzlich wiederhergestellt wurde; mit hoch erhobenem Kopf rauschte er davon.

»Man finde einen Mann, der gut kochen kann, erlerne seine Kunst — und schicke ihn fort«, zitierte Arrhae leise. Sie sah wieder auf den Computerschirm, lächelte und betätigte die Tasten SPEICHERN UND AUSDRUCKEN. Einige Sekunden später griff sie nach den Folien, stand auf und streckte sich zufrieden. »Freizeitbonus für gute Führung«, murmelte sie. *Jetzt habe ich Gelegenheit, meine zusätzlichen Pflichten wahrzunehmen. Geh nach draußen und finde heraus, was der Gefangene anstellt.*

Sie mußte fast um den ganzen Gebäudekomplex wandern, bevor sie McCoy entdeckte. Er saß auf einem der großen Zierfelsen im äußeren Garten, und Arrhae sah voller Genugtuung, daß er die Anordnung der übrigen Steine nicht verändert hatte. Er wandte ihr den Rücken zu und neigte den Oberkörper nach vorn, so daß die Ellenbogen auf den Knien ruhten. Die *Hru'hfe* zögerte. Seine Haltung drückte Niedergeschlagenheit und Kummer aus. Und er brummte leise vor sich hin. *Eigentlich kein Wunder,* dachte Arrhae und überlegte, ob sie ihn allein lassen sollte.

Zwar hatte sie kein Geräusch verursacht, aber der Terraner drehte sich so plötzlich um, daß sie unwillkürlich zusammenzuckte. »Ja?« fragte er und blickte zu ihr.

»Ich wollte nur feststellen, wo Sie sind.«

»Ich bin nicht geflohen. Wohin auch? Sie haben mir meine Situation schon deutlich genug geschildert.« Er klang bitter, und das überraschte Arrhae ebenfalls nicht. »Sollten wir überhaupt noch miteinander sprechen? Sie verstehen mich doch gar nicht. Oder haben Sie sich plötzlich wieder ans Föderationsstandard erinnert?«

Stolz und stur ... »Doktor, mein Hinweis auf das Übersetzungsmodul — er war ernst gemeint. Sobald mir ein Translator zur Verfügung steht, *können* wir uns unterhalten, ohne daß wir bei jedem Wort ein Auge im Hinterkopf benötigen.« Arrhae beobachtete, wie der Mann die Brauen hob. »Das gilt zumindest für mich. Wenn man mich hier für eine Spionin hielte ...«

»Ich verstehe«, sagte McCoy, und der Ärger verschwand aus seiner Stimme. »Wenigstens *beginne* ich jetzt zu verstehen ...«

Arrhae drehte sich um und erweckte den Anschein, das Moos mit großem Interesse zu betrachten, während sie über die letzte Bemerkung des Mannes nachdachte. Seine Reaktion bewies ihre frühere Einschätzung: Er konnte nur für kurze Zeit zornig sein; ein großer Teil seines schroffen Gebarens war Angewohnheit, wie H'daens Vorliebe für Gesten. »Danke dafür, daß Sie es versuchen«, erwiderte sie in dem Bemühen, höflich zu sein und ihre beeinträchtigte Ehre wiederherzustellen. »Was Ihren Translator betrifft ... Können Sie damit auch ein Rihanha-Buch lesen?«

Smalltalk, Arrhae, Smalltalk. Bist du so versessen darauf, eine terranische Stimme zu hören, daß du dich auf eine sinnlose Plauderei mit einem Gefangenen der Flotte einläßt? Sie mußte diese Frage — trotz der Gefahr — mit einem eindeutigen *Ja* beantworten.

McCoy musterte sie aufmerksam und schüttelte den Kopf. »Er funktioniert nur bei gesprochenen Worten. Aber trotzdem vielen Dank.« Er stieß mit der Stiefelspitze vorsichtig an einen Stein, sah erst zum Haus und dann wieder zu Arrhae. »Wo befindet sich mein Zimmer? Ist es das dort?«

»Nein, das andere.« Sie zeigte es ihm auf romulanische Art und Weise, mit einem kurzen Nicken. »An der Ecke. Von hier aus können Sie die Zugangspforten des Lagerbereichs erkennen. Drinnen sind sie hinter einem bestickten Wandtep ...« Arrhae unterbrach sich plötzlich. »Sie sind kein Narr, Dr. Pille McCoy. Und ich bin nicht dumm. Sie wußten schon vorher, welcher Raum als Ihr Quartier dient. Warum haben Sie mich danach gefragt?«

»Aus reiner Neugier. Ich war mir nicht sicher. Und keine Sorge: Ich denke nicht an eine Flucht. Man hat mir mehrmals gesagt, das sei nur Zeitverschwendung.«

»Kommen Sie jetzt ins Haus.«

»Ich würde gern noch etwas im Garten bleiben, wenn Sie nichts dagegen ...«

»Doktor, es ist dies keine Bitte, sondern eine Anweisung.«

McCoy stand auf, klopfte sich Staub von der Hose, zuckte übertrieben mit den Schultern und schlenderte zum Gebäude.

KAPITEL 8

MACHT UND GEWALT

Ch'Rihan der vier Morgen- und Abendsterne — ch'Rihan der Lieder — ist eine schöne Welt. Feuchter als Vulkan, mit ausgeprägten Jahreszeiten, die spürbar wechseln, voller Wild und Nahrung, mit prächtigem Land, auf dem prächtige Häuser entstanden, grün unter einem grüngoldenen Himmel, die Horizonte weit, die Luft warm und aromatisch. Ein Paradies. Wenn man jene alten Lieder hört, kann man sich kaum vorstellen, daß von achtzehntausend überlebenden Reisenden etwa sechstausend in den ersten zehn Jahren nach der Besiedelung starben.

Sie gingen nicht aufgrund von Entbehrungen oder Mangel an Vorräten zugrunde. Als Ursachen kamen auch nicht die vielen andere Probleme in Frage, die für Pionierplaneten typisch sind. Nein, die meisten Emigranten starben durch den Krieg: in Bürgerkriegen, in Konflikten zwischen Nationen, Stämmen und Clans. Sie starben in kleinen Gefechten und großen Schlachten. Ritueller Mord, Massaker, Überfälle, Pogrome, Säuberungswellen und dynastische Fehden brachten sie um. Der Tod raffte so viele Auswanderer dahin, daß der Genpool in Gefahr geriet. Als sich fünfzig Jahre nach der Kolonisierung das Lungenfäulevirus auf ch'Rihan ausbreitete und auf ch'Havran ebenfalls zu einer Epidemie führte, sank die Anzahl der Siedler auf neuntausend. Während der nächsten Jahrhunderte verhinderten nur drastische Maßnahmen mit dem Ziel einer möglichst schnellen Bevölkerungszunahme, daß die Rihannsu nicht ausstarben: Man stimulierte multiple Geburten, verwendete Klonierungstechniken und förderte kinderreiche Familien.

Fast alle späteren Rihannsu-Historiker verurteilten Lai i-Ramnau tr'Ehhelih, weil er meinte, die Rihannsu hätten diese verheerenden Resultate selbst herausgefordert, indem sie Vulkan verließen. Er führte aus, die Reisenden seien ›vor einem Problem geflohen‹, das nach einer planetaren Lösung verlangte, bevor der Flug beginnen durfte. »Sie nahmen ihre Kriege in den Schiffen mit«, schrieb er in Vehe'rrIhlan, der sogenannten *Nichtentschuldigung*. »Sie bemühten sich sehr, ihre Aggressionen zu behalten, und so wurde der Kampf zu einem stummen Begleiter, einem blinden Passagier, der einzigen Stimme, die nicht in den Versammlungen erklang. Sie brachten das Problem mit, vor dem sie flohen — wie es häufig geschieht, wenn man sich trennt, bevor eine Kontroverse überwunden ist. Ein Ortswechsel löst das Problem ebensowenig wie die Gesellschaft anderer Personen. Aber damit noch nicht genug: Die Reisenden schoben selbst diese Logik achtlos beiseite, als sie Vulkan verließen. Sie versuchten, eine neue Kultur zu schaffen, aber dafür fiel ihnen keine bessere Methode ein, als der alten den Rücken zuzuwenden. Wer einen solchen Kurs wählt, folgt dem alten Programm, nur umgekehrt. Genausogut könnte man versuchen, Computer mit umgedrehten Lochkarten zu programmieren. Das Ergebnis sieht erst neu aus, doch an den Karten hat sich ebensowenig etwas geändert wie an dem Programm; früher oder später muß man mit schrecklich vertrauten Resultaten rechnen. Die Reisenden fochten für die Freiheit zum Kampf. Sie errangen die Freiheit, aber auch den Kampf ...«

Einige Jahre nach der Niederschrift dieser Worte wurde Lai tr'Ehhelih ermordet; in vielen Königreichen und Ratschaften verbrannte man seine Werke. In anderen, hauptsächlich in den östlichen Festen auf ch'Havran, versteckte man sie sorgfältig. Zum Glück. Andernfalls wüßten wir heute nichts von jenem verhaßten, gefürchteten und zornigen kleinen Mann, der die Wahrheit so schilderte, wie er sie sah — und dafür Verachtung erntete. Rückblickend betrachtet müssen wir ihm zugestehen, daß er nicht in allen Punkten unrecht hatte. Auf den zwei Welten herrschte nie Frieden; brodelnde Gewalt prägte die ersten tausend Jahre nach der Besiedelung. Kriege erzwangen schließlich die Einheit und schufen ein Machtzentrum, aber in der Gemeinschaft fehlte Harmonie, und das Zepter der Macht wechselte oft den Besitzer, ruhte nicht leicht in einer Hand.

Die Regierung von ch'Rihan und ch'Havran begann in Form von Erweiterungen sowohl der zivilen Struktur in den Raumschiffen als auch der Verwaltungsinstitutionen auf Vulkan. Der erste Aspekt trennte leider mehr, als er zusammenführte, und das Besiedelungsschema der zwei Welten blieb nicht ohne nachhaltigen Einfluß auf den zweiten.

Ursprünglich sollten ch'Rihan und ch'Havran durch eine Ratschaft vertreten sein, bestehend aus dem Großen Rat — alle Clans, Stämme und Städte entsandten einen oder mehrere Repräsentanten — und dem Hohen Rat, zu dem die dreißig ältesten und zehn jüngsten Delegierten des Großen Rates gehörten. Die Kolonisten lebten weit verstreut auf den beiden Planeten, um die natürlichen Ressourcen nicht zu sehr zu beanspruchen, und es gab viele Familien, die keinen Gleiter mehr besaßen. An Bord ihrer restlichen Schiffe hatten die Rihannsu etwa tausend kleine Fahrzeuge mitgebracht, deren Benutzung Neid weckte. Die meisten von ihnen verfügten über Solarzellen und kamen mit Sonnenenergie aus, aber angesichts der knappen Ersatzteile unterlag die Instandhaltung starken Beschränkungen. Während der ersten Jahre galt nicht etwa Land als Statussymbol (davon hatten die meisten Leute genug), sondern der Besitz von Transportmitteln.

Durch die herabgesetzte Mobilität konnte man nicht in jeder Woche eine Sitzung des Großen Rates anberaumen und erwarten, daß alle Delegierten zum Konferenzort flogen. Es mußten weniger Tagungen stattfinden. Bevor die ersten Kommunikationsnetze entstanden, war es ein erhebliches logistisches Problem, alle Räte zu versammeln. Weniger Tagungen bedeutete, daß mehr Probleme besprochen und gelöst werden mußten, und dadurch dauerten die Diskussionen sehr lange, woraus sich weitere Schwierigkeiten ergaben: Die Vulkanier der Präreformation lehnten es ebenso wie die der Postreformation ab, sich endlose Stunden lang mit bürokratischen Dingen zu beschäftigen. Während der Beratungen des Großen und des Hohen Rates wurde weniger Arbeit erledigt. Insbesondere der Hohe Rat zeichnete sich in den ersten Jahren durch eine starke Fluktuation aus — viele der ältesten Räte waren Greise —, wodurch Kontinuität von Erfahrungen fehlte. Mißverständnisse und Mißwirtschaft breiteten sich stärker aus als auf Vulkan, und die übrigen Bürger waren häufig unzufrieden mit den Entscheidungen der Räte.

Darüber hinaus gab es mehr Gründe zum Kampf als in der alten Heimat — sowohl konkrete Probleme als auch abstrakte. Den bereits vertrauten Differenzen gesellten sich Gruppen hinzu, die mit ihren jeweiligen Schiffen stimmten. Diese ›Schiffsgruppen‹ teilten ihre Stimmen häufig, wenn es um wichtige Angelegenheiten ging. Oft betrafen die Konflikte Land, seine Grenzen und die Nutzung der entsprechenden Ressourcen, und manchmal entstanden in diesem Zusammenhang fünfzehn oder zwanzig Fraktionen aus einzelnen Angehörigen von Clans, Stämmen oder Schiffsgruppen. Sie kämpften um alles, was sie bekommen konnten. Auch hier fallen einem tr'Ehhelihs Worte ein: Zwar stand den Rihannsu viel fruchtbares Land zur Verfügung, aber in ihren Seelen und Herzen herrschte noch immer die Angst vor dem Mangel. Ständig erfolgten Angriffe, Überfälle und Annexionen.

Während des ersten halben Jahrhunderts nach der Besiedelung führten solche Probleme des öfteren zu einer regelrechten Lähmung der Regierung. Das schlechte Funktionieren des Verwaltungsapparats hatte seinen Zusammenbruch zur Folge — und den Aufstieg der herrschenden Königin.

Als Auslöser für die blutigen Ereignisse diente eine schreckliche Hungersnot auf dem Südkontinent von ch'Havran: Im Jahre achtundsiebzig nach der Besiedelung starb dort die Hälfte von etwa eintausendfünfhundert Kolonisten. Zu jenem Zeitpunkt drohte das Regierungssystem bereits unter der Last von unüberbrückbaren Distanzen sowie angesichts eines stark reduzierten logistischen und technologischen Potentials zusammenzubrechen. Früher oder später mußte es zu einem Kollaps kommen, je früher desto besser. Doch die Rihannsu bezahlten den Verlust der Ratsmacht mit einem hohen Preis an Leben, Ressourcen und Ehre.

Bis zum heutigen Tag gilt der Aufstieg der herrschenden Königin selbst bei den ›Romulanern‹ als paradox. Sie gehörte zu jenen Personen, die über eine seltsame Eigenschaft verfügen; Terraner bezeichnen sie als ›Charisma‹, und Rihannsu sprechen von ›Nuhirrien‹ beziehungsweise ›hin-sehen‹. Die Bürger hörten T'Rehu zu, gaben ihr Dinge, die sie kaum entbehren konnten, verziehen ihr schreckliche Taten. Sie errang ebenso erstaunliche wie unerklärliche Macht. Eigentlich war sie weder schön noch eine besonders eindrucksvolle Kriegerin; sie strahlte auch keine spezielle Überzeugungskraft aus. Ihr fehlten jene Dinge, die normalerweise attraktiv wirkten. Aber sie hatte die gleiche Fähigkeit wie der terranische Hitler (und, am anderen Ende der Skala, Surak): Sie bewegte das Volk dazu, ihr zu folgen. Einige Autoren benutzen das Wort ›Soziopath‹, um sie zu beschreiben, doch dieser Ausdruck verliert in der Rihannsu-Kultur an Bedeutung. Dort gilt es als normal, die Hand auszustrecken und sich zu nehmen, was man will, nach dem Beispiel der Reisenden.

T'Rehu war die Tochter eines Großrates vom Nordkontinent, und nach dem Tod ihres Vaters trat sie seine Nachfolge an. (Bei den Rihannsu bestimmt noch heute Erbfolge den Personalwechsel in politischen Ämtern, natürlich unter der Voraussetzung, daß es geeignete Verwandte gibt, die sich nicht der Ehrlosigkeit schuldig gemacht haben. Ein Senator, den man in seinem Distrikt für unfähig hält, kann nicht einfach abgewählt werden. Es ist jedoch möglich, ihm ein Schwert zu schicken und damit anzudeuten, daß er es gegen sich selbst richten sollte. Ein derartiger Vorschlag wird nur selten ignoriert.)

Zuerst schien T'Rehu keineswegs außergewöhnlich zu sein. Sie war recht tüchtig; ihre Ratschaft (der Elheu-Distrikt in der Schiffsgruppen-Nation namens Nn' Verih) entwickelte sich prächtig, und mit ihm die Clans. Doch nach einer Weile weckte der Wohlstand Neid und Argwohn in anderen Rihannsu. Sie sahen, daß die Nachbarn jener Region starben, in plötzlich ausbrechenden Fehden ums Leben kamen oder ihr — sehr fruchtbares — Land Elheu überließen. Niemand brachte den Mut auf, ganz offen von Verrat zu sprechen, aber wie dem auch sei: Es dauerte nicht lange, bis Marionetten von T'Rehus Haus oder Mitglieder ihrer Familie in den Räten von mehr und mehr Nn'Verih-Distrikten saßen. Es gab beunruhigende Berichte über Angriffe, Hausverbrennungen, über erzwungene Heiraten, Gedankenverlobungen, Schwangerschaften und Geburten: Die Kinder von T'Rehus Haus sollten, nach einer gründlichen Ausbildung, andere Ratschaften erben, um dann nach der Pfeife der Hausherrin zu tanzen.

Nicht alle diese Berichte entsprachen der Wahrheit, aber eins steht fest: T'Rehu war unzufrieden mit dem bisherigen Ratssystem. Sie hatte erlebt, wie es vielen Familien in ihrem Heimatdistrikt sehr schwerfiel, selbst einfachste Bedürfnisse zu befriedigen. In jenem Teil des Kontinents mangelte es an Grundnahrungsmitteln; Hungersnöte und Seuchen brachen aus; medizinische

Hilfe war knapp. Niemand weiß, ob folgende Geschichte stimmt: Angeblich verlor T'Rehu einen Geliebten durch die Lungenfäule, weil es sich der zuständige Rat ›nicht leisten konnte‹, einen Heiler mit den neu entwikkelten und sehr teuren Arzneien zu schicken. Vielleicht handelt es sich um Propaganda von Anhängern T'Rehus. Aber selbst wenn das der Fall ist: Wir haben dadurch einen Hinweis auf das Leid, das damals die Bewohner der zwei Welten heimsuchte.

Die Zeit verstrich, und vielleicht wuchsen die Probleme so langsam, daß der Große und der Hohe Rat ihnen nicht genügend Aufmerksamkeit schenkten. Möglicherweise lag es auch daran, daß zu wenige und zu arbeitsintensive Versammlungen stattfanden. Die Bevölkerung in Nn'Verih nahm zu, insbesondere in Elheu; in zwanzig Jahren stieg sie um fast fünfzig Prozent. Nn'Verih hieß Wissenschaftler willkommen, Spezialisten für Fertilität und Kloning. Die Region wurde für ihre Forschungen bekannt, obgleich man sich oft fragte, woher das notwendige Geld und die erforderliche Technik stammten. Die übliche Erklärung lautete, daß Elheu über gute politische Beziehungen zu den Schiffsgruppen verfügte. Wer sich zu lange mit dieser Frage befaßte, stellte seine Ermittlungen irgendwann ein — entweder aufgrund einer eigenen Entscheidung oder weil er spurlos verschwand.

Etwa sechzig Jahre nach der Besiedelung hatte Elheu ganz plötzlich eine Armee. Erstaunlicherweise war das eine große Überraschung. Trotz der vielen Kriege verstanden sich die Vulkanier der Präreformation nie besonders gut darauf, ihre Kämpfe zu organisieren — es gab nie stehende Heere. Ein kriegswilliger Clan- oder Stammesführer stellte eine Streitmacht zusammen, indem er verkündete, gegen wen man in die Schlacht ziehen sollte. Wenn es ihm gelang, genügend Vulkanier zu überzeugen, war sein Heer vielleicht größer als das des Gegners, und dann bekam er eine Chance, dem Feind eine Niederlage beizubringen. Nach dem Sieg (wenn ihn die Elemente gewährten) begann eine allgemeine Plünderung, und die Soldaten trugen ihre Beute nach Hause, zu den einzelnen Clans und Stämmen. Aus diesen Gründen galten Bündnisse als ebenso unbeständig wie Staubmuster an einem windigen Tag: Man konnte die Streitmacht, durch die man zu einem würdigen Bündnispartner wurde, nicht zusammenhalten. Außerdem verursachte ein stehendes Heer enorme Kosten. Woher sollte man das Geld nehmen? Und was noch wichtiger war: Wie sollte man genug Nahrung und Wasser für die Krieger beschaffen?

Diese Situation kam vermutlich einem historischen Glücksfall gleich: Wenn es auf Vulkan möglich gewesen wäre, das Konzept von stehenden Heeren zu realisieren, so gäbe es auf dem Planeten heute nur Sand und die Ruinen zerstörter Städte. Aber ch'Rihan hielt genug Nahrungsmittel und Wasser bereit. T'Rehu vollführte einen konzeptuellen Qualitätssprung und erfand das stehende Heer. Sie verschwendete nicht viel Zeit damit, sich zu fragen, was sie damit erreichen konnte.

Doch eine Zeitlang wartete sie — bis selbst die begriffsstutzigsten Delegierten des Großen und des Hohen Rates verstanden, was geschehen würde, wenn jemand T'Rehu verärgerte. In den Jahren 60 bis 72 n.d.B (nach der Besiedelung) bot T'Rehu einige Beispiele in Hinsicht auf mehrere kleine Territorien unweit von Elheu. Sie ließ Truppen an den Grenzen aufmarschieren (kaum mehr als zweitausend Soldaten, aber damals reichte dies völlig aus) und schickte dann falsche Geheimdienstmeldungen: Angeblich bluffte sie nur. Das erhoffte Ergebnis stellte sich ein: Die Nachbarn trotzten ihr, um vor den anderen Häusern einen kühnen, tapferen Eindruck zu erwecken. T'Rehu griff an — es handelte sich nur um kleine, winzige Länder, nach terranischen Maßstäben um Provinzen, in denen friedliche Bauern lebten, die sich mit der Bestellung des Bodens zufriedengaben —, verbrannte Ernten und Häuser. Wer Widerstand leistete, starb auf der Stelle; wer sich ergab, geriet in Gefangenschaft. Manche der Besiegten traten bereitwillig in T'Rehus Dienste. Bei den anderen setzte sie Adepten für Gehirnwäsche ein, um sie in gehorsame Untertanen zu verwandeln. Wenn der sogenannte Bewußtseinswandel nicht funktionierte, sah man die betreffenden Personen nie wieder.

Der Große Rat versammelte sich sofort, und erregte Diskussionen fanden statt. T'Rehu betrat den Konferenzsaal, wirkte kühl und völlig ruhig. Kein Wunder: Ihre bewaffneten Leibgardisten begleiteten sie. Fast hätte sie das Schwert vom Leeren Stuhl gestoßen und den Platz für sich beansprucht, doch Vorsicht oder Furcht hielten sie im letzten Augenblick zurück. Sie wies ihre Soldaten an, den Sessel des Vorsitzenden umzukippen, während der Erste Rat noch in ihm saß, und anschließend wartete sie am Tisch, mit ihrem aus der Scheide gezogenen S'harien auf dem Schoß — eins der wenigen großen Schwerter, die Surak nicht selbst an Bord der Schiffe gebracht hatte. Eine halbe Stunde lang hörte sie schweigend und ungerührt dem Tumult zu. »Was ihr auch sagt und zu entscheiden versucht — ich bin jetzt eure Herrin«, sprach sie schließlich. »Narren und alte Männer sollen nicht länger über das Geschick meines Landes befinden — ebensowenig über das der anderen, die ich meiner Macht unterwerfen werde.«

Diese Worte bewirkten Panik im Saal: Etwa hundert der insgesamt dreihundertzwölf Räte stammten aus Regionen, die an T'Rehus Heimat grenzten oder später in Gefahr geraten mochten, wenn sie ihren Einflußbereich ausdehnte. Die Delegierten anderer Kontinente schnaubten spöttisch. Zugegeben: Diese Frau fügte ihrer Ratschaft eroberte Distrikte hinzu und verdiente es daher, bestraft zu werden; aber wie wollte sie ein Heer über die Ozeane bringen — oder gar nach ch'Havran?

T'Rehu lächelte nur und erinnerte an ihre Freundschaft mit den Schiffsgruppen. Vielen Delegierten lief es kalt über den Rücken, als sie an die Massentransportmittel in den Hangars der vier Schiffe dachten, jedes davon imstande, fünfhundert Personen zu befördern. Ihre Kapazität genügte, um eine kleine — auch eine große — Armee zu transportieren.

Daraufhin faßten die Räte den einzigen Beschluß, der ihnen vernünftig erschien: Sie boten T'Rehu das Amt des Ersten Rates an, den Vorsitz im Großen Rat — wenn sie auf weitere Feldzüge verzichtete. S'task stand auf, um die Versammlung zu verlassen, an der er als Ehrengast teilgenommen hatte. (Dazu waren Hohe Räte durchaus berechtigt, obwohl sie vorher die Erlaubnis der Großen einholen mußten.) »Ich habe dir nicht gestattet, jetzt zu gehen«, ertönte es gebieterisch hinter ihm.

»Und ich halte es nicht für notwendig, ausgerechnet dich um eine Genehmigung zu bitten«, erwiderte S'task. Seine Stimme klang nicht so fest wie früher, denn er war sehr alt, sogar nach vulkanischen Maßstäben. Er litt an Kreislauf- und Knochenmarkproblemen, vielleicht aufgrund der während des Fluges akkumulierten Strahlung. Aber in seiner Entschlossenheit blieb er so unerschütterlich wie damals, und kaum jemand wagte es, ihm zu widersprechen, wenn er im Großen oder im Hohen Rat einen Diskussionsbeitrag leistete.

»Ich werde dich töten, wenn du nicht um Erlaubnis bittest«, sagte T'Rehu. Sie erhob sich mit dem S'harien in der Hand.

S'task drehte sich zu ihr um. Die sorgfältig aufbewahrten audiovisuellen Ratsprotokolle sind inzwischen viele hundert Male kopiert worden, aber sie zeigen noch immer deutlich die Verachtung in S'tasks Augen. Er ähnelte Surak, der einen logischen Fehler entlarvte. »Meinetwegen«, entgegnete er. »Es ist das Vorrecht der Gewalt. Aber ich achte die Gewalt nicht, nur die Macht. Und du hast keine Macht, die ich anerkenne. Deshalb weigere ich mich, dich um Erlaubnis zu bitten.« Er schritt aus dem Saal, während T'Rehu hinter ihm stand, das Schwert in der zitternden Hand.

»Diesen Affront wirst du nie wiederholen!« schrie sie, faßte sich dann wieder und nahm Platz, während um sie herum die Räte murmelten, bestürzt von der Unverfrorenheit einer Frau, die den Vater der zwei Welten herausgefordert hatte, das Oberhaupt der Reisenden. Sie erlagen der Furcht. Wenn sie sich zu jenem Zeitpunkt gegen T'Rehu zusammengeschlossen hätten, wäre es ihnen vielleicht gelungen, sie an der Machtergreifung zu hindern. Dies hätte sicher ein Krieg heraufbeschworen, aber keinen besonders großen.

Doch der Wille zur Einheit fehlte. Statt dessen erhielt T'Rehu den Großen Vorsitz, und für eine Weile spielte sie mit der Politik des ›Unterhauses‹. Bald begann sie, nach interessanteren Dingen Ausschau zu halten, und hinzu kam, daß die Zurechtweisung vor den Großen noch immer in ihr schwärte. Sie wartete auf einen Vorwand, und schließlich ergab sich einer.

Wir kennen verschiedene Theorien für die Ursache der im Jahr 78 n.d.B auf dem Südkontinent ausgebrochenen Hungersnot. Der Vorwurf, daß T'Rehu dahintersteckte, ist wahrscheinlich unbegründet: Die damalige Biotechnik der Rihannsu war für biologische Kriegführung nicht hoch genug entwickelt. Nach den Aufzeichnungen zu urteilen genügte das Wetter. Es begannen einige paradoxe Jahre, wie sie in jedem gemäßigten Klima möglich sind: Der Winter hörte einfach nicht auf, und über viele Monate hinweg herrschten ungewöhnlich niedrige Temperaturen. Durch Wetteranomalien gingen die meisten importierten Pflanzenarten ein, und den Bewohnern des Südkontinents standen kaum andere Hauptnahrungsmittel zur Verfügung. Sie hatten sich geweigert, das ›verdammte Kraut‹ anzubauen, und deshalb fehlte es ihnen, als sie es dringend brauchten. Die übrigen Kontinente und Nationen schickten Hilfe, jedoch nicht schnell genug, um tausend Siedlern das Leben zu retten. T'Rehu gab sich alle Mühe, folgenden Aspekt zu verbergen: Zumindest für einen Teil der Katastrophe war die Sturheit der ›Südler‹ verantwortlich. Sie setzten die Tradition der *Kragen* und *Rache* fort, indem sie litten, ohne zu klagen. Sie starben klaglos, zu Hunderten. Die Hilfe traf zu spät ein.

Für T'Rehu kam die Hungersnot einem Geschenk der Elemente gleich. Sie stürmte in den Saal des Großen Rates, hielt eine lange Schmährede und warf den Delegierten vor, das Leid der Bürger ignoriert zu haben. (Sie wies natürlich nicht darauf hin, daß sie als Große Vorsitzende Verantwortung für ›ihre‹ Regierung trug.) »Ich werde nicht erlauben, daß so etwas noch einmal geschieht«, sagte sie. Am nächsten Tag erfuhr der Hohe Rat von ihr, daß sie eine Versammlung wünschte.

Die Hohen Räte antworteten, T'Rehus ›Tagungsantrag‹ sei nicht in der korrekten Form erfolgt, aber man würde trotzdem ihren Wünschen genügen. Am nächsten Morgen wartete eine ziemliche Überraschung auf die Vierzig: Fünf Kohorten aus jeweils hundert Soldaten standen vor und auch in der Beratungskammer. T'Rehu bezeichnete die Delegierten als inkompetent und meinte, fähigere Leute sollten sich um die Angelegenheiten der zwei Welten kümmern.

Man muß den Vierzig zugute halten, daß sie nicht wie ihre Kollegen des Großen Rates vor Angst erstarrten. Sie hatten T'Rehus Absichten erahnt und waren bewaffnet gekommen, um ihr zu trotzen. Doch T'Rehus Aufmerksamkeit galt in erster Linie S'task. Er stand auf, kehrte ihr langsam den Rücken zu und schritt zur Tür.

»Ich habe dir nicht gestattet, jetzt zu gehen«, zischte T'Rehu. Ihre Stimme vibrierte in der Stille.

S'task sprach kein Wort.

Die Frau winkte einem Gardisten zu, der daraufhin einen Speer warf. Er bohrte sich S'task von hinten ins Herz und tötete ihn. Doch bevor er starb, als er auf dem

Boden lag und das Leben aus ihm herausblutete, als ein Massaker begann, hob er noch einmal den Kopf und sagte zu T'Rehu: »Der Anfang ist schmutzig, und Gewalt nützt dir nichts.«

So starb er, im Alter von zweihundertachtundvierzig Jahren, in einem Gebäude, dessen Grundstein er gelegt hatte. Später hielten es viele Rihannsu für eine Ironie des Schicksals, daß S'task seinen eigenen Lehren erlag: Er trat für eine Kultur von Königen, Königinnen, Kriegen und ungezügelter Leidenschaften ein — und kam durch sie um.

Auch die Hohen Räte und einige Delegierte des Großen Rates fielen T'Rehu zum Opfer, als sie die ›korrupte‹ Regierung von ch'Rihan und ch'Havran säuberte, sich selbst als herrschende Königin bezeichnete — nach dem Vorbild der herrschenden Königinnen von Kh'reitekh aus dem prähistorischen vulkanischen Norden. Zum Anlaß ihrer Thronbesteigung fand ein großes und gut besuchtes Fest statt. Aus unserer Perspektive betrachtet, mag es sonderbar erscheinen, daß viele Bürger kamen, um zu sehen, wie S'tasks Mörderin nach dem königlichen Speer griff, doch dieser Eindruck täuscht. Ein großer Teil des Publikums stammte aus Elheu, und man hatte den Bürgern befohlen, an der Feier teilzunehmen — andernfalls drohten ihren Familien nachteilige Folgen. Darüber hinaus war S'task nicht mehr so beliebt gewesen wie früher; nach dem Ende der Reise schien man keine Verwendung mehr für ihn zu haben. Vielleicht hofften die Rihannsu auf irgend etwas, das eine langweilige Regierung ersetzte. Nun, für achtzehn Jahre bekamen sie eine, die alles andere als langweilig war — mehr Positives bot sie nicht.

Nach Meinung der Vulkanier und Rihannsu sind achtzehn Jahre eine recht kurze Zeitspanne. T'Rehu nannte sich *Vriha,* ›Höchste‹, und sie herrschte auf alte, selbstherrliche Art und Weise. Ganz nach Belieben entschied sie über Leben und Tod. Sie bekam kaum Gelegenheit, den zwei Welten nachhaltig zu schaden, weil sie vor allem damit beschäftigt war, sich ihre Wünsche zu erfüllen: größere Paläste, Luxus für ihre Günstlinge, mehr Sold für die Soldaten. Ihre ausgeprägte Vergnügungssucht läßt Vergleiche mit der terranischen Elisabeth I. zu, doch es fehlten ihr sowohl das große Verantwortungsbewußtsein als auch die hohe Intelligenz jener Königin. Zuerst trachtete sie danach, sich dem Volk als ›gerechte Herrscherin‹ zu präsentieren und schickte dem von Hunger geplagten Südkontinent Hilfe (mit der sie nicht mehr ausrichtete als vorher der Große und der Hohe Rat — die meisten Siedler waren bereits tot). Aber schließlich interessierte sie ›ihr Volk‹ nur noch als Geldquelle — und weil es aus Untertanen bestand, die sich vor ihr verbeugten.

T'Rehu zerstörte die Ratsgebäude und errichtete neue, größere und prächtigere, mit einem Thron für sie, der den Blick auf den Leeren Stuhl verwehrte. Sie wagte es nicht, ihn und das Schwert fortschaffen zu lassen. Sie bestimmte neue Räte, einen von jedem Kontinent, insgesamt zwölf und überwiegend Frauen. Sie machte jeden Delegierten für sein/ihr Land verantwortlich, und wenn es dort zu Schwierigkeiten kam, hatte es keinen Sinn, um Gnade zu flehen — der Boden bestand aus Marmor und ließ sich leicht vom Blut reinigen. Viele Räte endeten auf diese Weise, und niemand wagte es, deshalb Vorwürfe gegen T'Rehu zu erheben; niemand wollte der oder die nächste sein.

Sie war nicht verrückt und dumm genug, um nach der Machtergreifung ihre politischen Beziehungen zu vernachlässigen. Ständig achtete sie darauf, den Reichtum der Schiffsgruppen zu mehren, was ihren Niedergang ein wenig hinauszögerte. Als Gegenleistung verlangte sie einen höheren Einsatz an Schiffstechnik, um die Probleme ch'Rihans und ch'Havrans zu lösen, insbesondere in bezug auf Transport und Kommunikation. Natürlich dachte sie dabei an ihren Thron: Es ist schwer, zwei Welten ohne rasche Kommunikation und ausreichend große Transportkapazität zu kontrollieren. Aber diese Maßnahmen erwiesen sich auch als Vorteil für die Rihannsu-Bürger. Die ersten Fabriken für Kommunikations-Hardware und kleine Fahrzeuge beziehungsweise Gleiter entstanden unter T'Rehus Ägide, und im Jahre 96 n.d.B. wurde ein Videotelefonsystem in Betrieb genommen. Bald hatte jedes fünfte Haus einen eigenen Schweber oder konnte sich zumindest einen leisten.

Dennoch dauerte T'Rehus Herrschaft nicht lange; früher oder später mußten andere Nationen auf die gleiche Idee kommen wie sie. Die Clans und Stämme des Ostkontinents litten unter ihrer Herrschaft — ihr Kontinent war arm, und deshalb schenkte ihm T'Rehu keine Beachtung —, und sie beschlossen, etwas dagegen zu unternehmen. Ohne Kloning und die Unterstützung von Fertilitätsexperten verdoppelten sie die kontinentale Bevölkerung, stellten ein eigenes Heer auf und bildeten es in einer Philosophie aus, die Spartaner sofort wiedererkannt hätten: erbarmungsloser Haß auf den Feind, Selbstaufopferung, bedingungsloser Gehorsam und an erster Stelle die Nation, nicht der Staat; der Staat war mit T'Rehu identisch. Sie trafen ebenfalls Vereinbarungen mit den Schiffsgruppen, denn ihre Berge enthielten etwas, von dem die Königin nichts ahnte: besonders große und reine Rubine, die sich bestens für die Bündelung von Laserlicht eigneten.

Im achtzehnten Jahr ihrer Herrschaft griffen die ›Ostler‹ T'Rehu an, zwangen sie zum Kampf gegen eine doppelt so große Streitmacht und töteten sie auf der Aihai-Ebene vor der noch immer im Bau befindlichen Hauptstadt Ra'tleihfi. Das Ergebnis war nicht etwa Jubel auf den zwei Welten, sondern eher Verwirrung. Die Rihannsu wollten zu einer ruhigeren Regierungsform zurückkehren, in der sich Tyrannei nicht so leicht durchsetzen konnte.

Im Anschluß an den Sieg im ersten Krieg von ch'Rihan rangen mehrere Kontinente um eine Vormachtstellung, und aus den Kontroversen ging die uns heute bekannte Struktur des Prätoriats und Senats hervor, in gewisser Weise eine Kombination aus den früheren Ratschaften und den Zwölf der Königin. Die entsprechenden Föderationsstandard-Begriffe stammen aus dem Lateinischen: ›Prätor‹ für das Rihannsu-Wort *Fvillha,* was soviel bedeutet wie ›Landherr‹, und Senator für *Deihu,* ›Ältester‹. In mancher Hinsicht ähneln die Rihannsu-Institutionen den römischen sehr. Der Senat prüft Gesetze, verabschiedet sie oder legt sein Veto ein; dabei stimmt die eine Hälfte des Senats immer gegen neue Verordnungen, vermutlich eine Folge von T'Rehus Schreckensherrschaft. Das Prätoriat übt die gerichtliche und exekutive Macht auf ganzen Kontinenten aus, sorgt für die Einhaltung des geltenden Rechts. Manchmal gelingt es ihm auch, eigene Vorlagen in Gesetze zu verwandeln. Der Senat ist in zwei Häuser aufgeteilt, und somit bilden die Regierungskörperschaften das *seiHehllirh,* die ›Trikammer‹. Gemeinsam haben die drei Häuser viele Probleme überstanden, auch einige Monarchen und Monarchinnen. Die Geschichte zeigt, daß Rihannsu ›einzelnen Herrschern‹ mißtrauen. Sie ziehen mehrere vor und glauben anscheinend, daß eine größere Anzahl auch größere Sicherheit bietet. Wenn einer die ersten Anzeichen von Größenwahn offenbart, wird er von den anderen zur Ordnung gerufen und in die Realität zurückgeführt. Für Außenstehende sehen die Vorgänge im Prätoriat häufig wie das Durcheinander in einem Krabbenkorb aus: Jede Krabbe versucht, auf dem Rücken der übrigen nach oben zu klettern, aber die unter ihr bringen sie mit ihren Bewegungen aus dem Gleichgewicht oder ziehen sie herab.

Wie sich herausstellte, war diese Regierungsform kurzfristig nicht sehr stabil: ein endloses Wirrwarr aus Bündnissen, Verrat, Intrigen, verschleierten Anspielungen, verletzter und erneuerter Ehre, Manipulationen,

Streit und Ausnutzung von Beziehungen. Andererseits: Ein derartiges Verwaltungssystem erwies sich als perfekt für das Volk, zu dem die Emigranten schließlich werden sollten, und es entwickelte eine bemerkenswerte, langfristige Stabilität. Der Grund: Das Volk wollte keine weiteren T'Rehus. Die Trikammer überlebte den Verlust der Schiffe und Raumfahrttechnik, die Wiederentdeckung der Wissenschaften und die Blüte der Rihannsu-Kunst, viele Kriege und einige überraschend lange Perioden des Friedens, den ersten Kontakt mit fremden Spezies und die (wohl oder übel erfolgten) Verknüpfungen der Angelegenheiten von ch'Rihan und ch'Havran mit denen des klingonischen Imperiums und der Föderation. Sie überlebt noch immer: Nach wie vor versuchen Krabben, aus dem Korb zu klettern, und andere ziehen sie zurück. Wenn sich die Wünsche der Rihannsu erfüllen, geht es auf diese Weise weiter, solange es Bewohner auf ihren Welten gibt. »Es ist gewiß und ohne Zweifel«, heißt es in einem Lied. »Liebe brennt. Bier brennt. Feuer brennt. Politik brennt. Aber kalt wäre das Leben ohne sie.«

KAPITEL 9

In den Straßen von i'Ramnau waren weniger Leute unterwegs als zur gleichen Zeit in der vergangenen Woche. Es gab weniger Passanten und weniger gute Produkte auf den Märkten und in den Läden. Der erste Aspekt erleichterte Arrhae, doch der zweite verärgerte sie. Die ganze Zeit über blieb sie wachsam. Niemand *wirkte* unfreundlich, doch genau darin bestand das Problem. Einige der anderen Einkäufer in ihrer Nähe mochten Agenten des Geheimdienstes sein, damit beauftragt, jene Person zu beobachten, die für einen wichtigen Gefangenen der Flotte verantwortlich war.

Sie konnte McCoy unmöglich vergessen: Bei jedem Schritt stieß ein Translator fast schmerzhaft fest an Arrhaes Hüfte. H'daen hatte ihr das Gerät erst gestern gegeben und dabei einen langen Vortrag darüber gehalten, welche Dinge sie beachten mußte. *Sei vorsichtig damit. Das Instrument ist teuer und Eigentum der Flotte. Verlier es nicht. Spiel nicht mit den Justierungen herum. Und achte vor allem darauf, daß es McCoy nicht in die Hände bekommt.* H'daen gab einfach nur Anweisungen weiter, die er nicht verstand, und das galt gerade für den letzten Punkt. Arrhae ir-Mnaeha hätte ebensowenig Bescheid gewußt — im Gegensatz zu Lieutenant Commander Haleakala. Wenn sich die romulanischen Übersetzungsmodule nicht sehr von denen der Föderation unterschieden, so war es mit einigen kleinen Tricks möglich, die internen duotronischen Transtator-Schaltkreise in einen zwar primitiven, aber sehr wirkungsvollen Blaster zu verwandeln.

Terise dachte daran und überlegte, was aus ihrem anderen Selbst wurde, wenn etwas in der Art geschah.

Rasch verdrängte sie diese Gedanken und nahm das Gerät entgegen. Seitdem war es nie mehr als eine Armeslänge entfernt.

Der hauptsächliche Grund für Arrhaes Aufenthalt in der Stadt hieß McCoy. Als sie den Translator erhalten hatte und zum erstenmal mit dem Gefangenen sprechen konnte — ohne die Notwendigkeit, ihr plötzliches linguistisches Talent zu erklären —, versuchte sie festzustellen, was ein nicht modifizierter terranischer Metabolismus verdauen konnte. Für einen Gefangenenwärter war es wichtig, die Gesundheit des Häftlings zu gewährleisten, und Arrhae begriff, daß er schon genug Schwierigkeiten hatte, auch ohne eine Dosis *Llhrei'sian.* »Der Twostep von Titanen«, lautete McCoys Kommentar, und als Arrhae diesen uralten Starfleet-Slang hörte, lachte sie laut, zum erstenmal seit Jahren.

Die meisten Waren erreichten das Haus Khellian mit Transportern, und deshalb brauchte die *Hru'hfe* nur McCoys Proviant einzukaufen und mitzunehmen. Die Suche nach relativ ungewöhnlichen Produkten lenkte Arrhae zumindest eine Zeitlang von ihren Sorgen ab. Sie verhandelte mit Ladeninhabern, die zunächst übertrieben wenig Geld forderten, vereinbarte Preise, die besser der Ehre und dem Status des Hauses Khellian entsprachen. Seltsam: Ein Volk, das die Warptechnik entwickelt hatte und ganze Schlachtkreuzer mit einem Tarnfeld umgeben konnte, schien nicht imstande zu sein, Fleisch und Gemüse zu kaufen und verkaufen, ohne dabei wie in einer feudalen Gesellschaft zu feilschen.

Plötzlich sah sie ihn erneut.

Zum viertenmal stand er auf der gegenüberliegenden Seite und beobachtete sie: ein kleiner, dunkelhaariger und attraktiver Mann. Er schenkte den Dingen, die er gerade kaufte, nur beiläufige Beachtung. Auf der Erde war Terise nicht daran gewöhnt gewesen, von jungen Männern beobachtet zu werden, aber als Arrhae auf ch'Rihan ... Nun, Lhaesl tr'Khev benutzte keine subtilen Komplimente, und obwohl sie es sich nicht eingestand: Jene scharfen Züge, die auf Terra keinen zweiten Blick herausforderten, galten bei den Rihannsu als Beispiele für klassische Schönheit. Doch bei diesem Mann fehlte der nachdenkliche, anerkennende und sehnsuchtsvolle Gesichtsausdruck, an den sie gewöhnt war. Statt dessen starrte er sie mit der sonderbaren Intensität von jemandem an, der versuchte, sich an einen Namen zu erinnern. *Oder daran, wo er mich schon einmal gesehen hat, vielleicht auf einem Fahndungsfoto.*

Arrhae spürte, wie ihr Gaumen trocken wurde und ein metallischer Geschmack in ihrem Mund entstand. Rasch wandte sie sich ab, als genüge es, den Mann nicht mehr zu sehen, um ihn an einen fernen Ort zu verbannen. Sie nahm mehrere eingepackte *Hlai*-Filets vom Ladentresen, und innerlich seufzte sie erleichtert. Dieses Fleisch war der letzte Punkt auf ihrer Einkaufsliste; alles andere — ein kurzer Seitenblick bestätigte, daß ihr Schatten noch immer in der Nähe weilte — konnte bis zu einem anderen Tag warten. Arrhae fühlte ausreichend Entschlossenheit, um diese Entscheidung selbst H'daen gegenüber zu rechtfertigen. Vielleicht verärgerte sie den Chefkoch tr'Aimne — der sie an diesem Tag nicht begleitet hatte, obwohl (oder weil) sie mit dem Varrhan-Gleiter des Hausherrn geflogen war —, aber das spielte keine Rolle. Wenigstens konnte sie die Stadt schnell verlassen und innerhalb kurzer Zeit nach Hause zurückkehren. Arrhae wünschte dem Fleischverkäufer einen schönen Tag, wobei ihre Stimme nur ein wenig vibrierte. Mit soviel Hast, wie es Würde und schwere Taschen erlaubten, eilte sie aus dem Geschäft, überließ dem Inhaber fünf Bar-Ketten, ohne das Wechselgeld entgegenzunehmen. Der Mann fragte sich vermutlich, warum das Haus Khellian die eigene Ehre plötzlich so hoch einschätzte.

Zwei bewaffnete Polizisten schlenderten vorbei, Beamte aus der Stadt, plauderten mit Käufern und Verkäufern. Arrhae überlegte, ob sie die Uniformierten ansprechen sollte ... Ein verstohlener Blick nach hinten gab ihr die Antwort. Von dem Verfolger war weit und breit nichts mehr zu sehen. Sie schob sich an den Polizisten vorbei und wanderte zum Gleiterparkplatz.

Sie begab sich nicht auf direktem Wege dorthin, schritt durch Gassen und schmale Straßen, verharrte atemlos in Hauseingängen ... Keine Spur von dem Fremden. Selbst der Parkplatz war so gut wie leer: Nur in einem Viertel der Abstellnischen standen Schweber, obwohl man hier fast nie einen freien Platz fand. Arrhae belächelte nun ihre Furcht — Lhaesl tr'Khev schien nicht der einzige junge Mann zu sein, der eine Lektion in guten Manieren benötigte, sofern es die Bewunderung von Frauen betraf. Sie verstaute die Einkaufstaschen im Varrhan, stützte die rechte Hand am warmen Metall der Karosserie ab und hob die andere, um das Ladefach zu schließen. Von einer Sekunde zur anderen zuckte sie zurück, und ein Schrei erstarb in ihrer Kehle, als eine andere Hand aus dem Innern des Gleiters zum Vorschein kam und sich um ihren Unterarm schloß.

»*Hru'hfe s'Khellian?*«

Arrhae versuchte, sich zu befreien. Ohne Erfolg. »*Ie*«, bestätigte sie niedergeschlagen.

»Gut.«

Der junge Mann, der ihr gefolgt war — wahrscheinlich beschattete er sie seit der Landung — stieg aus und streckte sich. »Ohne aktivierte Klimaanlage ist es ziemlich heiß dort drin«, sagte er. »Ich nehme an, Ihr Name lautet Arrhae ir-Mnaeha?« Er ließ sie noch immer nicht los.

»Ja.«

»Gut.« Diesmal zog er die Hand zurück.

Arrhae rieb ihren Arm nur, um sich abzulenken. Sie empfand keine Schmerzen: Der Mann hatte nicht brutal zugegriffen, nur fest. Sie sah sich auf dem Parkplatz nach einem möglichen Retter um, falls einer notwendig werden sollte, und dann kehrte ihr Blick zu dem Fremden zurück. »Warum gut?« fragte sie, während ihr anderes Ich namens Terise überlegte, wie sie den Mann möglichst unauffällig überwältigen konnte. »Warum sind Sie mir gefolgt?«

»*Mnhei'sahe*«, antwortete er leise.

Arrhae schauderte, als sie dieses Wort vernahm, und Terise wich in einen entfernten Winkel ihres Unterbewußtseins zurück. Es existierte keine klare Definition für das *Mnhei'sahe;* alles hing von den Umständen ab. Lebenslange Freundschaft war ebenso möglich wie unversöhnlicher Haß, aber Freundschaft bedeutete nicht unbedingt langes Leben, und der Haß fand seine Erfüllung nicht notwendigerweise im Tod. Der Ausdruck war so schlüpfrig wie ein *Nei'rrh* und häufig ebenso gefährlich; als Rihanha fragte sich Arrhae, was in diesem besonderen Fall gemeint sein mochte. Sie überlegte, ob sie in den vergangenen Jahren jemanden beleidigt hatte, der nun den Zeitpunkt für gekommen hielt, sich dafür zu rächen. Nervös musterte sie den Unbekannten. Trug er — versteckt — jenen scharfkantigen Stahl bei sich, den man für ehrenhaften Mord benutzte?

Er schien unbewaffnet zu sein, soweit sie das feststellen konnte. Und er lächelte. Nie zuvor hatte Arrhae ein dünneres Lächeln gesehen, das eine eher armselige Entschuldigung vermittelte, aber die bittere Grimmigkeit wandte sich wenigstens nach innen und galt nicht ihr.

»Nveid tr'AAnikh«, stellte er sich vor und deutete eine Verbeugung an. Arrhae hörte diesen Namen nun zum erstenmal, und ihre Mimik schien deutlich darauf hinzuweisen. Nveid blickte sich um, bevor er in Richtung Gleiter nickte. »Bitte lassen Sie uns einsteigen und starten.«

»Wohin sollen wir fliegen?« fragte Arrhae kühl. Sie hatte sich von Verblüffung und Furcht erholt, spürte nun, wie Ärger in ihr zu brodeln begann — wenn dies eine Verhaftung war, so ging irgend etwas nicht mit rechten Dingen zu. Außerdem schien es unvermeidlich zu sein, daß sie die Fassung wiedergewann: Reine Routine versetzte sie in die Lage, ihr Erschrecken vor diversen anderen Personen zu verbergen. Andernfalls hätte sie bereits den Verstand verloren.

»Wohin es Ihnen beliebt. Ich fürchte, daß man mich beobachtet.«

»Wer?« brachte Arrhae gereizt hervor. Sie nahm erneut das unangenehme Aroma von Intrigen und Verrat war, wollte nichts damit zu tun haben.

»Meine Familie«, entgegnete Nveid. »Sie mißbilligt meine Einstellungen.«

Es gelang Arrhae, angemessen hohl zu lachen. Dieser Mann war nicht ihr Herr, und er bekleidete auch keinen hohen Rang wie Commander t'Radaik. Diesmal stand ihr jemand gegenüber, dessen Forderungen sie zurückweisen durfte. »Weil Sie Diener ansprechen und sie daran hindern, ihren Pflichten nachzugehen? Überrascht Sie das, tr'AAnikh?«

»Das ist nicht der Grund. Es geht um meinen Bruder.«

Die *Hru'hfe* drehte sich wortlos um, schloß das Ladefach und ging dann zur Luke, um sich vor die Pilotenkonsole zu setzen. Nveids ausgestreckter Arm versperrte ihr den Weg. Arrhae blickte mißbilligend darauf hinab, während Terise Haleakala ruhig durch die gleichen Augen sah und einige empfindliche Stellen am Ellenbogen lokalisierte. »Möchten Sie Ihren Arm auch weiterhin benutzen, Nveid tr'AAnikh?« fragte sie leise.

Er war nun blasser als vorher und sprach nur ein Wort: »McCoy.«

Arrhae trat zurück, ihr Gesicht bereits erstarrt und ausdruckslos. »Steigen Sie ein«, kam es scharf von ihren Lippen. »Sie wissen ja, wie man die Luke öffnet.«

Nveid kam der Aufforderung mit den geschmeidigen, knappen Bewegungen eines Mannes nach, der viel Zeit an Bord einer Kriegsschwalbe verbracht hatte, die nur wenig Platz bot. »Sie sollten die Türen abschließen«, meinte er und lächelte erneut.

»Das ist nicht nötig. Ohne den Flugcode nützt der Gleiter niemandem etwas.« Arrhae folgte Nveid ins Innere des Schwebers und legte die Sicherheitsgurte an. Als sie geistesabwesend den Code eingab und auf manuelle Kontrolle umschaltete, stellte sie fest, daß der junge Mann recht hatte: Ohne die aktivierte Klimaanlage war es tatsächlich sehr heiß im Varrhan. Sie schaltete sich automatisch ein, als das Triebwerk Energie lieferte. Arrhae beschleunigte mit 3 G, und tr'AAnikh wurde tief in die Polster gepreßt.

»Sie fliegen wie einst Nniol«, keuchte er.

Arrhae warf ihm einen kurzen Blick zu und vergewisserte sich, daß die manuelle Kontrolle von der Flugüberwachung bestätigt worden war. Dann steuerte sie den Gleiter zum Stadtrand, blieb dabei dicht unter der zulässigen Höchstgeschwindigkeit. »Was ist mit McCoy?« fragte sie. Es interessierte sie nicht, mit wem Nveid ihren Stil als Pilotin verglich. »Und was hat die *Mnhei'sahe*-Angelegenheit damit zu tun?«

»Bitte überlassen Sie das Steuern der Automatik«, sagte tr'AAnikh.

Arrhae lachte verächtlich. »Es gefällt Ihnen nicht, wenn eine Frau an den Kontrollen sitzt, wie?«

»Ich habe gesehen, wie Sie auf einen Schock reagieren, und ich möchte nicht als Folge davon sterben.«

Daraufhin verflüchtigte sich Arrhaes Lächeln, und einige Sekunden später aktivierte sie den Autopiloten. »Sehr witzig«, kommentierte sie spöttisch. »Warum sollte ich nicht hochmütig sein und Sie einfach rauswerfen?«

»Weil Sie hören möchten, was ich Ihnen zu erzählen habe.«

»Dann reden Sie endlich, Mann. Und hoffen Sie, daß ich Sie nicht trotzdem durch die Luke stoße ...«

»Ich bezweifle es.« Nveid wirkte recht zuversichtlich,

fast zu selbstbewußt. Arrhae beschloß, diesen Gedanken beiseite zu schieben, bis er wieder an Bedeutung gewann. »Wie ich schon sagte: Es geht um meinen Bruder Nniol, *Mnhei'sahe* und Dr. McCoy vom Föderationsschiff Enterprise.« Er zögerte, als ihm etwas einfiel. »Das *ist* doch der Mann, der in H'daen tr'Khellians Villa festgehalten wird ...? Oder trägt er nur den gleichen Namen?«

»McCoy von der *Enterprise*«, sagte Arrhae. »Nun?«

»Mein Bruder Nniol diente an Bord von Ael t'Rllaillieus *Blutschwinge*, meine Schwester in der *Speer* unter dem Kommando von LLunih tr'Raedheol. Die Einzelheiten kenne ich nicht — sie sind nur dem Oberkommando bekannt —, aber es kam zu einem Verrat, der die *Blutschwinge* und *Enterprise* betraf, und die ... *Speer* wurde zerstört.«

»Ihr Bruder brachte seine eigene Schwester um?«

»Wer weiß? Die *Blutschwinge* wird nie nach ch'Rihan zurückkehren, und die *Speer* ist Staub, kann niemanden mehr anklagen. Doch meine Familie entschied, Nniol in aller Form zu verstoßen. Man schrieb seinen Namen auf, um ihn anschließend zu verbrennen ... Ich errege das Mißfallen meiner Verwandten, indem ich noch immer von ihm spreche und meine, daß er vom *Mnhei'sahe* gezwungen wurde, so und nicht anders zu handeln.«

»Oh. Ich verstehe. Man ist in erster Linie dem Commander verpflichtet, nicht der Familie?«

»Ja. Wir sind ein ehrenwertes Haus, und meine Schwester hätte sich ebenso verhalten. Auch ich. An Bord eines Raumschiffs wird der Commander zum *Hru'hfirh*, obgleich manche Kommandanten diese Ehre mehr verdienen als andere. Ael t'Rllaillieu mag heute eine Verräterin sein, aber damals war sie der beste Captain, den sich mein Bruder wünschen konnte.«

»Und McCoy? Was ist mit ihm? Möchten Sie ihn töten, um Bruder und Schwester zu rächen?« Arrhae bemerkte ein schockiertes Funkeln in Nveids Augen. »Verlangt das nicht Ihre Ehre?« Allmählich zweifelte sie daran. Dieser Mann wies keine Ähnlichkeiten mit tr'Annhwi auf — oder er verbarg sie gut.

»Nein.« Tr'AAnikh neigte den Kopf an die Rückenlehne und entspannte sich ein wenig. »Es gibt viele Häuser, die so denken, *Hru'hfe* — aber andere sind wie ich davon überzeugt, daß ihre Blutsverwandten dem *Mnhei'sahe* genügten. Man hätte Sie bestimmt darauf angesprochen — wahrscheinlich wäre s'Khnialmnae an Sie herangetreten —, aber der Flottengeheimdienst überwacht alle. Ich hingegen brauche nur an meine Familie zu denken ...«

»Dann sagen Sie mir, was Sie und jene Häuser mit McCoy anstellen wollen.« Die Ungeduld in Arrhaes Stimme riß Nveid aus seinen Erinnerungen, und er beugte sich ruckartig vor. Er blinzelte und starrte die Frau so gekränkt an wie jemand, der diesen Tonfall von Vorgesetzten gehört hatte und ihn hier nicht erwartete.

»Wir möchten ihm zur Flucht verhelfen.«

Arrhae war nun dankbar dafür, daß der junge Mann auf einer Aktivierung des Autopiloten bestanden hatte. Andernfalls wäre der Gleiter vermutlich an einem Hügel zerschellt, mit ihnen beiden an Bord. Wenigstens gelang es ihr, sich die Verblüffung diesmal nicht anmerken zu lassen. Wahrscheinlich reine Angewohnheit. Warum konfrontierte man sie ständig mit solchen Überraschungen? Warum konnte sie nicht wieder das Oberhaupt von Bediensteten sein, ohne befürchten zu müssen, als Spionin entlarvt zu werden? Was war mit ihrem Leben geschehen? »Oh, das ist alles?« fragte sie und gab sich völlig beherrscht. »Sonst nichts? Wie wär's, wenn Sie ihm das Schwert vom Leeren Stuhl als Abschiedsgeschenk mitgeben?«

Nveid lachte leise. »Sie sind so kühl wie eine Vulkanierin«, sagte er. »Damit habe ich nicht gerechnet. Andererseits ... Vermutlich ist das der Grund, warum die

Flotte McCoy Ihrer Obhut anvertraut hat. Nun, es soll sich natürlich für Sie lohnen, und niemand wird erfahren, daß Sie an der Sache beteiligt sind.«

»Wissen Sie, wie der Senat Verrat bestraft?«

»Natürlich.« Etwas heiserer fügte Nveid hinzu: »Der Justizprätor hat das auf Nniols Namen lautende Urteil verlesen. Wenn man ihn jemals findet und verhaftet, wird es vollstreckt. In allen Punkten. Die Strafe für Spionage unterscheidet sich kaum von der für Verrat: Man beginnt nicht mit Zunge und Händen, sondern mit Augen und Ohren. Und *das* ist auch in Hinsicht auf McCoy geplant, irgendwann innerhalb des nächsten Zehntags. Die von mir repräsentierten Häuser werden das nicht zulassen. Es gibt noch immer so etwas wie ...«

»... Ehre auf ch'Rihan, ja. Weshalb habe ich geahnt, eine derartige Bemerkung von Ihnen zu hören? Nveid, ich weiß nicht, was Sie und Ihre Freunde für ›lohnend‹ halten, aber ich glaube, das ganze Geld ch'Rihans ist nicht soviel wert wie meine Haut.«

»Ich versichere Ihnen, daß niemand etwas erfährt ...«

»Und wenn doch etwas durchsickert? Was geschieht dann mit mir? Dann werde ich öffentlich in Stücke geschnitten, so wie Vaebn tr'Lhoell. Ich nehme an, auch er war sicher, daß ihn niemand durchschaut.«

»Bitte ziehen Sie unseren Vorschlag zumindest in Erwägung.«

Arrhae steuerte den Gleiter auf einen nach i'Ramnau zurückführenden Kurs und übergab ihn erneut der Verkehrskontrolle, bevor sie Nveid ansah. »Ich habe bereits darüber nachgedacht. Und Sie kennen meine Schlußfolgerungen. Hören Sie mir gut zu. Sie wissen, wo sich McCoy befindet, und ich bin so dumm gewesen, seine Identität zu bestätigen — zweifellos zu meinem großen Bedauern, wenn es herauskommt. Mehr möchte ich nicht damit zu tun haben. Wenn wir den Parkplatz erreichen, werden Sie aussteigen, fortgehen und mich in

Ruhe lassen. Sonst melde ich Sie, um meine eigene Sicherheit zu gewährleisten — das schwöre ich!«

Während dieser Antwort wurde Arrhaes Stimme immer schriller. Nveid starrte sie nun aus weit aufgerissenen, schockierten Augen an und fragte sich ganz offensichtlich, ob ihm diese Frau überhaupt etwas nützte — genau das entsprach Arrhaes Wunsch. Sie wollte nicht noch einmal zu einem Werkzeug werden; das passierte bereits viel zu oft. Der Gleiter setzte mit einem deutlich spürbaren Ruck in der Parkbucht auf, und die *Hru'hfe* stellte sich vor, wie Lack vom Gehäuse des Antigravgenerators blätterte. Doch es regte sich nicht einmal ein Hauch von Besorgnis in ihr. Es spielte keine Rolle mehr, ob H'daen den Schaden sah und ihr verbot, mit dem Schweber noch einmal nach i'Ramnau zu fliegen. So wie sie sich jetzt fühlte, wäre das überhaupt keine Strafe gewesen.

Mit einem Tastendruck ließ sie die Luke aufgleiten und beobachtete, wie Nveid tr'AAnikh ausstieg. Er bewegte sich langsamer als vorher, richtete anschließend einen bedauernden, kummervollen Blick auf sie. »Denken Sie noch einmal darüber nach«, sagte er.

»Nein. Was erwarten Sie von einer Bediensteten, Mann? Wir überlassen die Probleme der Ehre jenen Leuten, die genug freie Zeit haben, um sich damit auseinanderzusetzen.«

»Ist das Ihr letztes ...«

»Ja!« fauchte Arrhae und gab Nveid keine Gelegenheit, den Satz zu beenden. Sie schloß die Luke und startete den Varrhan mit so starkem Schub, daß die Anzeigen der Konsole vor einer zu hohen Belastung des Triebwerks warnten. *Wenn du das wiederholst, muß sich H'daen bald einen neuen Gleiter kaufen, dachte sie grimmig. Es wird Zeit, daß ich mit dem Doktor spreche. Sonst gerät die Situation völlig außer Kontrolle. Wenn das nicht bereits der Fall ist ...*

Draußen begann es zu regnen.

Arrhae schaltete die automatische Steuerung aus und lenkte den Schweber manuell in die Garage. Dieser Vorgang kam einem einfachen Test gleich: Entweder hatte sie sich wieder völlig in der Gewalt und konnte den Gleiter sicher landen, oder er zerschmetterte am Boden und brachte sie um. Die zweite Möglichkeit übte einen nicht unbeträchtlichen Reiz auf sie aus; dadurch wäre alles viel unkomplizierter gewesen. Als das Summen der Bordsysteme verklang, blieb sie eine Zeitlang vor der Konsole sitzen, lauschte dem Prasseln der Regentropfen und fragte sich, was sie jetzt unternehmen sollte. *Hol die Einkaufstüten aus dem Ladefach,* dachte sie. *Und dann geh zu McCoy.*

S'anra trat ihr im Flur entgegen, als Arrhae den Garagenbereich verließ. Vermutlich hatte sie das Läuten gehört, als der Varrhan in den kleinen Hangar flog. »Du bist zurück!« entfuhr es ihr aufgeregt. »Jemand ist gekommen, um mit dir zu sprechen, und ...«

»Bring diese Sachen in die Küche und verstau sie dort.« Arrhae übergab ihre Last zwei dünnen Armen. S'anra hielt sie nur aus einem Reflex heraus fest, konnte jedoch nicht verhindern, daß einige Knollen zu Boden fielen. Die *Hru'hfe* griff danach und legte sie auf den Stapel. »Ganz gleich, wer der Besucher sein mag: Sag ihm, ich habe zu tun.«

»Aber Arrhae ...«

Das brachte S'anra einen mißbilligenden Blick ein. Junior-Bediensteten und Sklaven war es nicht gestattet, ihre Vorgesetzten mit dem Namen anzusprechen, nur mit Rang oder Titel. »Achte auf deine Manieren. Und widersprich mir nicht. Ich muß mich um meine Arbeit kümmern — richte das dem Besucher aus.«

Ein oder zwei Sekunden lang stand S'anras Mund so weit offen wie das Maul eines Fisches auf dem Trockenen — vielleicht lag es an ihrem Fehler; vielleicht schien Arrhae ungewöhnlich gereizt zu sein; vielleicht gab es andere Gründe, die nur Küchensklaven kannten —, bevor sie mit den Einkaufstaschen forteilte. Arrhae sah ihr nach und erinnerte sich an jene Zeit, als sie ebenfalls nur eine Sklavin gewesen war, mit eher banalen Sorgen, allein mit dem Problem, eine mehrere Jahrtausende lange fremde Kulturgeschichte zu verstehen. Sie lächelte dünn und machte sich auf den Weg zu dem Gefangenen namens McCoy.

Er befand sich nicht in seinem Zimmer, und Entsetzen keimte in Arrhae, als sie sich vorstellte, was während ihrer Abwesenheit geschehen sein mochte. *Während deiner Abwesenheit ... Du hättest eine Einsatzgruppe von Flottensoldaten wohl kaum daran hindern können, ihn fortzubringen.* Die Vernunft kehrte zurück, und Arrhae fragte sich, an welchen Orten McCoy während des vergangenen Zehntags Gefallen gefunden hatte.

Zunächst der Garten. *Aber in einem* solchen *Regen?* Arrhae blickte skeptisch durchs Fenster und beobachtete den schiefergrauen Himmel. *Nun, warum nicht? Je eher du nachsiehst, desto schneller bist du wieder im Haus ...*

McCoy war tatsächlich draußen. Sie fand ihn dort, wo er häufig saß: auf einem Felsen im Steingarten, in ein Selbstgespräch vertieft. Arrhae hörte das leise Murmeln seiner Stimme, als sie sich ihm näherte, und er vernahm das platschende Geräusch ihrer Schritte, kletterte herunter und drehte sich zu ihr um. »Mögen Sie dieses Wetter so sehr?« fragte sie und spürte, wie kalte Tropfen an der Innenseite ihres angeblich wasserdichten Überwurfs entlangrannen. »Sehen Sie sich nur an — warum haben Sie nicht um einen Mantel gebeten? Sie sind völlig durchnäßt!«

McCoy schüttelte sich Regenwasser aus dem Haar. »Ja, es gefällt mir. In diesem Wolkenbruch kann ich das Haus nicht mehr sehen und denke deshalb weniger häufig daran, daß ich die ganze Nacht über eingesperrt bin. Außerdem konnte ich überhaupt nicht um einen Mantel bitten, weil hier niemand Anglisch spricht und der einzige Translator weit und breit an einer Einkaufstour teilnahm. Aber ich wollte frische Luft schnappen, und deshalb bin ich hier. Ich wußte, daß Sie nichts dagegen haben.«

»Verdammt, McCoy, Sie sind unmöglich!« platzte es aus Arrhae heraus. Und dann begriff sie plötzlich, daß sie diese Worte in idiomatischem Anglisch formuliert hatte, ohne die Spur eines Rihannsu-Akzents.

O nein, bei den Elementen: Ich habe mich verraten ...

»Gut«, sagte McCoy auf die gleiche Weise wie Nveid tr'AAnikh. Dann lächelte er das zufriedene Lächeln eines Mannes, der seine Theorien bewiesen glaubte. »Aber Sie haben recht. Ich bin wirklich unmöglich. Und hier draußen wird's jetzt selbst für meinen Geschmack zu feucht. Ich schlage vor, wir gehen ins Haus.« Die Kleidung des Starfleet-Arztes war bereits so naß, daß sie den Regen nicht mehr aufsaugte, aber Arrhae gewann den Eindruck, daß er diesen Umstand gar nicht als so unangenehm empfand, wie er behauptete.

Auf dem Weg zum Gebäude lehnte sie es hartnäckig ab, auf Anglisch oder Rihannsu zu sprechen. Sie hatte das überaus unangenehme Gefühl, in eine von McCoy gut vorbereitete Falle geraten zu sein. Acht Jahre lang war es ihr gelungen, der Aufmerksamkeit des Reichsgeheimdienstes zu entgehen, doch nun sah sie sich in einer Situation, die fatal sein konnte, wenn jemand ihre Bemerkung gehört hatte. Die Entschlossenheit, mit Leonard zu reden, verflüchtigte sich rasch, obgleich sie ihm wichtige Dinge mitteilen mußte.

»Seien Sie in Zukunft vorsichtiger«, sagte Arrhae schließlich. Sie flüsterte und achtete dabei nicht auf ihren Akzent. »Was jedoch nicht bedeutet, daß Ihnen eine lange Zukunft bevorsteht. Die Gerichtsverhandlung findet in wenigen Tagen statt, und das Urteil ist bereits gefällt.«

»Tod, nehme ich an.«

»Natürlich. Allerdings hat es den Anschein, daß Sie bei ... gewissen Gruppen recht populär sind, Doktor.

Heute trat jemand an mich heran und erwähnte Dinge, die mir nicht gefielen.« Arrhae zögerte kurz. »Wie dem auch sei: Ich glaube, nach Einbruch der Nacht können Sie mit Besuchern rechnen.«

»Oh, wundervoll.« McCoy klang nicht beeindruckt. »Dann genieße ich die Langeweile, die ganze Nacht über eingesperrt zu sein.« Er ging an Arrhae vorbei, und sie sah Schlamm, der an seinen Stiefeln klebte. Nach einigen Sekunden blickte er zu ihr zurück, und diesmal lächelte er nicht. »Übrigens ... Ich glaube, wir sollten uns bald unterhalten, über Sprachen, Geschichte und Leute, die nicht das sind, was sie zu sein scheinen.« Leonard wartete auf eine Reaktion. Als keine erfolgte, hob er die Schultern und setzte den Weg zum Haus fort, ließ Arrhae mit ihren Gedanken allein.

»Wo bist du gewesen, *Hru'hfe?*« fragte Ekkhae, als Arrhae verärgert durch den Flur schritt. Sie erzitterte, als ihr das Oberhaupt der Bediensteten einen finsteren Blick zuwarf, sammelte Mut und fuhr fort: »Lord H'daen wartet auf dich, seit du aus der Stadt zurückgekehrt bist. Im Vorzimmer. Er hat einen Gast ...«

»Schon wieder? Wer ist es diesmal?«

»Ein Besucher.« Ekkhae sprach mit besonderer Betonung, schien eine spezielle Bedeutung vermitteln zu wollen und fügte ein seltsames Lächeln hinzu.

Arrhae nahm den feuchten Überwurf ab und warf ihn der kleinen Sklavin zu. Ekkhae fing das regennasse Kleidungsstück auf, und ihr Lächeln wirkte noch sonderbarer. »Was ist los mit dir?« fragte Arrhae scharf. »Hast du Zahnschmerzen?«

»Nein, *Hru'hfe.*«

»Dann bring die Jacke fort. Und streich sie glatt. Ich möchte nicht, daß Falten darin entstehen.«

»Nein, *Hru'hfe.* Ich meine, ja, *Hru'hfe.* Das heißt, ich ...«

»Geh jetzt«, sagte Arrhae müde und dachte: *Ja,*

Hru'hfe. Sie raunte diese beiden Worte, als Ekkhae forteilte, und fühlte sich nicht bereit, einen Nachmittag lang Lhaesl tr'Khevs tolpatschige Annäherungsversuche abzuwehren — wer konnte sonst mit »Besucher« gemeint sein? H'daen tat ihr fast leid: Er mußte den Gastgeber spielen, bis sie eintraf. Lhaesl war nett und liebenswürdig, aber ein Idiot.

Doch nicht etwa tr'Khev leistete dem Hausherrn Gesellschaft, sondern tr'Annhwi.

Der Subcommander stellte seinen Weinbecher ab und stand auf, als Arrhae hereinkam. Er lächelte so liebenswürdig, wie es ihm möglich war — sein Gesichtsausdruck wurde dadurch zu einer Grimasse. »Ich habe dir ja gesagt, daß ich dich besuchen würde«, verkündete er und verneigte sich übertrieben tief.

Arrhae stöhnte innerlich. Es gab nur einen Ausweg, doch durch H'daens Präsenz — er saß auf der anderen Seite des Tisches — ließ sich nicht vermeiden, daß sie ihn als Narren darstellte und sich selbst als Lügnerin. »Ich ... ich wußte nicht, daß mein Lord Ihnen die Erlaubnis gab, obwohl Sie ...«

»Meinst du den Zwischenfall während meines ersten Aufenthalts in diesem Haus? H'daen hat ihn mir verziehen. Er ist sehr großzügig.« Wieder das schiefe Lächeln. »Du wirst feststellen, daß ich ebenfalls großzügig bin.«

»Aber Lhaesl ...«

»Was?« H'daens Becher knallte auf den Tisch, und da er wie immer gut gefüllt war, schwappte Wein über den Rand. Allein die Mächte mochten wissen, was er von ihrem Gespräch in der vergangenen Woche erzählt hatte ... *Offenbar genug, um sich jetzt mein Schweigen zu wünschen.* Aber es war zu spät, der Schaden bereits angerichtet. Tr'Khellian konnte nur noch versuchen, seine Ehre zu retten, und zwar so schnell wie möglich. Das Funkeln in den Augen des Hausherrn verhieß nichts Gutes für die nächste Unterredung mit der *Hru'hfe,* aber

Arrhae glaubte, daß sie den Zorn des Lords eher ertrug als einen Abend mit tr'Annhwi.

Der Subcommander schien erstaunlich unbeeindruckt zu sein. »Ich bedauere dieses Mißverständnis, *Hru'hfihr*«, sagte er ohne jenen Ärger, den Arrhae von einem so aufbrausenden Mann erwartet hatte. Als er sie ansah, verrieten seine Züge überhaupt kein Interesse mehr. »Der Wein deines Herrn ist verschüttet, Frau.« Tr'Annhwis Stimme klang nun kühl. Ihr fehlte die frühere Wärme, von der Arrhae vermutete, daß sie nur geheuchelt gewesen war. »Wisch den Tisch ab und füll den Becher des Lords.«

H'daen blieb still und gab keinen Ton von sich, um die Anweisung zu bestätigen. Er sah nicht einmal in Arrhaes Richtung. Statt dessen beugte er sich zu tr'Annhwi vor, forderte ihn auf diese Weise auf, das unterbrochene Gespräch fortzusetzen. »Sie haben etwas in bezug auf Mak'khoi erwähnt, Subcommander«, sagte er und schenkte den Bemühungen der *Hru'hfe,* den Tisch zu säubern, keine Beachtung. Deshalb merkte er nichts von dem schockierten Blick, den sie ihm zuwarf. »Sie möchten, daß ich den Gefangenen Ihnen übergeben. Und angeblich soll es sich für mich lohnen. Wieviel Geld bieten Sie mir ...?«

KAPITEL 10

BLÜTE

»Rihannsu sind konservativ«, schrieb Lai tr'Ehhelih in einem seiner unbeliebten Bücher. »Aber sie würden eher sterben, als es zuzugeben. Kein Revolutionär, der viele Lichtjahre zurückgelegt hat, begleitet von Entbehrungen und Leid, gesteht in aller Öffentlichkeit ein, daß er tief in seinem Innern vermißt, was er in der alten Heimat zurückließ. Die soziologische Perspektive läßt interessante Beobachtungen zu: Viele Emigranten verurteilten die ›korrupten Traditionen‹ Vulkans, doch nach der Besiedelung schufen sie selbstgefällig neue Bräuche, die sich kaum von den alten unterschieden. Wenn es auf ch'Rihan zu Veränderungen kommt, so geschehen sie durch Zufall — weil sich die Elemente langweilen. Niemand hat jemals versucht, ganz bewußt den Wandel einzuleiten.«

Tr'Ehhelih war verbittert, wie üblich, aber seinen Worten mangelte es nicht an Wahrheit. In manchen Bereichen entfalteten die Rihannsu erstaunliche innovative Kraft — bei einigen Wissenschaften und Kunstarten —, doch nach einer Weile schien sich die ursprünglich investierte Energie irgendwie aufzulösen. Es erfolgten immer weniger Neuentwicklungen, und schließlich wurde alles Teil der Tradition. Eine Generation später wußte niemand mehr, daß etwas Neues entstanden war, daß gewisse Dinge auch anders beschaffen sein konnten. Die Auswanderer folgten dem Verlauf des einmal eingeschlagenen Pfads, wichen nicht davon ab.

Zum Beispiel die Raumfahrt: In diesem Zusammenhang waren hervorragende Leistungen vollbracht worden, doch sie blieben nicht ohne tragische Aspekte. Das technische Genie Vulkans hatte die Schiffe konstruiert, und die Reisenden versuchten, den Genius und seine Früchte zu bewahren. Alle Bordbibliotheken enthielten technische Informationen über verschiedene Fachgebiete, und die Bibliothekare waren sich bewußt, daß sie außerordentlich wichtige Dokumentationen hüteten. Jedes einzelne Raumschiff kopierte die Informationen der anderen, und niemand kritisierte jene Redundanz, die sich später, wenn man alle Umstände der Reise berücksichtigt, als klug erwies.

Aber man konnte keine Vorräte an Talent und Anreiz für die Benutzung der Bibliotheken anlegen. Die meisten genialen Konstrukteure der Raumschiffe nahmen am Flug teil, doch viele von ihnen starben unterwegs, bei den verschiedenen Tragödien, mit denen die Reisenden fertig werden mußten, oder schlicht und einfach an Altersschwäche. Während der Reise bildete man natürlich weitere Spezialisten für Navigation, Raumfahrtwissenschaft und Astrotechnik aus, aber man kann niemanden zwingen, brillant zu sein. Hinzu kam, daß viele Kinder der damaligen Zeit Wissenschaften für langweilig hielten. Sie erinnerten sich entweder an Vulkan und bereuten es, zum Verlassen der Heimat gezwungen worden zu sein, oder sie kamen an Bord der Schiffe zur Welt und hörten sich Geschichten über die Wunder eines Planeten an. Manche von ihnen empfanden es als abscheulich, in Raumschiffen zu leben.

Unglücklicherweise war es diese Generation, die schließlich auf ch'Rihan landete; wissentlich oder unbewußt bestimmte sie den Entwicklungskurs der planetaren Zivilisation für die nächsten tausend Jahre. Nach der herrschenden Königin T'Rehu entstand eine Regierung, deren Inaktivität die Einstellungen der betreffenden Generation widerspiegelte. Sie vertrat den Standpunkt, daß die Erschließung ch'Rihans absoluten Vorrang hatte und man weder Zeit noch knappes Geld verschwenden durfte, um neue Raumschiffe zu planen oder gar zu bauen. Später *fand* sich genug Geld, um Kriege auf dem Südkontinent und im Osten von ch'Havran zu führen, und im Senat wies man mehrmals darauf hin. Aber nur wenige Stimmen erhoben sich zum Protest, und man ignorierte sie. Die meisten Auswanderer auf den zwei Welten wollten nichts mehr vom Weltraum wissen, dem sie die letzten beiden Jahrhunderte gewidmet hatten. Sie verspürten nur den Wunsch, sich niederzulassen, den Boden zu bestellen und herauszufinden, wer ihre Nachbarn waren — und wer einen Groll gegen sie hegte. Sollten sich die Schiffsgruppen ums All kümmern.

Leider rangen die Schiffsgruppen mit eigenen Problemen: Die Anzahl ihrer Angehörigen schrumpfte. Im großen und ganzen hatten die Reisenden kein Interesse daran, die Leute an Bord der Raumschiffe zu unterstützen — sie dachten in erster Linie an die Welt unter ihren Füßen. Im Lauf der Zeit häuften sich die Fälle von Abtrünnigkeit: Einige Mitglieder der Schiffsgruppen sahen keinen Sinn mehr daran, an Bord zu bleiben, umgeben von stählernen Wänden, wenn es die Möglichkeit gab, zum erstenmal seit langer Zeit durch grünes Gras zu wandern, unter einem grüngoldenen Himmel.

Die Probleme beschränkten sich nicht nur darauf. Zuerst war die finanzielle und materielle Hilfe von ch'Rihan recht großzügig. Doch nach der Reorganisierung des Prätoriats und Senats ließen die Hilfsleistungen allmählich nach: Das Interesse von loyalen Stimmen in der Regierung wandte sich anderen Angelegenheiten zu; oder die betreffenden Personen starben, und andere Räte nahmen ihre Plätze ein, Männer und Frauen, denen das Schicksal der Schiffe gleichgültig war. Erste Verluste stellten sich ein: die hydroponischen Gärten, dann Datenspeicher und Informationselaboration — man brachte wichtige technische Komponenten auf die beiden Planeten, ohne sie zu ersetzen. Zunächst traf man die Vereinbarung, daß so rasch wie möglich Fabriken entstehen sollten, um Halbleiter sowie Transtator-Technik für das geplante Kommunikationsnetz und das Satelliten-Verteidigungssystem zu produzieren. Doch während der ersten hundertfünfzig Jahre bekam die Herstellung von Produkten für die Landwirtschaft Priorität: Maschinen für den Ackerbau, Düngemittel und Nahrungsmittelverarbeitung. Die Gärten von ch'Rihan und ch'Havran erblühten wie nie zuvor, doch in den Gewächshäusern der Schiffe, die so viele vulkanische Pflanzen am Leben erhalten hatten, herrschten nun Dunkelheit und Leere. Jene Computer, die berechnen konnten, welche Spezies an welchen Platz im neuen Ökosystem paßte, funktionierten entweder überhaupt nicht mehr oder nur noch unzuverlässig.

Alles lief auf einen langsamen Niedergang der Raumfahrt-Technik hinaus. Um 250 n.d.B hatten die Rihannsu gar keine Möglichkeit mehr, den Planeten rasch zu verlassen, wenn das erforderlich werden sollte. Zugegeben: Eine solche Notwendigkeit schien auch gar nicht zu bestehen. Durch Zufall (wenn der ›Zufall‹ überhaupt existierte; die Rihannsu-Religion zweifelt daran) hatten sie zwei gute Welten in einem Bereich der Galaxis gefunden, der bei den meisten raumfahrenden Völkern als ›Wüste‹ galt. Es sollte noch tausendsiebenhundert Jahre dauern, bis die Emigranten von den Klingonen und der Föderation gefunden wurden, und zumindest in dieser Hinsicht meinte es das Schicksal gut mit ihnen: Sie waren völlig unvorbereitet. Abgesehen von den vier Schiffen standen ihnen nur einige große Frachter zur Verfügung, die dazu dienten, Lebensmittel von ch'Havran nach ch'Rihan zu transportieren. (Das trockenere Klima ch'Havrans eignete sich besser für das mitgebrachte vulkanische Getreide; zwei der dortigen Kontinente, der nördliche und nordwestliche, wurden zur ›Kornkammer‹ der zwei Welten.) Nach dem Bau der Frachter ließ das Interesse am Kosmos rasch nach, und man sah dem Verfall der Schiffe tatenlos zu. Sie seien veraltet, hieß es.

Etwas Besseres und Neueres könne konstruiert werden. Man brauche keine Raumschiffe mehr — in diesem Raumsektor deutete nichts auf die Präsenz fremder Völker hin. Nur wenige Stimmen erhoben Einwände und meinten, die Schiffe sollten wenigstens um der Geschichte willen erhalten werden, aber man hörte nicht auf sie. Nie zuvor hat sich der klassische Charakterfehler der Rihannsu — ihr strikt praktisches Denken — als fataler erwiesen. Die Schiffsgruppen verließen ihre metallenen Heime, als man die Triebwerke stillegte, und es dauerte nicht lange, bis es zu Instabilität in den Umlaufbahnen kam. Innerhalb von hundert Jahren, von 300 bis 400 n.d.B, fielen alle vier Raumer.

Nach einer Weile beschlossen die Rihannsu, ein planetares *Verteidigungs*system zu schaffen, obgleich Kritiker zu bedenken gaben: Wenn das System einen Feind bemerkt, der sich den zwei Welten nähert, so ist es zu spät, den Kampf zu ihm zu tragen — was hat das mit Verteidigung zu tun? Doch auch diese Hinweise stießen auf taube Ohren, unter anderem deshalb, weil wichtige politische und finanzielle Interessen gewisse Prätoren mit den Gilden verbanden, die das Verteidigungssystem entwerfen und bauen sollten.

Um ihnen Gerechtigkeit widerfahren zu lassen: Das geplante Netz, das vor fremden Raumschiffen warnen sollte, zeichnete sich durch ein ehrgeiziges und modernes Konzept aus, und unter normalen Umständen hätte es sicher alle Erwartungen erfüllt. Aber während der nächsten Jahre nahmen andere Prätoren immer wieder Kürzungen am entsprechenden Etat vor und verwendeten das eingesparte Geld für angeblich wichtigere Projekte. Nach der Fertigstellung im Jahr 508 n.d.B bestand das System aus Satelliten und Plattformen, die mit chemischen Triebwerken ausgestattet waren und ihre Energie von Solarzellen bezogen. Die Bewaffnung bestand aus Partikelstrahlkanonen und Lasern, verbunden mit einem ›äußeren Warnnetz‹ aus zwölf Satelliten, die Eisn in einem hyperbolischen Orbit umkreisten. Die Ortungsanlagen der Satelliten erfaßten nur einen Teil des interstellaren Raums — für eine lückenlose Sondierung wären mindestens fünfzig nötig gewesen —, und unglücklicherweise versäumte man es, die Computer der inneren Satelliten mit der notwendigen Sorgfalt zu programmieren: Sie neigten dazu, auch Rihannsu-Schiffe als feindlich zu kategorisieren und das Feuer auf sie zu eröffnen. Die ursprünglichen externen Satelliten befinden sich noch immer in ihren Umlaufbahnen; die Atombatterien liefern den Cäsiumuhren nach wie vor genug Energie, obgleich die Computer längst dem elektronischen Tod erlagen. Die nahen Orbitalplattformen sind in ch'Rihans Atmosphäre gestürzt und verglüht, abgesehen von einer, die man in ein Museum verwandelte. Während der nächsten fünfzehn Jahrhunderte überließen die Rihannsu das Verteidigungssystem sich selbst, doch später erinnerten sie sich daran, daß man bei Konzipierung und Bau zu sehr gespart hatte, daß Prätoren die aus dem Fonds gestrichenen Mittel für private Jagdhäuser, Banketts sowie den einen oder anderen Mord verwendeten. Doch bis dahin wandten sich die Rihannsu, ob arm oder reich, wieder der allgemeinen Routine zu. Sie kümmerten sich um Felder, Familien und Kunst.

Krieg galt als Kunst, vielleicht sogar als die wichtigste von allen. In Hinblick auf den Krieg vertraten die damaligen Nachkommen der Reisenden folgenden Standpunkt: Er stellt (ebenso wie der Frieden) ein Mittel dar, das nur *in extremis* verwendet werden sollte. Wenn Frieden herrschte, hielten es die Rihannsu für angebracht, die einfachen Freuden von Heim und Haushalt — und auch den größeren Luxus — sowohl mit Freunden als auch mit Feinden zu teilen. Wenn der Krieg notwendig wurde, so sollte er brutal, kurz, erbarmungslos und *angenehm* sein. Es geziemte sich, daß Soldaten mit ehrenhafter Freude in die Schlacht zogen. Es durfte nicht an gutem Essen und ausgezeichnetem Wein mangeln, und die Tradition verlangte, am Abend vor dem Kampf aus epischen Gedichten zu zitieren. Am Morgen sollten das Blut in grünen Strömen fließen und Duelle stattfinden, zwischen einzelnen Offizieren und Meisterkämpfern ebenso wie zwischen den einfachen Kriegern. Mitleid und Pardon verdiente nur der angemessen besiegte und demütige Feind: Ihm (oder ihr) begegnete man mit respektvoller Höflichkeit und verlangte ein Lösegeld nach dem Siegesschmaus.

Ehre stand im Mittelpunkt, und sie wuchs den Rihannsu immer mehr ans Herz, als sich ihre Kultur entwickelte. Das beste Beispiel bot der Krieg, denn während des Kampfes hatten die Rihannsu (wie alle anderen Völker) einen Vorwand, das Ehrenvolle zu vergessen. Nun, so etwas geschah nur selten. Ein Versprechen wurde immer gehalten. Noch heute singt man von der belagerten Stadt Ihhliae, umringt von Truppen aus Rhehiv'je. Der Senator jener Stadt trat durchs Tor im Wehrwall und bat die Rhehiv'jen um Gnade für das hungernde Volk. Die Antwort überraschte ihn nicht, denn die Rhehiv'jen hatten den Beginn des Jahres auf der Ebene vor Ihhliae verbracht, im schlechtesten Wetter seit langer Zeit; jetzt begann der Sommer, und die Ernte wartete darauf, eingebracht zu werden. Die Belagerer ließen sich nicht erweichen und beharrten darauf, daß alle Männer von Ihhliae durchs Schwert sterben mußten. Aber sie erlaubten den Frauen der Stadt (es handelte sich um eine der wenigen Regionen, in denen Frauen nicht kämpften), am nächsten Morgen aufzubrechen und alles mitzunehmen, was ihnen teuer sei. Die Rhehiv'jen erlebten eine große Überraschung, als früh am nächsten Tag die Frauen kamen: Jede von ihnen trug ihren Ehemann auf dem Rücken. Aber das Wort war gegeben, und als die Männer von Ihhliae ein Jahr später Rhehiv'je belagerten, hüteten sie sich vor einem ähnlichen Versprechen.

Man pflegte auch Künste anderer Art. Wenige Völker

lieben die kulinarischen Genüsse so sehr wie die Rihannsu, ohne zu Schlemmern zu werden. Insbesondere auf ch'Rihan gab es viele verwendbare Nahrungsmittel. Mehrere hundert Geflügelspezies, zahlreiche Flugechsenarten und einige andere, die keine Flügel besaßen, konnten gebraten, gebacken und geschmort werden, ebenso große Herdentiere, deren Fleisch genügte, um ganze Häuser tagelang zu ernähren. Hinzu kamen viele Getreide- und Obstsorten.

Und auch Bier und Wein. Vulkanier kannten den Wein: Ein Witz aus der Präreformationszeit behauptete, daß man ihn kurz vor dem ersten Krieg entdeckt hatte — ein Mann deutete auf einen zweiten, der betrunken war, und lachte. Daraufhin begann ein Kampf, der schließlich zur Schlacht eskalierte. Doch die wenigen, trockenen Früchte von Vulkan hielten keinen Vergleich mit den *Lehe'jhme* von ch'Rihan stand, die in unglaublicher Fülle als rosarote Bündel an hundert Meter hohen Bäumen wuchsen. Als die ersten Rihannsu wilde *Hlai*-Herden sahen, die grunzend durch das Buschland im Süden taumelten — wie eine Massenwanderung beschwipster Strauße —, wußten sie, daß sie etwas Gutes entdeckt hatten. Im Sommer folgten sie den Herden durchs blaue und smaragdgrüne Gras, stellten fest, daß die Tiere aus Wasserlöchern getrunken hatten, in denen herabgefallene *Lehe'jhme* fermentiert waren. Den betrunkenen *Hlai* vergangener Jahrhunderte verdankt die Rihannsu-Kultur mehr als fünftausend Weine, die heute überall auf den zwei Welten getrunken werden.

Mit dem Bier sah es etwas anderes aus. Es galt als ›Getränk des Armen‹ (beziehungsweise als Standardgetränk im Norden von ch'Havran, wo nur wenige Früchte wuchsen). Man stellte es aus gebranntem vulkanischen *Kheh*-Korn und gemalzter ch'Havranssu-Hefe her. Nach dem ersten Brauen gärte es etwa einen Monat lang, um anschließend destilliert und noch einmal karbonisiert zu werden. Die meisten Leute trinken Rihannsu-Bier aus dem gleichen Grund wie saurianischen Brandy: Sie wollen beweisen, dazu imstande zu sein.

Die Künste beschränkten sich nicht nur auf Essen und Trinken — auch die ›plastische Kunst‹ war auf Vulkan immer sehr hochentwickelt, insbesondere in Hinsicht auf abstrakte Skulpturen und Gemälde. Während der Reise herrschte Mangel an Grundmaterial; Bildhauer und Maler schufen konkretere Werke — eine Überraschung. Oder vielleicht auch nicht. Immerhin handelte es sich um eine einzigartige Situation: Gewöhnliche Auswanderer im allgemeinen und Künstler im besonderen erhofften sich eine Zukunft, die besser war als ihre Vergangenheit. Mit der gleichen Intensität beobachteten sie eine Gegenwart, die sie selbst geschaffen hatten und zu der es keine Alternativen gab.

Früher für ›hohe Kunst‹ reservierte Darstellungsformen — schlicht, rein, konzeptuell fortgeschritten und von der Mathematik abgeleitet — erschienen überall: auf Kleidungsstücken, in Möbeln und Wandteppichen, an persönlichen Gegenständen. Man sprühte oder malte sie an die Schiffswände. Später, auf ch'Rihan und ch'Havran, bedeckten sie ganze Berghänge (zum Beispiel die ›Gemäldenkette‹ auf dem Westkontinent ch'Rihans). In keinem noch so armen Haus fehlten ›Bilder‹ irgendeiner Art. Alle malten, und die meisten Werke waren hervorragend. Seit fünfzehn Jahrhunderten dauert diese Tradition an. Rihannsu-Kunst — insbesondere in Form von Gemälden, Skulpturen oder Teppichen — wird bei vielen Völkern aufgrund ihrer vitalen, zarten und wilden Klarheit geschätzt, ganz zu schweigen von ihrem Stil. Man imitiert sie häufig, ohne ihre Essenz einzufangen; nur die Kühle der Vulkanier reicht an sie heran. In der Rihannsu-Kultur gibt es die höchste Künstler-pro-Einwohner-Rate in der ganzen bekannten Galaxis. Niemand hat eine Erklärung dafür. »Vielleicht«, schrieb tr'Ehhelih, »*erkennt* man die neue Welt in allen Einzelheiten, wenn man die alte verläßt.«

Die nichtphysikalischen und Geisteswissenschaften blühten ebenfalls. Sie hatten tausendfünfhundert lange und bequeme Jahre Zeit, um sich zu entwickeln; tr'Ehhelih wäre wahrscheinlich nur widerstrebend bereit gewesen, die vielen und umfassenden Veränderungen in Philosophie, Religion, Literatur und Poesie zuzugeben.

Die vulkanische Religion vor dem Flug war, gelinde gesagt, komplex. Auf den meisten Welten gibt es nur einige wenige Hauptreligionen, die sich manchmal gegenseitig ausschließen, gelegentlich auch nicht. Für gewöhnlich gewinnen sie im Verlauf eines Jahrtausends immer mehr Anhänger und Einfluß, um anschließend eine (relativ) friedliche Koexistenz mit den Konkurrenten zu beginnen, die in den meisten Fällen sehr stabil ist. Auf Vulkan existierten während der Präreformation etwa sechshundert verschiedene Religionen: ein buntes, wirres, schwungvolles Durcheinander aus Göttern, Halbgöttern, Geistern, Phantomen, Dämonen, Engeln, Golems, Mächten, Entitäten, Kräften und anderen übervulkanischen Wesenheiten, die Terranern nur schwer zu erklären sind und häufig durch eine verblüffende begriffliche Primitivität auffallen. Die Bemerkung ›der eine Gott‹ hätte einen durchschnittlichen Vulkanier dazu veranlaßt, auf der Straße stehenzubleiben und zu fragen: »Welcher ›eine?‹« Immerhin kannte er mindestens neunzig Gottheiten, Protogottheiten, heilige Schöpfer und dergleichen. Auf einigen Planeten wird die Immanenz nie entdeckt; auf Vulkan wimmelte es davon.

Auch bei den Reisenden waren viele Religionen verbreitet, doch im Verlauf der Reise kristallisierte sich eine ›zentrale‹ Glaubensrichtung heraus. Zuerst stellte sie vermutlich nur eine neue Masche dar. ›Materie als Gott‹ — so lautete der Titel eines Artikels, den eine namenlose Reisende in der Mitteilungssektion des Datennetzes an Bord der *Kragen* anbot.

»Dinge sind bewußt«, behauptete sie. Es begann mit einem Scherz, den auch die Angehörigen anderer Völker verstehen. »Ist Ihnen jemals aufgefallen, daß Sie bestimmte Objekte — den Kabinenschlüssel, ein Kleidungsstück — nicht finden können, wenn Sie verzweifelt danach suchen?« hieß es im elektronischen Text. »Man hält überall Ausschau — vergeblich. Aber zu einem anderen Zeitpunkt, wenn man den Gegenstand gar nicht braucht, entdeckt man ihn plötzlich.« Das, so fuhr die unbekannte Autorin fort, ist ein Beweis für die Intelligenz oder zumindest ein Semibewußtsein des Universums. Es mag Aufmerksamkeit, wie ein kleines Kind, und seine Reaktionen hängen davon ab, wie man es behandelt — mit Zuneigung oder Ärger. Skeptikern schlug die Namenlose vor, in ihren Zimmern umherzuwandern und den Namen des gesuchten Objekts zu nennen; dann fände man es immer. (Bevor der Leser lacht, sei er aufgefordert, das selbst auszuprobieren, wenn er etwas verliert. Diese Methode hat durchaus etwas für sich.)

Die ersten Briefe im *Beitrag* waren natürlich humorvoll, aber die Diskussion wurde immer ernsthafter (wenn auch nie *zu* ernst; Witze gehörten ständig dazu). Diese seltsame Philosophie schien sich gut für die Reisenden zu eignen. Sie hatten ihre eigenen Welten geschaffen, ihre eigene Sprache, und sie übten eine Kontrolle über ihr Leben aus, die Planetenbewohner nur selten erreichen oder sich ihr nicht bewußt werden. Das ›Ich‹ des Universums erlangte große Bedeutung für die *Beitragenden* — die (für uns) scheinbar banale Feststellung, daß der physische Kosmos *existierte*, Gewicht und Masse und Realität besaß, die ›Würde der Existenz‹, wie es ein Beitragender nannte. Dinge *existierten* und hatten somit ein Recht auf Ehre, darauf, respektiert und geschätzt zu werden, ebenso wie organische Lebewesen. Dinge hatten ein Recht auf Namen: Wenn sie einen Namen bekamen und damit angesprochen wurden, reagierten sie positiv, denn das Universum möchte geordnet und geliebt sein; es hat nur uns, um seine Funktion zu erfüllen (meinte ein anderer Beitragender). Wenn es tatsächlich Götter gibt (führte ein dritter aus), so sind wir *ihre* Werkzeuge, um diesem Zweck zu genügen. Dies ist unsere Chance, auf der physischen Ebene selbst Götter zu sein, Hüter und Ordner für das ›weniger bewußte‹ Leben.

Mehr als neuntausend Emigranten von der *Kragen* und den anderen Schiffen nahmen an der Diskussion teil. Sie schrieben Briefe, Aufsätze, Abhandlungen, Kritiken, Gedichte, Lieder, Prosa oder Satiren. Nie hatte ein Thema in den Datennetzen mehr und längere Aufmerksamkeit geweckt. Der Beitrag begann zwei Jahre nach dem Verlassen von Vulkan und dauerte achtundsiebzig Jahre, bis der Prozessor des betreffenden Computers versagte, wodurch alle gespeicherten Informationen verlorengingen. Doch viele Personen an Bord der übrigen Raumschiffe verfügten über Hardcopies, und mehr als tausend Reisende begannen damit, die Datenbank wiederherzustellen. Die Angelegenheit war ihnen wichtig genug, um ihre kostbare Freizeit zu opfern (alle Auswanderer arbeiteten) und den *Faden* zu bewahren.

Namen wurden für diese Leute immer wichtiger. Die meisten von ihnen hatten bereits *Rehei*, ›Spitznamen‹ (wie die bei der frühen Telekommunikation auf Terra benutzten Pseudonyme) in den Computernetzen. Viele fügten sie ihrem Nachnamen hinzu, identifizierten sich damit als Beitragende. Im Verlauf von mehreren hundert Jahren fanden die Zusatznamen große Verbreitung, um später in die Privatsphäre zurückzuweichen und nur noch Familienangehörigen oder guten Freunden anvertraut zu werden. Den Zusatznamen erhielt man nicht von jemandem. Man entdeckte ihn selbst, als inhärenten Namen, so wie ein ›richtiger‹ Name in jedem Objekt wohnte. Man mußte nur danach Ausschau halten, und wenn man lange genug suchte, so fand man ihn. Diese Tradition, die sich auf Dinge und Personen bezog, mag der Grund dafür sein, daß die Reisenden nach ihrer Ankunft auf ch'Rihan Orten, Tieren, Pflanzen und Mineralien Namen verliehen, die an Ausdruckskraft, Humor und Zuneigung kaum übertroffen werden können — die Emigranten schienen Kinder zu benennen. Und im großen und ganzen waren die zwei Welten freundlich zu den Kolonisten.

Darüber hinaus spielten auch die Arten von Materie eine Rolle. Dieser Teil der Diskussion enthielt zu Anfang mehr Witze als der Rest. Die Reisenden vergnügten sich lange Zeit damit, über die Anzahl der ›elementaren‹ Arten von Materie zu sprechen. Manche traten für vier ein — Erde, Luft, Feuer und Wasser, wie auf vielen Planeten; andere hielten fünf (man füge ›Plasma‹ hinzu) oder sechs (man füge ›kollabierte Materie‹ hinzu) für angebracht. Schließlich einigte man sich auf vier, und es begannen ausführliche (aber immer humorvolle) Beratungen über die ›Attribute‹ und ›Tendenzen‹ der jeweiligen Materiearten: die Impulsivität, Gefräßigkeit und Licht spendenden Eigenschaften des Feuers; die Formbarkeit und Passivität von Wasser und so weiter. Langsam metamorphierten die Elemente zu Verkörperungen ihrer selbst, zu Personifizierungen der ›Erzmaterie‹ (es gibt keinen geeigneteren Ausdruck), die vielleicht Hilfe gewährt, wenn man sie beschwört — aber nur dann, wenn die Hilfe gegenseitiger Natur ist. »Sei freundlich zu der Welt, dann ist die Welt auch freundlich zu dir« — so lautete das Prinzip. Man verglich Charakter und Temperament einzelner Personen mit den passenden Elementen. In späteren Jahren benutzte man häufig solche Redewendungen: »Sie hat zuviel Feuer in sich; sie wird dich mit Haut und Haar verschlingen.« »Er ist nur Erde und keine Luft; er rührt sich nicht vom Fleck.« Manche Rihannsu glauben, die ›Wesenszüge‹ bestimmter Elemente zu haben, und dadurch schließt sich der Kreis: Der Witz kehrt an seinen Ausgangspunkt zurück und wird ernst genommen.

S'task wußte von dieser um sich greifenden Tradition,

denn er leistete ebenfalls Beiträge im Datennetz, wenn auch nur selten. Während der späten Phase seines Lebens beobachtete er amüsiert, wie das Neue zu etwas wurde, »das schon immer gewesen ist«, wie ältere Religionen langsam und unauffällig starben. Er selbst war Agnostiker, wie es auf der Erde heißt. »Ich bin in allen Dingen unsicher«, sagte S'task in einer Mitteilung. »Mit einer Ausnahme: Ich bin sicher, daß ich immer unsicher bleibe.« Doch den neuen Anschauungen in Hinsicht auf die Elemente — insbesondere der Ansicht, es sei notwendig, das Universum freundlich zu behandeln — begegnete er mit widerstrebendem Respekt. Natürlich gab er nicht öffentlich zu, einen Zusammenhang mit Surak zu sehen, dessen Stimme noch immer in ihm flüsterte: »Dem Universum geht es um Mittel, nicht um den Zweck ...«

»Es schadet gewiß nicht, sich um das Universum zu kümmern«, schrieb S'task in einem Beitrag. »Einige Aspekte davon können Fürsorge gut gebrauchen. Wenn es Ordnung möchte, so teilt es unsere Wünsche — wir streben also das gleiche Ziel an. Wenn der Kosmos (wie es den Anschein hat) Vielfalt liebt, so sollten wir unsere Furcht überwinden, ihm helfen, unterschiedlich zu sein, und lernen, seinem Beispiel zu folgen. Wenn wir durch die Welten reisen und Dinge verändern müssen, so nehmen wir dabei die Verantwortung rücksichtsvoller Hüter wahr: Behandeln wir die Materie so, wie wir selbst von den Kräften behandelt werden möchten, die unser Leben bestimmen. Das ist keine Garantie für die Gunst der *Dinge.* Aber wenigstens handeln wir mit Großmut und Ehre. Auch wenn das Universum manchmal nichts davon zu bemerken scheint: Wir bleiben bei diesem Verhalten, bis es uns Aufmerksamkeit schenkt.«

Einige Emigranten hörten auf S'task, andere nicht. Ch'Rihan und ch'Havran fanden nie zu einer echten Einheit; wenn so etwas jemals der Fall gewesen wäre, hätte man das Leben auf den zwei Welten als langweilig empfunden. Fünfzehn vergleichsweise ruhige Jahrhunderte verbrachten die Nachkommen der Reisenden damit, ihre Planeten zu zähmen und sich über sie zu freuen. Anlaß zu Sorge gaben ihnen nur die eigenen Kriege und gelegentlicher Frieden. Doch schließlich endete das Goldene Zeitalter, ganz plötzlich — an jenem Tag, als das schlafende Verteidigungssystem erwachte und ein Raumschiff ortete, das sich aus dem interstellaren Raum näherte. Was in den hundert Jahren danach geschah, bildet eine schreckliche Geschichte, gerade für die Rihannsu. Sie haben das Gefühl, daß man ihnen die ›friedliche‹ Kindheit stahl, als gleich zwei mächtige Völker ihr Paradies entdeckten. Damals meinte ein reuevoller Kommentator: »Vielleicht sind wir zu den Elementen nicht so freundlich gewesen, wie wir glaubten ...«

KAPITEL 11

McCoy setzte sich auf das harte Bett und fluchte leise. Durch die Sache im Garten wäre es möglich gewesen, einen direkten Kontakt mit Terise Haelakala herzustellen, aber er hatte die Chance nicht genutzt. Nun, es mochte nicht ganz so schlimm sein, wie er zunächst dachte; immerhin wußten sie nun beide Bescheid. Leonard zweifelte jetzt nicht mehr daran, daß ›Arrhae‹ — *zum Teufel mit dem Starfleet-Geheimdienst; warum hat man ihr ausgerechnet einen so weitverbreiteten Namen gegeben?* — mit jener Agentin identisch war, um die es bei diesem Einsatz ging. Sie stellte den Anfang der Mission dar, und McCoy das Ende. Wie ›endgültig‹ das Ende war, hing von so vielen Variablen ab, daß hinter seiner Stirn warnender Kopfschmerz zu pochen begann. Er streckte sich aus und schloß einige Minuten lang die Augen, bis das Stechen zu einem leichten Druck in den Schläfen wurde.

»Na schön«, murmelte er. »Morgen. Ob es dir gefällt oder nicht.« Trotz seiner medizinischen und psychologischen Erfahrungen hatte ihn so etwas immer mit Unbehagen erfüllt. Seit acht Jahren befand sich Arrhae/Terise in einer Situation, die er nicht einmal eine Woche lang ertragen hätte. Wie sollte er einer solchen Frau mitteilen, daß Starfleet an ihrer geistigen Gesundheit zweifelte? Indem er sie ganz offen darauf ansprach? »Entschuldigen Sie bitte, Lieutenant Commander, aber seit zwei Jahren haben wir keinen Bericht von Ihnen erhalten. Bitte sagen Sie uns: Sind Sie noch immer eine terranische Agentin, oder ziehen Sie es vor, Romulanerin zu sein ...?« Derartige Worte gehörten nicht zu der subtilen Taktik, die man ›von unserem besten Mann‹ erwartete.

So hatte ihn Steve Perry bezeichnet. Aber wenn die Komplimente des Geheimdienstleiters darauf hinausliefen, einer romulanischen Fregatte und ihrem fanatisch-xenophobischen Subcommander als Köder vorgewerfen zu werden, so blieb McCoy lieber bei Spocks Beleidigungen, herzlichen Dank. Allerdings ... Erste Medo-Offiziere — selbst wenn sie die ›besten‹ waren — nahmen die Anweisungen von Admirälen entgegen, ohne ihnen zu widersprechen. Wenn man sie zum Springen aufforderte, so durften sie nur fragen: »Wie hoch?«

Oder: »Wohin?«

Leonards Gedanken kehrten in die Vergangenheit zurück ...

Er saß an Perrys Schreibtisch, ebenso wie Jim Kirk und Spock. Aufmerksam hörte er zu, während der Admiral einen Plan erläuterte, der mindestens ebenso kompliziert und gefährlich erschien wie vor acht Jahren das Stehlen der Tarnvorrichtung. Es gab nur zwei Vorteile: Inzwischen wußte McCoy mehr über die Romulaner, und was noch wichtiger war: Diesmal erfuhr er rechzeitig, was ihm bevorstand. Genau hier kam ›unser bester Mann‹ ins Spiel.

Spezialisierungen in Xenopsychologie und -psychiatrie, langfristige Erfahrungen als Bordarzt der *Enterprise* und mit einer Gestalt-Lebensform (dieser Ausdruck beschrieb das Multispezies-Ambiente eines Raumschiffes besonders gut) — so lauteten die Gründe dafür, warum man McCoy ausgewählt und ihn anderen, ebenso geeigneten Offizieren vorgezogen hatte. Eine sehr unangenehme Stunde lang hörte er zu, wie man seine Zukunft sezierte. Die Grundlagen des Plans waren schon vor langer Zeit geschaffen worden, mit Hilfe von Schläfern und Doppelagenten auf beiden Seiten der Neutralen Zone; aber letztendlich hingen Leben und Tod vom richtigen Timing ab.

Leonard meldete sich freiwillig für die Mission. Nicht sofort, sondern nach vielen Einwänden, die Kirk und

Spock nur als Symptome seiner üblichen Verdrießlichkeit interpretierten. Von Anfang an hatte niemand beabsichtigt, eine Einsatz*order* zu geben — nicht bei diesem Unternehmen. Wenn man jemandem befahl, zu einem Spion zu werden, so durfte man später nur mit vorsichtigen und oberflächlichen Berichten rechnen, denen es an wichtigen Einzelheiten mangelte. Wenn überhaupt Berichte eintrafen. Darin bestand ein anderes Problem. Die Spionin — Perry benutzte den älteren, traditionelleren Begriff ›Agentin‹, aber McCoy erkannte einen Spion, wenn er entsprechende Beschreibungen hörte — hatte sechs Jahre lang ausgezeichnete Daten geliefert, doch dann schwieg sie plötzlich, jetzt schon seit vierundzwanzig Standardmonaten. Nach den letzten Meldungen arbeitete sie als Oberhaupt der Bediensteten in einem ehrenwerten romulanischen Haus. Sie sammelte soziologische Informationen, anstatt zu versuchen, militärische und Regierungsgeheimnisse in Erfahrung zu bringen; nichts deutete darauf hin, daß ihre Aktivitäten Argwohn erregt hatten.

McCoy bekam Gelegenheit, die nicht als geheim eingestuften Abschnitte von Terises Dossier zu lesen. Admiral Perry kümmerte sich um seine Leute, selbst wenn sie nur vorübergehend für ihn arbeiteten, und durch eine Intervention bei Starfleet Command erhielt Leonard Einblick in den Rest der Akte. Die STRENG GEHEIM-Passagen erwiesen sich als sehr faszinierend ...

Aber das nur nebenbei. McCoy hatte bereits deutlich zu verstehen gegeben, was er von bestimmten Einzelheiten des Plans hielt, darunter auch das (natürlich gut vorbereitete) ›Durchsickern‹ von Informationen, die seine Reisepläne betrafen. Man sorgte dafür, daß mehrere romulanische Agenten davon erfuhren, sowohl bekannte als auch mutmaßliche. Die gleichen Daten stellte man Doppelagenten der Föderation im Reich zur Verfügung, um den Ruf derjenigen zu verbessern, die bisher Berichte von zweifelhafter Qualität übermittelt hatten — in der Hoffnung, dadurch ihre Überlebenschancen zu vergrößern.

Doch der Haken war: Vielleicht verhielten sich die Romulaner nicht so, wie es die Theorie hinter dem Plan vorsah. Man rechnete damit, daß sie die Möglichkeit nutzten, einen Senior-Offizier der *Enterprise* — im Reich galten sie alle als Kriegsverbrecher — gefangenzunehmen und nach ch'Rihan zu bringen, um ihn dort vor Gericht zu stellen. Aber wenn ihr Zorn über das Debakel von Levaeri V nach einem Standardjahr noch groß genug war … Vielleicht ignorierten sie den Köder eines ›Gefangenen‹ und beschlossen statt dessen, den Mann sofort ins Jenseits zu schicken.

Ausführlich erörterten sie dieses Risiko und klassifizierten es schließlich als unwahrscheinlich. Viele hochrangige Romulaner hatten eine Rechnung mit der USS *Enterprise* zu begleichen, und ein anonymer, unpersönlicher Photonentorpedo verschaffte ihnen sicher keine Befriedigung. Die romulanische Psyche erforderte eine demütigende, qualvolle Strafe, im Anschluß an einen Prozeß auf der Basis ihrer komplexen Gesetze.

Bei diesem Teil der Diskussion lief es McCoy ziemlich kalt über den Rücken, aber der Plan hatte funktioniert. Bisher.

Ein leises Knirschen im Bereich der Zugangspforte in der Rückwand des Zimmers brachte Leonard in die Gegenwart zurück. Er hob den Kopf und hörte ein leises Klicken, als sich die Tür öffnete und ein vertikales Stück Nacht zeigte. Ein vager, niedriger Schemen glitt in den Raum, schloß die Tür hinter sich und wirkte dabei ein wenig unbeholfen.

McCoy wölbte die Brauen — und lächelte.

»Wenn es Ihnen nur um Geld geht, so nennen Sie Ihren Preis.« Subcommander tr'Annhwi musterte den Mann auf der anderen Seite des Tisches, und es fiel ihm leicht, seinen Gesichtsausdruck zu deuten. Er bemerkte Habgier, aber auch Hoffnung, die ihm einen noch besseren Ansatzpunkt bot. »Ich habe eben darauf hingewiesen, großzügig zu sein ...« Sein Blick huschte kurz zu Arrhae, richtete sich dann wieder auf tr'Khellian. »Doch ich kann Ihnen noch weitaus mehr in Aussicht stellen: Privilegien, Anerkennung Ihres Hauses als eine Macht im Senat und die Wiederherstellung des Ruhms, den s'Khellian in den vergangenen Jahren verloren hat. Ich bin in der Lage, Ihnen die Ehre zurückzugeben.«

»Und dafür verlangen Sie nur den Gefangenen?« H'daen schien seinen Ohren nicht zu trauen, und gleichzeitig wünschte er sich, dem Subcommander glauben zu können. »Warum bieten Sie mir so viel für so wenig — für einen Mann aus der Föderation?«

»Ich habe es Ihnen bereits erklärt.« Ungeduld und ein Teil des Zorns, der sich hinter der Maske eines unverbindlich-höflichen Gebarens verbarg, verliehen seiner Stimme einen scharfen Klang. Tr'Annhwi faßte sich sofort wieder und verzog den Mund zu einem dünnen Lächeln. »Es existieren viele verschiedene Faktoren, aber die meisten betreffen das *Mnhei'sahe,* meine persönliche Ehre und die meines Hauses. Der Gefangene repräsentiert einen kleinen Teil der Blutschuld, die das Reich von der Föderation fordert. Die Politik ...« — bei diesem Wort schnaubte der Subcommander verächtlich — »... verbietet, daß wir nehmen, was uns gebührt. Aber *Mnhei'sahe* geht über Politik hinaus, wie Sie sehr wohl wissen, und McCoy ist ein Kommandooffizier des Schiffes, dessen Blutschuld vielen Häusern gilt. Alle bekommen einen Brocken Genugtuung, wenn das Urteil vollstreckt wird, aber ich möchte die ganze Portion, für die Ehre des Hauses Annhwi — und für mich selbst.«

»Was haben Sie mit ihm ...« H'daen beendete die Frage nicht. Das war ebensowenig erforderlich wie eine Antwort. Seine Vorstellungen ließen ihn innerlich schaudern.

»Ich bereite ihm Schmerzen, auf jede Weise, die mir

gefällt«, sagte tr'Annhwi. »Und *so lange* es mir gefällt. Schließlich töte ich ihn.«

»Commander t'Radaik hat ihn meiner Obhut überlassen«, wandte H'daen ein, und es klang so, als müsse er sich selbst daran erinnern. »Wie wollen Sie ihr ...« Er schluckte und schnitt eine kurze Grimasse. »Wie wollen Sie ihr den Zustand seiner Leiche erklären?«

»Welche Leiche meinen Sie?« Der Subcommander zog seinen Strahler aus dem Halfter und legte ihn mit einem dumpfen, metallenen Pochen neben den Weinbecher. »Ein auf tödliche Emissionen justierter Phaser hinterläßt nichts.« Er sah H'daen an und grinste finster. »Zumindest reichen die molekularen Überreste nicht aus, um auf den Zustand vor dem Tod zu schließen. T'Radaik wird sicher keine Vorwürfe gegen Sie erheben. Es passiert oft, daß man fliehende Gefangene erschießt, und die Commander hat keinen Grund anzunehmen, daß diesmal etwas anderes geschah ...« Tr'Annhwi griff wieder nach dem Phaser, drehte ihn wie ein Spielzeug hin und her, während er selbstgefällig lächelte.

H'daen beobachtete den Strahler mit der entsetzten Faszination eines Mannes, der nicht mit Waffen vertraut war und in ihrer Präsenz Unbehagen empfand. Er seufzte erleichtert, als der Subcommander den Phaser ins Halfter zurücksteckte und ein kleines Kunststoffrechteck aus dem Gürtelbeutel zog. Es fiel mit einem wesentlich leiseren Geräusch auf den Tisch, hatte jedoch eine noch größere Wirkung auf tr'Khellian.

»Eine primäre Transfervollmacht«, sagte der jüngere Mann überflüssigerweise — H'daen wußte genau, um was es sich handelte.

Er begriff auch, was das Plastikobjekt bedeutete. Sein Gast mochte mit romantischen Ideen gekommen sein, aber dieser Gegenstand wies darauf hin, daß Romantik für den Subcommander nur eine untergeordnete Rolle spielte. Niemand behielt Transfervollmachten länger, als es für ein bestimmtes Geschäft nötig wurde, denn jede Karte stellte einen enormen Bargeld- oder Effektenwert dar. Nach der Abwicklung des Geschäfts wechselte die Vollmacht den Besitzer, und der neue Eigentümer deponierte sie an einem sicheren Ort. Diese Karte lag mit der Oberseite nach unten, aber trotzdem sah H'daen die aufgeprägte Datenmenge. Ein Stück Kunststoff — doch es reichte aus, um die Hälfte von i'Ramnau zu kaufen, vielleicht sogar noch mehr.

Einige Sekunden lang saß er völlig reglos, starrte auf die Karte und hob dann den leeren Weinbecher. Arrhae — sie hatte die Anweisung erhalten, das Vorzimmer aufzuräumen, und ohne einen direkten Befehl wagte sie nicht, es zu verlassen — eilte herbei, um ihn zu füllen. Als sie dem Blick des Lords begegnete, sah sie dort keine Habgier, sondern verwirrte Unschlüssigkeit. Was H'daen in seiner Welt bisher für richtig und angemessen gehalten hatte, schien plötzlich in Trümmern vor ihm zu liegen. Arrhae erkannte diesen Gesichtsausdruck sofort, denn eine ähnliche Miene erwartete sie jeden Morgen im Spiegel, seit McCoys Präsenz zu Komplikationen in ihrem Leben führte.

»Lord«, sagte sie, »in i'Ramnau ist etwas geschehen, das Ihre Aufmerksamkeit erfordert.«

»Nicht jetzt ...«

Es fehlte Festigkeit in seiner Stimme. Andernfalls hätte es Arrhae nicht gewagt, auf ihrem Anliegen zu beharren — viel zu deutlich spürte sie tr'Annhwis Mißtrauen. »Sie sollten sich unverzüglich damit befassen, *Hru'hfirh*. Anschließend können Sie sich wieder um andere Dinge kümmern, ohne daß Sie dabei gestört werden.«

»Erledige deine Arbeit, Dienerin!« zischte der Subcommander, und sein Blick zeigte, daß er sie am liebsten auf der Stelle getötet hätte.

Er weiß — oder ahnt zumindest —, worüber ich mit dem Lord sprechen möchte, dachte Arrhae und zuckte innerlich zusammen, als sie den Zorn in tr'Annhwis Zügen sah.

O, Mächte und Elemente: Bitte sorgt dafür, daß mir H'daen zuhört!

Er hörte zumindest etwas, Worte, wie er sie schon vor einer knappen Viertelstunde vernommen hatte, ohne auf sie zu reagieren. Doch jetzt waren ihm gewisse Dinge in Hinsicht auf seinen Gast klargeworden ...

»Subcommander, Arrhae ir-Mnaeha ist *Hru'hfe* dieses Hauses und keine Dienerin, die Ihren Befehlen zu gehorchen hat.« H'daen brachte eine Kraft und Würde zum Ausdruck, die Arrhae überraschte. Er sprach mit deutlichem Stolz auf sein Haus, das arm und unbedeutend sein mochte, sich jedoch die Ehre der Höflichkeit bewahrte, die viele andere, höhere Häuser eingebüßt hatten.

Tr'Annhwi setzte zu einer Antwort an — eine Beleidigung, wenn Arrhae das Zittern der Lippen richtig deutete —, klappte jedoch den Mund zu, als er sich an seinen gegenwärtigen Aufenthaltsort erinnerte. Ganz gleich, über wieviel Macht und Einfluß er woanders verfügte: Hier war er ein Subcommander der Flotte unter dem Dach eines Reichsprätors; er mußte nicht nur auf seine guten Manieren achten, sondern auch vorsichtig sein.

»Arrhae ...«, sagte H'daen und stand auf. »Komm mit mir.« Er blickte noch einmal nachdenklich auf die primäre Transfervollmacht, wandte sich dann vom Tisch ab und verließ das Zimmer, gefolgt von Arrhae. Als die Tür hinter ihm zufiel, wirbelte er zum Oberhaupt der Bediensteten herum. »Ich hoffe, du hast eine gute Erklärung dafür, Mädchen. Sonst ...«

»Lord, die schlimmste Strafe von Ihnen wäre besser als die Zuvorkommenheit jenes Mannes«, entgegnete Arrhae und sah H'daen dabei in die Augen. »Ich bin *Hru'hfe* dieses Hauses, und Sie haben mich als Ihr Gewissen bezeichnet. Ich hege nun keine moralischen Zweifel. Statt dessen wohnt Furcht in mir, Sorge um Ihre Ehre. Sie kennen mich. Sie wissen, daß ich Wert darauf lege, die Wahrheit zu sagen.« Arrhae zögerte und lächelte kurz. »Solange es der Anstand zuläßt.«

»Auch das ist die Wahrheit. Nun gut, Arrhae. Ich höre dir zu.«

»Es gibt kaum mehr zu sagen, Lord. Ich spreche als Bedienstete, die nicht mit der Politik eines ehrenwerten Hauses vertraut ist. Aber wie können die Mächte einem Haus ihre Gunst schenken, wenn die Ehre beiseite geschoben und Macht angestrebt wird, indem man Vertrauen mißbraucht und einen hilflosen Mann wie ein Tier verkauft? Sie selbst haben Mak'khoi das Gastrecht gewährt, und nur Ihr Wort kann es ihm nehmen ...«

Einige Sekunden lang stand H'daen völlig reglos und starrte ins Leere, beobachtete etwas, das sich nur ihm darbot. Dann richtete er den Blick auf Arrhae. »Hast du so wenig zu tun, daß du dich in meine privaten Angelegenheiten einmischst? Geh! Mach dich in meinem Haus nützlich und laß mich in Ruhe!« Er kehrte ins Vorzimmer zurück, und die Tür schloß sich mit dem gleichen dumpfen Pochen wie ein Sargdeckel. Arrhae trat drei langsame Schritte in Richtung von McCoys Raum, hoffte entgegen aller Hoffnung, daß H'daen seine Meinung änderte und sie zu sich rief. Aber es blieb alles still.

Beim vierten Schritt begann die *Hru'hfe* zu laufen.

McCoy hörte, wie sich jemand durch den Flur näherte, und kurz darauf klickte das Schloß. Er sah zu dem Begleiter, der seit einer halben Stunde die Kammer mit ihm teilte und nun keine Zeit mehr hatte, sich zu verstecken.

Nein, die Zeit genügte nicht. Die Tür schwang auf und wieder zu. Und die Gefangenenwärterin Arrhae fiel, als sie über etwas stolperte. Leonard half ihr auf und stützte sie, nahm die Abschürfungen an ihren Schienbeinen mit einem bedauernden Kopfschütteln zur Kenntnis und wartete auf Fragen.

Er brauchte sich nicht lange zu gedulden. Der Sturz

hatte ihr die Luft aus den Lungen gepreßt, und sie atmete nun mehrmals tief durch. Arrhae verzog das Gesicht, als sich die Wunden an ihren Beinen mit stechenden Schmerzen bemerkbar machten, und es folgte ein mentaler Schluckauf, der sich deutlich in den Augen zeigte: Ganz offensichtlich war sie mit der Absicht gekommen, über bestimmte Dinge zu sprechen, doch jetzt gewannen andere Priorität. Zum Beispiel ...

»Wie kommt der Felsen hierher?«

Arrhae rechnete natürlich nicht mit einer Antwort von dem ›Stein‹. Sie bekam trotzdem eine.

»Ich habe mich mit Dr. McCoy unterhalten, Ma'am«, sagte er mit höflicher, wenn auch knirschender Stimme, die aus einem Voder auf dem Rücken des »Felsens« drang. Das Gerät wies die Streifen eines Lieutenants auf. »Ich hoffe, Sie sind nicht ernsthaft verletzt.«

Arrhae quiekte erschrocken und wich hastig zurück, wäre dabei fast über den niedrigen Tisch gestolpert, der zu den wenigen Möbeln im Zimmer gehörte. Zwar fiel sie nicht, aber sie setzte sich mit einem solchen Ruck, daß sie erneut nach Luft schnappen mußte. Verblüfft beobachtete sie, wie sich der ›Stein‹ zu ihr umdrehte; es klang, als reibe eine dicke Granitplatte über eine andere. Die Rangabzeichen am Voder deuteten nun nach oben, und Arrhae hatte den Eindruck, ›angesehen‹ zu werden — obgleich in der krustenartigen, hier und dort glänzenden Masse Pupillen oder ähnliche Organe zur visuellen Wahrnehmung fehlten.

McCoy mangelte es nicht an Augen, und in ihnen funkelte nun Erheiterung über die Reaktion der jungen Frau. Er lächelte, und sein Schmunzeln weckte Ärger in Arrhae. »Was ist hier los?« fragte sie. Schock, Verwirrung, Furcht und ein weiterer Schock hatten den bisherigen Abend nicht besonders angenehm gestaltet, und sie vermutete, daß durch die Beantwortung ihrer Fragen alles noch schlimmer wurde. Unbehagen erfaßte sie, breitete sich schnell aus.

»Commander Haleakala ...«, sagte McCoy. »Bitte erlauben Sie mir, Ihnen Lieutenant Naraht von der USS *Enterprise* vorzustellen. Man hat ihn vorübergehend zum Starfleet-Geheimdienst abkommandiert, damit er mir bei diesem Einsatz hilft.«

»Er ...? Aber er ist ein Stein, nicht wahr?«

»Nein, ein Horta.« McCoy lächelte erneut, als ihm etwas einfiel. »Oh, Sie kamen nach ch'Rihan, bevor ... Commander, die Horta stammen von Janus IV. Es handelt sich um Silicium-Lebensformen, die im Gestein leben und sich von Felsen ernähren.«

»Soll das ein Witz sein?«

»Sie sind sehr intelligent und auch gutmütig. Zum Glück: Andernfalls hätte es Naraht längst satt, derartige Bemerkungen zu hören. Warum zweifeln Sie, obgleich sich der Beweis direkt vor Ihnen befindet?«

»Tut mir leid. Entschuldigen Sie, Lieutenant. Ich wußte nicht, daß Leute wie Sie existieren.«

»Meine Mutter dachte das gleiche von Kohlenstoff-Lebensformen.« Die Sensorfransen am Rand von Narahts Körper vibrierten; der Horta schien verlegen zu sein. »Damit sind Personen wie Sie und der Doktor gemeint. Sie haben mich nicht beleidigt, Commander.«

»Äh, danke.« Terise musterte Naraht aufmerksam. »Allerdings ist es mir ein Rätsel, warum Sie nicht brennen.« Sie bemerkte den verwunderten Blick McCoys und fügte hinzu. »Für Siliciumwesen müßte eine sauerstoffhaltige Atmosphäre wie ein Reduktionsmittel wirkten. Das behaupteten damals die xenobiologischen Spezialisten in ihren theoretischen Studien. Wie kann er herumlaufen, ohne in Flammen aufzugehen oder zu rosten?«

McCoy lächelte einmal mehr, diesmal mit berechtigtem Triumph. Die Lösung für dieses Problem ging auf sein Konto; er hatte zumindest indirekt dafür gesorgt, daß sich die Starfleet-Pforten für Hortas öffneten. »Seine obersten Schichten und die Fühlerfransen sind teflonbeschichtet«, erklärte er. »Das hält den Sauerstoff in der Atmosphäre vom Silicium fern. Darüber hinaus reagiert Teflon weder auf sein Silicium noch auf die Körpersäuren — die chemische Reaktionsfähigkeit des Kunststoffs ist noch geringer als bei Glas. Es war nicht nötig, auch die Unterseite zu behandeln: Dort gibt es ein natürliches Teflonäquivalent, das ihn vor Ausscheidungssäuren schützt.«

»Es kommt nur gelegentlich zu Sekretionen«, sagte Naraht sanft. »Ich bin kein Vielfraß, der sich bei jeder Bewegung den Magen füllt.«

»Nun, vielleicht essen Sie nicht genug«, brummte McCoy. »Ein Junge in Ihrem Alter sollte doppelt so groß sein. Ich frage mich noch immer, ob die Nahrung an Bord der *Enterprise* für Sie geeignet ist. Himmel, synthetisiertes Gestein hält keinem Vergleich mit echtem Fels stand. Wahrscheinlich benötigen Sie mehr Mineralien.«

Arrhae schüttelte noch immer verwirrt den Kopf. »Wie gelangten Sie auf den Planeten, ohne entdeckt zu werden, Mr. Naraht?«

»Als Meteorit.« Der Horta hatte zwar kein Gesicht, aber seine Stimme lächelte. »Meine Schale ist noch hitzebeständiger als Hartkeramik oder Glasstahl. In der Umlaufbahn von ch'Rihan habe ich eine Explosion in der Frachtkammer des Starliners *Wega* verursacht. Sie schleuderte mich in den Weltraum, und dann begann der freie Fall bis zur Oberfläche.«

McCoy nickte. »Naraht ist ein guter Navigator — er hätte die Beschleunigungsdaten, Flugbahnen und so weiter ganz allein berechnen können. Der Junge scheint einen Computer im Kopf zu haben, wie die meisten Horta. Aber die Romulaner haben es uns sehr einfach gemacht, indem sie den Starliner in einem stationären Orbit unterbrachten.« Leonard deutete mit dem Daumen zur Decke, ließ die Hand sinken und grinste. »Herzlichen Glückwunsch.«

»Weshalb?«

»Weil Sie meine Auskünfte so ruhig hinnehmen.«

»Dr. McCoy...«

»Nennen Sie mich Pille.«

»Also gut. Pille, ein Rihannsu-Sprichwort lautet: ›Wenn das Schwert bricht, so trage die Splitter zur Schmiede.‹ Ich hatte genug Zeit, die einzelnen Stücke zusammenzufügen. Es ist inzwischen zu einer Angewohnheit geworden.«

»›Wenn dir das Leben eine Zitrone gibt, so stell Zitronensaft daraus her.‹«

»Ich ziehe die romulanische Version vor.«

»Tatsächlich?« McCoy musterte Terise nachdenklich und verzichtete auf einen weiteren Kommentar.

»Sie hat mehr Würde ...«

»Mag sein.«

»Übrigens: Warum nennen Sie mich Commander? Was hat es mit der *Wega* auf sich, und wie nahm man Sie gefangen? Was brachte Sie in dieses Haus? Und streiten Sie nicht ab, daß Sie erwartet haben, mir hier zu begegnen! Außerdem ... Tr'Annhwi ist zurückgekehrt und versucht, Sie von H'daen zu kaufen ...«

McCoy hörte sich die Fragen mit einem nachsichtigen Schmunzeln an, doch bei den letzten Worten wurde er ernst. »Eine ziemliche Überraschung für Perry«, murmelte er und warf sich stumm vor, nicht selbst an diese Möglichkeit gedacht zu haben. Immerhin wußte er, wozu Romulaner imstande waren, wenn es um ihre Ehre ging.

»Perry?«

»Vom Starfleet-Geheimdienst«, erwiderte Leonard etwas zu schroff. »Er läßt seine Mitarbeiter nicht im Stich. Hören Sie, Commander — oh, sehen Sie mich nicht so an; man hat Sie befördert —, ich kenne die besonderen Umstände, aber derzeit kann ich es mir nicht leisten, zum Objekt einer persönlichen Fehde zu werden. Ich soll vor dem Senat erscheinen und ...«

»Ich habe es versucht, Pille. Ich habe mir große Mühe

gegeben. Ich hoffte, H'daen dazu bewegen zu können, von einem so schmutzigen Geschäft Abstand zu nehmen, aber er... Nun, man hat ihm eine Chance geboten, die Reputation seines Hauses wiederherzustellen, es aus dem Schatten der Unwichtigkeit ins Licht der Bedeutung zu heben, und ich glaube...« Terise/Arrhae unterbrach sich, neigte den Kopf zur Seite und lauschte. »Naraht muß fort von hier! Wir bekommen Gesellschaft...«

Die Ohren der *Hru'hfe* waren besser an die Geräusche im Haus gewöhnt, doch als Naraht die Kammer verlassen hatte — es erstaunte McCoy noch immer, wie schnell der Horta sein konnte —, hörte er leise, zornige Stimmen. Die vordere Eingangstür fiel zu, und kurze Stille folgte. Dann erklang das Geräusch von Schritten im Flur. McCoy blieb auf dem einzigen Stuhl im Zimmer sitzen, aber Arrhae erhob sich vom niedrigen Tisch und verharrte wachsam vor der Außenpforte mit dem aufgebrochenen Schloß. Auf den ersten Blick betrachtet schien es in Ordnung zu sein, doch wenn jemand genauer hinsah...

H'daen tr'Khellian trat ein. Die eine Wange offenbarte den bereits grün anlaufenden Abdruck einer Hand; der Lord wirkte niedergeschlagen, aber nicht besiegt. »Ich dachte mir, daß ich dich hier finden würde«, sagte er zu Arrhae, sah McCoy an und verbeugte sich mit einer Steifheit, die keine Folge von Zurückhaltung zu sein schien, eher auf Schmerz hindeutete.

»Ja, Herr«, antwortete Arrhae behutsam.

»Ich habe tr'Annhwis Angebot geprüft und abgelehnt, zu seiner großen Enttäuschung, wie du meinem Erscheinungsbild entnehmen kannst. Wenn er ein Beispiel für die Ehre der jungen und reichen Rihannsu ist, so bleibe ich lieber bei den alten und armen. Hier. Ein Andenken für dich. Der Preis für einen Fremden, der bald sterben wird — oder die Hälfte der Stadt i'Ramnau.« H'daen streckte die Hand aus und reichte ihr ein

Bruchstück der primären Transfervollmacht. Er lächelte so dünn und ironisch, wie es seine anschwellenden Lippen zuließen. »Es genügt nicht, um die Ehre der altmodischen Art zu kaufen.«

Arrhae schloß die Faust um das Fragment der gesplitterten Karte und spürte plötzlich, wie ihr Tränen in den Augen brannten. Sie hatten nichts mit der stechenden Pein zu tun, als sich ihr einige scharfe Kanten des Kunststoffs in die Haut bohrten, als kleine, smaragdgrüne Blutstropfen aus den winzigen Wunden drangen. Sie blickte zu McCoy und fragte sich, ob er verstand — ob er jemals verstehen konnte —, auf was H'daen zu seinen Gunsten verzichtete. »Lord«, sagte sie schließlich und verneigte sich so tief, wie es dem Hausherrn gebührte. Zum erstenmal verbeugte sie sich auf diese Weise, weil es ihrem Wunsch entsprach, weil er diesen Respekt aus freiem Willen verdiente und nicht aufgrund ihrer Stellung als Oberhaupt der Bediensteten.

McCoy verstand, und er bedauerte es zutiefst, daß er keine Möglichkeit hatte, ebensoviel Respekt zu zeigen, ohne dadurch Geheimnisse preiszugeben. Er mußte ›gleichgültig‹ bleiben, ohne zu ›wissen‹, was geschah — bis Arrhae ihr Übersetzungsmodul einschaltete. *Hoffentlich merkt H'daen nicht, daß wir ohne den Translator miteinander gesprochen haben.*

»Vermutlich wirst du Mak'khoi erzählen, was passiert ist — ob ich dir die Genehmigung dazu gebe oder nicht«, fuhr tr'Khellian ruhig fort. »Nun, ich erlaube es dir. Sag ihm auch ... Sag ihm, daß die Gerichtsverhandlung vor dem Senat in sechs Tagen beginnt. Daß man sich bereits auf ein Urteil geeinigt hat. Daß ich die alten Gesetze anders interpretiere. Und noch etwas, Arrhae ...«

»Lord?«

»Ich beabsichtige, morgen länger zu schlafen als sonst. Sehr lange. Ein überaus anstrengender Tag liegt hinter mir.« Er lächelte schief. »Und ein aufschlußreicher noch dazu.« Er verließ das Zimmer und schloß die Tür.

»Das ist ein romulanischer Gentleman der alten Schule«, meinte McCoy. »Er ähnelt einer bestimmten Dame, die ich einmal kennenlernte. Hier. Wischen Sie sich das Gesicht ab.«

Arrhae nahm ein Taschentuch entgegen — es bestand nur aus weichem Papier und gehörte zu den Dingen, die dem Gefangenen auf ihre Anweisung hin zur Verfügung gestellt worden waren, doch jetzt hieß sie es willkommen. Sie hatte nicht erwartet, eins jener Tücher selbst zu benutzen oder ausgerechnet um H'daen Tränen zu vergießen. Nach einer Weile fühlte sie sich etwas besser; sie schniefte nur noch und bedachte McCoy mit einem feuchten Lächeln.

»Sie tragen es mit Fassung, Terise«, sagte Leonard. »Das freut mich. Wir haben uns Sorgen um Sie gemacht. Große Sorgen. Seit zwei Jahren treffen keine Berichte mehr von Ihnen ein. Glücklicherweise teilten uns andere Agenten mit, wo Sie sind und welche Stellung Sie bekleiden.«

»Sie haben befürchtet, daß ich übergelaufen und zu einer Romulanerin geworden bin.«

»Wir mußten es zumindest in Erwägung ziehen. Eine der Gefahren Ihrer Mission. Es erleichtert mich festzustellen, daß Sie noch immer Sie selbst sind. Nun, Terise, ich bin befugt, Sie folgendes zu fragen: Wenn man mich abholt — möchten Sie dann mitgenommen werden?«

»Wenn man Sie abholt? Und ob ich *mit*genommen werden möchte? Falls Sie H'daen nicht richtig verstanden haben und Ihnen die Bedeutung seiner Worte unklar blieb: In sechs Tagen stellt man Sie vor Gericht, und das Urteil ist bereits gefällt. Sie sind so gut wie tot, Pille!«

Zu Arrhaes großer Überraschung lächelte McCoy. »Viel qualifiziertere Leute als Sie haben mich für tot erklärt, Terise, Personen, die in dieser Hinsicht nicht den geringsten Zweifel hegten. Aber ich lebe noch immer.«

»Sie haben vermutet, ich hätte meine Identität vergessen oder litte an Schizophrenie. Ist es Ihnen jemals in den Sinn gekommen, an Ihrem eigenen Verstand zu zweifeln?«

Leonard bedachte Arrhae mit einem ironischen und auch mißbilligenden Blick. »Seien Sie nicht dumm«, erwiderte er tadelnd. »Ich bin hier der Psychiater. Ich besitze Papiere, die meine geistige Gesundheit bescheinigen.«

Ein Rest von Skepsis verharrte in Terises Miene. »Doktor...«, sagte sie so langsam, als spräche sie mit jemandem, der nur schlecht hören konnte und dessen Sinnesapparat vielleicht noch andere Beeinträchtigungen aufwies. »Verstehen Sie nicht? Das Gerichtsverfahren ist nur eine Formalität. Man wird Sie in Stücke schneiden, zur großen Freude aller Zuschauer — wenn Sie nicht schon vorher sterben. Vielleicht kommt vorher jemand und unterbreitet H'daen ein Angebot, das er nicht ablehnen kann. Oder man entführt Sie ... Fliehen Sie, solange sich Ihnen noch Gelegenheit dazu bietet!«

McCoy schüttelte den Kopf. Inzwischen galt sein Mitleid in erster Linie dieser Frau und nicht ihm selbst — was ihm angesichts seiner besonderen Situation erstaunlich genug erschien. »Ich muß noch einige Dinge erledigen«, sagte er. »Außerdem möchte ich den Planeten nicht verlassen, bevor ich eine Chance hatte, die Sehenswürdigkeiten zu bewundern: den Versammlungsraum des Senats, den Rat der Prätoren.«

»Oder die malerischen Hinrichtungskammern!«

McCoy wölbte eine Braue und grinste schief. »Ich schätze, die lasse ich besser aus. Seien Sie unbesorgt. Nun, bis es soweit ist, warten noch einige Angelegenheiten auf mich. Sicher müssen Sie sich ebenfalls um bestimmte Dinge kümmern.«

Arrhae musterte ihn hilflos. »Drücken Sie sich Freunden gegenüber immer so vage aus? Was planen Sie? Wie soll ich Ihnen helfen, wenn Sie nicht offen zu mir sind?«

Leonard seufzte und lächelte erneut, diesmal ein wenig reumütig. »Sie sollen mir nicht helfen ... noch nicht. Machen Sie weiter wie bisher, Terise. Erfüllen Sie Ihre hiesigen Pflichten. Wenn man sie entläßt und rauswirft, *können* Sie mir gar nicht helfen.«

Sie nickte, und der Glanz in ihren Augen zeigte nicht nur Ärger, sondern auch Zuneigung und widerstrebende Bewunderung. McCoy kannte diesen Blick. Er hatte ihn bei vielen Patienten gesehen, denen folgender Gedanke durch den Kopf ging: »Verdammt, Sie setzen immer Ihren Willen durch, wie?« McCoy spürte Zufriedenheit. Es bestand noch immer Hoffnung für Terise, und er durfte sich entspannen. *Aber wie soll man sich entspannen, wenn man weiß, daß es die meisten Bewohner von zwei Welten auf einen abgesehen haben?*

»Na schön«, murmelte die junge Frau. »Ich wünsche Ihnen eine gute Nacht, Pille.«

»Gute Nacht«, entgegnete McCoy. Dann erinnerte er sich an etwas. »O Arrhae ...«, fügte er hinzu, als die *Hru'hfe* zur Tür ging.

»Ja?«

»Man hat mir mitgeteilt, daß der Boden im Garten Kalk braucht.«

Leonard lehnte sich auf dem schmalen Bett zurück und schmunzelte, als er das Lachen im Flur hörte — ein Lachen, das überhaupt nicht hysterisch klang.

KAPITEL 12

REICHE

»Wir waren aufgeregt«, sagte der Captain des Föderationsschiffes USS *Carrizal*, als er nach der Rückkehr von den Trianguli-Sternen, vor etwas mehr als hundert Jahren, Bericht erstattete. »Nach neun langen Forschungsmonaten hatten wir endlich Erfolg. Eine hominide Kultur, allem Anschein nach hochentwickelt, mit großer Bevölkerung. Genau das, was wir uns erhofften. Besser noch: Das Volk lebte auf *zwei* Welten — eine Erde-Mond-Konfiguration. Unser Astrogator Mike Maliani schlug die vorläufige Bezeichnung Romus und Remus vor, bis wir die echten Namen von den Einheimischen in Erfahrung brachten. Nach den Zwillingsbrüdern in der italienischen Legende.« Die Aufzeichnungen zeigen Captain Dinis dünnes Lächeln. »Ich bin nie ein Spezialist für die Antike gewesen. Das bedauere ich jetzt. Mikes Fehler — ›Romus‹ anstatt ›Romulus‹ — wird mich bis ins Grab verfolgen. Aber damals dachte ich, es sei alles in Ordnung.«

Eine kurze Pause. »Wie dem auch sei: Wir waren ziemlich aufgeregt. Sie wissen ja, wie wenige raumfahrende Völker es gibt. Die Standardorder verlangt, möglichst viele Informationen über derartige Kulturen zu sammeln. Doch wir ließen uns von der Aufregung nicht dazu hinreißen, auf die üblichen Maßnahmen zu verzichten. Wir nutzten jede Möglichkeit, um einen Kontakt herzustellen: Unser Kommunikationsoffizier übermittelte Atomzahlen, binäre Codes, einfache Bilder und so weiter. Es traf keine Antwort ein, obwohl niemand von uns daran zweifelte, daß die Fremden von unserer Präsenz wußten. Sie hatten einen äußeren Kordon aus Verteidigungssatelliten, die uns orteten, und nachdem die Signale von den beiden Planeten empfangen wurden, nahm die Kom-Aktivität auf der größeren Welt um tausend Prozent zu. Aber wir konnten nichts damit anfangen. Alle Mitteilungen waren mit einem sehr komplexen Code geschützt; ohne den Schlüssel oder einen Supercomputer hätte die Dechiffrierung zehn Jahre gedauert.«

Ein längeres Schweigen folgte, als Captain Dini den Kopf schüttelte und verwirrt die Stirn runzelte. »Wir näherten uns den beiden Welten nur bis auf zwei Umlaufbahnen, blieben in der Orbitalschale des fünften Planeten«, fuhr er fort. »Dort warteten wir, beobachteten, sondierten und zogen uns wieder aus dem Sonnensystem zurück. Der Grund für die späteren Ereignisse ist mir unbegreiflich.«

Mit den ›späteren Ereignissen‹ meinte Dini den Ersten Romulanischen Krieg, wie ihn die Föderation schließlich nannte. Aus der Perspektive von Starfleet betrachtet, handelte es sich um einen langen, blutigen Konflikt, den die Romulaner ohne irgendeine Provokation begannen. Auf den zwei Welten sieht man die Sache ein wenig anders.

Das Erscheinen der *Carrizal* führte bei den Rihannsu zu einer enormen und in ihrer Geschichte einmaligen Panik. Wenn man die Maßstäbe eines Rihanha-Lebens anlegt, so waren seit der Besiedlung mehr als dreißig Generationen vergangen. Die Aufzeichnungen bezüglich des Kontakts zwischen Vulkaniern und fremden Intelligenzen existierten nach wie vor, aber man ignorierte sie. Die historischen Lektionen in Schulen und Universitäten machten Schüler und Studenten mit den damaligen Geschehnissen vertraut, aber im Lauf der Zeit kam es zu Verzerrungen der Fakten — Lehrer und Dozenten lehnten es ab, beim Unterricht das ursprüngliche Quellenmaterial zu verwenden. Nun, das spielte kaum eine Rolle. Nur wenige Historiker wußten, daß die Unterlagen während der Reise verändert worden waren. Die Rihannsu orteten ein Raumschiff, und sein Verhalten wiederholte das Muster der Etoshaner: ruhige Beobachtung und anschließend das Angebot friedlicher Beziehungen. Sie witterten sofort eine Falle.

Ch'Rihan und ch'Havran hatten mehr als sechzehn Jahrhunderte Zeit, moderne Industrien zu entwickeln. Die Rihannsu kamen immer gut mit Maschinen zurecht, und außerdem legten sie großen Wert darauf, die nach dem Flug gefundenen Planeten zu schonen. Das Ergebnis dieser Fähigkeiten und Einstellungen bestand aus zwei Welten, die über eine hochentwickelte Technik verfügten, ohne einen solchen Eindruck zu erwecken. Von der Atmosphäre aus — ganz zu schweigen vom Weltraum —, waren nur wenige Fabriken zu sehen. Die Ästhetik verlangte von ihnen, einen angenehmen Anblick zu bieten oder verborgen zu sein. Die meisten Produktionsanlagen befanden sich unter der Oberfläche. Umweltverschmutzung galt als Kapitalverbrechen: Das Prätoriat verbot sogar, Dampf oder heißes Wasser abzuleiten. Die Scanner der *Carrizal* nahmen eine sorgfältige Sondierung vor, aber ihnen präsentierten sich idyllische, friedliche Welten. Niemand an Bord des Forschungskreuzers ahnte das Ausmaß der industriellen Aktivität, die sich kurze Zeit später auf ch'Rihan und ch'Havran entfaltete.

Auch die Politik wurde von Hektik erfaßt. Im Prätoriat und Senat rollten einige Köpfe, und die Überlebenden begannen hastig mit Verteidigungsvorbereitungen — oder versuchten, die neue Situation zu ihrem Vorteil zu nutzen. Die Fremden waren schlau genug gewesen, sich von den Satelliten fernzuhalten und dadurch zu vermeiden, ihre Strahlenkanonen auszulösen. Niemand wußte, welche Waffen die Unbekannten besaßen und ob die zwei Welten geschützt werden konnten. Aber aufgrund ihrer Erfahrungen im Luftkampf — fast jede Nation der beiden Planeten hatte sich eine eigene Luftwaffe geschaffen, und ihre Flugzeuge verbrachten nur

Zwischendurch: [redacted]

[redacted] Das Prätoriat verbot sogar, Dampf oder heißes Wasser abzuleiten – so streng waren die Gesetze … Würden wir mit diesen Geboten in Konflikt kommen, wenn wir uns jetzt zwischendurch eine Mahlzeit für den kleinen Hunger zubereiten? [redacted]

[redacted] Bei aller Strenge – wahrscheinlich nicht. Denn wir nutzen ja das heiße Wasser zu Nahrungszwecken – und gegen Dampf hilft ein Deckel. Somit steht einem Imbiß jetzt eigentlich nichts mehr im Wege. Es sei denn, wir hätten vergessen, sie zu besorgen, die … [redacted]

wenig Zeit am Boden — zweifelten die militärischen Experten der Rihannsu nicht daran, daß zahlenmäßige Überlegenheit genügte, um selbst ein schwerbewaffnetes Raumschiff in Schwierigkeiten zu bringen.

Mit fieberhafter Eile suchten sie in alten Computerdateien, Ausdrucken und anderen Aufzeichnungen nach der vergessenen Raumfahrttechnik. Wenn die vier Schiffe (oder wenigstens eins von ihnen) erhalten geblieben wären, wenn man die von ihnen stammenden Informationen an einem Ort aufbewahrt hätte, anstatt sie über die zwei Welten zu verstreuen — dann sähen die Grenzen der Föderation heute sicher anders aus. Aber selbst die Reste erwiesen sich als nützlich, und außerdem breitete sich Furcht bei den Rihannsu aus. Es ist sehr unklug, einen Rihanha zu erschrecken. Ein Jahr nach den Sondierungen der *Carrizal* hatten die vielen Staaten von ch'Rihan drei*tausend* Raumschiffe gebaut, ausgestattet mit Partikelstrahlwaffen und ersten Deflektor-Prototypen. Auf ch'Havran entstanden in der gleichen Zeit viertausend Schiffe. Sie waren klein und eher primitiv. Ihre zylindrische Form erinnerte an die Emigrantentransporter des Fluges, aber es war nicht nötig, sie rotieren zu lassen, um Gravitation zu simulieren: Seit etwa hundert Jahren gab es Generatoren für die Erzeugung künstlicher Schwerkraft.

Drei Jahre verstrichen, bevor das Eisn-System erneut Besuch erhielt. Die *Balboa* näherte sich, sendete Botschaften des Friedens und der Freundschaft — und platzte in den Partikelstrahlen von fünfzig Kampfeinheiten auseinander. Anschließend wurden die Rihannsu kühner und gingen auf die Jagd. Eine Flotte erwischte die *Stone Mountain* — sie hatte den Notruf der *Balboa* empfangen — und kaperte sie mit hochenergetischen Lasern, die in den Mannschaftsquartieren explosive Dekompressionen verursachten. Die Rihannsu kehrten mit der Beute heim, nahmen sie auseinander und fügten ihren kleinen Kreuzern Warptriebwerke hinzu.

In der Föderation glaubt man, der Krieg habe mit dem Angriff auf die *Balboa* begonnen. Während der nächsten fünfundzwanzig Jahre schickte Starfleet insgesamt sechsundvierzig Kampfverbände mit immer mehr Feuerkraft in den Rihannsu-Raum, um der Aggression zu begegnen. Trotz ihrer überlegenen Technik kehrten viele Schiffe gar nicht oder schwer beschädigt zurück. »Es ist mir ein Rätsel«, sagte damals ein Flottenadmiral. »Ihre Schiffe taugen nichts. Wir müßten eigentlich imstande sein, sie wie Tontauben abzuschießen.« Aber angesichts der großen Anzahl von Rihannsu-Kreuzern gerieten die Föderationsraumer häufig in sehr schwierige Situationen. Selbst ›intelligente‹ Photonentorpedos konnten jeweils nur einen Gegner anpeilen und vernichten. Wenn gleichzeitig zwölf andere angriffen, wurde es brenzlig. Starfleet versuchte es mit größeren und besseren Waffen — bis zwei Dinge geschahen: In der Föderation fand ein Regierungswechsel statt, und die Vulkanier schlossen sich dem interstellaren Völkerbund an.

Nur einige verbrannte Leichen, im All geborgen, boten Hinweise auf das Erscheinungsbild der Rihannsu. Nach den Mitgliedschaftsverhandlungen mit Vulkan bat man den Hohen Rat um Informationen über jenes Volk. Die logischen Vulkanier neigten zu selektiver Wahrheit und antworteten, sie wüßten nicht mit Sicherheit, wer die Fremden seien. Es hatten tatsächlich Versuche stattgefunden, andere Welten zu kolonisieren, aber seit tausendsiebenhundert Jahren bestand kein Kontakt mehr zu den Auswanderern. Der erste vulkanische Botschafter auf der Erde — ein kühler, attraktiver Mann — gab diese Erklärung so ab, daß die Starfleet-Admiräle es sofort für besser hielten, nicht auf Auskünften zu beharren. Aber durch den Botschafter wandte sich Vulkan mit einem guten Rat an die Föderation: »Vereinbaren Sie einen Frieden mit den Romulanern«, empfahl Sarek der Admiralität. »Und schließen Sie die Tür. Stellen Sie den

Kampf ein. Wahrscheinlich gelingt es Ihnen nie, Ihren Gegner zu besiegen. Aber Sie können verhindern, daß weitere Starfleet-Schiffe zerstört werden.«

Es fiel der Flotte nicht leicht, diesen Rat zu beherzigen. Einige Jahre lang versuchte sie auch weiterhin, eine militärische Lösung zu erzwingen. Als das Mißfallen der Vulkanier eine immer deutlichere Ausprägung gewann, fügte sich Starfleet schließlich. Der Krieg endete mit dem Vertrag von Alpha Trianguli — wahrscheinlich waren es die ersten Friedensverhandlungen in der galaktischen Geschichte, bei denen man nur Daten übermittelte. Es kam nie zu direkten Begegnungen zwischen Repräsentanten der beiden Seiten. Die Rihannsu wollten ihren Feinden keine Gelegenheit geben, mehr über sie herauszufinden, als Autopsien es ermöglichten. Vielleicht begann irgendwann ein neuer Krieg.

Der Vertrag schuf die Grundlagen für etwas, das man später als romulanische Neutrale Zone bezeichnete: einen eiförmigen Raumbereich, etwa neunzig Lichtjahre lang und vierzig breit, mit 128 Trianguli im Zentrum. Die Zone war die ›Schale‹ des Eis, ein Puffer, der das ganze stellare Territorium der Rihannsu umgab, rund ein Lichtjahr dick und von Verteidigungssatelliten beider Seiten überwacht. Hinter ihr erstreckte sich das ›romulanische Reich‹, obgleich eine derartige Entität noch gar nicht existierte. Der Föderation erwuchsen keine Nachteile aus dieser Vereinbarung: Soweit es sie betraf, existierten in jenem Bereich keine strategisch wichtigen Planeten. Vielleicht hielt sie nicht aufmerksam genug Ausschau. Später rauften sich hochrangige Föderationsfunktionäre die Haare, als sie von Rhei'llhne hörten, einer Welt, die sich gerade innerhalb der Neutralen Zone befand, im Rihannsu-Raum: Sie war noch reicher an Dilithium als Direidi.

So endete der Krieg, und fünfzig ruhige Jahre folgten, zumindest für die Föderation. Kein Signal kam aus der Zone, kein einziges Schiff. Vielleicht, so glaubten viele, hatten die Rihannsu den Kampf satt. Klügere Köpfe oder Leute, die ahnten, woher die ›Romulaner‹ stammten, zweifelten daran.

Die Bewohner der zwei Welten hatten den Kampf tatsächlich eingestellt, aber nicht etwa deshalb, weil sie seiner überdrüssig geworden waren. Ihnen ging es um Ehre, um das *Mnhei'sahe.* Lange Zeit wurde das industrielle Potential von ch'Rihan und ch'Havran in erster Linie für die Konstruktion von Raumschiffen und Waffen genutzt, was zu einer starken Verknappung von anderen Produkten führte. Die Rihannsu verbesserten ihr aus Satelliten bestehendes Verteidigungssystem, erhöhten seine Leistungsfähigkeit um das Hundertfache. Und sie bildeten erstklassige Raumschiffpiloten aus.

Sie beschlossen, den Fehler ihrer Vorfahren in Hinsicht auf die Etoshaner nicht zu wiederholen. Jahrelang bemühten sich ihre Wissenschaftler, die Computerdaten der aufgebrachten Föderationsschiffe zu übersetzen. Bald begriffen sie, daß ihre beiden Planeten von zwei Sternenreichen umgeben waren; um sich zu behaupten, brauchten sie ebenfalls ein Reich.

Daraufhin begann die ›expansionistische‹ Phase der Rihannsu-Geschichte. Bei der Verwirklichung des Kolonisierungsprogramms bewiesen sie die gleiche Entschlossenheit wie zuvor beim Bau der Raumflotte. Natürlich brauchten sie dafür bessere Schiffe. Sie bauten große Transporter um, und diesmal waren keine besonderen Installationen nötig, um das Überleben mehrerer Generationen von Reisenden zu gewährleisten: Durch Warptriebwerke schrumpften interstellare Distanzen. Innerhalb von achtzehn Jahren besiedelten romulanische Auswanderer zwanzig Planeten, und man verwendete jene Bio-Techniken, die auf ch'Rihan und ch'Havran zu einer raschen Bevölkerungszunahme geführt hatten. Nicht alle Kolonien waren oder sind erfolgreich: Hellguard ist ein besonders krasses Beispiel.

Während dieser Periode entwickelten die Rihannsu

auch ihre ›Kriegsschwalben‹ — bei den Klingonen und in der Föderation vertritt man die Auffassung, daß sie zu den besten und manövrierfähigsten Warpschiffen gehörten, die jemals geplant und gebaut wurden. Ihr einziger Nachteil bestand darin, klein zu sein. Doch ihre Waffensysteme waren ehrfurchteinflößend, und die auf Plasma basierenden, molekularen Implosionsfelder der Kriegsschwalben hatten nur Probleme mit Schiffen, die entkamen, bevor sich das Feld stabilisierte. Eine andere Erfindung, die Tarnvorrichtung, reizte alle, die sie kennenlernten, vor allem die Klingonen.

Nun, die Klingonen bekamen sie erst viel später als die Föderation. Dafür gelang es ihnen, Verträge mit dem ›Reich‹ zu schließen.

Von Anfang an entstand eine recht seltsame Beziehung. Zwar trafen von den tributpflichtigen Kolonien Waren und Kapital ein, aber die Rihannsu-Wirtschaft geriet trotzdem in Schwierigkeiten, da militärische Forschungen einen hohen finanziellen Aufwand erforderten. Des weiteren fragte man sich, ob die Forschungen überhaupt etwas nützten: Eine Kriegsschwalbe überprüfte die Sicherheit der Neutralen Zone, begegnete dabei einem Raumschiff namens *Enterprise* und kehrte nie zurück. Gleichzeitig dehnte sich das klingonische Imperium auf der anderen Seite aus. Nach den ersten zwei oder drei Konflikten beobachteten sich Klingonen und Rihannsu nachdenklich und überlegten, wie sie den bevorstehenden verheerenden Krieg verhindern konnten. Das Imperium wählte eine kluge Taktik, indem es an seine eigene Feindschaft mit der Föderation erinnerte und dem Reich anbot, ihm Raumschiffe und ›modernere Technik‹ zu verkaufen, darunter auch Starfleet-Technologie. Eine solche Übereinkunft würde ihre Neutrale Zone ›sicherer‹ gestalten, und außerdem ergaben sich auch Vorteile für die klingonische Ökonomie, die ebenfalls in einer Krise steckte.

Das Abkommen hatte einen eher zweifelhaften Nutzen für die Rihannsu. Die Klingonen bauten möglichst billige Kreuzer, was nicht ohne Einfluß auf ihre Qualität blieb, und ein großer Teil der von ihnen angebotenen Föderationstechnik war längst veraltet. Doch der Vertrag gefiel den expansionistischen Lobbys in Senat und Prätoriat, und deshalb ratifizierte man ihn, was die Rihannsu später sehr bereuten. Unterdessen klagten die Werften im Reich (und auch einige Kommandanten) über zu teure klingonische Ersatzteile und gaben sich Mühe, die Schiffe zu ›frisieren‹, ihnen mehr Leistung zu entlocken. Häufig blieben ihre Versuche vergeblich. Mit den Waffen der Klingonen war soweit alles in Ordnung, doch ihr Interesse an Raumschiffen schien sich darauf zu beschränken, sie zu zerstören.

In der Zwischenzeit rührten sich andere Kräfte. Die Föderation schickte den einzigen Kreuzer, der jemals einen Erfolg bei den Romulanern erzielt hatte, mit dem Auftrag, eine Tarnvorrichtung zu erbeuten. Das Unternehmen gelang, und die *Enterprise* — bisher nur ein Name, der verärgerte —, wurde zum Gegenstand von Flüchen und Racheschwüren. Welche Folgen Flüche und Rache nach sich zogen, haben andere Chronisten in allen Einzelheiten geschildert.

Die letzten oben beschriebenen Ereignisse liegen nur einige Jahre zurück, und seitdem hat sich die politische Situation nicht verändert. Die Rihannsu leben hinter ihrer geschützten Neutralen Zone, während Prätoriat und Senat Pläne schmieden, das von den tributpflichtigen Kolonien stammende Geld zählen und nach Möglichkeiten suchen, eine Ehre zurückzugewinnen, die sie eigentlich nie verloren haben. Einige Beiträge in den Computernetzen (sie werden noch immer als kurioses Überbleibsel aus der Zeit des Fluges geschätzt) raten zu Frieden und weisen darauf hin, daß die Föderation wenigstens gute Raumschiffe baut. In anderen Mitteilungen hieß es: Wenn die Föderation wirklich den Tod der

Rihannsu will, warum hat sie dann nicht längst angegriffen? Derzeit genügen ihre Ressourcen, um die zwei Welten ebenso mühelos zu vernichten, wie damals der Schwarm aus kleinen Kampfeinheiten die *Balboa* zerstörte.

Aber fast immer stoßen solche Gedanken auf Verachtung. ›Feigheit‹, heißt es dann. Manchmal werden auch andere Argumente laut: Ganz gleich, wie feindlich die Rihannsu der Vereinten Föderation der Planeten gesinnt sind — sie dienen als Puffer zwischen Klingonen und Völkerbund. Wenn es der Föderation gelänge, das Raumgebiet des Reiches zu annektieren, sähe sie sich plötzlich direkt dem Imperium gegenüber. Sollen sich die Rihannsu mit den Klingonen herumschlagen.

Diese zweite Ansicht führt bei den Rihannsu zu noch größerer Verbitterung als die erste. Furcht vor dem Reich — das kann ein Rihanha verstehen, obgleich er so etwas verabscheut. Aber ignoriert oder gar als nützliches Instrument verwendet zu werden — das ist unverzeihlich. Wer der Macht ch'Rihans und ch'Havrans keine Beachtung schenkt, muß mit unversöhnlichem Haß rechnen.

Hier und dort sprechen noch immer leise Stimmen von der alten Zeit, von Frieden, Ehre und sogar Wiederannäherung an Vulkan. Doch solche Ideen brauchen noch eine lange Reifezeit, bis sie im Prätoriat diskutierfähig werden. Heute sind im Reich die Kinder eines fünfundzwanzigjährigen blutigen Krieges an der Macht. Sie erinnern sich genau, und die vom Eintreffen der *Carrizal* geweckte Furcht lastet des Nachts noch immer kalt in ihren Herzen. In hundert oder zweihundert Jahren werden vielleicht Kinder geboren, die ruhiger schlafen und tagsüber vernünftiger denken. Bis dahin bleiben die zwei Welten in der langen Nacht allein. Seit dem Flug hat sich nichts geändert: Die Welten haben noch immer Wände, kulturelle Mauern.

Natürlich gibt es Hoffnung. Gelegentlich streckt jemand die Hand aus — nicht unbedingt ein großer General oder Staatsmann —, berührt die Mauer und löst kleine Steine aus ihr. Vielleicht richten die Hände der Geringen weniger aus als die der Großen. Aber sie sind in der Mehrheit und zanken sich nicht so häufig. Sie lassen sich auch nicht von Verlegenheit lähmen, wenn sie jene Bemerkungen hören, die so häufig auf beiden Seiten der Neutralen Zone von vielen Lippen kamen: »Ich verstehe es nicht ...« Sie sind es, die irgendwann verstehen können, um Antworten zu finden und sie zu teilen. Während sie es versuchen, besteht nach wie vor eine Chance. Wenn es den Geringen jemals gelingt, diese besondere Kunst den Großen zu lehren, so werden die Elemente ihnen dabei helfen, die Mauern einzureißen.

KAPITEL 13

McCoy schob den Sichtschirm beiseite und rieb sich die Augen. Das romulanische Recht war außerordentlich komplex. Es hatte Leonard viel Überredungskraft gekostet, ein Lesegerät zu bekommen, das über ein visuelles Übersetzungsmodul verfügte; aber manchmal, wenn er sich mit den Schriften und Verordnungen eines längst toten Senators befaßte, gewann er den Eindruck, nur seine Zeit zu verschwenden. Vielleicht wäre es besser gewesen, sich mit anderen Dingen zu beschäftigen, zum Beispiel dem Gras beim Wachsen zuzusehen. Die älteren juristischen Begriffe lehnten es hartnäckig ab, ins gestelzte Föderationsstandard des eingebauten Translators übertragen zu werden. Es gab keinen Ausweg für McCoy. Selbst das sogenannte ›Recht auf Stellungnahme‹, das bei Kapitalverbrechen zur Geltung kam — unter diese Rubrik fielen bemerkenswert viele Vergehen im romulanischen Reich —, bot dem Angeklagten nur Gelegenheit, die Gründe für sein kriminelles Verhalten zu erklären. Anschließend wurde er trotzdem hingerichtet.

Wenigstens bereitete ihm das Implantat keine unvorhergesehenen Probleme. McCoy hatte mit Kopfschmerzen gerechnet und sich sogar welche erhofft, nur ein leichtes Stechen, das ihm Anlaß gab, sich mit einem *Ich hab's ja gewußt* beim Starfleet-Geheimdienst zu beschweren. Jemanden in einen lebenden Datenspeicher zu verwandeln — das gehörte sich einfach nicht. Aber es funktionierte. Wenn der Mikrochip in seinem kortikalen Erinnerungszentrum Aktivität entfaltete, verstärkte er das ohnehin schon gute Leistungsvermögen des Gedächtnisses und ermöglichte audiovisuelle Erinnerung.

Dann entsann sich Leonard an *alles.* Doch bis er es schaffte, die neuralen Ein- und Ausschaltimpulse zu kontrollieren, mußte er durch eine Datenmenge blättern, die dem Inhalt des *Index Xeno-Medicalis* ähnelte — um schließlich den Hinweis zu finden: »Die Socken sind in den Stiefeln, unterm Bett.«

Der Chip enthielt bereits wichtige Informationen, die von t'Hrienteh stammten, dem Medo-Offizier der *Blutschwinge.* Namen und Gesichter, Struktur und Arbeitsweise des Senats — t'Hrienteh kam aus einer angesehenen Familie —, medizinisches Hintergrundmaterial in Hinsicht auf Psychiatrie und Körpersprache. Informationen, die McCoys Einsatz auf ch'Rihan erleichtern beziehungsweise zusätzliche Schwierigkeiten vermeiden sollten. Deshalb mußte er lange genug auf dem Planeten bleiben, bis man ihn vor Senat und Prätoriat brachte: um sein Wissen zu interpretieren und Lücken darin zu schließen. Ein heikle Angelegenheit, und bereits sehr gefährlich.

Leonard las in romulanischen Gesetzbüchern, weil er herausfinden wollte, wie lange Spionageprozesse normalerweise dauerten und wieviel Zeit ihm blieb, um mit dem hiesigen Rechtssystem zu spielen — bevor es mit *ihm* spielte und dabei Messer benutzte ...

Arrhae trat einen Schritt von der Tür zurück und starrte die beiden Männer an, die vor wenigen Sekunden geläutet hatten. Nach der Begegnung in i'Ramnau überraschte es sie sehr, ausgerechnet Nveid tr'AAnikh zu sehen. »Was führt *Sie* hierher?« entfuhr es ihr. »Und wer ist das?«

Nveids Begleiter war ein wenig größer, sein Haar heller, doch der auffälligste Unterschied bestand darin, daß Nveid zivile Kleidung trug und der andere Mann eine Flottenuniform. »Llhran tr'Khnialmnae«, sagte er und salutierte knapp. Sein Blick glitt von Arrhaes Gesicht in den leeren Flur. »Nveid hat bereits über ... gewisse Dinge mit Ihnen gesprochen. Meine Schwester Aidoann war Dritter Offizier der *Blutschwinge.*«

»Llhran geht ein großes Risiko ein, indem er hierherkommt«, sagte Nveid. »Ich habe Ihnen von den Familien erzählt, die das Verhalten ihrer Verwandten an Bord der *Blutschwinge* billigten. Das Haus Khnialmnae gehört zu ihnen und macht keinen Hehl aus seiner Einstellung. Es respektiert die Ehre sehr.«

»Und was ist mit der Ehre gegenüber Frieden und Leben jener Personen, die nichts mit einem solchen Wahnsinn zu tun haben wollen?« brachte Arrhae zwischen zusammengebissenen Zähnen hervor. »Bitte lassen Sie mich in Ruhe. ›Ruhe‹ bedeutet in diesem Fall, daß Sie sich von dem Anwesen meines Lords fernhalten, solange der Gefangene hier ist. Gehen Sie.«

»*Hru'hfe,* wir möchten mit H'daen tr'Khellian sprechen.« Llhran sprach nun in einem förmlicheren Tonfall, der deutlich auf den Unterschied zwischen einem Senior-Zenturio und einer Bediensteten hinwies. »Unser Anliegen betrifft Mak'khoi.«

»Wieviel wollen Sie mir für ihn anbieten?« H'daen stand auf dem Balkon über der Tür und blickte auf die Besucher hinab. Er wirkte müde, und seine Stimme klang völlig gleichgültig. »Oder sind Sie mit der Absicht gekommen, ihn endlich fortzubringen?«

»Lord ...?« Nveids Züge verrieten Verwirrung. Er schien nicht hier zu sein, um McCoy zur Flucht zu verhelfen — zumindest noch nicht. »Es ist unser Wunsch, ein Gespräch mit dem Föderationsoffizier zu führen, der hier festgehalten wird.«

»Meinetwegen. Von mir aus. Aber erwarten Sie bloß nicht von mir, daß ich mich an irgend etwas beteilige.« H'daen berührte die Wange unter dem rechten Auge; dort zeigte sich ein großer, blaubrauner Fleck. »Beteiligung schmerzt zu sehr.«

»Lord, Sie sind Prätor, und wir ...«

»Ich bin unwichtig«, sagte tr'Khellian mit dem Zorn

eines Mannes, dem vor kurzer Zeit klargeworden war, daß er im allgemeinen Geschehen eine weitaus geringere Rolle spielte, als er vermutet hatte. »Die einzigen Prätoren, die Sie um Erlaubnis fragen müssen, sind junge *Hnoiyikar* und glauben, Ehre sei gleichbedeutend mit Reichtum und der Freiheit, das Mittel brutaler Grausamkeit zu verwenden.« H'daen wandte sich um und kehrte ins Haus zurück.

»Nun?« Nveid richtete einen durchdringenden Blick auf Arrhae, und sie zuckte mit den Schultern.

»Ich bringe Sie zu dem Gefangenen und überlasse Ihnen einen Translator. Sprechen Sie mit ihm, wenn ich außer Hörweite bin. Und bleiben Sie nicht zu lange.«

Llhran sah erst sie an und dann Nveid. »Ich bin an Bedienstete mit besseren Manieren gewöhnt«, sagte er.

Arrhae spürte, wie ihre Wangen glühten. »Ich bezweifle, ob die Diener Ihres Hauses so voller Furcht sind«, erwiderte sie und geleitete die beiden Männer in den Flur, bevor ihnen eine angemessen scharfe Antwort einfiel. »Wenn Sie mir bitte zu Mak'khoi folgen würden ... Anschließend wartet Arbeit auf mich.« Sie beobachtete Nveid, als sie hinzufügte: »Offenbar meinen die Justizsenatoren, daß sich der Gefangene besser fühlt, wenn er ein vertrautes Gesicht in seiner Nähe weiß. Bevor der Prozeß in Ra'tleihfi beginnt, muß ich einige Dinge erledigen, um die sich während meiner Abwesenheit niemand kümmert ...«

»*Sie* fliegen zur Hauptstadt?« fragte Llhran verblüfft. »Eine Dienerin?«

»Die *Hru'hfe* eines alten Hauses, Llhe«, warf Nveid ein. »Andere Orte, andere Sitten. Sie ist mehr als nur eine einfache Dienerin.«

»Oh.« Der Zenturio schien nicht überzeugt zu sein.

Seine Skepsis prallte wirkungslos an Arrhae ab. Es war ihr gleichgültig, was andere Personen über sie dachten; es kam nur noch auf McCoys Meinung und ihre eigene an. »Er befindet sich in der Kammer dort«, sagte sie. »Das heißt, wenn er nicht im Garten ist und mit der Natur spricht.« Bei den letzten Worten lächelte sie.

McCoy kommunizierte nicht mit der Natur, obgleich ihm das sicher lieber gewesen wäre. Statt dessen stützte er den Kopf auf die Hände, murmelte Gesetzesparagraphen und sah wie jemand aus, dem der Schädel brummte. Dieser Eindruck täuschte nicht. Leonard McCoy rang mit vielen Problemen, aber derzeit wünschte er sich nichts sehnlicher als einen Injektor und eine Zwanzig-Milligramm-Ampulle Aerosal. Himmel, er hätte sich auch mit drei Aspirin und einem Glas Wasser begnügt. Er musterte die Besucher ohne großes Interesse und nahm sofort ihre Körpersprache wahr: Beide versuchten, Unsicherheit und Besorgnis zu verbergen; der Uniformierte schien vor kurzer Zeit gründlich aus der Fassung gebracht worden zu sein. Was die Mimik betraf... McCoy sah junge, verschlossene und wachsame Gesichter, aber sie zeigten auch Neugier. Er lächelte kurz, nickte den beiden Männern zu, desaktivierte das Input-Output-System des Lesegeräts und schaltete auch sein Implantat aus — der Umgang damit fiel ihm jetzt ein wenig leichter. Er zog den letzten Datenwürfel aus dem Scanner, fügte ihn mehreren Stapeln auf dem kleinen Tisch hinzu und fragte sich, ob diese Romulaner jemals eine terranische Miene gesehen hatten. Wahrscheinlich nicht.

Arrhae stellte ihn den Besuchern wie einen Lord vor, verließ dann das Zimmer und schloß die Tür. Leonard überlegte, was ihr über die Leber gelaufen sein mochte, und er tippte auf den Zenturio. Dem jungen Mann haftete nicht die harte Strenge eines tr'Annhwi an, aber eine Aura der Entschlossenheit umgab ihn und ließ vermuten, daß er keinen Unsinn von Untergebenen duldete. Dieser Charakter hatte ihm die Uniform eines Senior-Zenturios eingebracht, obwohl er wie ein Achtzehnjähriger aussah. *Oder er hat irgendwo einflußreiche Gönner…*, fuhr es Leonard durch den Sinn.

»Ich kenne Ihre Haus-Namen«, sagte er, als er den romulanischen Translator einschaltete und nach einem freien Platz für ihn suchte. Das Übersetzungsmodul balancierte auf dem kleinsten Stapel aus Datenwürfeln, und McCoy ließ es vorsichtig los. »Ihren Verwandten an Bord der *Blutschwinge* ging es gut, als ich sie zum letztenmal sah. Setzen Sie sich — irgendwo.«

»Danke, Doktor«, entgegnete Nveid und deutete eine Verbeugung an. Llhran wollte zunächst salutieren, erinnerte sich jedoch daran, daß der Gefangene ein feindlicher Offizier war. Er nickte nur. Als die beiden Romulaner mit steifem Rücken neben dem Bett saßen — sie hatten es sicher nicht bequem —, räusperte sich Nveid demonstrativ. *Fast wie ein Mensch*, dachte McCoy amüsiert. »Sir, hat Ihnen die *Hru'hfe* erzählt, daß ich gestern in i'Ramnau mit ihr gesprochen habe?«

Leonard schüttelte den Kopf. »Die *Hru'hfe* glaubt durch mich den Frieden in diesem Haus bedroht. Sie wird erleichtert aufatmen, wenn ich fort bin.«

Falten bildeten sich in Nveids Stirn, und er murmelte Llhran etwas zu. Seine Stimme war so leise, daß der Translator nicht reagierte, aber McCoy vernahm Ärger in den unverständlichen Worten. Zufriedenheit erfüllte ihn. *Gut. Das sichert Terise noch etwas mehr ab.*

»Worum ging es bei dem Gespräch?« fragte er. Arrhae hatte erwähnt, er sei bei gewissen Gruppen ›populär‹ — konnte dies damit gemeint gewesen sein? Ergaben sich daraus Vor- oder Nachteile? Nveid räusperte sich erneut, eine Angewohnheit, die Leonard für eine Mischung aus Nervosität und Affektiertheit hielt.

»Um Sie.«

»Ach? Und was bedeutet das für mich? Etwas Gutes, Schlechtes oder keins von beiden?«

»Etwa Gutes, von Ihrem Standpunkt aus betrachtet.« Nveid holte tief Luft und sah kurz zu Llhran tr'Khnialmnae, der bestätigend nickte. »Sir, es gibt viele Häuser auf ch'Rihan, die ...«

»... deshalb verlangen Pflicht und Ehre, daß wir nicht tatenlos zusehen, wie Sie verurteilt und hingerichtet werden.«

»Woraus besteht die Alternative, Nveid tr'AAnikh?«

»Wir sind bereit, Ihnen zur Flucht zu verhelfen und dafür zu sorgen, daß Sie ch'Rihan verlassen, durch die Neutrale Zone zu Ihrem Volk zurückkehren können. Der Starliner *Wega* wurde gestern freigegeben, nach der Reparatur des Rumpfes, und ... Nun, wir haben überall Freunde, die ebensowenig von den Piraten halten, die das Reich so verwalten wollen wie die Klingonen ihr Imperium. Einige von ihnen haben maßgeblichen Einfluß in den Verkehrskontrollnetzen.« McCoy lächelte bei diesen Worten. »Sie kennen alle an diesem Zehntag gültigen Codes für Flüge im inneren Bereich des Sonnensystems.«

»Und damit kommt man selbst an den planetaren Verteidigungsanlagen vorbei?« fragte Leonard. Sein Lächeln wuchs in die Breite.

»Selbstverständlich. Die Waffenplattformen funktionieren ohnehin automatisch.«

»Nun, damit können wir später etwas anfangen.«

»Später?«

»Ja. Nachdem ich in der Senatskammer Gelegenheit hatte, mir ein Bild davon zu machen, wie das Prätoriat diese besondere Show inszenieren will.«

»*Show?*« McCoys Bemerkung schockierte Llhran so sehr, daß er seine militärische Würde vergaß und aufsprang. »Man will Sie umbringen, Doktor. Fliehen Sie, solange Sie noch dazu imstande sind!«

»Ruhig, Sohn. Regen Sie sich nicht auf. Ich bin keineswegs übergeschnappt, und außerdem muß ich mich an meine Befehle halten. Standard-Prozedur: Wenn ein ausreichend qualifizierter Offizier die Möglichkeit hat, neue soziale Erkenntnisse über ein anderes Volk zu gewinnen, so ist er verpflichtet, alle von ihm als nützlich erachteten Informationen zu sammeln. Wenn ich diese Order mißachte, Zenturio tr'Khnialmnae, so setze ich nicht nur mein Leben aufs Spiel, sondern auch meine Ehre als Starfleet-Offizier.«

»Oh.« Llhran fügte sich sofort und verstand dieses spezielle Argument wesentlich besser als alles andere, für das Parallelen bei den Rihannsu fehlten. Persönliche Ehre, insbesondere die von Offizieren, war eine interkulturelle Währung.

»Wie *können* wir Ihnen helfen, Doktor?«

McCoy schmunzelte stumm über Nveids Eifer, etwas zu unternehmen, und zwar sofort. Der ehrliche Enthusiasmus des jungen Romulaners erinnerte ihn an Naraht, als der Horta gerade den Rang des Fähnrichs erworben hatte. *Ich habe ihn ›Raumkadett‹ genannt, und nicht ohne Grund.* Nveid tr'AAnikh ähnelte ihm ein wenig, aber es gab einen wichtigen Unterschied: Als Romulaner neigte er zweifellos zu Gewalt, wenn man ihn reizte. Wer den Selbstmord — ob freiwillig oder erzwungen — als Mittel der Politik benutzte, war nur an besonders guten Tagen wohlwollend und nachsichtig; die meiste Zeit über verdiente er ständige Wachsamkeit.

»Zum Beispiel auf diese Weise«, sagte McCoy und wählte seine Worte mit großer Sorgfalt. »Wenn Ihr Verkehrskontrollsystem so beschaffen ist wie die bei uns gebräuchlichen, so wird das Kommunikationsnetz in regelmäßigen Abständen geprüft. Fordern Sie einen Ihrer Freunde auf, ein Testsignal zu senden: eine einfache geometrische Reihe, basierend auf den ersten drei Primzahlen.« Leonard schloß die Augen, hob die Lider wieder und starrte ins Leere. »Schicken Sie genau einen romulanischen Standardtag später einen gebündelten Tachyonenimpuls mit der Frequenz 5-18-54 zu folgenden

Koordinaten: galaktische Länge 17D 48.210M, galaktische Breite +6D 14.335M, relative Distanz zum galaktischen Kern 24015 L.Y. Keine Wiederholung, keine Bestätigung. Das müßte genügen.«

Als McCoys Blick ins Hier und Heute zurückkehrte, sah er zwei Romulaner, sie sich ganz offensichtlich fragten, ob die Erfordernisse der Ehre mehr von ihnen verlangten, als ihnen lieb war. »Doktor«, sagte Llhran und sprach nun mit der vollen Verantwortungsbürde des Zenturios, »wer oder was empfängt das Signal?«

»Keine Invasionsstreitmacht. Ein einzelnes Schiff — und es gehört nicht einmal zu Starfleet.«

»Aber es verfügt über die Tarnvorrichtung, die Ihr Captain Kirk stahl?«

»Tja, das ist bereits Geschichte, nicht wahr? Wie dem auch sei: Das Schiff kommt hierher, bewahrt mich vor der Hinrichtung und verschwindet wieder, bevor die Reichsflotte begreift, was eigentlich los ist.«

»Das behaupten *Sie.* Wie können wir Ihnen vertrauen?«

»Oder ich Ihnen?« McCoy hob die Schultern. »›Vertrauen‹ ist ein Begriff, der zwischen Föderation und Reich nur selten benutzt wird. Meiner Ansicht nach ist es höchste Zeit, etwas daran zu ändern. Anstatt die von Ihnen in Aussicht gestellte Chance wahrzunehmen, halte ich mich an das Gebot der Ehre und vertraue darauf, daß Sie bis zur Gerichtsverhandlung alles in die Wege geleitet haben, um mir die Flucht zu ermöglichen. Wenn Sie dieses Vertrauen nicht erwidern, sterbe ich, sicher auf eine ziemlich unangenehme Weise, und was wird dann aus dem *Mnhei'sahe,* das Sie so häufig erwähnen?«

Leonard lehnte sich zurück, während die beiden Romulaner miteinander flüsterten. Er versuchte, nicht zu lauschen — es dauerte ohnehin nur wenige Sekunden, bis er ihre Entscheidung hörte. Seine Hände schwitzten, was ihn kaum überraschte. Sie schwitzten vor jeder

Operation, und die Entfernung von Mißtrauen war eine der schwierigsten Operationen, die er jemals durchgeführt hatte.

Nveid und Llhran beendeten ihre kurze Beratung, und McCoy hob die Brauen, als er ihre blassen Gesichter bemerkte. Offenbar belastete es sie kaum, das eigene Leben zu riskieren, doch es bereitete ihnen erhebliche Sorgen, ihre Heimatwelt der Gefahr eines Angriffs auszusetzen. »Nun gut, Dr. McCoy«, sagte Nveid. »Vertrauen soll es sein. Wenn irgend etwas schiefgeht ... Die Elemente und Mächte wissen, daß wir nur das Beste wollen, jetzt und in der Zukunft.«

»Kommen Sie, Doktor«, sagte Commander t'Radaik. »Sie hatten genug Zeit, Ihre hiesigen Angelegenheiten zu regeln.« Sie stand in der Tür des kleinen Zimmers, begleitet von bewaffneten Gardisten, während McCoy seine Habseligkeiten zusammenpackte.

Genug Zeit? dachte er und hoffte, daß man ihm seine Nervosität nicht ansah. *Nein. Die Zeit reicht nie aus, wenn eine Gerichtsverhandlung und anschließend die Hinrichtung bevorstehen.* Er war entschlossen, nicht zum Mittel des schwarzen Humors zu greifen, der bei solchen Gelegenheiten als Klischee galt. Zugegeben, nur wenige seiner psychiatrischen Patienten hatten es jemals mit einer echten Galgen-Situation zu tun bekommen, aber ...

»Doktor ...«

Die Stimme eines romulanischen Geheimdienstoffiziers, der allmählich die Geduld verlor. McCoy ließ noch einmal den Blick durch die Kammer schweifen, um festzustellen, ob er etwas übersehen hatte, hob dann die Tasche und brachte den ersten Schritt der letzten Meile hinter sich.

Mehr als eine Meile lag vor ihm, und es war nicht nötig, daß er diese Strecke zu Fuß zurücklegte. Der Versammlungssaal des Senats befand sich in Ra'tleihfi, mehr als dreihundert Kilometer im Norden von H'daens

Anwesen, eine Flugstunde mit einem gewöhnlichen Schweber. Mit dem schweren militärischen Gleiter, der wie eine graue, gepanzerte Kröte vor dem Haus hockte, dauerte die Reise länger.

Arrhae stand daneben und schien sich in der Gesellschaft so vieler Soldaten nicht sehr wohl zu fühlen. McCoy rang sich ein aufmunterndes Lächeln ab. In Terises Gesicht zuckte es kurz — vielleicht die Andeutung eines Schmunzelns, vielleicht der mimische Krampf einer Person, die an Verdauungsstörungen litt.

»Einsteigen!« befahl t'Radaik. McCoy gehorchte; es blieb ihm auch gar keine andere Wahl. Zusammen mit Arrhae nahm er in dem Gleiter Platz, eskortiert von Wächtern, in deren Halftern Intervaller steckten. Leonard blickte zum Haus zurück und sah H'daen tr'Khellian, der das Geschehen beobachtete. *Ihm scheint ebenso mulmig zumute zu sein wie mir,* dachte er und erinnerte sich daran, was H'daen vor fünf Nächten gesagt hatte. Nach Ansicht des Hausherrn sollte das romulanische Recht nicht auf diese Weise interpretiert werden. Nun, inzwischen kannte McCoy das juristische System im Reich gut genug, um zu wissen, daß H'daen eine eher optimistische Einstellung vertrat. Hier fanden Prozesse nicht auf einer ›fairen‹ Basis statt, die Anklage und Verteidigung Gelegenheit gab, ausführlich ihre Standpunkte zu erläutern, um anschließend Geschworenen und Richter die Entscheidung zu überlassen — nicht einmal dann, wenn das Urteil erst noch gefällt werden mußte. Bei den Rihannsu lag die Beweislast beim Angeklagten. »Schuldig bis sich die Unschuld herausstellt.« Und Gott stehe einem bei, wenn das Gericht meinte, es sei nur ein Geständnis notwendig. Die romulanischen Untersuchungsbeamten waren so geschickt, daß sie einem Stein Blut entlocken konnten und ihn gleichzeitig veranlaßten, seine Spionagetätigkeit für die Föderation zuzugeben.

McCoy dachte an Naraht, den jungen Lieutenant Fels, und rasch verdrängte er diese Überlegungen.

Die Heckklappe des Gleiters glitt zischend und mit dem Summen von Servomotoren zu; unmittelbar darauf schlossen sich die hermetischen Siegel. Dunkelheit herrschte, bevor man in der Pilotenkanzel die Bordsysteme aktivierte. Wenige Sekunden später startete der schwere Schweber und flog nach Norden, in Richtung Ra'tleihfi. Zum Senat und Prätoriat — und auch zu den von Arrhae erwähnten malerischen Hinrichtungskammern.

Die *Hru'hfe* beugte sich zu Leonard vor und reichte ihm eine kleine Flasche, die — nach dem Geruch zu urteilen — guten Wein enthielt. »Naraht?« Sie hob die Flasche, und dadurch hatte es den Anschein, als biete sie ihm mit dem Wort das Getränk an.

McCoy nahm das Gefäß entgegen und setzte es kurz an die Lippen, bevor er es zurückgab. »Später«, erwiderte er. »In der Stadt. Wenn mir die Kehle trocken wird.« Er hoffte, daß sich der Horta so schnell nach Ra'tleihfi graben konnte, wie Naraht behauptet hatte — er orientierte sich dabei mit Hilfe der Impulse, die von dem Speicherchip in Leonards Gehirn stammten. Er diente sowohl Naraht als auch dem noch hypothetischen Rettungsschiff als Peilhilfe. Hinzu kam, daß ihn der Starfleet-Geheimdienst als ambulantes System zur Informationsgewinnung benutzte ... McCoy seufzte innerlich und stellte sich vor, wie er nach dem Ende der Mission — und der sicheren Heimkehr — auf einem neurochirurgischen Operationstisch lag, während Johnny Russel ihm die Hardware aus dem Kopf holte. Andererseits: Wenn die Dinge nicht nach Plan liefen, würde irgendein Romulaner die Technik aus seinem Schädel entfernen, und Leonard bezweifelte, ob es eine derartige Operation verdiente, sich darauf zu freuen.

Die vier romulanischen Gardisten beobachteten McCoy und Arrhae und zuckten mit den Schultern. Da ihnen niemand Wein anbot, begnügten sie sich mit dem verdünnten Bier in ihren Feldflaschen.

Der Gleiter erreichte Ra'tleihfi kurz vor Mittag; er flog durch die hohen, für Prioritätsverkehr reservierten Transferkorridore. Leonard hatte erneut das Gefühl, daß einige schwere Kreuzer Manöver in seiner Magengrube durchführten, aber er war neugierig genug, um den Stahlschild des Fensters zu öffnen und aus einer Höhe von etwa anderthalb Kilometern auf die Rihannsu-Hauptstadt hinabzusehen. Ihre geringe Größe überraschte ihn. Aus irgendeinem Grund hatte er eine gewaltige Metropole erwartet, einen urbanen Komplex, der sich wie Los Angeles viele Meilen weit erstreckte. Statt dessen betrachtete er einen Ort, der wie die Altstadt von New York wirkte: ein dichter Haufen aus Wolkenkratzern, die möglichst wenig Platz auf dem Boden beanspruchten, schimmernde Konstruktionen aus Stahl, Glas und Kunststoff — eine seltsam angenehme Mischung aus Art deco-Moderne und der klassischen Strenge von dorischen Säulen.

Hier und dort zwischen den kristallartig glitzernden Türmen erhoben sich uralte Gebäude, die keine Ähnlichkeit mit irgendeiner Form der irdischen Architektur aufwiesen. McCoy wußte von Arrhae, daß die Versammlungssäle von Senat und Prätoriat unmittelbar nach dem Schreckensregiment der herrschenden Königin eingeweiht worden waren. Mit anderen Worten: Seit mehr als tausend Jahren benutzte man sie, um über die Geschicke der zwei Welten zu entscheiden. Kein Bauwerk auf der Erde hatte eine so lange Geschichte hinter sich.

Der Gleiter landete in einer abgeschirmten Parkbucht hinter dem Senat und hockte wie ein Käfer auf dem Landegestell, bevor er nach unten sank. Wenn dieser Vorgang dazu bestimmt war, Gefangene zu beunruhigen, so erfüllte er seinen Zweck. Bei bereits beunruhigten Häftlingen wirkte er noch nachhaltiger.

»Leonard H. McCoy.« Die Justizprätorin las den Namen mit recht guter anglischer Aussprache. McCoy musterte sie und überlegte, warum sich alle Anklageblätter in der Galaxis ähnelten, ganz gleich, wie sie beschaffen waren und aus welchem Material sie bestanden. Die Prätorin nannte nun biographische Einzelheiten in bezug auf den Angeklagten, und manche Details erstaunten Leonard. Er fragte sich, wie viele Personen in Starfleet Command klingonische und romulanische Äquivalente von Arrhae/Terise sein mochten.

Nach einer Weile senkte er den Kopf und starrte auf seine mit einem dünnen Seidenband gefesselten Hände hinab. Man hätte es nur für ein Symbol halten können, dem jeder praktische Nutzen fehlte. Aber das Band war hitzeversiegelt worden, nicht die Seide, sondern die monomolekulare Faser darin. *Symbolische Bedeutung* — von wegen, dachte Leonard und erinnerte sich an die Worte des romulanischen Sicherheitsoffiziers. *Eine ehrenwerte Fessel, wenn sie ehrenvoll getragen wird. Ich rate Ihnen, sie nicht auf die Probe zu stellen. Wenn Sie ziehen ...* Der Rihannsu beendete den Satz nicht, aber McCoy verstand nur zu gut. Die monomolekulare Faser war zu dünn, um sie mit dem bloßen Auge zu erkennen. Wenn man Druck auf sie ausübte, so schob sie sich zwischen die Moleküle des entsprechenden Objekts. *Ich würde mir selbst die Hände abschneiden.*

»Nun zu den Anklagepunkten«, sagte die Prätorin. Ihre Stimme hallte laut in dem großen Saal wider, und Gott allein — beziehungsweise die Elemente — mochte wissen, wie oft diese Worte hier erklungen waren. Ein Marmorboden, der sich leicht abwaschen ließ ... Neugier erfaßte McCoy, und er konzentrierte sich auf den Vortrag.

»Spionage. Sabotage. Verschwörung. Mitwirkung beim Diebstahl militärischer Geheimnisse. Beschädigung von Reichseigentum. Mittäterschaft bei der Aneignung einer falschen Identität als Rihannsu-Offizier. Der

Sicherheit des Reiches und dem öffentlichen Wohl abträgliche Verhaltensweisen. Dieses Gericht hat alle Beweise gründlich geprüft und den Angeklagten für schuldig befunden. Die Todesstrafe soll folgendermaßen vollzogen werden …«

KAPITEL 14

McCoy schluckte. Natürlich hatte er mit so etwas gerechnet, aber derartige Erwartungen bereiteten niemanden darauf vor, laut und deutlich das eigene Todesurteil zu hören. Etwa fünfzehn Sekunden lang saß er völlig reglos und schwitzte, während ihn die flaue Leere in der Magengrube an eine versäumte Mahlzeit erinnerte. Kurze Zeit später verflüchtigte sich dieses Empfinden und wich einem Stechen im hintersten rechten Backenzahn.

Phantomschmerz war eine Sache, das Feedback von Sensorpeilungen eine ganz andere. Zumindest ein Teil der inneren Ruhe kehrte zurück. *Du hast einen verborgenen Trumpf,* fuhr es ihm durch den Sinn. *Gerate jetzt nicht in Panik. Außerdem: Früher oder später müssen wir alle sterben ...* Was natürlich nicht bedeutete, daß er plötzlich den Spaß am Leben verlor. Leonard wischte sich die feuchten Hände an der Hose ab und unterdrückte ein unangemessen selbstgefälliges Lächeln, das auf seinen Lippen zu zittern begann. Als er sich erhob, wurde er sofort zum Zentrum der allgemeinen Aufmerksamkeit. Die Wächter richteten ihre Phaser auf ihn — Waffen, die sie im Saal eigentlich gar nicht tragen durften; damit entehrten sie das Schwert auf dem Leeren Stuhl. McCoy musterte sie ruhig, blickte auf die Strahler, wölbte verächtlich die Brauen und wandte sich an die Versammelten. »Meine Damen und Herren ...«

In den Augen der Justizprätorin gleißte es zornig. »Der Verurteilte soll sich setzen und schweigen!«

»Warum denn?« erwiderte McCoy und holte tief Luft. »Ich verlange das Recht auf Stellungnahme.«

Es kam zu einem lauten Tumult im Saal, und Leonard lächelte dünn, als er etwas Einzigartiges beobachtete:

Zum erstenmal seit Jahren war sich die Trikammer einig, indem sie forderte, einen gewissen Leonard H. McCoy unverzüglich zum Schweigen zu bringen. Er prüfte die mental-neuralen Protokolle, vom Analyseprozessor hinter seiner Stirn zur Verfügung gestellt, spürte dabei, wie sich die Realität kurz verschob. Mit verstärkter Erkenntnisfähigkeit in Hinsicht auf die gegenwärtige Situation begriff er, daß seine Forderung hohe Wellen in dem Teich aus Gift der romulanischen Exekutive schlug. Er fragte sich, was ›zum Schweigen bringen‹ bedeutete, und die Phantasie zeigte ihm einen Verurteilten, der geknebelt in einen Sack gestopft wurde. Er hielt es jedoch für wahrscheinlicher, den Ruf ›Rübe ab!‹ zu hören; wer so etwas verlangte, konnte recht sicher sein, daß sein Vorschlag nicht auf taube Ohren stieß.

Die Justizprätorin schien eine derartige Möglichkeit zu erwägen und auch fähig zu sein, sie selbst wahrzunehmen. Zu den Informationen in McCoys Logikchip gehörten Namen und Gesichter der wichtigsten Prätoren und Senatoren. Leonard hatte zunächst nicht gewußt, welchen Rang diese Frau bekleidete, aber aufgrund ihrer falkenartigen Züge erkannte er sie als Hloal t'Illialhlae, Gemahlin des einstigen Kommandanten der *Kampfkönigin* — eine würdige Partnerin für jenen hinterhältigen Mann. Die übrigen Daten teilten Leonard mit, daß Hloal seit dem Tod ihres Lebensgefährten während des Levaeri V-Zwischenfalls zu einer regelrechten Harpyie geworden war. Doch davon ließ sich der Starfleet-Arzt jetzt nicht beeindrucken.

»Nun?« brummte er stur. »Was ist damit? Wenn Sie mich hier den erbarmungslosen Regeln des romulanischen Rechts unterwerfen, so sollten Sie daran denken, daß Sie ebenfalls daran gebunden sind. Andernfalls können wir uns diese Farce sparen.«

Die Prätorin ignorierte ihn einige Sekunden lang. »Schalten Sie die Überwachungskameras aus!« ordnete sie an. »Und unterbrechen Sie die Übertragung in den öffentlichen Kanälen!« Als die Ausführung dieses Befehls bestätigt wurde, richtete Hloal den Blick auf McCoy und lächelte grimmig. »Ja, Doktor. Vielleicht wäre es besser, auf die Farce zu verzichten.«

»Lassen Sie ihn reden, t'Illialhlae!« rief jemand aus den Reihen des Senats. »Es könnte recht amüsant werden.«

McCoy sah zu der betreffenden Senatorin. Sie trug eine Uniform und das Haar zusammengeflochten; in ihrem Gesicht zeigte sich eine Narbe, die vom einen Auge bis zum Mundwinkel reichte, und dadurch schien sie ständig zu lächeln. *Eviess t'Tei,* flüsterte das artifizielle Gedächtnis in Leonard. *Abgeordnete des Senats, Provinzgouverneur und bekannte Duellantin.* Eine Person, die man höchstens nur einmal ignorierte. Hloal und Eviess musterten sich gegenseitig, und McCoy beobachtete die beiden Frauen fasziniert. Eviess strich mit der Fingerkuppe über ihre Narbe und schmunzelte bedeutungsvoll, als erinnere sie sich voller Genugtuung an die alte Wunde.

»Wenn das dem Wunsch des Hauses entspricht ...«, sagte Hloal plötzlich. Leonard nahm interessiert zur Kenntnis, wie sie vor der Versammlung den Rückzug antrat und gleichzeitig versuchte, sich nichts anmerken zu lassen. »Wer für das Recht auf Stellungnahme ist, möge das bitte zu erkennen geben.« Die meisten Männer und Frauen im Saal erhoben sich und blieben lange genug stehen, um festzustellen, daß sie die Mehrheit bildeten. Dann nahmen sie mit deutlicher Zufriedenheit Platz. »Dagegen?« Diesmal standen wesentlich weniger Delegierte auf. McCoy entdeckte weitere ›vertraute Gesichter‹ — Leute, vor denen man ihn gewarnt hatte.

»Die Mehrheit hat den Vorschlag gebilligt«, verkündete Hloal widerwillig. »Das Recht auf Stellungnahme wird gewährt. Man löse die Fesseln des Gefangenen.« Sie blickte zu McCoy und faßte sich wieder, fand Trost in dem Wissen, daß der Föderationsoffizier sterben würde; sein kleiner Sieg zögerte die Hinrichtung nur ein wenig hinaus. »Bei dem Recht auf Stellungnahme gibt es keine zeitlichen Beschränkungen, Dr. McCoy. Sie können sprechen, solange es Ihnen beliebt.« Gelassenheit verwandelte sich in Erheiterung. »Oder solange Sie können. Wenn Sie nicht mehr in der Lage sind, Ihre Ansprache fortzusetzen, wird das Urteil vollstreckt. Es wäre würdevoller gewesen, das Unvermeidliche sofort zu akzeptieren.«

»Ich habe das Recht verlangt«, entgegnete McCoy hartnäckig. »Und dabei bleibe ich.«

»Wie Sie meinen.« Hloal hob die Stimme, damit alle Prätoren und Senatoren sie hörten. »Die ehrenwerten Mitglieder des Hauses sind nicht verpflichtet, auf ihren Plätzen zu verweilen. Doch was Sie angeht, Dr. McCoy … Bei dieser besonderen Sitzung des Senats sind keine Pausen geplant, weder für Mahlzeiten noch für die Befriedigung anderer Bedürfnisse. Dort stehen Sie, und dort bleiben Sie. Ganz gleich, was auch geschieht.« Die Justizprätorin lächelte süffisant. »Machen Sie es sich so bequem wie möglich. Es wird ein langer, langer Tag.«

McCoy wußte, was Hloal und die übrigen Anwesenden in ihm sahen: einen Feigling, der noch etwas länger leben wollte. *Wenn ihn die Folterer holen,* so teilten ihm die romulanischen Gesichter mit, *müssen sie ihn vielleicht zu den Hinrichtungskammern* zerren *und gelegentlich stehenbleiben, um seine Finger von jenen Dingen zu lösen, an denen er sich unterwegs festhält.*

Er schmunzelte und beobachtete, wie sich Dutzende von Augenbrauen wölbten — es war ein aufrichtiges Lächeln, ohne die erzwungene Tapferkeit eines Verurteilten. *Der Tag wird länger, als du glaubst, Teuerste. Du hast noch nie einen guten alten Filibuster aus den Südstaaten gehört. Ich hoffe, das Kissen deines Stuhls ist weich genug …*

»Mak'khoi!« Eviess t'Tei stand auf, und ihre offensichtliche Begeisterung beunruhigte McCoy. »Mit oder ohne Option?«

»Option?« wiederholte er verwirrt.

»Ein Duell. Um Ihnen die Chance zu einem ehrenvollen Tod zu geben.«

»Sie scheinen sich meiner Niederlage sehr sicher zu sein, Madam. Und wenn ich *gewinne?*«

Eviess lachte nicht, aber das kurze Zucken ihrer Lippen deutete darauf hin, daß sie diese Möglichkeit für sehr unwahrscheinlich hielt. »Wenn Sie gewinnen, kämpfen Sie gegen einen anderen Repräsentanten des Gerichts. Und gegen einen dritten, falls es notwendig werden sollte. Am letztendlichen Ergebnis ändert das nichts, aber Sie sterben schneller als in der Hinrichtungskammer.«

»Das kommt ganz auf den Gegner an«, erklang eine Stimme, die McCoy auch ohne die Hilfe des Datenimplantats identifizierte. »Eviess t'Tei, ich beanspruche das Recht, als erster gegen den Verurteilten anzutreten.«

»Subcommander Maiek tr'Annhwi«, sagte t'Tei. »Nun, wer sonst? Ihre Manieren lassen noch immer zu wünschen übrig ...«

Natürlich war auch tr'Annhwi zugegen. Er hätte den ganzen Reichtum der zwei Welten abgelehnt, um sowohl an dem Prozeß als auch an der Exekution teilzunehmen. Alles in ihm drängte danach, seiner Präsenz direkte persönliche Aspekte zu verleihen. Aber das ließ McCoy nicht zu. Es gab wichtigere Dinge für ihn, als sich auf eine Konfrontation mit dem Subcommander einzulassen.

Er bedachte tr'Annhwi und die anderen mit einem Lächeln, legte einen Arm auf den Rücken und den anderen über die Magengrube, präsentierte der Versammlung dann eine groteske Tanzschulen-Verbeugung, die niemanden beeindruckte, aber viele beleidigte. Es wurde still im Saal, und Leonard wartete einige Sekunden, bevor er begann:

»Prätoren, Damen und Herren, verehrte Geschworene — wo auch immer Sie sind ... Ich bin kaum daran gewöhnt, große Reden zu halten, aber ich möchte diese Gelegenheit nutzen, Ihnen dafür zu danken, daß Sie mich nicht mit Nebensächlichkeiten wie einem fairen Gerichtsverfahren belästigen. Hier spielt es natürlich keine Rolle, daß gerechte Prozesse bei allen zivilisierten Völkern üblich sind, zum Beispiel bei den Klingonen ...« Empörte Stimmen ertönten, und McCoy grinste breit. Er liebte ein aufmerksames Publikum ...

Arrhae hörte dem Starfleet-Arzt ungläubig zu, zuerst verblüfft von seiner verwegenen Kühnheit. Doch dann wuchs ihre Bewunderung für McCoys Durchhaltevermögen und seine rhetorische Phantasie.

Er sprach über alles, begann mit einer Analyse des romulanischen Rechts, soweit es Spionage und den Schutz militärischer Geheimnisse betraf, drehte sich in verbalen konzentrischen Kreisen, erörterte den Krieg als unmittelbare Anwendung von Ehre und verbrachte viel Zeit damit, Verrat als Unterhaltung, Hobby und Kunstform zu schildern. Er nannte Namen, und einige Senatoren rutschten voller Unbehagen auf ihren Sitzbänken hin und her, als Leonard in allen Einzelheiten das schändliche Verhalten ihrer Vorfahren beschrieb.

Anschließend wählte er andere Themen, um sie mit der gleichen Ausführlichkeit zu behandeln — obwohl sie eigentlich gar nichts mit dem Recht auf Stellungnahme zu tun hatten. Er hielt einen langen Monolog über die richtige Zubereitung von ›texanisch-mexikanischem Chili‹ (»Was immer das auch sein mag«, kommentierte einer der Prätoren hinter Arrhae), hielt dann eine Schmährede gegen jene Ketzer (»Ah, religiöses Schisma ...«), die Bohnen im Topf empfahlen, anstatt sie als Beilage zu verwenden. (»Mit ›Beilage‹ ist sicher eine heilende Substanz gemeint«, sagte jemand im Tonfall eines Mannes, der Bescheid zu glauben weiß. »Beim *t'shllei* handelt es sich zweifellos um ein Medikament.« »Warum?« Eine kurze Pause folgte, und Arrhae mußte sich sehr beherrschen, um nicht zu kichern. »Nun ... Er *ist* Doktor. Obgleich mir die medizinischen Behandlungsmethoden der Föderation primitiv erscheinen ...«)

McCoy störte sich nicht daran, daß seine romulanischen Zuhörer keine Verbindung zwischen einfachen Arzneien und Speisen herstellen konnten. In leidenschaftlichen Details sprach er über die Restaurants in der Altstadt von New York und die dort servierten Spezialitäten. Nach einer Weile beauftragte man einen Techniker, die Translatoren zu reparieren, aber seine Bemühungen blieben ohne Erfolg. Einmal versagten die Übersetzungsmodule bei drei Worten von fünf: Für *Pii'tsa, Blo'hnii* und *Fvhonn'du* gab es keine adäquaten Begriffe in Rihannsu. Insbesondere *Fvhonn'du* schien kein Nahrungsmittel zu sein, sondern eine spezielle Foltermethode, die man inzwischen nicht mehr oft benutzt. Einzelne Körperteile wurden dabei in heißes Öl getaucht ...

McCoy wollte natürlich Zeit gewinnen, aber Arrhae fragte sich einmal mehr, was Naraht ganz allein anstellen konnte. Leonard schien sicher zu sein, daß der Horta imstande war, ihm wertvolle Hilfe zu leisten. Allerdings hatte er noch keine Gelegenheit gefunden, Terise einzuweihen; derzeit deutete alles darauf hin, daß sie noch Stunden warten mußte, bevor sie Auskunft bekam. Doch dann hustete der Starfleet-Arzt plötzlich, räusperte sich und hustete erneut — für Arrhae klang es wie ein Todesröcheln. Viele Prätoren und Senatoren waren aus Langeweile halb eingeschlafen, aber jetzt erwachten sie plötzlich und beugten sich vor, wie ein *Thraiin*-Rudel, das Beute witterte. Aus einem Reflex heraus stand die *Hru'hfe* auf, nahm Wasser, Bier und einen Becher vom nächsten Erfrischungstablett und wagte es, dem Gefangenen etwas zu trinken anzubieten. Es war schon schwer genug, in der Gegenwart eines anderen Südstaatlers über den amerikanischen Bürgerkrieg — beziehungsweise den Sezessionskrieg; es kam auf die jeweilige Gesellschaft an — zu sprechen, und wenn ›verdammte Yankees‹ in der Nähe weilten, ergaben sich dabei diverse Probleme. Aber hier, vor gleichgültigen Rihannsu, die nur darauf warteten, daß er endlich schwieg, führten solche Ausführungen zu schier unerträglichen Belastungen. Leonards Kehle schien völlig ausgedörrt zu sein, und in seinem Kiefer vibrierten Feedback-Schwingungen. Nie zuvor in seinem Leben war er so durstig gewesen. Als Arrhae ihm den Becher mit unverdünntem Bier reichte, griff er sofort danach, ohne zu warten, daß sie der blauen Flüssigkeit Wasser hinzugab. Er leerte das Gefäß in einem Zug.

Während der nächsten Sekunden befürchtete er, in dem Hirnimplantat sei es plötzlich zu einem Kurzschluß gekommen. Er keuchte, schnappte nach Luft, blinzelte mehrmals und schluckte — um festzustellen, ob sich die Speiseröhre an der richtigen Stelle befand. Dann hob er den Becher, um ihn erneut füllen zu lassen.

»Wenn Sie sich entschlössen, dieses Zeug in die Föderation zu exportieren, wären Sie innerhalb kurzer Zeit reich«, sagte er. »Obwohl ich es nur für medizinische Zwecke verwenden würde. Es eignet sich bestens, um verstauchte Gelenke damit einzureiben, Instrumente zu sterilisieren, Zahnstein zu entfernen und so weiter. Nein, einen Mint Julep ersetzt Ihr Bier nicht. Dazu braucht man Kentucky Bourbon sowie frische Minze, und die richtige Minze wächst nur ...«

McCoy kam langsam wieder in Fahrt. Arrhae beobachtete ihn ernst und überlegte, wie lange er auf diese Weise weitermachen konnte, bevor seine Stimme versagte.

Worauf wartet er? dachte sie. Als eine Demonstration

von Tapferkeit hatte dieses Verhalten keinen Sinn. Früher oder später gingen ihm bestimmt die Themen aus. Sicher, er rechnete damit, daß Naraht etwas unternahm, aber …

Aber er verhält sich so, als sei er sicher, diesen Ort — ch'Rihan und das Eisn-System — lebend zu verlassen und mit heiler Haut zur Föderation zurückzukehren …

Arrhae hörte McCoys Stimme gleich zweimal: hier, rauh und heiser, während er über Bourbon sprach, die Größe der Eiswürfel erklärte und meinte, welche Temperatur das Glas haben sollte; und auch in ihrer Erinnerung, ruhig und müde. *Ich bin befugt, Sie folgendes zu fragen: Wenn man mich abholt — möchten Sie dann mitgenommen werden?*

Nach Hause?

Arrhae erbleichte. Terise in ihr erbebte. Nach Hause …

Aber dies ist meine Heimat! schrie ein Teil von ihr, ohne daß sie feststellen konnte, ob die Worte von der *Hru'hfe* Arrhae oder der Agentin Terise stammten.

Acht Jahre hatte sie auf ch'Rihan verbracht, Rihannsu in allen Feinheiten gelernt, ebenso die Bräuche und Traditionen. Sie hatte gelesen, sich ausführlich mit den Wünschen und Hoffnungen der ›Romulaner‹ beschäftigt, mit ihren Freuden und Enttäuschungen. Sie war mit den Rihannsu vertrauter als mit ihrem eigenen Volk auf der Erde; sie kannte ihr Leben besser als das Leben auf Terra. *Als Fremde bin ich hierhergekommen,* dachte Arrhae. *Als Fremde habe ich damit begonnen, diese Kultur zu studieren. Doch jetzt fühle ich mich hier zu Hause. Vielleicht sollten mehr Leute …*

Aber ihr Problem bestand nicht darin, was andere Leute tun sollten. McCoys Frage loderte wie Feuer in ihrem Bewußtsein und verlangte eine Antwort.

Starfleet. Keine Furcht mehr, keine Plackerei — die Arbeit der *Hru'hfe* war nie einfach —, Rückkehr in die Freiheit, zu den Sternen und anderen Welten. Die Möglichkeit, ihre alten Freunde auf Erde und Mars wiederzusehen. *Rot* zu bluten.

Arrhae schauderte. Rotes Blut — diese Farbe erschien ihr plötzlich seltsam.

Vielleicht vergoß McCoy schon sehr bald derartiges Blut, wenn sein Plan nicht funktionierte. Und sie wußte nicht, wie sie ihm helfen konnte.

Sie sollen mir nicht helfen — noch nicht.

Arrhae erschauerte einmal mehr.

Ich bin befugt, Sie folgendes zu fragen …

Arrhae wünschte, das wäre nicht der Fall gewesen.

Plötzlich erzitterte der Boden, als sei ein schwerer Gegenstand herabgefallen.

Sie sah sich um. Nirgends regte sich etwas. Alle Prätoren und Senatoren saßen. Nichts war auf den Marmor gestürzt; vielleicht hatte sie es sich nur eingebildet. McCoy sprach gerade über Cocktail-Shaker.

Das Zittern wiederholte sich, und diesmal war es stärker. Arrhae drehte den Kopf von einer Seite zur anderen und überlegte, ob die anderen Anwesenden etwas bemerkt hatten. *Oder liegt es daran, daß ich überreizt bin?* Das mußte die Erklärung sein. Die Mitglieder des Senats und Prätoriats wirkten wieder gelangweilt, als McCoy darauf hinwies, daß man den Zucker für einen Julep zunächst in heißem Wasser auflöste.

Er fuhr fort, indem er zu beschreiben begann, wie man einige Minzeblätter zerrieb, während die übrigen heil blieben — und plötzlich unterbrach er sich. Hloal t'Illialhlae und Subcommander tr'Annhwi sprangen gleichzeitig auf und lächelten. Doch dann verschwand das Grinsen aus ihren Gesichtern, als sich mitten im Boden ein Riß bildete, direkt vor dem Leeren Stuhl.

Der Riß wurde breiter, und dabei ertönte ein Knirschen, das im Senatssaal seltsam laut widerhallte. Unmittelbar darauf platzte er zischend auseinander. Arrhae nahm einen beißenden, säureartigen Geruch wahr und beobachtete, wie ein *Ding* erschien, über den Boden kroch und dabei eine Ätzspur im Marmor hinterließ.

Was ist mit ihm geschehen? dachte sie überrascht. Lieutenant Naraht schien jetzt doppelt so groß zu sein wie vor sechs Tagen, als sie im wahrsten Sinne des Wortes über ihn gestolpert war, und der mit Rangabzeichen versehene Voder sah aus wie ein Fleck, wies kaum mehr Ähnlichkeit mit einem elektronischen Gerät auf. Arrhae wußte nicht, ob Siliziumwesen wie Hortas in ihrer späten Jugend einen Wachstumsschub erlebten oder ob Naraht den Rat des Doktors befolgt und auf dem Weg von H'daens Anwesen nach Ra'tleihfi mehrere Imbißpausen eingelegt hatte. Wie dem auch sei: Es genügte völlig, daß er eingetroffen war, noch dazu auf eine Weise, die ein hohes Maß an Verwirrung stiftete. Normalerweise würdevolle Senatoren und Prätoren liefen wie kopflose *Hlai* umher und schrien; Säuredämpfe bildeten dichte Wolken; es erklangen Befehle, denen niemand Beachtung schenkte.

Terise ahnte allmählich, daß McCoys Zuversicht nicht unbegründet war.

Leonard verglich die gegenwärtigen Ereignisse mit dem Chaos im Kontrollraum der *Wega,* nachdem der romulanische Kreuzer das Feuer auf die Frachtkammern des Starliners eröffnet hatte. Dicht neben ihm fauchte Phaserenergie: Einer der vier Wächter schoß mit seiner illegalen Waffe auf Naraht. Der Horta ignorierte den Strahl, und dem Rihannsu-Gardisten blieb gerade noch genug Zeit, erstaunt die Augen aufzureißen — McCoy drehte sich auf dem Podium zur Seite und rammte dem Uniformierten den Ellenbogen an die Kehle. *Es hat durchaus Vorteile, Arzt zu sein,* dachte er, als er sich bückte und nach dem Phaser griff. *Man weiß genau, welche Stellen man treffen muß.* Er verdrängte alle Gedanken, die nicht in direktem Zusammenhang mit dem Überleben standen, als weitere Strahlen durch den Saal zuckten, die Luft ionierten und das Pult zerfetzten ...

Leonard konnte von Glück sagen: Abgesehen von einem Versuch, ihn zu erschießen, konzentrierten die Romulaner ihre destruktiven Bemühungen auf Naraht — obgleich schon nach kurzer Zeit klar wurde, daß sie nur ihre Zeit und die Ladeenergie der Waffen vergeudeten. Doch wenn ein lebendiger Repräsentant der Elemente unter Sterblichen wandelte, so konnte man jenen Sterblichen kaum vorwerfen, die Vernunft zu vergessen und irrational zu handeln. Naraht erlitt keine Verletzungen, aber die Angriffe weckten Zorn in ihm, und er verhielt sich so, wie er es angesichts der Umstände für angemessen hielt: mal wie ein Panzer, dann wie eine Dampfwalze, die Hindernisse einfach unter sich zermalmte. Er ließ sich von nichts aufhalten. »Sie haben lange gebraucht, um hierherzukommen!« rief ihm McCoy von der anderen Seite des Saals her zu.

Naraht schleuderte einen auf ihn feuernden Wächter an die Wand. »Versuchen *Sie* mal, sich mehr als dreihundert Kilometer weit durch Felsen zu graben, Doktor.«

»Und noch etwas«, fügte Leonard hinzu. »Was ist mit Ihnen passiert? Sie sind doppelt so groß!«

Einige Rihannsu, die gerade auf den Horta anlegten, vernahmen sein bizarres Lachen, wirbelten herum und flohen. »Sie fordern mich doch ständig auf, etwas zuzunehmen. Aus diesem Grund habe ich mir unterwegs den einen oder anderen Leckerbissen erlaubt. Außerdem ...« Die Voder-Stimme gewann nun einen fröhlichen Klang. »Der hiesige Granit schmeckt *sehr* gut.«

Mehrere andere Romulaner schossen auf Naraht, und drei Strahlen trafen ihn. Offenbar schmerzten sie — der Horta stürmte den Wächtern entgegen. Einer von ihnen wich nicht rechtzeitig beiseite, legte erneut an und betätigte den Auslöser. Eine Sekunde später versuchte der Mann, einen Schrei von sich zu geben: Er klappte nur den Mund auf, bevor Naraht über ihn hinweglief und einen von Säure verätzten Fladen auf dem Boden zurückließ. Wenn Hortas jemanden töteten, nützten Wiederbelebungsmaßnahmen nichts mehr ...

McCoy beschloß, ebenfalls aktiv zu werden. Er hockte hinter einer Sitzbank, die seiner Ansicht nach weder hoch noch dick genug war, packte Arrhae am Arm und zog sie ebenfalls in Deckung. Sie versuchte, sich loszureißen, schlug nach ihm, bevor ihr klar wurde, wer sie festhielt. Um so besser: Dadurch wirkte sie wie die Geisel eines verzweifelten Mannes. Eine Geisel, die *Hru'hfe* eines Hauses war, das derzeit hoch in der Gunst des Flottengeheimdienstes stand. McCoy hielt ihr den erbeuteten Phaser an den Kopf und schien sie zu bedrohen, als er mit ihr sprach. Narahts Raserei sorgte dafür, daß niemand in der Nähe weilte, um die Wahrheit zu erkennen.

»Das Schiff ist auf dem Weg hierher, Terise«, sagte Leonard und senkte die Stimme, als er ihren wahren Namen nannte — obgleich es nur wenige Meter entfernt drunter und drüber ging. »Es dauert nicht mehr lange, bis wir heimkehren können.«

Arrhae wich fort, weit genug, um sich zu drehen und den Doktor zu mustern. Ihr Kopf ragte hinter der Sitzbank hervor, und McCoy zog sie rasch zu sich heran. Die *Hru'hfe* ignorierte den Rauch, holte tief Luft und erwiderte: »Kehren Sie zur Föderation zurück. Ich bleibe hier.«

Er maß sie mit einem nachdenklichen Blick. »Sie haben sicher mit einer solchen Entscheidung gerechnet, Pille«, fuhr Arrhae fort. »Und wenn nicht ... Bitte versuchen Sie, mich zu verstehen. Auf der Erde wäre ich nur eine Soziologin, die in Büchern blättert und mehr Erfahrung hat als ihre Kollegen, weiter nichts. Keine Familie, keine Verwandten. Aber hier ... Hier bin ich einzigartig. Hier kann ich mich nützlich machen. Ich habe mich an ch'Rihan gewöhnt, an die Rihannsu und ihre Bräuche. Ich ... Oh, bei den Elementen, Pille: Ich *liebe* diese Welt.«

McCoy wandte für mehrere Sekunden den Blick von ihr ab. Als er sie wieder ansah, lächelte er schief. »Erledigen Sie Ihre Arbeit, Terise. Und zwar gut.« Er spähte kurz über die Deckung hinweg, feuerte den Phaser zweimal ab und duckte sich rasch. Erwartungsvoll sah er zur Decke des Senatssaals. »Wir benötigen eine andere externe Kontaktperson. Es gibt niemanden mehr, der Ihre Berichte weiterleitet.«

»Mir fällt schon etwas ein. Als *Hru'hfe* bin ich nicht ganz ohne Einfluß.« Offenbar hatte Arrhae eine Idee, denn sie hob andeutungsweise die Brauen — das unterdrückte Lächeln einer Rihannsu.

»Vielleicht können wir den Frachtverkehr ausnutzen«, sagte sie. »Von beiden Seiten aus wird durch die Neutrale Zone geschmuggelt. Wenn Sie romulanisches Bier bestellen ...«

»Steht ganz oben auf meiner Liste.« McCoy lachte leise. »Hören Sie: Schnappen Sie sich den Phaser und laufen Sie fort. Ich folge Ihnen, und Sie bringen mich zu Fall, bevor Sie Naraht aufs Korn nehmen. Um ganz ehrlich zu sein ...« Leonard senkte verlegen den Blick. »Ich habe Ihre Entscheidung vorausgeahnt und Naraht mitgeteilt, daß Sie wahrscheinlich bleiben wollen. Er wird Sie nicht zu sehr verletzen. Halten Sie die Augen geschlossen. Wenn er solche Aktivitäten entfaltet, ist die Säurekonzentration in seiner Nähe ziemlich hoch. Nun, anschließend sind die Romulaner bestimmt davon überzeugt, daß Sie auf ihrer Seite stehen.«

Arrhae nahm McCoys Hand, hielt sie einfach nur, ohne sie zu drücken oder zu schütteln. »Es wäre weitaus schmerzhafter für mich, meine Wahlfamilie aufzugeben«, murmelte sie sanft.

»Ich wünsche Ihnen Glück und Erfolg«, erwiderte Leonard ebenso leise. »Bleiben Sie bei den Romu ... bei den Rihannsu. Und wenn sie Ihnen zuhören ... Sagen Sie ihnen, daß der Rest der Familie darauf wartet, daß sie heimkehren und sich uns anschließen.«

Arrhae nickte. Dann krümmte sie die Finger und beugte sich vor. McCoy schrie, als sie ihm in die Hand biß, mit der er ihr den Mund zuzuhalten versuchte. Die *Hru'hfe* entriß ihm den Phaser und stieß den Arzt so heftig gegen die Sitzbank, daß sich vor seinen Augen alles drehte ...

Viele Prätoren und Senatoren beobachteten, wie sich Arrhae ir-Mnaeha tr'Khellian aus dem Griff des Verurteilten befreite, nach seiner Waffe griff und davonstob, bevor er sie festhalten konnte. Wenn sie nicht zu verängstigt gewesen wäre, um den Phaser zu benutzen, hätte sie den Föderationsoffizier betäuben und dem Senat dadurch Gelegenheit geben können, später das Urteil an ihm zu vollstrecken. Statt dessen lief Arrhae von ihm fort und wurde sofort von dem Elementen-Ungeheuer angegriffen, das im Saal wütete, bereits einige Abgeordnete verletzt oder gar getötet hatte. Die Delegierten — angesehene, hochrangige Rihannsu — sahen, wie die *Hru'hfe* sich dem Monstrum stellte, obwohl selbst die Angehörigen militärischer Häuser geflohen waren. Sie zielte und schoß auf das Ungetüm, als es ihr entgegenraste. Der Aufprall warf sie zur Seite ...

Arrhae lag auf dem Boden und stöhnte peinerfüllt — ihr Schlüsselbein war gebrochen. Die linke Körperseite schien in Flammen zu stehen, nicht nur eine Folge der Kollision, sondern auch ein Ergebnis von Säureverätzungen. Keine schwere Verletzung — McCoy behielt recht. Und die sichere Überzeugung, eine richtige Entscheidung getroffen zu haben, wirkte wie ein schmerzstillendes Mittel.

Zu Hause. In der selbstgewählten Heimat. Endlich.

Dieser Gedanke begleitete Arrhae in die Dunkelheit ...

Jemand rief nach mehr Wächtern — bisher reagierte niemand darauf — und verlangte schwere Waffen. *Him-*

mel, wie lange dauert es noch? dachte McCoy. Damit schien er das Zeichen zu geben. Staub rieselte herab, verdichtete die Rauchwolken. Es knackte und knirschte; Stuck löste sich aus einem Fries zwischen Seitenwand und Decke.

Das Dach erzitterte und ächzte wie ein lebendes Wesen, das ein enormes Gewicht aushalten mußte. Der stöhnende Stein verursachte ein schreckliches Geräusch, und im Saal wurde es so still wie zu jenem Zeitpunkt, als sich der Riß im Boden bildete. Jemand eilte zur breiten Doppeltür, öffnete sie, blickte nach draußen — und lehnte es ab, die Schwelle zu passieren. Der Mann drehte sich wie in Zeitlupe um und kehrte langsam zur Veto-Seite des Senats zurück; sein Gesicht war kalkweiß, und die Augen schienen tief in den Höhlen zu liegen. Er hob erst den Kopf, als er Platz genommen hatte. »Das Gebäude ist von Soldaten umringt«, brachte er bestürzt hervor. »Aber es sind keine Rihannsu. Und ein Raumschiff befindet sich auf dem Dach.«

Niemand lachte.

Mitten in der großen Kammer schillerte eine Säule aus scharlachroter Energie, als sich jemand vom ›Raumschiff auf dem Dach‹ in den Saal beamte. Nach wie vor blieb alles still, und die Abgeordneten rührten sich nicht. Als das Gleißen des Transporterfelds verblaßte, stand McCoy auf, klopfte sich Staub von der Kleidung und versuchte ohne großen Erfolg, sein Erscheinungsbild in Ordnung zu bringen. *Die Kavallerie ist eingetroffen,* dachte er, behielt diese mentalen Worte jedoch für sich.

Ael i-Mhiessan t'Rllaillieu stand im Senatssaal von Ra'tleihfi auf ch'Rihan, sah sich um und schwieg. Seit McCoy sie zum letztenmal gesehen hatte, schien sie sich kaum verändert zu haben: eine kleine, schlanke Frau, die ihm bis zum Hals reichte, mit langem, schwarzem Haar, geflochten und um den Kopf geschlungen — eine Frau, deren Gesicht selbst dann streng wirkte, wenn sie ruhig und entspannt war. Eine romulanische Dame, deren Augen wachsam und klug blickten. Manchmal zeigte sich in den Pupillen auch ein schelmischer, vergnügter Glanz.

Derzeit wirkten die Augen wachsam, aber nicht vergnügt. Einige Sekunden lang schien sich Ael Erinnerungen hinzugeben, und McCoy verstand sie gut. Er entsann sich an ihre Schilderungen ... Während ihres letzten Aufenthalts in diesem Saal verlor Aels Nichte — jene junge ›romulanische‹ Kommandantin, die Leonard und Jim Kirk kennengelernt hatten — den Haus-Namen und wurde vom Senat in die Verbannung geschickt. Eine Schande, die fast dem Tod gleichkam. *Und Rihannsu verzichten nur selten darauf, den Tod zu rächen,* dachte McCoy. *Ael hat diese Leute nun in der Hand und kann mit ihnen anstellen, was sie will. Und das ist auch bei dir der Fall, mein Junge. Wenn sie nun entscheidet, an dir ebenfalls Vergeltung zu üben ... Ihrer Meinung nach bist du damals für den Prozeß gegen ihre Nichte ebenso verantwortlich gewesen wie Jim ...*

Er schob diese Überlegungen als Resultat physischer Erschöpfung beiseite. Manchmal führte die Anspannung dazu, daß er paranoide Neigungen entwickelte. Ael stand noch immer still und sah sich in der großen Kammer um. Ihre Aufmerksamkeit galt nicht den Senatoren und Prätoren, sondern dem Gebäude. Viele der uralten Siegel und Wappen an den Wänden wiesen Löcher auf, die von Phasern stammten. Der weiße Marmor des Bodens war an mehreren Stellen verbrannt und mit chromgrünem Blut befleckt.

Schließlich bewegte sie sich. Ihre Stiefel knirschten über geborstenen Stein und andere, abscheulichere Dinge, als sie langsam vortrat. Aels Blick huschte hin und her, von Gesicht zu Gesicht, vom Boden zu den Wänden und zur Decke. Nachdenklich starrte sie auf den zermalmten Leichnam eines Wächters hinab, der noch immer einen Strahler in der Hand hielt, obwohl der Arm zwei Meter neben den Resten des Körpers lag. »Waffen«, sagte sie leise. »Ja.« Die Stille im Saal schien eine greifbare Qualität zu bekommen — das Halfter an Aels Gürtel war leer.

Sie wich einer zerschmetterten Marmorplatte aus. »Die *Blutschwinge* ruht auf dem Dach«, sagte Ael wie beiläufig. »Ihre Phaser haben alle Rihannsu im Umkreis von einem Kilometer betäubt. Es hat also keinen Sinn, nach Wachen zu rufen. Oder zu hoffen, daß dumme Piloten von Patrouillengleitern mein Schiff angreifen. Inzwischen sind die Bordkanonen nicht mehr auf Betäubung justiert.«

Sie blieb vor dem Leeren Stuhl stehen und betrachtete das Schwert. »Armes Ding«, fuhr sie fort. »Tausendfünfhundert Jahre lang hat man unter diesem Dach keine weniger ehrenvolle Waffe zugelassen, nicht einmal für Blutfehden. Doch jetzt bringt man viele Blaster hierher, um einen schwachen, hilflosen Terraner zu bedrohen. Oder um ihn zu erschrecken, zum Spaß der Versammelten.«

Einige Delegierte rutschten unruhig auf ihren Sitzen hin und her. Ael ignorierte sie, lächelte grimmig auf das Schwert hinab. »Offenbar ist die Erhabenheit von hier verschwunden — zusammen mit anderen Dingen. Zum Beispiel die Verpflichtungen des gegebenen Worts, die bezahlte Schuld. Und Ehre.«

»Verräterin!« rief jemand. »Ausgerechnet Sie sprechen von Ehre!«

Ael drehte sich langsam um, und McCoy war froh, daß sie ihren Blick nicht auf ihn richtete. »Als ich der Föderation half, Levaeri V anzugreifen und zu zerstören«, sagte sie klar und deutlich, »habe ich nur eine Regierung verraten, die mit der dort entwickelten Technik jenem Volk Würde und Freiheit nehmen wollte, dessen Ehre sie bewahren sollte. Heute träfe ich noch einmal die gleiche Entscheidung. Ich warne Sie: Geben Sie mir keinen Grund dazu. Nur Respekt vor diesem Haus, das

S'task erbaute, hält mich davon ab, es mit einem Photonentorpedo zu vernichten und Sie alle ins Jenseits zu schicken.« Ael lächelte, und in ihren Augen blitzte es kurz. »Ich habe mich immer gefragt, wie solche Torpedos in einer planetaren Atmosphäre explodieren.«

Sie wandte sich wieder dem Leeren Stuhl zu. »Dies ist nicht der richtige Ort für dich«, sagte sie. Dort lag das Schwert, in einer langen, gewölbten Scheide aus schwarzem Metall, das Heft aus Jade, so perfekt beschaffen, daß man nicht feststellen kann, wo das eine begann und das andere aufhörte. Den einzigen Hinweis lieferte ein geringfügiger Unterschied im Glanz. Ael streckte die Hand aus und griff nach der Scheide.

Betroffenes Schweigen herrschte. »Sie haben die Ehre für Macht verkauft«, warf Ael den Senatoren und Prätoren vor. »Sie haben all das verkauft, was die Rihannsu sein sollten, und jetzt genügen sie den Vorstellungen der Klingonen. Sie haben nicht nur Ihre Namen verkauft, sondern auch alles andere, das auf dieser Welt eine wichtige Rolle spielte: Würde, das Bemühen, etwas *Richtiges* anzustreben. Ihnen geht es nur darum, von anderen Völkern gefürchtet zu werden. Sie haben Offenheit und Aufrichtigkeit der Ahnen gegen Verschwörungen und Intrigen eingetauscht, die das Licht des Tages scheuen; und den Mut gaben Sie zugunsten von Zweckdienlichkeit auf. Die Mütter Ihrer Vorfahren würden ihre verbrannten Knochen zusammenfügen und zu Ihnen zurückkehren, um Sie zu strafen — aber dazu sind sie leider nicht imstande. Deshalb bin ich hier.«

Ael hob das Schwert. »Ich bin gekommen, um eine Schuld zu begleichen, um Ihnen zu zeigen, wie man dabei vorgeht — falls Sie es vergessen haben. Und noch etwas, ›ehrenwerte‹ Mitglieder des Senats und Prätoriats: Ich nehme das Schwert mit. Wenn Sie es zurückhaben möchten ... Nun, bitten Sie Ihre klingonischen Freunde, mir eine Flotte nachzuschicken. Aber vielleicht lachen die Klingonen nur und beschließen statt dessen, die Flotte hierher zu entsenden, damit das Reich ebenso verwaltet wird wie ihr Imperium. Sie sind auf dem besten Wege, sich ihnen zu unterwerfen. Noch haben Sie die Möglichkeit, Ihre Unabhängigkeit und die letzten Reste von Ehre zu bewahren, aber ich bezweifle, ob Ihnen das gelingt. Wer den Pfad der Feigheit beschreitet, kann ihn kaum mehr verlassen. Nun, ich hoffe, daß Sie sich rechtzeitig besinnen. Ich bin gern bereit, erneut dem Reich zu dienen — wenn es wieder ein *Reich* ist, so wie es sich unsere Väter und Mütter wünschten, als sie vor langer Zeit durch die ewige Nacht flogen.«

Ael wandte der romulanischen Trikammer verächtlich den Rücken zu und sah McCoy an.

»Doktor...«, sagte sie gelassen, als begegneten sie sich unter friedlichen Umständen. »Meine hiesigen Angelegenheiten sind geregelt. Gibt es noch etwas, das Ihre Aufmerksamkeit erfordert, oder können wir jetzt aufbrechen?«

»Ich bin hier fertig«, erwiderte der Starfleet-Arzt. »Ebenso wie Naraht.«

»Fähnrich Fels — beziehungsweise Lieutenant, wie ich nun sehe.« McCoy gewann den Eindruck, daß Ael absichtlich alle Dinge ignorierte, die keine unmittelbare Bedeutung für sie hatten. In einem Steingarten fiel es leicht, dem Horta keine Beachtung zu schenken, aber auf dem zuvor flachen, kahlen Boden — der noch immer verhältnismäßig leer und unbeeinträchtigt war, trotz der jüngsten Auseinandersetzungen — mußte man ihn sofort bemerken. »Sie sind größer geworden, Sir.«

Naraht schob sich zur Seite und knirschte ein wenig, zeigte dann das Horta-Äquivalent eines Errötens. »Madam, Sie sind noch schöner als bei unserer letzten Begegnung«, sagte er.

McCoy wölbte überrascht eine Braue und lächelte dünn. »Wahrscheinlich liegt es an den Ohren«, meinte er zu Ael. »Seine Mutter hatte immer eine Schwäche dafür.«

»Schwäche?« wiederholte Naraht. »*Meine* Mutter?«

Ael schmunzelte und deutete eine Verbeugung vor dem Horta an. »So etwas kann ich nicht beurteilen«, entgegnete sie. »Aber was die Schönheit betrifft... Wenn Sie mich auf diese Weise wahrnehmen, so möchte ich auch weiterhin Ihren Vorstellungen von Ästhetik genügen. Diesen Wunsch erweitere ich auf uns alle.« Sie sah wieder zu den Rihannsu im Saal, und ein Teil ihrer Erheiterung verflüchtigte sich, als sie einen Kommunikator aufklappte. »Wie dem auch sei: Ich möchte die Gastfreundschaft dieses Hauses nicht zu sehr beanspruchen — vermutlich haben die meisten Anwesenden schon wenige Sekunden nach meinem Erscheinen gehofft, daß ich wieder verschwinde. *Blutschwinge,* drei Personen für den Transfer. Diese Koordinaten. Energie ...«

Arrhae lag auf dem Boden, in einen Kokon aus Schmerz gehüllt, und ein Teil ihres Ichs widersetzte sich der Bewußtlosigkeit. Ab und zu hatte sie die Präsenz von Ael t'Rllaillieu im Senatssaal wahrgenommen, doch jene Phasen wichen Finsternis, bevor etwas Interessantes geschah. Jetzt öffnete sie erneut die Augen, als sich Ael, McCoy und Naraht in einem schimmernden Transporterfeld auflösten. Sie hörte Aels letzte Worte, bevor der Transferstrahl die Rihannsu und ihre beiden Begleiter forttrug. »Die *Blutschwinge* ist das einzige größere Schiff weit und breit. Wir sollten also in der Lage sein ...«

Einmal mehr wogte Dunkelheit heran. Arrhae glaubte, das leise Zirpen eines anderen Kommunikators zu vernehmen, aber vielleicht handelte es sich nur um eine Erinnerung an den ersten. Dann erklang eine zischende Stimme, wie das Rauschen von Wellen an der Küste eines Meeres. Die *Hru'hfe* konnte sich weder auf den Sprecher noch auf seine Worte konzentrieren. Ihr Arm schien in Flammen zu stehen, und sie war so müde.

»*Rächer,* hier ist tr'Annhwi.«

So müde …

»Beamen Sie mich an Bord! Notalarm …!«

So …

»Gefechtsstationen besetzen …«

… müde.

KAPITEL 15

McCoy hatte sich schon einmal an Bord eines Rihannsu-Kriegsschiffs aufgehalten, aber es war ein von Klingonen gebauter Schlachtkreuzer der *Akif*-Klasse gewesen, der zumindest Platz bot. Das konnte man von der *Blutschwinge* nicht behaupten. Er erinnerte sich deutlich an die Kinesik-Analysen anhand von visuellen Aufzeichnungen, die Kontrollräume von Kriegsschwalben zeigten, doch jene Bilder hatten ihn nicht auf die *Enge* in den übrigen Sektionen romulanischer Raumschiffe vorbereitet. Nun, er mußte sich nicht bücken oder dergleichen, aber die Wände erschienen ihm viel zu nahe. Wenn Naraht seinem Appetit noch mehr nachgegeben hätte, wäre der Horta nun in echte Schwierigkeiten geraten.

Leonard sah einige bekannte Gesichter in der kleinen Gruppe, die sie im Transporterraum erwartete. Durch das aktive Implantat bekamen sie die gleiche Vertrautheit wie die Züge der *Enterprise*-Offiziere, und selbst ihre Namen klangen wie die von alten Freunden: Khoal, Ejiul, T'Maekh, der große Dhiemn und der kleine N'alae, außerdem McCoys medizinische Kollegin, die Bordärztin t'Hrienteh. Zumindest sie freute sich, ihn wiederzusehen. Die Blicke der anderen galten nur Ael und einem Gegenstand, den sie wie ein Kind in der Armbeuge hielt. Niemand sprach ein Wort, als die Kommandantin von der Transferplattform heruntertrat und dabei wie eine Königin wirkte — wie eine Reinkarnation der herrschenden Königin.

»*Das* ist eine Geschichte, die man sich des Abends erzählen kann«, murmelte jemand voller Ehrfurcht.

Ael lächelte und drehte das Schwert, so daß die Scheidenspitze mit einem leisen Klicken das Deck berührte. »Eine lange Geschichte für viele Abende, meine Kinder. Aber jetzt haben wir keine Zeit dafür. Sind alle Mitglieder der Landegruppe an Bord?«

Ejiul sah auf eine Datentafel. »Ja, Commander. Sie haben den Frachtlift des Heckhangars benutzt. Da wir gelandet sind — mehr oder weniger —, war es nicht nötig, den Transporter zu verwenden.«

»Ausgezeichnet.« Ael schaltete das Wand-Interkom ein. »Alles klar, Brücke. Start.«

»Vektoren berechnet und programmiert.«

McCoy erkannte die Stimme von Aidoann t'Khnialmnae und schauderte unwillkürlich, als er überlegte, ob sich auch Nniol tr'AAnikh an Bord befand. Er fühlte sich ihnen — und ihren Verwandten auf ch'Rihan — zu Dank verpflichtet.

Kurz darauf ertönte Aidoanns Stimme erneut, und diesmal vibrierte Besorgnis in ihr. »Commander, wir haben einen zweiten Transfer geortet. Jemand hat sich nach Ihnen aus dem Senatssaal gebeamt, und er gehörte nicht zu unserer Gruppe.«

»Tr'Annhwi«, sagte McCoy leise. Er entsann sich plötzlich daran, daß der Subcommander zwar keine Waffe getragen hatte — er respektierte zumindest diese Tradition —, aber einen Instrumentengürtel. Was bedeutete, daß er einen Kommunikator bei sich führte. Er konnte sich also mit der *Rächer* in Verbindung setzen, die vermutlich im Orbit auf ihn wartete.

»Sie kennen jemanden aus dem Haus s'Annhwi, Doktor?« fragte Ael, als sie durch den Korridor zum Turbolift gingen. »Dann gratuliere ich Ihnen zu der Qualität Ihrer Feinde.«

Leonard hatte den Transporterraum für klein gehalten, doch die Transportkapsel war geradezu *winzig*. Die Gegenwart einer Rihannsu-Kommandantin und eines recht massigen Hortas ließ ihm kaum genug Platz zum Atmen. McCoy empfand die Brücke der *Blutschwinge* fast als Erleichterung, doch die Situation erfuhr eine drastische Verschlechterung, als ihm Naraht in den Kontrollraum folgte. Niemand sah auf, um sie anzustarren — obwohl sich bestimmt herumgesprochen hatte, daß Ael mit dem Schwert vom Leeren Stuhl aus dem Senatssaal zurückgekehrt war. Alle blieben sitzen, als die Kommandantin hereinkam. Besser gesagt: *fast* alle.

Offiziere und Mannschaft der *Blutschwinge* trugen nun keine Rihannsu-Uniformen mehr, aber ihre Kleidung wirkte noch immer militärisch. Ein Mann fiel sofort auf. Mit einem geschmeidigen Satz sprang er aus dem Sessel: ein Terraner, dessen Pulli im Kommandogold Starfleets glänzte. Er näherte sich dem Arzt und grinste.

»Dr. McCoy!« sagte er und schüttelte ihm so heftig die Hand wie jemand, der eine antiquierte Wasserpumpe betätigte. »Es freut mich sehr, daß Sie nicht tot sind!« Das Grinsen wurde noch breiter, als McCoy verwirrt blinzelte. Mit dieser Begrüßung hatte er nicht gerechnet. »Luks, Sir. Fähnrich Ron Luks vom Starfleet-Geheimdienst.«

»Oh.« Plötzlich verstand Leonard. »Ich nehme an, Admiral Perry hat Sie geschickt, um dem alten Mann die Hand zu halten. Aber von Abreißen war vermutlich nicht die Rede.«

Luks ließ McCoys Hand los, errötete ein wenig und grinste erneut. »Ich habe als Kurier für die Zugangscodes auf unserer Seite der Neutralen Zone fungiert, Sir — und mir dabei ein wenig Aufregung erhofft. Aber bisher stand nur eine interstellare Reise auf dem Programm.«

»Eine ziemlich lange noch dazu«, kommentierte Ael und setzte sich in den Kommandosessel. »Aber vielleicht erweckte sie nur einen solchen Eindruck. Starfleet-Fähnriche scheinen miteinander bezüglich ihres Enthusiasmus zu wetteifern, Doktor. Nun, ich glaube, Sie bekommen bald die ersehnte Aufregung. Taktischer Status!« Schematische Darstellungen leuchteten auf dem Hauptschirm, zeigten die *Blutschwinge* dicht über der Oberfläche von ch'Rihan und die *Rächer* in einem hohen stationären Orbit.

»Das ist schon besser«, sagte Fähnrich Luks und deutete zum Projektionsfeld. Unter dem blauen Dreieck, das die Fregatte symbolisierte, wanderten Datenkolonnen von einer Seite zur anderen. McCoy argwöhnte, daß Luks genau wußte, was sie bedeuteten.

Aidoann bestätigte diese Ahnung. »Bis vor wenigen Sekunden herrschte in der *Rächer* nur geringe energetische Aktivität, Commander.« Er vergrößerte das Bild, so daß mehr Informationen eingeblendet wurden. »Aber inzwischen nimmt sie rasch zu. Unser Start erfolgt — *jetzt.*«

Der Boden unter McCoys Füßen erzitterte kurz, und die schematischen Darstellungen wichen in ein Bildschirmfenster, während der Rest des Schirms einen Blick auf Ra'tleihfi gewährte. Die Stadt blieb unter der *Blutschwinge* zurück, und mehrere Rauchsäulen wuchsen gen Himmel — wahrscheinlich Hinweise auf die von Ael verächtlich erwähnten Patrouillengleiter. Leonard bewunderte den Mut von Leuten, die es wagten, mit nur leicht bewaffneten Schwebern eine Kriegsschwalbe anzugreifen. Darin kam das traditionelle romulanische Verhalten viel deutlicher zum Ausdruck als in den Ereignissen, die er während der vergangenen Tage beobachtet hatte. *Typisch aufgrund der Tradition?* dachte McCoy. *Oder traditionell, weil es sich um ein typisches Charaktermerkmal handelt? Wie auch immer: Dieses Gebaren entspricht dem alten Brauch des ehrenvollen Selbstmords ...*

Die Brückenoffiziere der *Blutschwinge* arbeiteten mit jener Eile, die Leonard von der *Enterprise* her kannte, und er spürte auch die gleiche Anspannung. Ein Kampf stand bevor ...

»Jetzt könnte es interessant werden«, sagte Luks und grinste einmal mehr. McCoy schnaubte leise, nahm an einer unbesetzten Station Platz, schob den Sicherheitsbügel vor die Hüfte — er rechnete mit starken Erschütterungen — und wartete darauf, daß es ›interessant‹ wurde. Luks beobachtete ihn zwei oder drei Sekunden lang und entschied dann, daß es nicht schaden konnte, auf Nummer Sicher zu gehen. Er folgte dem Beispiel des Arztes.

»Zur Verfügung stehende Energie?« fragte Ael ruhig.

»Minimal, Commander. Flugkapazität nur mit Manövrierdüsen, mehr nicht. In der Atmosphäre können wir keine Impulskraft verwenden, und die Wandler ...«

»Zur Kenntnis genommen. Beeilen Sie sich. Photonentorpedos?«

»Geladen. Alle Katapulte einsatzbereit.«

»Phaserbatterien?«

»Ebenfalls bereit und auf das Ziel ausgerichtet.«

»Schilde?«

»Stabil.«

»Schirme?«

»Maximale Deflektion.«

»*Blutschwinge,* hier spricht Ael. Gefechtsstationen besetzen. Ich wiederhole: Gefechtsstationen besetzen. Alles klar für Kampfmanöver. Ich wünsche Ihnen Erfolg — und *Mnhei'sahe.* Ael Ende.« Sie drehte sich um, schmunzelte kurz und blickte zu Ron Luks, der sich fasziniert umsah und zu glauben schien, daß seine Träume in Erfüllung gingen. »Jetzt kommt das ›Interessante‹, Fähnrich«, sagte sie in einem leicht mißbilligenden Tonfall. »Wir sind hier unten. Die *Rächer* — ein moderneres und leistungsfähigeres Schiff — ist dort oben und versperrt uns den Weg. Deshalb müssen wir ausweichen und warten, bis sich uns eine Chance bietet. Wir können nur hoffen, daß wir nicht vorher zerstört werden. Darüber hinaus dürfen wir uns nicht zuviel Zeit lassen. Wenn es jemandem gelingt, den richtigen Code zu finden und der Kette aus Verteidigungssatelliten neue Anweisungen zu übermitteln, geraten wir in eine noch schwierigere Lage. Ist das ›interessant‹ genug für Sie?«

Luks erbleichte während des Vortrags, doch er faßte

sich sofort wieder. »Sie wollen fliehen?« fragte er. Ein derartiges Verhalten hatte er ganz offensichtlich nicht von Rihannsu erwartet, nicht einmal von Romulanern, die in ihrer Heimat als Verräter galten.

»Natürlich. Und ich fange gleich damit an.« Ael richtete ihre Aufmerksamkeit wieder auf die taktischen Anzeigen — die *Rächer* hatte inzwischen Nominalkapazität erreicht. McCoy beobachtete die Commander und sah Ärger in ihrer Haltung: Steif und gerade saß sie im Kommandosessel, lehnte es ab, sich an die weichen Polster zu lehnen.

Die beiden Raumschiffe begannen mit einem zeitlupenartigen Wettlauf um genug Energie für atmosphäreninterne Manöver, und wer dieses Potential als erster gewann, errang den Sieg. Normalerweise war der Parkorbit Ausgangs- oder Zielpunkt landefähiger Kreuzer, aber die fürs Manövrieren in schwerkraftlosen Raumdocks bestimmten Düsen ließen sich auch als zusätzliche Schubgeber einsetzen. Ael schien nun zu bedauern, daß sie diese Möglichkeit bisher nicht genutzt und auch darauf verzichtet hatte, die *Rächer* sofort nach dem Ausrichten der Phaser unter Beschuß zu nehmen.

Aber das verletzte sowohl die romulanische Tradition als auch Aels Stolz …

»Erster Ingenieur tr'Keirianh an Brücke: Wir haben volle Energie …«

McCoy bemerkte, wie sich Ael entspannte, als diese Meldung aus dem Maschinenraum der *Blutschwinge* kam. Unmittelbar darauf preßte sie die Lippen zusammen, sah zum Hauptschirm und begriff, daß der Chefingenieur der *Rächer* ähnliche Worte sprach. Die schematische Darstellung dehnte sich aus, erfaßte wieder das ganze Projektionsfeld, und der Computer blendete lange, sich schnell verändernde Datenkolonnen ein. Die *Blutschwinge* erzitterte, als sei sie von etwas getroffen worden — ein Eindruck, der vielleicht nicht täuschte.

»Phaserstrahlen, von der Atmosphäre abgeschwächt.« Aidoann saß am Navigationspult und schaltete den Schirm auf visuelle Anzeige um. Unter der Kriegsschwalbe erstreckte sich grünbraunes Land, und über ihr, am grauen Himmel, leuchteten bläuliche Streifen: Emissionen aus den Phaserkanonen der *Rächer*. »Bitte um Erlaubnis, das Feuer erwidern zu ...«

»*Nein!*« sagte Ael sofort. Ein weniger beherrschter Kommandant hätte vielleicht der Versuchung nachgegeben, mit der Faust auf die Armlehne zu schlagen, aber die Rihannsu beschränkte sich auf ihre Stimme. »Erst im All«, fügte sie hinzu. »Ich möchte nicht riskieren ...«

Diesmal schüttelte sich die *Blutschwinge* wie ein temperamentvolles Pferd, dem man Sporen in die Flanken bohrte. McCoy hatte das bereits vertraute Gefühl, gleichzeitig in drei verschiedene Richtungen gezerrt zu werden. Er glaubte, das dumpfe Donnern einer Explosion zu hören, aber vielleicht lag es nur am Ohrensausen, verursacht von dem Implantat in seinem Gehirn. Ein innerhalb der ch'Rihan-Atmosphäre detonierender Photonentorpedo? Nein, unmöglich.

»Tr'Annhwi ist übergeschnappt«, brachte Ael hervor. »Bei den Elementen! Einen Torpedo in unmittelbarer Nähe des Planeten einzusetzen ...« Sie sah zu McCoy und Fähnrich Luks, schenkte Naraht ein kurzes Lächeln, das einen Sekundenbruchteil später zu einem grimmigen Grinsen wurde. »Genug. Wenn er sich an die Regeln des Krieges hielte, hätte es vielleicht einen Sinn, die Flucht zu versuchen. Aber er ignoriert auch die Vernunft. Nach oben!«

Die *Blutschwinge* sprang dem All entgegen, während Aidoann und Hvaid einen zweistimmigen Countdown begannen, bevor sie das Impulstriebwerk aktivierten. Sie mußten dabei sehr vorsichtig sein: Wenn man die Impulskraft in der Atmosphäre benutzte, so splitterten nicht nur die Fensterscheiben in einem viele hundert Quadratkilometer großen Bereich; es bestand auch die Gefahr einer ausgedehnten molekularen Zersetzung in der Ozonschicht. Vielleicht hatte tr'Annhwis Gewissenlosigkeit bereits solche Folgen nach sich gezogen — es ließ sich nicht feststellen. Und es gab nur eine Möglichkeit, ihn daran zu hindern, noch mehr Schaden anzurichten.

»Zielerfassung der Phaser bestätigt. Feuer.«

Energieblitze zuckten von der Kriegsschwalbe fort, als die geierartige *Rächer* auf dem Hauptschirm anschwoll, begleitet von Peildaten. Die lange Fregatte mit den flügelartigen Auslegern verschwand hinter flakkerndem Gleißen, als die Strahlen an den Schilden zerstoben, und anschließend raste der *Blutschwinge* nicht ein Photonentorpedo entgegen, sondern gleich eine ganze Salve.

»Ausweichmanöver!« befahl Ael scharf. Es war bereits eingeleitet worden — der Navigator reagierte ebenso schnell wie die Kommandantin —, und McCoy spürte, wie sich die Schwerkraft an einer 3-G-Variantenkurve verschob. Für eine endlos lange halbe Sekunde löste sich das künstliche Gravitationsfeld ganz auf, als die mit Annäherungszündern ausgestatteten Torpedos unter und hinter der Kriegsschwalbe explodierten. Destruktive Energie flackerte im All, gleißte so hell, daß die Schutzfilter den Hauptschirm verdunkelten. Die Phaser der *Blutschwinge* entluden sich, als die *Rächer* mit einer Geschwindigkeit von weniger als 0,25c vorbeisauste, kaum acht Kilometer entfernt. Angesichts einer so geringen Distanz konnten sie das Ziel kaum verfehlen. Die Schilde der Fregatte schillerten, hielten jedoch stand. Aber der Treffer blieb nicht ohne Wirkung auf das gegnerische Schiff.

Die *Rächer* kippte, kehrte wie ein toter Hai den Bauch nach oben. Zunächst hatte es den Anschein, als geriete sie ins Trudeln und fiele zum Planeten zurück. Dann vollendete sie die Rolle, stabilisierte den Kurs, raste durch die obersten Schichten der Atmosphäre und zog dabei einen Schweif aus Partikeln hinter sich her, die aufgrund der Reibungshitze glühten. Eine kurze Schubphase mit voller Impulskraft brachte sie zur *Blutschwinge* zurück.

»Die verdammten klingonischen Potentialverstärker für die Geschütze sollten ...«, begann Ael zornig und beendete den Satz nicht.

McCoy sah von seinem Sessel aus zu, lauschte und versuchte, die Ereignisse so ruhig hinzunehmen wie das Todesurteil im Senatssaal. Es fiel ihm schwer. Er hatte an mehreren Raumgefechten teilgenommen, und dieses Duell bei niedriger Impulsgeschwindigkeit stellte nur eine Variante dar — eine vertraute Situation, die nicht Verachtung weckte, sondern Entsetzen. Offenbar waren die Phaser der *Blutschwinge* mit einer von den Klingonen entwickelten Komponente ausgestattet worden, aber sie wirkte nicht gegen die *Rächer*, ein modernes Kriegsschiff, das ebenfalls aus dem Imperium stammte.

Auf dem Hauptschirm war zu sehen, wie tr'Annhwis Fregatte genau auf die *Blutschwinge* zuhielt, und die Phasermündungen an den Flügelspitzen glänzten fast unerträglich hell, als sie Feuer spien. Das Projektionsfeld verwandelte sich in eine Bosch-Version der Hölle, durch ein buntes Fenster betrachtet. Eine Nanosekunde später sorgten automatische Filter für undurchdringliches Schwarz, während die Kriegsschwalbe in den Strahlen erbebte.

»Commander«, sagte Aidoann ruhig. »Schilde vier und fünf haben nur noch fünfundsechzig Prozent Kapazität. Die Progressionskurven weisen auf einen Ausfall nach drei weiteren Treffern hin.«

Ael nickte. »Und der Status unseres Gegners?«

»Die Sensoren registrieren eine Veränderung in der energetischen Struktur: Offenbar wird mehr Energie in die Waffensysteme geleitet. Das Potential der *Rächer*-Deflektoren ist um zwanzig Prozent gesunken.«

»Ich verstehe. Typisch für tr'Annhwi. Er weiß, daß ihm achtzig Prozent genügen. Und seine klingonischen

Waffen sind besser als unsere. Nun, mal sehen, ob er uns trotz eines Warptransits erwischen kann ...«

Das Summen des Kommunikators unterbrach Ael. »Maschinenraum, hier tr'Keirianh. Bitte geben Sie mir sieben Standardminuten, um dieses Durcheinander in Ordnung zu bringen.«

Ael starrte so auf das Kom-Gerät hinab, als fühlte sie sich beleidigt und verraten. McCoy musterte sie. Die Kommandantin mochte es nicht, wenn man ihren Bemerkungen den Sinn nahm, noch bevor sie ganz ausgesprochen waren; es gefiel ihr selbst dann nicht, wenn der Einwand von einem Chefingenieur stammte, dessen Probleme und Anfragen Leonard an Scotty erinnerten.

»Geben Sie sich alle Mühe, Giellun«, erwiderte Ael nach einem weiteren Blick auf die taktischen Anzeigen. »Ich kann Ihnen nicht einmal sieben Sekunden versprechen ...« Dann drehte sie sich um, ebenso wie McCoy, als sich dort etwas bewegte, wo sie gerade jetzt nicht mit Bewegungen rechnete.

Fähnrich Luks stand neben seinem Sessel, wirkte zuversichtlich, tatendurstig, entschlossen — und erschrokken. *O Gott!* fuhr es Leonard durch den Sinn. *Noch ein Raumkadett.* »Setzen Sie sich, Söhnchen«, sagte er laut. »Dies fällt ebensowenig in Ihren Zuständigkeitsbereich wie in meinen.« Luks blieb stehen, gab durch nichts zu erkennen, daß er McCoy gehört hatte. Sein Blick klebte an Ael fest.

»Wenn Sie sieben Minuten brauchen, muß der Gegner irgendwie abgelenkt werden«, meinte er. »Lassen Sie den Jäger zum Start vorbereiten.«

Vielleicht war Ael überrascht oder verwirrt; vielleicht reagierte sie innerlich mit ungläubigem Spott. Aber ihre Miene blieb ausdruckslos. »Sie werden sterben«, sagte sie nur.

Luks zuckte mit den Schultern und grinste breit. »Mag sein. Niemand von uns ist unsterblich. Aber ich hab's nicht so eilig mit dem Tod. Und ich bin Ihre einzige Chance.«

»Haben Sie den *Kobayashi Maru*-Test absolviert, Söhnchen?« fragte McCoy.

»Ja, Sir.« Noch ein Grinsen. »Einmal. Er hat mir nicht gefallen. Zu langweilig.«

»Trotzdem sollten Sie sich ihn ins Gedächtnis zurückrufen.«

»Besser nicht, Sir. Ich ziehe Dinge vor, die mehr Spaß machen. In zehn Minuten bin ich zurück, Doktor. Dann können Sie mir einen Drink spendieren.« Luks grinste schon wieder, und McCoy fragte sich, ob der junge Mann an Gesichtsmuskelkrämpfen litt. »Verschwinden Sie nicht ohne mich.«

Er ging mit Hvaid fort, pfiff dabei eine Melodie, die Leonard nicht kannte. Die *Blutschwinge* erzitterte erneut, und auf einigen Konsolen leuchteten orangefarbene Warnlichter. Tr'Annhwis Scanner-Offizier, Vorzenturio tr'Hwaehrai, schien sehr tüchtig zu sein und die schwachen Stellen in den Schilden der Kriegsschwalbe entdeckt zu haben: Die letzten Phaserstrahlen hatten die beschädigten Sektoren getroffen und ihre Stabilität auf vierzig Prozent reduziert.

»Er ist unterwegs!«

Das Bild auf dem Hauptschirm wechselte und zeigte Luks' Jäger, der aus dem Heckhangar glitt und sofort zur *Rächer* raste, wie eine Maus, die einen Löwen angriff. Die Fregatte drehte so jäh ab, daß die Integrität der Warpmodule in Gefahr geriet. An Bord der *Blutschwinge* konnte sich niemand diese drastische Reaktion erklären. Verwirrung? Überraschung? Lag es daran, daß der kleine Jäger immer wieder seine einzige Phaserkanone abfeuerte — oder daß es sich eindeutig um ein Jagdschiff der Föderation handelte?

Luks hat wirklich was auf dem Kasten, dachte McCoy anerkennend, und sein Respekt vor dem jungen Draufgänger wuchs. Der Fähnrich steuerte sein winziges

Schiff tollkühn durchs Kampfgebiet, nahm die *Rächer* unter Beschuß — die Strahlbündel durchdrangen ihre Schilde natürlich nicht, aber mit ziemlicher Sicherheit bewirkten sie Zorn an Bord — und setzte sich ab, bevor die Fregatte ihrerseits das Feuer eröffnete. Ron Luks hatte jetzt den Spaß, den er sich erhoffte — was McCoy von *seiner* Mission nicht behaupten konnte. *Nun, er hat es ja so gewollt, nicht wahr?*

»Maschinenraum, Bericht. Wie kommen die Reparaturen voran?« Während seiner Anwesenheit war Ael dem Starfleet-Fähnrich mit Kühle begegnet, doch als sie nun seine gewagten Manöver auf dem Schirm beobachtete, strich sie sich bewundernd mit einer Fingerkuppe über die Zähne. Seit dem Start des Jägers schenkte tr'Annhwi der Kriegsschwalbe keine Beachtung mehr und konzentrierte die ganze Feuerkraft seiner Fregatte auf ein Schiff, das nicht größer war als eine ihrer Warpkapseln. »Maschinenraum ...?«

»Noch zwei Minuten, vielleicht etwas weniger.«

»Eine. Mehr nicht. Das Glück ist kein zuverlässiger Verbündeter.«

Es herrschte Stille am anderen Ende der Leitung, doch auch weiterhin erklang das leise Zischen eines offenen KomKanals. Ael starrte auf den Kommunikator, und ihr Zeigefinger streckte sich der Ruf-Taste entgegen. Dann ertönte wieder tr'Keirianhs Stimme. Der Erste Ingenieur keuchte und schnappte nach Luft, doch seine Worte brachten Zufriedenheit zum Ausdruck.

»Das Haupttriebwerk ist jetzt einigermaßen in Ordnung, Commander. Wir können jederzeit den Transfer einleiten, doch die Höchstgeschwindigkeit beträgt Warp vier.«

»Nicht viel, aber es muß reichen. Holen Sie den jungen Narren zurück und ...« Ael unterbrach sich mitten im Satz, als ein Phaserstrahl — so dick wie der Jäger — Luks' kleines Schiff streifte und einen Teil des Rumpfes zerstörte. »O *nein!*«

McCoy sprang auf und schloß seine Hände so fest um die Armlehne des Sessels, daß die Finger den Bezug durchdrangen und sich in den Schaumstoff darunter bohrten. Er beobachtete, wie Trümmerstücke aus Metall und Kunststoff im Licht der Sonne Eisn funkelten. Die Fregatte flog verächtlich durch die silbrig schimmernde Wolke, wandte sich dann mit unheilvoller Zielstrebigkeit der *Blutschwinge* zu. *Er kannte das Risiko.* Nur dieser eine Gedanke ging Leonard durch den Kopf, und er schien völlig unangemessen zu sein.

»*Blutschwinge ...?*« Luks' Stimme klang brüchig, und dafür waren nicht nur die schwachen Übertragungssignale verantwortlich. McCoy hatte zu viele tödlich verletzte Männer gehört, um sich jetzt Illusionen hinzugeben. »Sind Sie noch da, *Blutschwinge?*«

»Hier spricht Ael, Fähnrich. Ja, wir sind noch hier. Und wir setzen einen Traktorstrahl ein, um Sie an Bord zu holen ...«

»Nein! Beginnen Sie mit dem Warptransfer, bevor ...« Luks schwieg, und die Stille dauerte so lange, daß sich Ael vorbeugte, um den Kommunikator auszuschalten. Während dieser Sekunden dachte niemand an die *Rächer* — zumindest niemand an Bord der *Blutschwinge.* »Ich ... ich möchte kein Gefangener tr'Annhwis werden«, flüsterte Luks schließlich. »Und er soll nicht noch einmal Gelegenheit erhalten, Sie in ein Gefecht zu verwickeln ...«

Ein Klicken ertönte, als der Fähnrich die Verbindung unterbrach, und alle Blicke richteten sich auf den Hauptschirm. Das Projektionsfeld zeigte die raubvogelartigen Konturen der Fregatte. Das kurze Aufblitzen einer Manövrierdüse war nur deshalb zu sehen, weil sie im Schatten des großen Kriegsschiffs zündete, doch die Konsequenzen von Luks' Entscheidung konnten selbst auf ch'Rihan beobachtet werden.

Der beschädigte Jäger sauste wie ein gesteuerter Torpedo auf die Rächer zu, bohrte sich in eins ihrer Warpmodule und zerfetzte es. Materie und Antimaterie gerieten in Kontakt. Einen Sekundenbruchteil später waberte Annihilationsenergie, so hell wie eine Nova. Eine neue Sonne schien zu entstehen, dehnte sich aus und strahlte grell — sie würde erst in einigen Stunden verblassen.

Im Kontrollraum der *Blutschwinge* verschwand das Lodern vom Schirm, wich den kühl leuchtenden Sternen des Trianguli-Quadranten. Eine halbe Ewigkeit lang gab niemand einen Ton von sich — bis Ael eine Taste ihres Kommunikators betätigte. »Schadensbericht«, sagte sie.

»Die Schilde haben alles abgeleitet — was ›alles‹ auch gewesen sein mag.«

»Gut. Vorbereitung für Warpgeschwindigkeit. Aidoann, Sie kennen den Kurs — durch die Neutrale Zone zur Föderation. Und ... Luks hat seine Codes im Computer der Navigationskonsole hinterlassen. Warten Sie meinen Befehl ab, bevor Sie auf Warp vier gehen.« Ael lehnte sich zurück, schloß die Augen und wirkte sehr müde. Als sie die Lider wieder hob, sah sie McCoy an, der ihren Blick ruhig erwiderte.

»Nun ...«, murmelte er.

»Es war seine eigene Entscheidung. Unsere Völker haben mehr gemeinsam, als es zunächst den Anschein hat. Sie sind Arzt. Bitte sagen Sie mir: Wie lange dauert es, solche Blindheit zu heilen?«

»Diese Frage kann ich Ihnen nicht beantworten, Ael«, erwiderte Leonard leise.

»Das dachte ich mir. Auf jeden Fall zu lange für mich. Allerdings ... Wenn die Rihannsu Ihrer Arrhae zuhören, verstreicht vielleicht nicht zuviel Zeit. Aidoann, Hvaid: Warp vier. Bringen Sie uns nach Hause.«

EPILOG

»Niemand wird an ihrer Loyalität zweifeln, Doktor«, sagte Ael. »Da können Sie ganz sicher sein. Ich habe gesehen, was Lieutenant Fels von zwei oder drei Wächtern übrigließ, die es wagten, sich ihm in den Weg zu stellen ...« Naraht kroch ein wenig zur Seite und knirschte, schien nicht besonders stolz auf sich zu sein. »Wer anschließend den Mut hatte, ihn anzugreifen, muß entweder ein Held oder verrückt sein. Nach Ihren Beschreibungen zu urteilen, ist Arrhae ir-Mnaeha eine ruhige, ausgeglichene junge Frau. Die Rihannsu-Männer werden sich für das Privileg duellieren, ihr die Sandalen zu schnüren.«

»Hm.« McCoy drehte ein großes, klobiges Kristallglas, betrachtete das blaue Bier darin und fühlte sich ziemlich betrunken. »Ich muß dauernd an sie denken. Und auch an Luks ...«

Die Geschehnisse jenes Tages endeten mit einer Art Trauerbankett, das niemanden von Niedergeschlagenheit befreite. Man hatte leckere Speisen vorbereitet, doch die meisten begnügten sich mit dem einen oder anderen Bissen, zogen Wein oder Bier vor. Der Alkohol floß in Strömen.

»Er war ganz und gar Feuer«, murmelte Ael. »Leute wie er brennen hell, aber nur für kurze Zeit. Er wußte, auf was er sich einließ, und wir verdanken ihm viel. Soll er seine Helligkeit behalten. Selbst die Elemente ehrten ihn auf diese Weise.«

Das Schwert lag neben Ael auf dem Tisch in der Offiziersmesse, erinnerte an vergangene Ereignisse und Dinge, die erst noch geschehen würden. Die Spitze der Scheide deutete zu einem anderen leeren Stuhl, auf dem Fähnrich Luks sitzen sollte.

»Trinken wir auf ihn«, sagte McCoy und setzte sein Glas an die Lippen.

»Das hätte ihn bestimmt gefreut«, erwiderte Ael. »Aber Sie haben bereits für drei Terraner getrunken.« Sie schob Bierflasche und Weinkaraffe beiseite. »Ich glaube, *diese* Dinge sollten an einem Ort untergebracht werden, wo sie vor Ihnen sicher sind. Hier spricht der Eigentümer des Getränkeschranks.«

Ganz langsam verzogen sich McCoys Lippen zu einem Lächeln. »Sie reden wie meine Ex-Frau.«

Ael dachte darüber nach. »Ich nehme an, das meinen Sie als Kompliment. Bitte widersprechen Sie mir nicht, falls ich mich irren sollte.«

»Einer Dame widersprechen? Niemals.«

»Zumindest nicht an Bord ihres eigenen Schiffes. Nun, genug des Kummers. Sie sind ganz Erde und Tränen — eine wandelnde Schlammpfütze. Jeder von uns ist ein Held, und daher verdienen wir es, fröhlicher zu sein. Erzählen Sie mir von Arrhae. Warum blieb sie auf ch'Rihan? Ich gestehe meine Faszination ein. Wenn man mir die Chance böte, nach Hause zurückzukehren ...«

Leonard musterte Ael nachdenklich. »Sie wollte ihre Familie nicht verlassen.«

Die Rihannsu hob eine Braue und erinnerte ihn an Spock. »Interessant. Und seltsam: Wir fühlen uns Wahlverwandten näher als jenen, in deren Gemeinschaft wir geboren werden. Arrhae scheint eine bemerkenswerte junge Frau zu sein.«

Ael lehnte sich zurück und betrachtete das Schwert. »Und Sie?« fragte McCoy. »Was ist mit *Ihren* Wahlverwandten?«

»Ah. Die abgetragene Schuld. Ich habe mich schon gefragt, wann Sie darauf zu sprechen kommen.«

»Sie schulden mir nichts, Ael. Ebensowenig wie der Föderation oder Jim.«

Ein dünnes Lächeln zupfte an den Mundwinkeln der Rihannsu. »Jim. Nein, natürlich nicht. Um so mehr

Grund, die Schuld zurückzuzahlen. Oder eine Vorauszahlung zu leisten.«

McCoy schnitt eine finstere Miene. »Schon wieder das verdammte *Mnhei'sahe.* Nicht einmal mein Implantat kann etwas mit dem Wort anfangen.«

Ael schmunzelte. »Dazu sind nur Männer und Frauen imstande. Wenn Sie diesen Begriff irgendwann verstehen, finden zwischen unseren Völkern keine Kriege mehr statt. Bis dahin müssen wir für andere übersetzen. Mit Taten, nicht mit Worten. Meine Pflicht besteht darin, ein Sternenreich zu rehabilitieren. Bestimmt warten auch auf Sie Welten, die es zu retten gilt.«

McCoy sah Ael an und erkannte keinen Spott. »Viele«, entgegnete er ebenso ernst.

Die Commander stand auf und streckte sich. »Eine heroische Aufgabe, wie sie Helden gebührt. Aber selbst Helden beginnen mit kleinen Dingen. In meinem Fall bedeutet das: Ich muß mich um mein Schiff kümmern. Was Sie betrifft ... Schlafen Sie Ihren Rausch aus. Und trinken Sie beim nächstenmal weniger. Träumen Sie gut, während wir nach Hause fliegen.«

»Es ist nicht Ihr Zuhause.«

»Vielleicht doch, eines Tages«, sagte Ael und trat durch die Tür.

Arrhae i-Khellian t'Llhweiir stand in der dunklen Stille des Gartens und sah zu dem glühenden Schleier am Nachthimmel empor. Er verblaßte langsam — er war nicht mehr hell genug, um tagsüber am Firmament beobachtet zu werden —, wogte jedoch noch immer und veränderte ständig die Farbe. Arrhae beobachtete, wie das blaugrüne Hintergrundleuchten einem wundervollen chromgelben Glanz wich, in dem es hier und dort rötlich schimmerte. Die ganze zarte Struktur schien sich aufzublähen, wie ein vom Wind erfaßter seidener Vorhang. Zahllose Kameras waren gen Himmel gerichtet worden, und man hatte Hunderte von Datenkassetten mit Aufzeichnungen gefüllt — trotz der Ursache des Phänomens.

Die Nachrichtensprecher der öffentlichen Kanäle behaupteten, die Kriegsschwalbe der ›Renegaten‹ sei von den tapferen, ehrenvollen Kommandanten einiger Kriegsschiffe in der Nähe des Planeten zum Kampf gestellt worden. Viele verschiedene Modelldarstellungen, Diagramme und Computergraphiken zeigten, wie die *Blutschwinge* vernichtet wurde, nachdem sie verzweifelt versucht hatte, ins interplanetare und interstellare All zu fliehen ...

Die Senatoren wußten es natürlich besser.

Vermutlich gab es in der ganzen langen Geschichte der Rihannsu kein noch so ehrenwertes Haus, das sich der Dienste einer *Hru'hfe* rühmen konnte, die nicht nur gute und bereitwillige Dienste leistete, sondern auch einen unabhängigen Haus-Namen besaß — und einen Sitz im Senat. Der letzte Aspekt blieb allerdings auf eine symbolische Bedeutung beschränkt, denn das Versammlungsgebäude war aufgrund umfangreicher Renovierungen geschlossen. Derzeit wäre Arrhae imstande gewesen, den ihr zugewiesenen Sitz — beziehungsweise seine Fragmente — in zwei gewölbten Händen zu halten.

Manchmal lächelte sie still vor sich hin, wenn sie daran dachte, wie jene erhabene Institution auf die Wahrheit über Herkunft und Identität ihres jüngsten Mitglieds reagiert hätte ...

Als sich nach dem Zwischenfall im Senat die Wogen glätteten — als einige empörte Personen durch Hinrichtung, Selbstmord und Verbannung von anderen beschwichtigt worden waren —, stellte Arrhae plötzlich fest, eine Heldin zu sein. Man behandelte ihr gebrochenes Schlüsselbein und befreite sie dadurch von einem Schmerz, der großer Freude wich. Heutzutage geschah es nur noch selten, aber in der Vergangenheit hatte man Bedienstete für außergewöhnlich gute Leistungen recht häufig belohnt, indem man sie in den Adelsstand erhob. In Arrhaes Fall suchte jemand lange genug in den Aufzeichnungen, um genug Gründe für ihre Berufung in den Senat zu finden.

Später folgte das Gespräch mit dem Nachfolger von Commander t'Radaik. Sein Besuch führte zu einer Art Gelage im Garten: Der Geheimdienstoffizier kam mit vielen Speisen und noch mehr Alkohol zum Haus Khellian, regte ein improvisiertes Fest an und bat um die Teilnahme aller Hausangestellten. Arrhae lächelte, als sie sich an ihn erinnerte. Ein *sehr* attraktiver Mann, und er ging mit der ihn erleichternden Erkenntnis, daß niemand vom schockierenden Debakel des letzten Spionageprozesses wußte — mit einer Ausnahme.

Khre'Riov oder nicht, Geheimdienst oder nicht: Es war ihm alles andere als leicht gefallen, an H'daen tr'Khellian vorbeizukommen, der nun in die Rolle des Onkels, Vaters und sogar des Sittenwächters schlüpfte. Das verwerfliche Verhalten des inzwischen toten Subcommanders tr'Annhwi veranlaßte ihn dazu, eine alte Angewohnheit aufzugeben: Er versuchte jetzt nicht mehr ständig, den Umgang mit Leuten zu pflegen, von denen er sich politisch-ökonomische Vorteile erhoffte. Eine Senatorin arbeitete unter seinem Dach, und deshalb brauchte er gar keine Gönner mehr.

Da die Senatorin auch eine Heldin war, außerdem jung, schön und unverheiratet, benötigte H'daen vor allen Dingen einen Knüppel, um die vielen Heiratsbewerber zu vertreiben ...

Arrhae sah erneut zum Himmel hoch, beobachtete den leuchtenden Schleier und die Sterne jenseits davon. *Und wenn sie Ihnen zuhören ... Sagen Sie ihnen, daß der Rest der Familie darauf wartet, daß sie heimkehren und sich uns anschließen ...*

»Sie sind noch nicht bereit, auf *mich* zu hören, Pille«, flüsterte Arrhae in Nacht und Dunkelheit. »Nein, jetzt noch nicht. Aber bestimmt dauert es nicht mehr lange, und wenn es soweit ist, spreche ich zu ihnen. Ich oder ... meine Kinder.«

Sie schmunzelte bei den letzten Worten — und weil sie es wagte, sie auszusprechen. Dann wandte sie sich von den Sternen ab und kehrte ins Haus zurück, in ihr Heim.

Anmerkung: Dieses Glossar erhebt keinen Anspruch auf Vollständigkeit. Es soll nur einen Hinweis auf einige interessante Begriffe bieten. In vielen Fällen geben die Übersetzungen nur einen allgemeinen Eindruck, da in der Zielsprache exakte Äquivalente fehlen.

Aefvadh: »Sei willkommen.«

Aehallh: Monster-Geist. Ein imaginäres Geschöpf, vergleichbar mit dem ›Nachtmahr‹ der terranischen Tradition. Eine Wesenheit, die den Träumer zur ewigen Verdammnis führt. Gleichzeitig ist damit ein ›illusionäres Bild‹ gemeint, das jemand von einer anderen Person hat — im Gegensatz zur wahren Natur des betreffenden Individuums.

Ael: Ein auf ch'Havran üblicher Eigenname, der ›Geflügelt‹ bedeutet. Man verwendet ihn auch als Adjektiv in bezug auf ein Geschöpf, das sich sehr schnell bewegt und dem Beobachter dadurch keine Zeit läßt, Einzelheiten zu erkennen.

Afw'ein: Vernunft als Eigenschaftsaspekt des Bewußtseins, nicht als ›Vorwand‹, um das eigene Verhalten zu erklären.

Aidoann: Eigenname, selten. ›Mond‹.

Aihai: Ebene, flaches Land. ›Prärie‹.

Aihr: ›Dies ist‹. Indikatives Substantiv, als Präfix oder Infix.

Arrhae: Eigenname. Abgeleitet von ›*Arrhe*‹, siehe unten.

Arrhe: Bar-Wert. Ursprünglich abfällig gemeint: ein Bediensteter, der Sklavenpflichten unter seinem Rang wahrnimmt. Später erfuhr dieser Begriff folgende Modifikation: »ein Bediensteter, der eine höhere Stellung mehr verdient als jene, die damit belohnt wurden.«

Au'e: »O ja.« (In der betonten Form »O *ja!*«)

Auethn: Berate mich; beantworte meine Frage.

Ch'Havran: (Planet) ›von den Reisenden‹.

Ch'Havranha, ch'Havranssu: Bewohner des Planeten.

Ch'Rihan: (Planet) ›von den Erklärten‹.

Daise: Präfix. Chef, Oberhaupt, Vorgesetzter, Senior, Oberster usw.

Daisemi'in: Oberhaupt unter mehreren (Kandidaten etc.).

Deihu: ›Ältester‹. Mitglied des Senats. Vergleichbar mit dem terranischen Wort ›Senator.‹ Im Lateinischen ›Senex‹.

Eisn: ›Heimsonne.‹ Der G9-Stern 128 Trianguli.

Eitreih'hveinn: Das Bauernfest auf ch'Rihan.

Enarrain: Senior-Zenturio. Oberst der Infanterie bzw. Commodore in der Flotte. Minimalrang für einen Offizier, der mehr kommandiert als nur sein eigenes Raumschiff.

Erei'riov: Subcommander. Hauptmann der Infanterie bzw. Lieutenant Commander in der Flotte. Für gewöhnlich der Rang eines Ersten Offiziers.

Erein: Vor- oder Unterzenturio — es gibt verschiedene Übersetzungsversionen. Offiziersanwärter der Infanterie bzw. Fähnrich in der Flotte.

Fvai, Fvaiin: Reittier von Kindern und Haustier (in vornehmeren Häusern). In der Größe vergleichbar mit dem *Mesohippus* des terranischen Oligozän oder dem *C. familiaris inostranzewi* (dänische Dogge) des Holozän. Das Erscheinungsbild weist jedoch erhebliche Unterschiede auf.

Fvillha: Rihannsu-Analog für den terranischen Begriff ›Prätor‹. Ursprünglich ein Justizbeamter mit begrenzten (inzwischen erweiterten) exekutiven Befugnissen. Ableitung Fvillhaih, ›Prätoriat‹.

Galae: Flotte, insbesondere die Raumflotte, da die Schlachten der Rihannsu-Geschichte in erster Linie auf dem Land stattfanden. Allerdings wurden später auch viele Flugzeuge zu offensiven und defensiven Zwecken eingesetzt, und darauf geht dieser Ausdruck zurück. Er hat keine Marinetradition.

Haerh, Haerht: Frachtkammer, Laderaum.

Haudet': Verbindung aus *Haud,* Schreiben, und *Etrehh,* Maschine. Computerausdrucke, manchmal auch Bildschirminhalt. Ableitung *Hnhaudr,* ›Datentransfer‹ — direkter Datenaustausch zwischen verschiedenen Computern.

Hellguard: 872 Trianguli V. Eine gescheiterte Kolonie, die nach dem ›zweiten Vordringen der Föderation‹ hastig (und unvollständig) evakuiert wurde.

Hfai, Hfehan: Ein Bindungsbedienster, der zwar Lohn bekommt, jedoch nicht die Freiheit hat, die Anstellung zu wechseln.

Hfihar, Hfihrnn: Haus/Häuser; ehrenvolle Familien, nicht die Gebäude.

Hlai, Hlaiin: Große, flugunfähige Vögel, die man aufgrund ihres Fleisches züchtet. Vergleichbar mit dem terranischen Strauß *Struthio camelus.* Die größeren

Exemplare werden manchmal gezähmt, um Kindern als Reittiere zu dienen. Dadurch wird das Fleisch jedoch ungenießbar.

Hlai'hwy, Hlai'vna: ›gehaltene‹ und ›freie‹ *Hlai;* gezähmte und wilde Vögel.

Hna'h: Ein Imperativ-Suffix, der sich auf Aktivierungen bezieht, zum Beispiel ›Feuer!‹, ›Energie!‹ oder ›Los!‹

Hnafirh: ›Sehen‹ — aber nicht in der aktiven Form. Die Aufforderung, an etwas teilzunehmen, indem jemand anders Informationen übermittelt oder sie teilt. Ableitung *Hnafirh'rau:* »Laß mich/uns es sehen.«

Hnafiv: ›Hören» — siehe oben. *Hnavif'rau:* »Laß mich/uns es hören.«

Hnoiyika, Hnoiyikar: Raubtier, vergleichbar mit dem terranischen Wiesel *Mustela frenata,* aber ohne Schwanz, hundertzwanzig Zentimeter lang, mit einer Schulterhöhe von fast einem Meter. Bekannt für Heimtücke und unersättlichen Appetit.

Hrrau: Bei/auf/in; ein ortsangebendes Partikel bzw. Infix.

Hru'hfe: Oberhaupt des Haushalts. Die ranghöchste Bedienstete, von der die übrigen Hausangestellten ihre Anweisungen empfangen.

Hru'hfirh: Oberhaupt des Hauses, als ›Lord‹ bezeichnet. Das älteste Mitglied einer ehrenwerten Familie.

H'ta-fvau: »Zum Letzt-Ort, unverzügliche Rückkehr« — »Komm hierher zurück!«

Hteij: Transporter, Transmitter. Diese Reisemethode gilt häufig nicht als zuverlässig. (Was vermutlich daran liegt, daß die Technik von den Klingonen stammt.)

Hwaveyiir: Kommando- oder Exekutivzentrum. Die Brücke eines Raumschiffs, im Gegensatz zum Gefechtszentrum — siehe *Oira.*

Hwiiy: »Du bist« — manchmal ein Imperativ.

Ie'yyak-hnah: »Phaser abfeuern!«

Iehyyak: Eher ›multiple‹ als ›mehrere‹ Phaser. Hinweis auf die Phaserbatterien eines Raumschiffs.

Khellian: Ein veralteter Begriff für ›Jäger‹. Auch der Name eines unbedeutenden Prätor-Hauses.

Khoi: »ausschalten, aufhören, beenden«.

Khre'Riov: Kommandeur. Oberst der Infanterie oder Commodore in der Flotte.

Kllhe: Ein Ringelwurm, den man in *Hlai*-Pferchen verwendet. Er nimmt den säurehaltigen Kot auf und verwandelt ihn in nährstoffreichen Dünger. Auch ein Schimpfwort.

Kll'inghann: Klingonen. (Siehe auch *Lloann'mhrahel.*)

Levaeri V: Fünfter Planet des Levaeri-Systems, identisch mit 113 Trianguli. Dort gab es eine Orbitalstation, in der verschiedene biologische Forschungen stattfanden, bis die Basis von Streitkräften der Föderation und dem Renegatenschiff *Blutschwinge* zerstört wurde.

Lhhei: ›Madam‹.

Llaekh-ae'rl: ›Lachender Mord‹ — die Methode oder *Kata* einer bei den Rihannsu gebräuchlichen Kampftechnik ohne Waffen. Herkunft des Begriffs unbekannt.

Llhrei'sian: Diarrhöe aufgrund einer leichten Lebensmittelvergiftung. Vergleichbar mit ›Durchfall‹, ›Lauferitis‹, ›Twostep der Titanen‹ (Starfleet-Slang) usw.

Llilla'hu: »Das genügt«, »das reicht aus«.

Lloann'mhrahel: Die Vereinte Föderation der Planeten. Allerdings lautet die wörtliche Übersetzung »Sie, von dort«, im Gegensatz zu »Wir, von hier«. Im Anschluß an den ersten Kontakt mit dem Imperium nannte man die Klingonen *Khell'oann-mhehorael:* »Mehr von ihnen, von woanders«.

Lloann'na: Allgemeine Bezeichnung für einen VFP-Angehörigen. Genaue Übersetzung: ›ein/der Föd‹.

Lloannen'galae: Flotte, Geschwader, Einsatzgruppe der Föderation. Mit diesem Begriff sind aggressive Assoziationen verbunden, die nicht zwischen Kriegsschiffen und unbewaffneten zivilen Raumern unterscheiden. Die Rihannsu neigen fast immer dazu, fremde Schiffe als potentielle Feinde zu identifizieren.

Mnek'nra, Mnekha: »Gut, in Ordnung, korrekt, zufriedenstellend« — das erste Wort wird von Untergebenen Vorgesetzten gegenüber verwendet, das zweite von Vorgesetzten, die mit Untergebenen sprechen.

Mnhei'sahe: Die Herrschende Leidenschaft; ein Konzept oder Konzeptkomplex, der einen großen Teil des Rihannsu-Lebens bestimmt, soweit es dabei um Ehre geht. Das *Mnhei'sahe* betrifft in erster Linie die Höflichkeit anderen Personen gegenüber. In Abhängigkeit von den Umständen verlangt jene Höflichkeit, jemanden zu töten, um ihn zu ehren, oder sich zu seinen Gunsten stark zu benachteiligen. Es gibt viele subtile Nebenbedeutungen, deren Erläuterung hier zu weit führen würde. Für gewöhnlich wird dem *Mnhei'sahe* Genüge getan, wenn alle Beteiligten den Eindruck gewinnen, daß nach einer sozialen (oder anders gestalteten) Transaktion ›Gesicht‹ und Ehre gewahrt bleiben. Hinweis: Man hat diesen Begriff gelegentlich falsch übersetzt — als ›Handeln zum Wohle einer anderen Person‹. Das stimmt nicht. So ein Konzept hat in der Rihannsu-Kultur nie existiert. Man denkt nur an den eigenen Nutzen (beziehungsweise an die eigene Ehre), und wenn die Handlungen ›richtig‹ sind, so gereichen sie auch den anderen Beteiligten zum Vorteil.

Nei'rrh: Kleine Vögel, in Größe und Flugeigenschaften vergleichbar mit den terranischen Kolibris der Gattung *Trochilidae.* Der Oberkiefer des Schnabels weist einen Giftdorn auf. Der Ausdruck wird auch als Schimpfwort benutzt und gilt Personen, über die man sich ärgert oder die gefährlicher sind, als man aufgrund von Größe, Status und ihrer Würde annimmt.

Neth — nah'lai: Entweder — oder.

Nuhirrien: ›Hin-sehen‹ — Charisma oder die Fähigkeit, viele andere Personen zu faszinieren.

Oal'lhlih: ›Verkünde die Präsenz/Ankunft‹.

Oira: Gefechtszentrum. An Bord von Kriegsschwalben oder kleineren Schiffen befinden sich die entsprechenden Kontrollen in einer Sektion der Brücke (siehe *Hwaveyiir*). In größeren Kreuzern, zum Beispiel in den von Klingonen gebauten Einheiten der *Akif-* und *K't'inga*-Klasse bezieht sich der Ausdruck auf ein abgeschirmtes Segment des Kommandobugs.

Qiuu, Qiuu'n (oaii): Alles, die Gesamtheit; ›der gesamte Kram‹.

Ra'kholh: Rächer. Ein populärer Raumschiffname in der Rihannsu-Flotte.

Rekkhai: ›Sir‹ — die ehrenvolle Anrede eines Vorgesetzten durch einen Untergebenen.

Rha, Rh'e: ›In der Tat‹, ›Es ist so‹. (Umgangssprachlich: ›Ach, tatsächlich?‹)

Rrh-thanai: Geiselpflege. Manchmal wird der Frieden durch den Austausch von Kindern abgesichert, die in den Traditionen der jeweiligen Seite aufwachsen, um Verständnis und Harmonie zu fördern. Gelegentlich findet der Austausch statt, um Druck auszuüben und ein bestimmtes Verhalten zu gewährleisten: »Wenn du dich nicht fügst, stirbt dein Sohn oder deine Tochter.« Geiselpflege beginnt oft im ersten Kontext und geht dann in den anderen über.

S'harien: ›Blutdurchbohrer‹. Ein altvulkanischer Name, den vor der Trennung Vulkans ein berühmter Schmied wählte, um gegen Suraks Lehren Stellung zu beziehen. Auch die Bezeichnung für seine Schwerter.

Siuren: ›Minuten‹ — Das Rihannsu-Äquivalent einer Standardminute ist 50,5 Sekunden lang.

Sseikea: Ein Aasfresser, vergleichbar mit der terranischen Hyäne *Crocuta crocuta.* Auch ein Schimpfwort.

Ssuaj-ha: »Verstanden!« (Der Untergebene zum Vorgesetzten.)

Ssuej-d'ifv: »Haben Sie verstanden?« (Der Vorgesetzte zum Untergebenen.)

Sthea'hwill: »Ich bitte darum, daß es (eine Handlung) sofort erledigt wird.« (Der Vorgesetzte zum Untergebenen, höfliche Form.)

Ta krenn: »Sieh hier; sieh dir das an.«

Ta'khoi: »Bildschirm aus.« Desaktivierungsbefehl für Geräte, die mit verbalen Kontrollmodulen ausgestattet sind. Wird dieser Begriff einer Person gegenüber benutzt, so betont er den höheren Rang.

Ta'rhae: »Bildschirm an.« (Siehe oben.)

Th'ann, Th'ann-a: ›Ein Gefangener, der Gefangene‹.

Thrai, Thraiin: Ein Raubtier, vergleichbar mit dem Amerikanischen Vielfraß der Erde, Gattung *Gulo luscus.* Man sagt ihm die gleichen legendären Eigenschaften nach; *Thraiin* stehen in dem Ruf, ausdauernd, rachsüchtig, stur und sehr wild zu sein.

Tlhei: ›Mein Wort‹ — manchmal verwendet als ›mein (gegebenes) Wort‹, jedoch häufiger in der Bedeutung von ›mein Befehl/Order/Geheiß‹.

Urru: »Gehe nach ...« — ein neutraler Imperativ, der (wenn es die Umstände erlauben) auch von Untergebenen Vorgesetzten gegenüber benutzt werden kann (und nicht nur umgekehrt, was häufiger geschieht).

Vaed'rae: »Vernimm meine Worte/schenk mir deine Aufmerksamkeit« — deutlicher und förmlicher als »Hör mir zu.«

Vah-udt: »Welcher Rang?« »Wer bist du (daß du mich dies fragst/daß du dich so verhältst)?«

Vriha: ›Höchste/r‹ — Anrede für einen Vorgesetzten, der einen sehr hohen Rang bekleidet.

Yhfi-ss'ue: ›Transportröhren‹ — ein öffentliches Transportsystem. Die ›Züge‹ bestehen aus fünf Waggons, die von Linearmotoren angetrieben werden und jeweils zwanzig Passagieren Platz bieten. Sie rollen auf Gleisen durch geschlossene, wetterfeste Röhren.

STAR TREK™

in der Reihe
HEYNE SCIENCE FICTION & FANTASY

Vonda N. McIntyre, Star Trek II: Der Zorn des Khan · 06/3971
Vonda N. McIntyre, Der Entropie-Effekt · 06/3988
Robert E. Vardeman, Das Klingonen-Gambit · 06/4035
Lee Correy, Hort des Lebens · 06/4083
Vonda N. McIntyre, Star Trek III: Auf der Suche nach Mr. Spock · 06/4181
S. M. Murdock, Das Netz der Romulaner · 06/4209
Sonni Cooper, Schwarzes Feuer · 06/4270
Robert E. Vardeman, Meuterei auf der Enterprise · 06/4285
Howard Weinstein, Die Macht der Krone · 06/4342
Sondra Marshak & Myrna Culbreath, Das Prometheus-Projekt · 06/4379
Sondra Marshak & Myrna Culbreath, Tödliches Dreieck · 06/4411
A. C. Crispin, Sohn der Vergangenheit · 06/4431
Diane Duane, Der verwundete Himmel · 06/4458
David Dvorkin, Die Trellisane-Konfrontation · 06/4474
Vonda N. McIntyre, Star Trek IV: Zurück in die Gegenwart · 06/4486
Greg Bear, Corona · 06/4499
John M. Ford, Der letzte Schachzug · 06/4528
Diane Duane, Der Feind — mein Verbündeter · 06/4535
Melinda Snodgrass, Die Tränen der Sänger · 06/4551
Jean Lorrah, Mord an der Vulkan Akademie · 06/4568
Janet Kagan, Uhuras Lied · 06/4605
Laurence Yep, Herr der Schatten · 06/4627
Barbara Hambly, Ishmael · 06/4662
J. M. Dillard, Star Trek V: Am Rande des Universums · 06/4682
Della van Hise, Zeit zu töten · 06/4698
Margaret Wander Bonanno, Geiseln für den Frieden · 06/4724
Majliss Larson, Das Faustpfand der Klingonen · 06/4741
J. M. Dillard, Bewußtseinsschatten · 06/4762
Brad Ferguson, Krise auf Centaurus · 06/4776
Diane Carey, Das Schlachtschiff · 06/4804
J. M. Dillard, Dämonen · 06/4819
Diane Duane, Spocks Welt · 06/4830
Diane Carey, Der Verräter · 06/4848
Gene DeWeese, Zwischen den Fronten · 06/4862
J. M. Dillard, Die verlorenen Jahre · 06/4869
Howard Weinstein, Akkalla · 06/4879
Carmen Carter, McCoys Träume · 06/4898

STAR TREK™

in der Reihe
HEYNE SCIENCE FICTION & FANTASY

Diane Duane & Peter Norwood, Die Romulaner · 06/4907 (in Vorb.)
John M. Ford, Was kostet dieser Planet? · 06/4922 (in Vorb.)
J. M. Dillard, Blutdurst · 06/4929 (in Vorb.)
Gene Roddenberry, Star Trek (I): Der Film · 06/4942 (in Vorb.)
J. M. Dillard, Star Trek VI: Das unentdeckte Land · 06/4943

STAR TREK: DIE NÄCHSTE GENERATION:

David Gerrold, Mission Farpoint · 06/4589
Gene DeWeese, Die Friedenswächter · 06/4646
Carmen Carter, Die Kinder von Hamlin · 06/4685
Jean Lorrah, Überlebende · 06/4705
Peter David, Planet der Waffen · 06/4733
Diane Carey, Gespensterschiff · 06/4757
Howard Weinstein, Macht Hunger · 06/4771
John Vornholt, Masken · 06/4787
David & Daniel Dvorkin, Die Ehre des Captain · 06/4793
Michael Jan Friedman, Ein Ruf in die Dunkelheit · 06/4814
Peter David, Eine Hölle namens Paradies · 06/4837
Jean Lorrah, Metamorphose · 06/4856
Keith Sharee, Gullivers Flüchtlinge · 06/4889
Carmen Carter u. a., Planet des Untergangs · 06/4899
A. C. Crispin, Die Augen der Betrachter · 06/4914 (in Vorb.)
Howard Weinstein, Im Exil · 06/4937 (in Vorb.)

STAR TREK: DIE ANFÄNGE:

Vonda N. McIntyre, Die erste Mission · 06/4619
Margaret Wander Bonanno, Fremde vom Himmel · 06/4669
Diane Carey, Die letzte Grenze · 06/4714

DAS STAR TREK-HANDBUCH:

überarbeitete und aktualisierte Neuausgabe!
von *Ralph Sander* · 06/4900

Diese Liste ist eine Bibliographie erschienener Titel
KEIN VERZEICHNIS LIEFERBARER BÜCHER!